绝妙好词注析

注释·赏析

国学

〔宋〕周 密◎编选
秦襄明·萧 鹏◎注析

陕西新华出版传媒集团·三秦出版社

图书在版编目（CIP）数据

绝妙好词注析／（宋）周密编选；秦寰明，萧鹏注析. 2版.
—西安：三秦出版社，2003.07（2022.5重印）
（传统文化经典读本）
ISBN 978-7-80546-386-5

Ⅰ. 绝… Ⅱ. ①周… ②秦… ③萧… Ⅲ. 宋词–注释
Ⅳ. I222.844

中国版本图书馆CIP数据核字（2003）第042817号

传统文化经典读本
绝妙好词注析

〔宋〕周　密　编选　秦寰明　萧　鹏　注析	
出版发行	陕西新华出版传媒集团　三秦出版社
社　　址	西安市雁塔区曲江新区登高路1388号
电　　话	（029）81205236
邮政编码	710061
印　　刷	北京华强印刷有限公司
开　　本	710mm×1000mm　1/16
印　　张	25.25
字　　数	293千字
版　　次	2003年7月第2版 2022年5月第2次印刷
标准书号	ISBN 978-7-80546-386-5
定　　价	68.00元

清 平 乐

[宋] 李莱老

绿窗初晓,枕上闻啼鸟。不恨王孙归不早,只恨天涯芳草。锦书红泪千行,一春无限思量。折得垂杨寄与,丝丝都是愁肠。

总　　序

　　中国是举世闻名的文明古国，其光辉灿烂的传统文化，已成为整个人类共同的精神财富。随着时代的进步，随着探索自然、认知社会的触角不断深入，人们比以往任何时候都迫切需要发掘传统文化宝藏，汲取更多的智慧和精神力量，来进行自我完善、自我提高，从而获取成功。于是许多人都不约而同地把目光投向那些历尽风雨淘洗的传世经典，吟之诵之，含英咀华。他们意识到，不了解唐诗宋词，没读过孔孟老庄，其麻烦不仅仅是难以达到辩才无碍的境地或获得博学多识的美誉，而且会在工作、学习及社会生活的许多方面遭遇尴尬。反之，熟知经典，以古为镜，以古为师，必定会在全新意义上的修身、齐家、治国平天下方面收到奇效。这方面例子很多，如国内某名牌高校从《易经》中提取"厚德载物"做为校训，培养了无数英才；日本企业家运用《孙子兵法》和《菜根谭》进行经营管理，屡创经济奇迹；某自然科学家要求弟子背诵《道德经》，作为攻克难关前的心理演练；某诺贝尔奖得主坦言，其所以能够历经磨难取得突破，全得益于《孟子》中的一句名言。近年来我国中小学实验教材不断加大古诗文比重以及高考试题频频"考古"，也是为了促进素质教育，培养一代新人。

　　传统文化经典很多，就存在一个轻重缓急和选择的问题，我们不赞成搞什么"百种必读"或"50种必读"，武断地制造一个封闭系统。我们认为中国传统文化经典宝库应当是开放的，其中异彩纷呈，玉蕴珠藏。所以我们推出这套《传统文化经典读本》丛书，第一批20种，只能说是向广大读者奉献的最基本的、应当最先了解的经典作品，包括《易经》、《论语》、《孟子》、《道德经》、《庄子》、《孙子兵法》、《幼学琼林》、《唐诗三百首》、《宋词三百首》、《元曲三百首》等。我们还将根据情况陆续推出第二辑、第三辑。值得说明的是，我社自上个世纪80年代就开始致力于传统文化经典的整理普及，是最早出版白话类经典读本的出版社之一。此次推出的这批图书都是精选版本、精选作者，付出了艰苦努力完成的，内在质量上乘，曾作为我社品牌图书，经受了市场的检验，受到读者的广泛好评。为适应新的形势，更好满足读者的需求，我们对其进行了重新改造整合，使之在版式、装帧等方面更趋考究精美。同时也希望读者多提批评意见，以便进一步改进。

魏全瑞

2003年7月

序

　　本朝人选本朝诗，盖自唐人始，其最著者，《河岳英灵集》是已。风气既开，遂有宋人选宋词之作，若《乐府雅词》、《草堂诗余》、《阳春白雪》、《绝妙好词》之属。虽编选旨趣互有同异，而论其精审，则周密之选尤为佼佼，钱曾所谓"选录精允，清言秀句层见迭出"，非虚誉也。有清一代，词学中兴，浙西诸子以清空醇雅为指归，是以厉鹗、查为仁创为《绝妙好词笺》，扬波传响，亦云盛矣。顾厉、查二氏之笺，殊为简约，又笺而弗注，初学者或因于字词典实，遑论深入堂奥，一窥作者匠心。秦寰明、萧鹏二生从予治词，历有年所，知难而进，乃作斯编，意欲补苴前贤之所未及，期有助于读者之披览，用心苦，用力勤，功在词林，又岂待申言耶！因略弁数语如上，用识欣慰之意云。

唐圭璋
1990 年 6 月于南京师范大学

前 言

  提起我国古代的文学遗产，人们不能不想到灿烂的宋词。词产生于隋唐，鼎盛于两宋，这时期名家佳作如繁星满天，辉映千古。随着词的创作的兴盛，于是就有人从各自不同的角度和目的来对这些众多的作品进行评比选择，将佳作汇于一编，词的选本也就产生了。选词为集，滥觞于五代，兴盛于南宋。根据古代书目的著录，唐宋人所编词选，或存或佚，计有近30种，经过时代的沧桑变迁，历史的大浪淘沙，以及其他一些原因，粗劣汰去，优适得传，今存者仅10种左右，而其中最称"精粹"的，是宋末周密所编选的《绝妙好词》。

  周密（1232—1298）字公谨，号草窗，又号四水潜夫、弁阳老人、华不注山人。祖籍济南，流寓吴兴（今浙江湖州）。宋亡前长客临安，从杨缵叩习音律，歃盟结西湖吟社，分题唱和，极尽风雅之事。宋末德祐年间（1275—1276），为婺州义乌县令。入元仍隐杭州，抱节不仕。与词友频频凭吊故国，借咏物抒发亡国之痛，借编缀前朝野史寄托故国之思。其著述极多，诗集有《蜡屐集》、《弁阳诗集》、《草窗韵语》，野史笔记有《齐东野语》、《癸辛杂识》、《浩然斋雅谈》、《武林旧事》、《澄怀录》、《云烟过眼录》等，词集有《草窗集》、《蘋洲渔笛谱》。

  《绝妙好词》为周密生前所编定，其编定时间当在入元以后。编选者能够冷静地俯瞰和总结千岩竞秀、百舸争流的南宋词坛，再加上较长时间的酝酿损润，所以《绝妙好词》被后来许多词评家视为宋人选宋词中的翘楚。

  作为一个选本，《绝妙好词》有着严密完备的选编体例和鲜明的个性特点。

  首先，它是我国古代词选中最早的一种断代词选。全编选词390

首（据今传七卷本，其中六首残阙），词人132家（其中系于李泳名下的《清平乐》一首，实为李霦之作），所录作品以词人分列，首张孝祥，末仇远。除极个别者如卷二录及蔡松年之外，纯乎南宋词家。卷一至卷四词人世次递降，以各卷第一人为例：卷一张孝祥生于绍兴二年（1132），卷二姜夔约生于绍兴二十五年（1155），卷三刘克庄生于淳熙十四年（1187），卷四吴文英约生于庆元六年（1200）前后，都相隔一代。卷五至卷七则基本上为宋末的临安词人群体，并且以当时的西湖吟社的同仁为重心，不少都是周密自己的词友。南宋后期许多中小词人，零玑碎玉，多赖此以存，晚清况周颐《蓼园词选序》中说："弁阳翁《绝妙好词》，泰半同时侪辈之作，往往以词存人。"

其次，它有着严格的选词标准。从本书所选作品来看，它主要选录了这样三类作品：一是雅人高歌，风格超旷清逸；二是幽思沉吟，或系于身世，或感于国事，风格大多苍凉掩抑；三是丽情小唱，风格则整秀而清雅。在这里，我们可以看到清逸高远得东坡遗风的张孝祥《念奴娇·过洞庭》、仇远《八犯玉交枝·招宝山观月上》；可以看到系情中原、感慨身世、寄托遥深的辛弃疾《摸鱼儿》（更能消几番风雨）、刘过《唐多令》（芦叶满汀洲）；可以看到凄凉掩抑，表达黍离之悲的姜夔《扬州慢》（淮左名都）、韩元吉《好事近·汴京赐宴》；可以看到如喷雪轰雷为中原一恸的施岳《水龙吟》（翠鳌涌出沧波），更可以听到那些令人触绪难忘的白头遗民的故园之吟，如王易简《酹江月》（暗帘吹雨）、王沂孙《醉蓬莱·归故山》、《法曲献仙音·聚景亭次草窗韵》、周密《探芳信·西泠春感》、《一萼红·登蓬莱阁有感》等等。从陈亮《水龙吟》的"恨芳菲世界，游人未赏，都付与莺和燕"，到范晞文《意难忘》的"望故乡，都将往事，付与啼鹃"和董嗣杲《湘月》的"艳歌终散，输他鹤帐清寐"，我们可以感受到这些词人和选编者的拳拳故国之心。当然，我们还可以看到白石词的清姿逸韵，梦窗词的奇思壮采，乃至史达祖的巧思丽藻，卢祖皋的绮婉工致，张炎的骚雅圆润，王沂孙的凄妍超宕以及选编者周密的词采。此外，本书收录了很多小令佳作，往往清辞丽句，自足流传人口。全书自首至尾，无一篇庸滥之作，无一阕淫词、俚词、戏词、寿词乃至风格粗豪之词，于辛弃疾、刘过、刘克庄等豪放词人，也不录其喑呜横肆、大声镗鞳之作，体现了南宋后期的文人雅词观。因此也可以说，这是古代词选中第一本具有流派意识的词选。

然而，这样一本以精粹为特色的宋词佳选，却在元明数百年间版本少有流传，不获世人知。清初钱谦益绛云楼存秘抄本。至乾隆间，厉鹗、查为仁笺本出。道光中，余集、徐楙又分别作续抄，徐氏爱日轩将之附刻于七卷笺本之后，这个本子后出较胜，亦较通行。解放后多次影印的即此本。另外，明汲古阁、近人顾鹤逸均曾有二卷本，与七卷本异。

我们这个注释赏析本，词作原文即据道光徐氏爱日轩刊本（上海古籍出版社1983年影印）加以标点，不再校以别本，遇有文字窒塞异同较显著者，校以《全宋词》，但不出校记，而于注析中简要说明之。徐氏刊本后所附续补二卷系后人从周密杂著中录出，非周密原选，故这里不予选入。全书原则上采用一首词一篇赏析文章，只有少数几首放在一起分析。注释力求简明扼要。每家系以小传，供读者阅读赏析时参考。

清代著名词论家陈廷焯在他的《白雨斋词话》卷八中说："作词难，选词尤难"，此诚甘苦之言。而对于这样一本卓有大家眼光、自成一家之言的宋人选宋词，要把它介绍给今天的读者，除了必须着力于各家各篇之外，还须从总体上察其选心，明其选型，以真实地再现出这个选本在那个时代得以产生的客观条件和选编的宗旨特色，这也非易事。然而我们觉得，也正因为如此，这本注释赏析的小书，与目前通行的其他宋词读本相比，更多地特具一种历史真实感和以选为论的理论色彩，能够把这样一本书奉献给读者，以弘扬民族文化，何尝不是一件有意义的事呢?

在注析过程中,唐圭璋老师给予精心指点,并为本书作序,我们铭感至深,永志难忘。

三秦出版社的编辑同志为本书的出版付出了辛勤的劳动,在此我们深表谢意。

《绝妙好词》向无注析之本,古人云草创难工,加之时间、篇幅所限,难免有疏误之处,恳请读者指正。

注析者
1991年3月

目 录

◇ 卷 一 ◇

张孝祥 ·· (1)
    念奴娇（洞庭青草）·· (1)
    西江月（问讯湖边春色）·· (2)
    清平乐（光尘扑扑）·· (3)
    菩萨蛮（东风约略吹罗幕）·· (4)

范成大 ·· (4)
    醉落魄（栖乌飞绝）·· (4)
    朝中措（长年心事寄林扃）·· (5)
    眼儿媚（酣酣日脚紫烟浮）·· (6)
    忆秦娥（楼阴缺）·· (7)
    霜天晓角（晚晴风歇）··· (7)

洪 迈 ·· (8)
    踏莎行（院落深沉）·· (8)

陆 游 ·· (9)
    朝中措（幽姿不入少年场）·· (9)
    乌夜啼（金鸭余香尚暖）··· (10)
    乌夜啼（纨扇婵娟素月）··· (10)

陆 淞 ·· (11)
    瑞鹤仙（脸霞红印枕）··· (11)

1

韩元吉 ……………………………………………………（12）
    水龙吟（雨余叠巘浮空）………………………………（12）
    好事近（凝碧旧池头）…………………………………（13）

姚　宽 ……………………………………………………（14）
    菩萨蛮（斜阳山下明金碧）……………………………（14）
    生查子（郎如陌上尘）…………………………………（15）

吴　琚 ……………………………………………………（16）
    柳梢青（彩仗鞭春）……………………………………（16）
    浪淘沙（云叶弄轻阴）…………………………………（17）
    浪淘沙（岸柳可藏鸦）…………………………………（17）

辛弃疾 ……………………………………………………（18）
    摸鱼儿（更能消几番风雨）……………………………（18）
    瑞鹤仙（雁霜寒透幕）…………………………………（19）
    祝英台近（宝钗分）……………………………………（20）

刘　过 ……………………………………………………（21）
    贺新郎（老去相如倦）…………………………………（22）
    唐多令（芦叶满汀洲）…………………………………（23）
    醉太平（情高意真）……………………………………（24）

谢　懋 ……………………………………………………（25）
    蓦山溪（厌厌睡起）……………………………………（25）
    风入松（老年常忆少年狂）……………………………（26）
    浪淘沙（黄道雨初干）…………………………………（27）
    霜天晓角（绿云剪叶）…………………………………（27）

章良能 ……………………………………………………（28）
    小重山（柳暗花明春事深）……………………………（28）

陈　亮 ……………………………………………………（29）

水龙吟（闹花深处层楼）……………………………（29）
真德秀 ………………………………………………（30）
　　蝶恋花（两岸月桥花半吐）………………………（31）
刘光祖 ………………………………………………（32）
　　洞仙歌（晚风收暑）………………………………（32）
蔡　枏 ………………………………………………（33）
　　鹧鸪天（病酒厌厌与睡宜）………………………（33）
洪咨夔 ………………………………………………（33）
　　眼儿媚（平沙芳草渡头村）………………………（34）
岳　珂 ………………………………………………（34）
　　满江红（小院深深）………………………………（35）
　　生查子（芙蓉清夜游）……………………………（36）
张　镃 ………………………………………………（36）
　　念奴娇（绿云影里）………………………………（37）
　　昭君怨（月在碧虚中住）…………………………（38）
卢祖皋 ………………………………………………（38）
　　宴清都（春讯飞琼管）……………………………（39）
　　江城子（画楼帘幕卷新晴）………………………（40）
　　贺新凉（挽住风前柳）……………………………（41）
　　倦寻芳（香泥垒燕）………………………………（42）
　　清平乐（锦屏开晓）………………………………（43）
　　清平乐（柳边深院）………………………………（44）
　　谒金门（香漠漠）…………………………………（45）
　　谒金门（风不定）…………………………………（45）
　　乌夜啼（几曲微风按柳）…………………………（46）
　　乌夜啼（漾暖纹波飐飐）…………………………（46）

张履信 ……………………………………………………（47）
　　柳梢青（雨歇桃繁）………………………………（47）
　　谒金门（春睡起）…………………………………（48）
周文璞 ……………………………………………………（48）
　　一剪梅（风韵萧疏玉一团）………………………（48）
徐　照 ……………………………………………………（49）
　　南歌子（帘景筛金线）……………………………（49）
　　清平乐（绿围红绕）………………………………（50）
　　阮郎归（绿杨庭户静沈沈）………………………（51）
俞　灏 ……………………………………………………（51）
　　点绛唇（欲问东君）………………………………（51）
潘　牥 ……………………………………………………（52）
　　南乡子（生怕倚阑干）……………………………（52）
刘　翰 ……………………………………………………（53）
　　好事近（花底一声莺）……………………………（53）
　　蝶恋花（团扇题诗春又晚）………………………（54）
　　清平乐（凄凄芳草）………………………………（54）
刘子寰 ……………………………………………………（55）
　　霜天晓角（横阴漠漠）……………………………（55）
张良臣 ……………………………………………………（56）
　　西江月（四壁空围恨玉）…………………………（56）

◇　卷　二　◇

姜　夔 ……………………………………………………（58）
　　暗香（旧时月色）…………………………………（58）

疏影（苔枝缀玉）……………………………………（59）

　　扬州慢（淮左名都）…………………………………（61）

　　玲珑四犯（叠鼓夜寒）………………………………（62）

　　琵琶仙（双桨来时）…………………………………（63）

　　法曲献仙音（虚阁笼寒）……………………………（64）

　　念奴娇（闹红一舸）…………………………………（65）

　　一萼红（古城阴）……………………………………（66）

　　齐天乐（庾郎先自吟愁赋）…………………………（67）

　　淡黄柳（空城晓角）…………………………………（68）

　　小重山（人绕湘皋月坠时）…………………………（69）

　　点绛唇（燕雁无心）…………………………………（70）

　　惜红衣（枕簟邀凉）…………………………………（71）

刘仙伦………………………………………………………（72）

　　江神子（东风吹梦落巫山）…………………………（73）

　　菩萨蛮（吹箫人去行云杳）…………………………（73）

　　蝶恋花（小立东风谁共语）…………………………（74）

　　一剪梅（唱到阳关第四声）…………………………（75）

　　霜天晓角（倚空绝壁）………………………………（76）

孙惟信………………………………………………………（76）

　　昼锦堂（薄袖禁寒）…………………………………（77）

　　夜合花（风叶敲窗）…………………………………（78）

　　烛影摇红（一朵鞓红）………………………………（79）

　　醉思凡（吹箫跨鸾）…………………………………（79）

　　南乡子（璧月小红楼）………………………………（80）

史达祖………………………………………………………（81）

　　绮罗香（做冷欺花）…………………………………（81）

双双燕（过春社了）	（82）
夜行船（不剪春衫愁意态）	（83）
东风第一枝（巧剪兰心）	（84）
东风第一枝（酒馆歌云）	（86）
黄钟喜迁莺（月波凝滴）	（86）
清商怨（春愁远）	（87）
蝶恋花（二月东风吹客袂）	（88）
玉楼春（游人等得春晴也）	（89）
青玉案（蕙花老尽离骚句）	（89）

高观国 （90）
齐天乐（碧云缺处无多雨）	（90）
玉楼春（几双海燕来金屋）	（91）
金人捧露盘（梦湘云）	（92）
金人捧露盘（念瑶姬）	（94）
祝英台近（一窗寒）	（95）
思佳客（剪翠衫儿稳四停）	（96）
霜天晓角（春云粉色）	（96）
风入松（卷帘日日恨春阴）	（97）
谒金门（烟墅暝）	（97）

刘　镇 （98）
| 玉楼春（泠泠水向桥东去） | （98） |

张　辑 （99）
疏帘淡月（梧桐雨细）	（99）
山渐青（山无情）	（100）
谒金门（花半湿）	（101）
念奴娇（嫩凉生晓）	（101）

祝英台近（竹间棋）……………………………（102）

李　石 ……………………………………………（103）
　　木兰花令（辘轳辘辘门前井）………………（103）

李　泳 ……………………………………………（104）
　　定风波（点点行人趁落晖）…………………（104）
　　清平乐（乱云将雨）…………………………（105）

郑　域 ……………………………………………（106）
　　昭君怨（道是花来春未）……………………（106）

王　嵎 ……………………………………………（107）
　　祝英台近（柳烟浓）…………………………（107）
　　夜行船（曲水溅裙三月二）…………………（107）

蔡松年 ……………………………………………（108）
　　鹧鸪天（秀樾横塘十里香）…………………（108）
　　尉迟杯（紫云暖）……………………………（109）

韩　毚 ……………………………………………（110）
　　高阳台（频听银签）…………………………（110）
　　浪淘沙（莫上玉楼看）………………………（111）
　　浪淘沙（裙色草初青）………………………（112）

◇　卷　　三　◇

刘克庄 ……………………………………………（113）
　　摸鱼儿（甚春来）……………………………（113）
　　卜算子（片片蝶衣轻）………………………（114）
　　清平乐（宫腰束素）…………………………（114）
　　生查子（繁灯夺霁华）………………………（115）

7

吴　潜 ……………………………………………（116）
　　满江红（柳带榆钱）……………………………（116）
　　南柯子（池水凝新碧）…………………………（117）

尹　焕 ……………………………………………（118）
　　霓裳中序第一（青𩽾粲素靥）…………………（118）
　　眼儿媚（垂杨袅袅蘸清漪）……………………（119）
　　唐多令（蘋末转清商）…………………………（120）

赵以夫 ……………………………………………（121）
　　忆旧游慢（望红蕖影里）………………………（121）

姚　镛 ……………………………………………（122）
　　谒金门（吟院静）………………………………（122）

罗　椅 ……………………………………………（122）
　　柳梢青（萼绿华身）……………………………（123）

方　岳 ……………………………………………（123）
　　江神子（窗绡深掩护芳尘）……………………（124）

杨伯嵒 ……………………………………………（124）
　　踏莎行（梅观初花）……………………………（125）

周　晋 ……………………………………………（125）
　　点绛唇（午梦初回）……………………………（126）
　　清平乐（图书一室）……………………………（126）
　　柳梢青（似雾中花）……………………………（127）

杨　缵 ……………………………………………（128）
　　八六子（怨残红）………………………………（128）
　　一枝春（竹爆惊春）……………………………（129）
　　被花恼（疏疏宿雨酿寒轻）……………………（130）

翁孟寅 ……………………………………………（131）

齐天乐（红香十里铜驼梦）……………………………（131）
烛影摇红（楼倚春城）…………………………………（132）
阮郎归（月高楼外柳花明）……………………………（133）

赵汝茪 ……………………………………………………（133）
梅花引（对花时节不曾欢）……………………………（133）
梦江南（帘不卷）………………………………………（134）
恋绣衾（柳丝空有万千条）……………………………（135）
汉宫春（著破荷衣）……………………………………（135）
如梦令（小研红绫笺纸）………………………………（136）

冯去非 ……………………………………………………（137）
喜迁莺（凉生遥渚）……………………………………（137）

许棐 ………………………………………………………（138）
鹧鸪天（翠凤金莺绣欲成）……………………………（138）
琴调相思引（组绣盈箱锦满机）………………………（139）
后庭花（一春不识西湖面）……………………………（139）

陆睿 ………………………………………………………（140）
瑞鹤仙（湿云粘雁影）…………………………………（140）

萧泰来 ……………………………………………………（141）
霜天晓角（千霜万雪）…………………………………（141）

赵希迈 ……………………………………………………（142）
八声甘州（寒云飞）……………………………………（142）

赵崇嶓 ……………………………………………………（143）
蝶恋花（一蕣微寒禁翠袂）……………………………（143）
菩萨蛮（桃花相向东风笑）……………………………（144）

赵希㯝 ……………………………………………………（144）
霜天晓角（姮娥戏剧）…………………………………（144）

秋蕊香（髻稳冠宜翡翠）……………………………（145）
王　澡……………………………………………………（145）
　　　霜天晓角（疏明瘦直）………………………………（146）
赵与𬭎……………………………………………………（146）
　　　谒金门（归去去）……………………………………（146）
楼　槃……………………………………………………（147）
　　　霜天晓角（月淡风轻）………………………………（147）
　　　霜天晓角（剪雪裁冰）………………………………（147）
钟　过……………………………………………………（148）
　　　步蟾宫（东风又送酴醿信）…………………………（148）
李肩吾……………………………………………………（149）
　　　抛球乐（风罥蔫红雨易晴）…………………………（149）
　　　风流子（双燕立虹梁）………………………………（150）
　　　清平乐（美人娇小）…………………………………（151）
　　　风入松（霜风连夜做冬晴）…………………………（152）
　　　乌夜啼（径藓痕沿碧甃）……………………………（153）
　　　清平乐（东风无用）…………………………………（153）
　　　鹧鸪天（绿色吴笺覆古苔）…………………………（154）
黄　简……………………………………………………（154）
　　　柳梢青（病酒心情）…………………………………（155）
　　　玉楼春（龟纹晓扇堆云母）…………………………（155）
陈　策……………………………………………………（156）
　　　摸鱼儿（倚危梯）……………………………………（156）
　　　满江红（倦绣人闲）…………………………………（157）
黄　昇……………………………………………………（159）
　　　清平乐（珠帘寂寂）…………………………………（159）

李振祖 ………………………………………………………（160）
　　浪淘沙（春在画桥西）……………………………（160）
薛梦桂 ………………………………………………………（160）
　　醉落魄（单衣乍著）………………………………（160）
　　眼儿媚（碧筒新展绿蕉芽）………………………（161）
　　三姝媚（蔷薇花谢去）……………………………（161）
　　浣溪沙（柳映疏帘花映林）………………………（162）
曾　揆 ………………………………………………………（163）
　　西江月（檐雨轻敲夜夜）…………………………（163）

◇ 卷　　四 ◇

吴文英 ………………………………………………………（164）
　　八声甘州（渺空烟）………………………………（164）
　　声声慢（檀栾金碧）………………………………（166）
　　青玉案（短亭芳草长亭柳）………………………（167）
　　青玉案（新腔一唱双金斗）………………………（168）
　　好事近（飞露湿银床）……………………………（168）
　　唐多令（何处合成愁）……………………………（169）
　　高阳台（官粉雕痕）………………………………（170）
　　杏花天（幽欢一梦成炊黍）………………………（171）
　　风入松（听风听雨过清明）………………………（172）
　　朝中措（晚妆慵理瑞云盘）………………………（173）
　　西江月（枝袅一痕雪在）…………………………（174）
　　浪淘沙（灯火雨中船）……………………………（175）
　　高阳台（修竹凝妆）………………………………（176）

11

思嘉客（迷蝶无踪晓梦沉）……………………………（177）
　　采桑子慢（桐敲露井）…………………………………（178）
　　三姝媚（湖山经醉惯）…………………………………（179）
翁元龙 ………………………………………………………（180）
　　水龙吟（画楼红湿斜阳）………………………………（181）
　　风流子（天阔玉屏空）…………………………………（182）
　　醉桃源（千丝风雨万丝晴）……………………………（183）
　　谒金门（莺树暖）………………………………………（184）
　　绛都春（花娇半面）……………………………………（185）
郑　楷 ………………………………………………………（186）
　　诉衷情（酒旗摇曳柳花天）……………………………（186）
黄孝迈 ………………………………………………………（187）
　　湘春夜月（近清明）……………………………………（187）
　　水龙吟（闲情小院沉吟）………………………………（188）
江　开 ………………………………………………………（189）
　　浣溪沙（手捻花枝忆小蘋）……………………………（189）
　　杏花天（谢娘庭院通芳径）……………………………（190）
谭宣子 ………………………………………………………（190）
　　谒金门（人病酒）………………………………………（190）
　　江城子（嫩黄初染绿初描）……………………………（191）
陈逢辰 ………………………………………………………（192）
　　乌夜啼（月痕未到朱扉）………………………………（193）
　　西江月（杨柳雪融滞雨）………………………………（193）
楼　采 ………………………………………………………（194）
　　瑞鹤仙（冻痕销梦草）…………………………………（194）
　　玉漏迟（絮花寒食路）…………………………………（195）

法曲献仙音（花匣幺弦）……………………………（196）
　　好事近（人去玉屏闲）……………………………（197）
　　二郎神（露床转玉）………………………………（198）
　　玉楼春（东风破晓寒成阵）………………………（199）
奚　溪 ………………………………………………………（200）
　　芳草（笑湖山）……………………………………（201）
　　华胥引（澄空无际）………………………………（202）
赵闻礼 ………………………………………………………（203）
　　千秋岁（莺啼晴昼）………………………………（204）
　　鱼游春水（青楼临远水）…………………………（204）
　　风入松（曲尘风雨乱春晴）………………………（205）
　　水龙吟（几年埋玉蓝田）…………………………（207）
　　隔浦莲近（愁红飞眩醉眼）………………………（208）
　　贺新郎（池馆收新雨）……………………………（209）
施　岳 ………………………………………………………（210）
　　水龙吟（翠鳌涌出沧溟）…………………………（210）
　　清平乐（水遥花暝）………………………………（212）
　　解语花（云容洎雪）………………………………（212）
　　兰陵王（柳花白）…………………………………（213）
　　曲游春（画舸西泠路）……………………………（214）
　　步月（玉宇熏风）…………………………………（216）

◇ 卷　　五 ◇

陈允平 ………………………………………………………（218）
　　绛都春（秋千倦倚）………………………………（218）

瑞鹤仙（燕归帘半卷）……………………………………（219）
思佳客（锦幄沉沉宝篆残）………………………………（220）
恋绣衾（多情无语敛黛眉）………………………………（221）
唐多令（休去采芙蓉）……………………………………（222）
满江红（目断烟江）………………………………………（223）
秋蕊香（晚酌宜城酒暖）…………………………………（224）
一落索（欲寄相思愁苦）…………………………………（225）
垂杨（银屏梦觉）…………………………………………（226）

张　枢 ……………………………………………………（227）
瑞鹤仙（卷帘人睡起）……………………………………（227）
风入松（春寒懒下碧云楼）………………………………（228）
南歌子（柳户朝云湿）……………………………………（229）
谒金门（春梦怯）…………………………………………（230）
庆宫春（斜日明霞）………………………………………（231）
壶中天（雁横迥碧）………………………………………（232）

李　演 ……………………………………………………（233）
摸鱼儿（又西风）…………………………………………（233）
声声慢（轻鞯绣谷）………………………………………（234）
醉桃源（双鸳初放步云轻）………………………………（236）
南乡子（芳水戏桃英）……………………………………（236）
八六子（乍鸥边）…………………………………………（237）
祝英台近（采芳蘋）………………………………………（238）

莫　崙 ……………………………………………………（239）
水龙吟（镜寒香歇江城路）………………………………（239）
玉楼春（绿杨芳径莺声小）………………………………（240）
生查子（三两信凉风）……………………………………（241）

卜算子（红底过丝明）……………………………（242）
丁宥………………………………………………………（243）
　　水龙吟（雁风吹裂云痕）……………………………（243）
储泳………………………………………………………（244）
　　齐天乐（东风一夜吹寒食）…………………………（244）
赵汝适……………………………………………………（245）
　　清平乐（初莺细雨）…………………………………（246）
楼扶………………………………………………………（246）
　　水龙吟（素娥洗尽繁妆）……………………………（247）
　　菩萨蛮（丝丝杨柳莺声近）…………………………（247）
史介翁……………………………………………………（248）
　　菩萨蛮（柳丝轻飏黄金缕）…………………………（248）
周端臣……………………………………………………（249）
　　木兰花慢（霭芳阴未解）……………………………（249）
　　玉楼春（华堂帘幕飘香雾）…………………………（250）
杨子咸……………………………………………………（251）
　　木兰花慢（紫凋红落后）……………………………（251）
汤恢………………………………………………………（252）
　　二郎神（琐窗睡起）…………………………………（252）
　　倦寻芳（饧箫吹暖）…………………………………（253）
　　满江红（小院无人）…………………………………（254）
　　祝英台近（宿醒苏）…………………………………（255）
　　祝英台近（月如冰）…………………………………（256）
　　八声甘州（摘青梅荐酒）……………………………（257）
何光大……………………………………………………（258）
　　谒金门（天似水）……………………………………（258）

赵溍 ……………………………………………………（259）
　　临江仙（堤曲朱墙近远）…………………………（259）
　　吴山青（金璞明）…………………………………（260）
赵淇 ……………………………………………………（260）
　　谒金门（吟望直）…………………………………（260）
毛翊 ……………………………………………………（261）
　　浣溪沙（绿玉枝头一粟黄）………………………（261）
潘希白 …………………………………………………（262）
　　大有（戏马台前）…………………………………（262）
李珏 ……………………………………………………（263）
　　击梧桐（枫叶浓于染）……………………………（264）
　　木兰花慢（故人知健否）…………………………（265）
利登 ……………………………………………………（266）
　　风入松（断芜幽树际烟平）………………………（266）
曹邍 ……………………………………………………（267）
　　玲珑四犯（一架幽芳）……………………………（267）
刘澜 ……………………………………………………（268）
　　庆宫春（春剪绿波）………………………………（269）
　　瑞鹤仙（向阳看未足）……………………………（270）
　　齐天乐（玉钗分向金华后）………………………（271）
张龙荣 …………………………………………………（273）
　　摸鱼儿（又吴尘）…………………………………（273）

◇　卷　　六　◇

李彭老 …………………………………………………（275）

木兰花慢（正千门系柳）……………………………（275）

壶中天（青飙荡碧）………………………………（276）

高阳台（飘粉杯宽）………………………………（277）

法曲献仙音（云木槎枒）…………………………（279）

一萼红（过蔷薇）…………………………………（280）

高阳台（石笋埋云）………………………………（281）

探芳讯（对芳昼）…………………………………（283）

祝英台近（杏花初）………………………………（284）

踏莎行（紫曲迷香）………………………………（285）

浪淘沙（泼火雨初晴）……………………………（286）

四字令（兰汤晚凉）………………………………（287）

生查子（罗襦隐绣茸）……………………………（287）

李莱老 …………………………………………（288）

惜红衣（笛送西泠）………………………………（288）

青玉案（吟情老尽江南句）………………………（289）

扬州慢（玉倚风轻）………………………………（290）

谒金门（春意态）…………………………………（291）

浪淘沙（榆火换新烟）……………………………（292）

生查子（妾情歌《柳枝》）………………………（292）

高阳台（门掩香残）………………………………（293）

木兰花（向烟霞堆里）……………………………（294）

清平乐（绿窗初晓）………………………………（295）

台城路（半空河影流云碎）………………………（296）

浪淘沙（宝押绣帘斜）……………………………（297）

杏花天（年时中酒风流病）………………………（297）

小重山（画檐簪柳碧如城）………………………（298）

17

应法孙 ……………………………………………………（298）
 霓裳中序第一（愁云翠万叠）………………………（299）
 贺新郎（宿雾楼台湿）………………………………（300）

王亿之 ……………………………………………………（300）
 高阳台（双桨敲冰）…………………………………（300）

余桂英 ……………………………………………………（301）
 小桃红（芳草连天暮）………………………………（301）

胡仲弓 ……………………………………………………（302）
 谒金门（蛾黛浅）……………………………………（302）

尚希尹 ……………………………………………………（303）
 浪淘沙（结客去登楼）………………………………（303）

柴　望 ……………………………………………………（304）
 念奴娇（春来多困）…………………………………（304）

朱　藻 ……………………………………………………（305）
 采桑子（障泥油壁人归后）…………………………（305）

黄　铸 ……………………………………………………（306）
 秋蕊香令（花外数声风定）…………………………（306）

王同祖 ……………………………………………………（306）
 阮郎归（一帘疏雨细于尘）…………………………（307）

王茂孙 ……………………………………………………（307）
 高阳台（迟日烘晴）…………………………………（307）
 点绛唇（折断烟痕）…………………………………（309）

王易简 ……………………………………………………（309）
 齐天乐（宫烟晓散春如雾）…………………………（310）
 酹江月（暗帘吹雨）…………………………………（311）
 庆宫春（庭草春迟）…………………………………（312）

张 桂 ……………………………………………………（313）
　菩萨蛮（东风忽骤无人见）……………………（313）
　浣溪沙（雨压杨花路半干）……………………（314）
张 磐 ……………………………………………………（314）
　绮罗香（浦月窥檐）……………………………（314）
　浣溪沙（习习轻风破海棠）……………………（315）
张 林 ……………………………………………………（316）
　唐多令（金勒鞚花骢）…………………………（316）
　柳梢青（白玉枝头）……………………………（317）
朱嗣孙 …………………………………………………（317）
　真珠帘（春云做冷春知未）……………………（317）
吴大有 …………………………………………………（318）
　点绛唇（江上旗亭）……………………………（318）
张 炎 ……………………………………………………（319）
　壶中天（瘦筇访隐）……………………………（319）
　渡江云（锦香缭绕地）…………………………（321）
　甘州（记天风）…………………………………（322）
赵崇霄 …………………………………………………（323）
　东风第一枝（妒雪梅苏）………………………（323）
范晞文 …………………………………………………（324）
　意难忘（清泪如铅）……………………………（324）
郑斗焕 …………………………………………………（325）
　新荷叶（乳鸭池塘）……………………………（325）
曹良史 …………………………………………………（326）
　江城子（夜香烧了夜寒生）……………………（326）
董嗣杲 …………………………………………………（327）

湘月（莲幽竹邃）……………………………………（327）

◇ 卷　　七 ◇

周　密 ………………………………………………（329）
　　国香慢（玉润金明）………………………………（329）
　　一萼红（步深幽）…………………………………（330）
　　扫花游（江蓠怨碧）………………………………（332）
　　三姝媚（浅寒梅未绽）……………………………（333）
　　法曲献仙音（松雪飘寒）…………………………（335）
　　高阳台（照野旌旗）………………………………（336）
　　庆宫春（重叠云衣）………………………………（337）
　　高阳台（小雨分江）………………………………（339）
　　探芳信（步晴昼）…………………………………（340）
　　水龙吟（素鸾飞下青冥）…………………………（341）
　　四字令（眉消睡黄）………………………………（343）
　　西江月（绿绮紫丝步障）…………………………（343）
　　江城子（罗窗晓色透花明）………………………（344）
　　少年游（帘销宝篆卷宫罗）………………………（344）
　　好事近（新雨洗花尘）……………………………（345）
　　西江月（情缕红丝冉冉）…………………………（345）
　　醉落魄（忆忆忆忆）………………………………（346）
　　朝中措（彩绳朱乘驾涛云）………………………（346）
　　醉落魄（余寒正怯）………………………………（347）
　　浣溪沙（蚕已三眠柳二眠）………………………（347）
　　甘州（渐萋萋）……………………………………（349）

踏莎行（远草情钟）……………………………………（350）
王沂孙 ………………………………………………………（351）
　　醉蓬莱（扫西风门径）………………………………（352）
　　法曲献仙音（层绿峨峨）……………………………（353）
　　淡黄柳（花边短笛）…………………………………（354）
　　一萼红（思飘摇）……………………………………（356）
　　长亭怨（泛孤艇）……………………………………（357）
　　庆宫春（明玉擎金）…………………………………（359）
　　高阳台（残萼梅酸）…………………………………（360）
　　西江月（褪粉轻盈琼靥）……………………………（361）
　　踏莎行（白石飞仙）…………………………………（361）
　　醉落魄（小窗银烛）…………………………………（362）
赵与仁 ………………………………………………………（363）
　　柳梢青（露冷仙梯）…………………………………（363）
　　琴调相思引（冰箔纱帘小院清）……………………（363）
　　西江月（夜半河痕依约）……………………………（364）
　　清平乐（柳丝摇露）…………………………………（364）
　　好事近（春色醉荼蘼）………………………………（365）
仇　远 ………………………………………………………（365）
　　生查子（钗头缀玉蚕）………………………………（366）
　　八犯玉交枝（沧岛云连）……………………………（366）

◇ 卷 一 ◇

张孝祥

张孝祥（1132—1169），字安国，号于湖居士，历阳乌江（今安徽和县）人。宋高宗绍兴二十四年（1154）进士。曾因赞助张浚北伐，被劾落职。晚年因病退居芜湖。张孝祥生当南宋前期，面对外族入侵，山河破碎，将爱国感情寓托于词。词风以雄放清逸为主，追踪苏轼。亦不乏婉丽之作。有《于湖词》。

念 奴 娇

过 洞 庭

洞庭青草①，近中秋、更无一点风色。玉界琼田②三万顷，著我偏舟一叶。素月分辉，明河共影，表里俱澄澈。悠然心会，妙处难与君说。　　应念岭表③经年，孤光自照，肝胆皆冰雪。短鬓萧疏襟袖冷，稳泛沧溟空阔。尽吸西江，细斟北斗④，万象为宾客。叩舷独啸，不知今夕何夕。

【注释】

①洞庭青草：洞庭湖、青草湖，均在今湖南岳阳市西。
②玉界琼田：形容月光下的洞庭湖空明澄澈。玉界，一作"玉鉴"。琼田，玉田。
③岭表：两广在五岭之表，故称。
④"尽吸"两句：《景德传灯录》载马祖语："待汝一日吸尽西江水"。西江，长江。《九歌·东君》："援北斗兮酌桂浆"。

【赏析】

宋孝宗乾道元年（1165），张孝祥任广南西路（今广西一带）经略安抚使，第二年被谗落职，从桂林北归，"以八月之望过洞庭"，触景生情，"悠然心会"，写下了这首千古传唱的佳词。

此词上片以写景为主，下片以抒情为主。中秋时节，洞庭湖风平浪静，万顷波涛宛如玉镜琼田，与天上银河共同分映着明月清辉。水天一色，境界空阔，扁舟轻凌，令人心旷神怡，大有飘然轻举何似人间之感。这使作者"悠然心会"，而"妙处难与君说"的境界，又何尝不是作者"肝胆皆冰雪"的襟怀心胸的形象写照？于是作者对此情景，不禁感叹自己操履高洁而多年来不为世俗所察，徒使忠信见谤，只有眼前这秋月孤光或能洞鉴。但作者并未悲观，他感到眼前天地空阔，气象清泠，适足以驰荡心志，于是他豪饮湖上，发为奇想，欲以江水为酒浆，北斗为酒杯，天地万象为宾客，表现出神游天地驱遣造化的惊人意度和豪逸情致，去追求那摆落尘心、物我两忘的超然境界。

全词想象奇妙，用笔空灵，境界开阔，风格清旷超逸，带有浓厚的浪漫主义色彩，代表了于湖词风的一个重要方面。周密论词，甚重风雅清旷一路，故此编首选于湖此词。

西 江 月

丹 阳 湖[①]

问讯湖边春色，重来又是三年，东风吹我过湖船，杨柳丝丝拂面。　　世路如今已惯，此心到处悠然。寒光亭[②]下水连天，飞起沙鸥一片。

【注释】

①丹阳湖：在安徽当涂县东南，当建康与宣城间内河交通之航道。
②寒光亭：在溧阳三塔寺。

【赏析】

此词原无题。黄昇《花庵词选》题作"洞庭"。此选题作"丹阳湖",厉鹗笺本则以为当做"题溧阳三塔寺"。厉说是。南宋岳珂《玉楮集》有诗题云:"三塔寺寒光亭,张于湖书词寺柱",可以为证。词中所写的湖为三塔湖,在溧阳县西七十里。

作者三年后重经旧地,不禁感慨系之。"东风"两句,系由"问讯"句唤出,写景物依旧;而"世路"两句则着重表现这三年之中愈益增多的人生感怀,写人事已非。词最后两句,被元代陆辅之《词旨》推为警句,作者由情入景,眼前天光水涵,沙鸥翔起,使人胸次高朗,神清意远,产生隐迹江湖的浩然归意,此处情景妙合无垠,无凑泊牵合之迹,而上文"悠然"之意,则从此景中自然传出。

清 平 乐

光尘扑扑,宫柳低迷绿。斗鸭①阑干春诘曲②,帘额微风绣毳。 碧云青翼无凭,困来小倚云屏。楚梦③不禁春晚,黄鹂犹自声声。

【注释】

①斗鸭:古人有斗鸭为戏之俗,见《三国志·吴志·陆逊传》。
②诘曲:婉曲。亦作"诘屈"。
③楚梦:指爱情之梦。用楚怀王梦巫山神女的典故,见宋玉《高唐赋》。

【赏析】

此词写春闺念远之情。上片极写春色迷人的天气景色,一句一景,由远及近。下片由景及人。春色迷人亦复恼人,过片先写意中人音信久无,再写闺中人困倚云屏,因思而梦,而梦又终被黄鹂啼声惊醒。这里用唐代金昌绪《春怨》"打起黄莺儿,莫教枝上啼。啼时惊妾梦,不得到辽西"诗意,但点化入词,浑然无迹。

菩 萨 蛮

东风约略①吹罗幕，一帘细雨春阴薄。试把杏花看。湿云②娇暮寒。　　佳人双玉枕，烘醉鸳鸯锦。折得最繁枝，暖香生翠帷。

【注释】

①约略：微略之意。
②湿云：一作湿红。

【赏析】

这是一首闺怨词。上片写在细雨愁人天气，她于孤寂之中，却见屋外墙头一枝杏花开放，花如人，雨如泪，哀哀动人。下片写玉枕有双，鸳鸯成对，暗示闺中人身单影只，于是只得折取繁花一枝置于房中，以花为伴，聊以自慰自怜。写花实即写人，伤花还是伤己。

范成大

范成大（1126—1193），字致能，号石湖居士，吴郡（今江苏苏州市）人。宋高宗绍兴二十四年（1154）进士。孝宗时出使金国，交涉收复河南"陵寝"及更改南宋皇帝向金使跪拜受书之礼，不辱使命而归。官至参知政事。晚年隐居苏州石湖。以诗著称，与尤袤、杨万里、陆游并称南宋中兴四大家。词以清逸淡远见长。有《石湖集》。

醉 落 魄

栖乌飞绝，绛河①绿雾星明灭。烧香曳簟眠清樾②。花影吹笙，满地淡黄月。　　好风碎竹声如雪，昭华三弄③临风咽。鬓丝撩乱纶巾折。凉满北窗，休共软红④说。

【注释】

① 绛河：即天河。
② "烧香"句：焚起香，拖一条竹席，睡在清凉的树荫下。
③ 昭华三弄：昭华，古乐器名，这里指笙。弄，即奏乐。
④ 软红：即红尘、尘土，此处指热中功名富贵，奔走官场的世俗之人。

【赏析】

这首词写作者隐居闲适的生活和孤芳自赏的心情。正值新秋时节，天色已晚，环境清爽宁静。作者身卧树阴之下，下垫竹席，焚香缭绕，自觉置身于一个清凉美妙的境界中。下片承"吹笙"而来，写笙声似冰雪般清绝。当此境界，作者了无拘管，神情萧散，"鬓丝撩乱纶巾折"一句以貌写神，状其闲逸之致。结束两句，用晋代陶渊明"夏月虚闲，高卧北窗之下，清风飒至，自谓羲皇上人"的典故，表达隐居的适意，而这种适意，是那些奔走官场的人所不能领略到的，故曰"休共软红说"，一正一反，说得委婉。

朝 中 措

长年心事寄林扃①，尘鬓已星星。芳意不如水远，归心欲与云平。　　留连一醉，花残日永，雨后山明。从此量船载酒，莫教闲却春情。

【注释】

① 林扃：亦作林坰，林野之意。

【赏析】

此词亦写归隐求闲之情。上片写求隐之心，下片写既隐之趣，起二句交代奔走风尘已半生，鬓已斑白，而早存心志于山林。"芳意"两句，写自己追逐春芳之意终浅，而一片归心却与水一般远，与云一般高。下片写既隐之后,沉醉于湖山花朝之中,纯是推想。最后表达急切求隐的心情,作者要尽其船之载量,携酒放浪湖山,语似夸张,而备见其情之殷切。

眼 儿 媚

酣酣日脚①紫烟浮,妍暖②试轻裘。困人天气,醉人花底,午梦扶头③。　　春慵恰似春塘水,一片縠纹④愁。溶溶泄泄,东风无力,欲皱还休。

【注释】

①日脚:日光下射处。
②妍暖:微暖。
③扶头:扶头酒,易醉之酒。这里状午梦沉睡之态。
④縠纹:像绉纱般细小的水波。

【赏析】

这是一首写初春景色和感受的词。作者于乾道八年(1172)知静江府(今广西桂林),是年岁尾自吴县出发赴任,次年春过萍乡(今江西),作此词。

词开头写初春雨后乍晴,太阳暖洋洋的,"酣酣",即温暖之意。在春日的照射下,四处暖气腾浮,望之状如紫烟,作者抓住了初春乍晴的景物特点来写,正因为是乍暖乍晴的时节,所以格外使人感到困乏无力。再加上花香一阵阵扑面沁心,更使人如痴如醉。下片扣住"春慵"两字,进行刻画描摹,取喻十分巧妙:东风有气无力地吹动着溶溶泄泄的春水,水面波痕微起,轻细如纱,才要皱起,又还停住,是风亦软,水亦懒。全词无甚深意。但写初春乍暖的气候和感受,取喻独到,使人如临其境,诚如沈际飞所评:"字字软温,着其气息即醉"(《草堂诗余别集》)。

忆 秦 娥

楼阴缺,阑干影卧东厢月。东厢月,一天风露,杏花如雪。隔烟催漏金虬咽①,罗帏暗淡灯花结。灯花结,片时春梦,江南天阔。

【注释】

①"隔烟"句:漏,漏器,用于计时。金虬,铜龙。此句说隔着烟雾听到装有龙头的漏器之声。

【赏析】

此词写春闺思远之情。上片先写明月升起,照在思妇楼头,此楼掩映在绿树丛中,月光下,只露出未被遮蔽的一角,月光洒向东厢,栏杆的影子投在地面上,一切都悄然无声,这是静夜。满天风露,夜气茫茫,月下杏花仍在开放,望之洁白如雪,这是春夜。过片转写室内情景,思妇隔着迷濛的雾气,听到漏器计时的点滴之声,这是自然的声响,是时光的流逝,是青春在过去,是春在走向结束,这声响,点点滴滴打在思妇心上。而苍天不负苦心人,于是有灯花之兆,闺中人在片时春梦中,得与意中人相会。然而,虽是相见,却只是在梦中,梦亦仅仅"片时",而梦前梦后,当更有无数难挨的日日夜夜,不容人不掩卷而思,感慨系之。

霜天晓角

晚晴风歇,一夜春威折。脉脉花疏天淡,云来去,数枝雪。胜绝,愁亦绝,此情谁共说?惟有两行低雁,知人倚,画楼月。

【赏析】

这是一首咏梅怀人之作。上片写风歇寒减,梅花依衬着晚晴的淡天疏云，枝叶横斜，花朵疏朗，脉脉含情，质洁如雪，标格不凡。下片承此作一赞叹，然后来一转折，点出愁绪。这是脉脉花愁，也是倚楼人愁。全词由梅及人，亦梅亦人，梅胜绝愁绝，楼中人也胜绝愁绝。

洪　迈

洪迈（1123—1202），字景卢，别号容斋，饶州鄱阳（今属江西）人。宋高宗绍兴十五年（1145）中博学宏词科。孝宗朝累迁中书舍人、兼侍读、直学士院、翰林学士等。晚年致仕归乡，潜心著述，长于笔记、小说。有《容斋随笔》、《夷坚志》等。词仅传六首。

踏　莎　行

院落深沉，池塘寂静，帘钩卷上梨花影。宝筝拈得雁难寻①，篆香消尽山空冷②。　　钗凤斜敧，鬓蝉不整，残红立褪慵看镜。杜鹃啼月一声声，等闲又是三春尽。

【注释】

①"宝筝"句：雁指筝面上承弦的柱，因其参差斜列如雁行，故又称雁柱。柱可移动，以调音之高低。雁难寻，谓音调不好。全句说纵有宝筝也难诉相思之情。

②篆香：指盘香或香之烟缕如篆形。山：指博山，即香炉。

【赏析】

这是一首闺中怀人之词。"帘钩"一句由外而内，由景及人，帘钩高卷，明月在天，梨花倩影在眼。梨花既开，则春已深，人对梨花，则愁亦深，此句未明写其人，而其人已呼之欲出，其心情已隐然可见。接下进一步写帘中人举动，闲拈宝筝，相思难诉，篆香消尽，四下空寂。由人的动作再写及人的容貌，于是有过片"钗凤"三句状其心情无聊，不事梳妆。歇拍写及思妇心情，杜鹃啼月，其声如说"不如归去",这杜鹃之声,又直是思妇呼唤行人的归来。词上片写思妇终夜难眠,下片写思妇一春想望,而这深切的怀人之意,全篇无一字点破,全凭环境景物的渲染和女主人公动作情态的描绘来曲曲传出,言外见意,深永含蓄。

陆　游

陆游(1125—1209),字务观,号放翁,越州山阴(今浙江绍兴人)。早年立志抗战。高宗绍兴二十三年(1153)试礼部,名在前列,因喜论恢复,语触秦桧被黜免。孝宗时,赐进士,授枢密院编修。乾道二年(1166),因支持张浚北伐,被免职。乾道六年(1170)入蜀,曾亲临南郑前线,后自蜀东归,数任地方官。66岁被罢职,闲居山阴达20年。陆游以诗名,是我国文学史上杰出的爱国主义诗人,有《剑南诗稿》、《渭南文集》。其词兼豪放婉约之长,有《放翁词》。

朝　中　措

梅

幽姿不入少年场,无语只凄凉。一个飘零身世,十分冷淡心肠。　江头月底,新诗旧恨,孤梦清香。任是春风不管,也曾先识东皇[①]。

【注释】

①东皇:司春之神。

【赏析】

这首咏梅之作着重写梅之遭遇,以此表现作者的身世与品格。上片咏花见意。梅花清绝不俗,她不会到少年场中去争妍妒宠,而是自甘寂寞,先春而发,幽独自赏,其既然对取容世俗抱着"十分冷淡心肠","身世飘零"也就在所必然。过片三句暗用宋初林逋《山园小梅》"疏影横斜水清浅,暗香浮动月黄昏"诗意,进一步交代梅花凄凉处境,点染幽独情绪。但结尾却转出一层新意,谓寒梅虽未逮阳春,但最先探得春意的正是她。全篇为之振起。

乌 夜 啼

金鸭①余香尚暖,绿窗斜日偏明。兰膏②香染云鬟腻,钗坠滑无声。　冷落秋千伴侣,阑珊打马心情③。绣屏惊断萧湘梦,花外一声莺。

【注释】

①金鸭:金属的鸭形香炉。
②兰膏:泽兰炼成的油,这里泛指发油香脂。
③"阑珊"句:阑珊,衰落、将尽。打马,即打双陆,双陆棋子似马,故称打马。这是宋人常玩的一种游戏。

【赏析】

此词写闺中女子春天的相思心情,涉笔绮艳,格近《花间》,当为陆游早年之作。起二句写女子居处,房中香炉尚暖,轻烟缕缕,绿窗之外,斜日照了进来,闺中人则午眠未起。"兰膏""钗坠"两句表现女子容饰之美和意态之懒散。过片两句,由外貌写及内心。在这春天的良辰美景中,她为何不愿与女伴们一起去荡秋千、做打马的游戏?原来她沉浸在相思之中。但是莺声又惊断了她的好梦,既然梦都不成,则思妇的无限惆怅也就可想而知了。

乌 夜 啼

纨扇婵娟素月①,纱中缥缈轻烟。高槐叶长阴初合,清润雨余天。　弄笔斜行小草,钩帘浅醉闲眠。更无一点尘埃到,枕上听新蝉。

【注释】

① "纨扇"句：谓团扇美如素月。纨，细绢。婵娟，美好。

【赏析】

陆游晚年曾长期闲居于山阴镜湖之侧，他的闲适生活与情绪，和大自然的清时嘉景相融惬，此词即是他这一生活的写照。词起二句写作者头戴纱巾，手持纨扇，表明这是夏季。写扇写巾，皆用比喻，纨扇如团团清月，纱巾薄似缥缈轻烟。接下两句写雨后夏日特点，十分准确贴切，高大的槐树绿阴初合，雨后的空气中犹带着余润余凉，天气清润可人，选景用笔亦极清疏。下片由景及人，从醉、醒两处落笔，醒时是"弄笔斜行小草"，醉时是"钩帘浅醉闲眠"，而总在表现生活之悠闲无事。末二句再对"闲眠"加以申述，帘幕高卷，高枕无忧，惟听新蝉，这是闲眠境况，也是清醒世界，超然物外，游心悠然。"更无一点尘埃到"，这不仅是从自然环境的角度指出雨后清润，没有尘土飞沙，更是表明这里远离世俗，避迹官场，大有陶渊明"五六月中，北窗下卧，遇凉风暂至，自谓羲皇上人"的意味。

陆　淞

陆淞，字子逸，号雪溪，山阴（今浙江绍兴）人，陆佃孙，陆游雁行。曾官辰州守。晚以疾废，卜筑秀野，传词仅二首。

瑞　鹤　仙

脸霞红印枕，睡觉来、冠儿还是不整。屏间麝煤①冷，但眉峰压翠，泪珠弹粉。堂深昼永，燕交飞、风帘露井。恨无人、说与相思，近日带围宽尽！　　重省，残灯朱幌，淡月纱窗，那时风景。阳台路迥，云雨梦，便无准②。待归来，先指花梢教看，却把心期细问。问因循、过了青春，怎生意稳？

【注释】

①麝煤:墨之别称。这里指屏风上的水墨山水。

②"阳台"三句:阳台、云雨,指男女欢会情事。宋玉《高唐赋序》云楚怀王游高唐,梦神女荐枕,临去,有"旦为行云,暮为行雨,朝朝暮暮,阳台之下"之语。

【赏析】

这首词写的是思妇之情。上片开头先刻画人物外貌,接下来描写环境景物,以景传情。笔触绮艳。下片由貌入心,过片先由"重省"二字折入回忆,词境另开,"残灯朱幌,淡月纱窗",皆是当初欢会情景。但恩爱之期不长,"阳台路迥,云雨梦,便无准",逐使思妇独守空房。"待归来"以下,写思妇推想归来后相问情景,对人物心理活动体察细致,中又指花比人,表达感情逼真、宛转而深刻。

韩元吉

韩元吉(1118—1187),字无咎,号南涧,许昌(今河南许昌)人,韩维四世孙。寓居信州(今江西上饶)。官至吏部尚书、龙图阁学士。元吉师事尹焞。词与辛弃疾等唱和,风格亦近之。有《南涧诗余》。

水 龙 吟

书英华事

雨余叠巘浮空,望中秀色仙都是。洞天未锁,人间春老,玉妃曾坠。锦瑟繁弦,凤箫清响,九霄歌吹。问分香旧事,刘郎去后,知谁伴、风前醉? 回首暝烟千里,但纷纷,落红如洗。多情易老,青鸾何许?诗成谁寄?斗转参横,半帘花影,一溪寒水。怅飞凫路杳,行云梦远,有三岸翠。

【赏析】

　　此词题所云英华事，在南宋陈鹄《耆旧续闻》中有较为详细的记载，说的是北宋元丰年间缙云令开封李长卿女慧性过人，资质不凡，但染疾而逝，殡于邑之仙岩寺三峰阁。后李公罢，因舁归。至宣和中，此地遭大灾而三峰阁独存。主簿以为廨舍。有曹颖者，曾馆于厅治之东。一夕，有女子打扃而至，自称是李长卿女，名季萼，字英华，曹颖遂与之唱和往还。后曹颖从军，将就道，英华与之诀别，谓曹颖他日当有兵难，因授灵香一瓣，约其若有急难即爇之以告，当阴有所护。后曹颖在军中果获谴，欲爇香以告，无奈军行无宿火，卒正法。这实际上是一个人鬼（仙）相恋的传奇故事。韩元吉将此"小小情事"写入词中，取材甚新。词上片先点出三峰阁的处所，然后以"玉妃"喻指英华，述其与曹颖仙凡人鬼相恋遇合之事。"分香"一语，在一般的诗词中多作为典故来使用，出曹操《遗令》，也有泛指男女以香罗带赠别，如陈亮《水龙吟》"罗绶分香"，但这里却是实写英华与曹颖诀别时授灵香一瓣之事。刘郎指情郎，用刘义庆《幽明录》所载刘晨、阮肇天台遇仙之事。下片写别后惆怅思念之情，为天涯遥隔难通情好而悲怨，情境凄婉。全词设色华美凄艳，想象丰富，善于以景衬情，以心理变化暗示故事情节。

好　事　近

汴京①赐宴

　　凝碧旧池②头，一听管弦凄切。多少梨园③声在，总不堪华发。　　杏花无处避春愁，也傍野花发。惟有御沟④声断，似知人呜咽。

【注释】

①汴京：本北宋都城，这时已沦于金人之手。
②凝碧池：在唐东都洛阳神都苑内。

③梨园：在长安，唐玄宗曾选坐部伎数百人教习于此，号皇帝梨园弟子。

④御沟：流经皇宫的河道。

【赏析】

据《金史·交聘表》，金世宗大定十三年（即宋孝宗乾道九年），宋遣试礼部尚书韩元吉、利州观察使郑裔兴等贺金主完颜雍生辰万春节。途经北宋旧都汴京，参加金国的宴会，韩元吉不禁感慨万端，作此词。他想起了唐代安史之乱中，安禄山攻陷西京，在洛阳神都苑内大宴群臣，命原梨园子弟奏乐取乐，乐工雷海青愤掷乐器，向西（唐玄宗避难西蜀）大恸。诗人王维闻知此事，潜赋诗云："万户伤心生野烟，百官何日再朝天？秋槐落叶深宫里，凝碧池头奏管弦。"韩词上片即用此事，以唐喻宋，同时自感华发垂老，而国事如此，黍离之悲，凄动于中。"旧地"、"多少"、"不堪"，下语皆极沉痛。下片写早春二月杏花开放及御沟流水等环境景物，渲染烘托愁绪，作者用杏花无主而愁寓指中原旧京的沦陷，用御沟的拟人化，"似知人呜咽"来写作者内心的悲哀，皆深进一层，委婉达意。

姚 宽

姚宽（？—1162），字令威，号西溪。嵊（今浙江嵊县）人。以父荫补官，官枢密院编修官等职，著有《西溪丛语》等。传词五首。

菩 萨 蛮

斜阳山下明金碧，画楼返照融春色。睡起揭帘旌，玉人蝉鬓轻。　　无言空伫立，花落东风急。燕子引愁来，眉愁那得开。

【赏析】

此词写闺怨。上片写思妇楼头远望，斜阳临照金碧画楼，光彩闪烁，到处春意盎然。楼中人午睡方起，纤手揭起帘旌，现出美丽的容貌，轻柔的鬓角，像蝉翼一般。这里写她午睡迟起，直至斜阳临照，已见其意绪慵懒，下片进一步写其心情。作者袭用李白《菩萨蛮》"玉阶空伫立，宿鸟归飞急"和晏几道《临江仙》"落花人独立，微雨燕双飞"词意，言玉人伫立楼头，见东风吹来，芬芳飘落，感喟青春易去；见双燕齐飞，联想到自己形单影只，无人为伴，故"眉愁那得开"。

生 查 子

郎如陌上尘，妾似堤边树。相见两悠扬，踪迹无寻处。酒面扑春风，泪眼零秋雨。过了别离时，还解相思否？

【赏析】

此词写离别相思之情。全词以女主人公第一人称自述的方式来写，真挚质朴，清新感人。词一开始就用了两个贴切的比喻，"郎如陌上尘，妾似堤边树"，"树"一作"絮"，男方如陌路上的飞尘，飞扬漂泊，了无定所，而自己则如河堤边的柳絮，也是随处零落。这两个比喻，突出了他们都不能掌握自己命运的共同特征。于是聚散离合也就成了一种偶然。故接下云："相见两悠扬，踪迹无寻处。"悠扬，在这里指空间上相距的遥远。下片折回到对当初相逢以及分离情景的描写。"酒面扑春风"是写相逢，酒逢知己，春风扑面，但好景不长，悲离继之。"泪眼零秋雨"，是写分离情景。这两句词序原应为"春风扑酒面，秋雨零泪眼"。但作者为了突出人物神态，把酒面、泪眼置于句首，以起强调作用，给读者深刻的印象。在春风中相遇，温柔甜美；在秋雨中分别，凄恻悲哀。结二句，再深一层写分离后女子的心理，"过了别离时，还解相思否？"这一句，是出于担心，担心男方会忘了她，也是出于更深切的眷恋，语虽浅近，含意却深。全词情深语浅，得民歌风味。

吴 琚

吴琚,字居父,号云壑,汴(今开封)人。高宗吴皇后侄。工翰墨。曾判建康府留守。有《云壑集》。传词六首。

柳 梢 青

元日①立春

彩仗鞭春②,椒盘迎旦③,斗柄回寅④。拂面东风,虽然料峭,终是寒轻。　　带花折柳心情。怎捱得、元宵放灯⑤?不是东园,有些残雪,先去踏青。

【注释】

①元日:农历正月初一。
②彩仗鞭春:宋代立春时的仪式。吴自牧《梦粱录》卷一"立春"条云:"临安府进春牛于禁庭。立春前一日,以镇鼓锣吹妓乐迎春牛,往府衙前迎春馆内。至日侵晨,郡守率僚佐以彩仗鞭春。"
③椒盘迎旦:当时风俗,农历正月初一用盘进椒,饮酒时取椒置酒中。此句一作"鹅毛飞管"。
④斗柄回寅:北斗七星,四星如斗,三星似柄。夏历十二个月的月建,按东南西北把天空划分成十二等分,以子丑寅卯等名之,称十二宫。斗柄三星在一定时间内所指的方位是哪一宫,即表示哪一个月。正月建寅,黄昏则斗杓指寅。
⑤放灯:正月十五元宵节,宋代盛行放灯的风俗,又称放灯节。

【赏析】

此为节令词。开头三句,极意渲染新年伊始、新春到来的节庆气象。"拂面"以下三句,结合着作者的感受来写,元日立春之际,纵有料峭春寒,作者已明显感受到春的到来。下片承此而放笔直写。既然春天已临,于是禁不住动了春兴,按捺不住"带花折柳心情"。结尾三句再把这种心情补衬一笔,如果不是东园现在还留着些残雪,定当要前去踏青了。这里通过写这一心理状态,把作者盼望春意的急切心情写出来了。语俊思逸,是一首快词。

浪 淘 沙

云叶弄轻阴,屋角鸠鸣。青梅著子欲生仁。冷落江天寒食雨,花事关情。 池馆昼盈盈,人耐寒轻。一川芳草只销凝。时有入帘新燕子,明日清明。

【赏析】

这是一首思妇词。上片开头三句写云叶轻阴、屋角鸠鸣、青梅生仁,一句一景,选取的都是能够表现出寒食清明阴雨天气特征的景物。接下来写词中人对景"关情",所关之情,为惜花感时之情,更是由景而生的相思之情。下片以写人对主。新燕归来而人未归,清明在即而人不回,思妇不禁对景伤情。

浪 淘 沙

岸柳可藏鸦,路转溪①斜。忘机鸥鹭立汀沙。咫尺钟山②迷望眼,一半云遮。 临水整乌纱③,两鬓苍华。故乡心事在天涯。几日不来春便老,开尽桃花。

【注释】

①溪:指流经建康(今南京)城东南的青溪。
②钟山:即今南京城东紫金山。
③乌纱:即乌纱帽。

【赏析】

词中写作者临水望山,外示悠闲,实心事浩范,感慨深沉。上片写近景远景，忘机之鸥鹭与浮云之遮山，当有所象征寓托之意，但颇难指实。下片写怀抱。临水整乌纱，照见斑白双鬓，有年华既逝、宦情冷淡之意，故接下便写"故乡心事"。但此心事难遂，故值此春游，顿感时序惊心，不禁黯然自失。或以为吴琚汴人，此"故乡心事"当是有感于北宋之沦陷。

辛弃疾

辛弃疾（1140—1207），原字坦夫，后改字幼安，号稼轩，济南（今山东历城）人。一生力主抗金，终究壮志难酬。是宋代最为杰出的词人，传词620余首，数量也最多。他以词反映南渡后国破家亡的社会现实，表达抗战恢复的壮志豪情，指斥偏安误国，慨叹有志难酬。艺术上造境雄奇，思路缜密，熔铸经史，比兴兼陈，语言亦多创新。风格以豪放为主，亦擅婉约与清新。有《稼轩长短句》。

摸 鱼 儿

更能消①几番风雨？匆匆春又归去。惜春长怕花开早，何况落红无数。春且住！见说道、天涯芳草无归路。怨春不语。算只有殷勤，画檐蛛网，尽日惹飞絮。　　长门事，准拟佳期又误②。蛾眉曾有人妒，千金纵买相如赋③，脉脉此情谁诉？君莫舞，君不见、玉环飞燕④皆尘土！闲愁最苦。休去倚危栏⑤，斜阳正在，烟柳断肠处。

【注释】

①消：消受，经得起。

②长门事：指汉代陈皇后失宠，被汉武帝遗弃在长门宫。"准拟"句，约定的好日子又改变了。

③相如赋：汉代司马相如善作赋，陈皇后幽居长门宫后，送黄金百斤请其作《长门赋》一篇，诉说哀愁，希望再度得到汉武帝的宠幸，见《文选·长门赋序》。

④玉环飞燕：指唐玄宗妃杨玉环和汉成帝后赵飞燕。前者在马嵬之变中被迫自缢。后者被废自杀。

⑤危栏：高楼上的栏杆。

【赏析】

此词一题作"暮春"。虽作于与同僚留别宴饮之际，但通篇于留别不及一词，而用比兴手法，表达深沉的国事身世之感，词中有人，词外有意，寓托甚深，陈义甚高。词一起即用沉郁嗟叹之笔，谓春已不胜风雨，风雨断送了春天。紧接便写惜春之情。"惜春长怕花开早"，似同痴语，而含情深。然而，时至今日，已是"落红无数"，花落则春去，于是惜春之情更甚，进而唤春留春。"春且住"以下，即写留春之意。然而春毕竟要离去，自然无情春无语，"怨"又何用，然不"怨"又何能抒心中之怅恨。最终春意凋残，只有画檐蛛网留住了几片飞絮，或许也可以算是留住了几分春色吧，但春毕竟已去了。上片写得如此曲折往复，表现出作者对春的无限深切而复杂的感情。此春，实非寻常之春，故历来注家多认为这春乃是寓指作者所魂牵梦求的恢复中原的大好时机。而朝廷主和则使这难得的春天付诸东流了。下片转写美人遭妒失宠之事，亦是用寄托之法，而慨叹的是自身的遭遇。作者先述汉代陈皇后事，点出蛾眉遭妒，志士见抑，次及杨玉环赵飞燕，谓惑主难久，终成尘土。最后"闲愁"以下，又将国势与身世扣合一起，国脉如缕，如夕阳西下，英雄失路，难展襟抱。全词以婉约之词写悲愤之情。摧刚为柔。上下片皆极转曲而下，一波三折，艺术上可谓炉火纯青。

瑞 鹤 仙

梅

雁霜寒透幕。正护月云轻，嫩冰犹薄。溪奁照梳掠。想含香弄粉，靓妆①难学。玉肌瘦弱。更重重、龙绡衬著②。倚东风、一笑嫣然。转盼万花羞落。　　寂寞，家山何在？雪后园林,水边楼阁。瑶池旧约,鳞鸿更仗谁托?粉蝶儿只解,寻花觅柳,开遍南枝未觉。但伤心、冷淡黄昏,数声画角。

【注释】

①靓妆:美艳的妆饰。靓,一作艳。
②玉肌:指梅花。龙绡:形容梅花枝头积压的冰雪。

【赏析】

此词借梅花之遭际,抒才士不遇幽人寥落之感,寄托作者的身世之慨。词一起三句先写环境,大雁已归,霜寒仍重,轻云烘月,水上冰薄。然后扣住"嫩冰"着一侧笔"溪奁照梳掠",写梅花以溪水薄冰为奁镜,独自梳妆,其孤幽而自赏可见。这是上片写梅第一层。"想含香弄粉,靓妆难学"两句,写深一层,谓其宁愿独自照溪梳掠,也不愿学世俗之含香弄粉浓妆艳抹,把梅花的高格点出。这是第二层。"玉肌"两句为第三层,写其柔弱姿质。"倚东风"以下,复又转出一层,谓虽是弱质却风骨凛然,当其冲寒一笑,万花都自愧不如为之羞落。下片由"寂寞"二字承上启下,照应上片之孤幽,引出下片之思家念亲。"瑶池"两句,写旧约虽在,心意难托。这里写梅花抛家乖亲,是进一步写其孤幽身世。"粉蝶"以下三句,与上片"含香弄粉"一样,是又一衬笔,谓粉蝶只解寻花觅柳,而全然不觉梅花开遍南枝,可见世上真赏之难得。歇拍收住笔墨,谓梅花只有自伤身世而已。其时黄昏冷淡,角声清寒,触处生愁。全词用笔柔婉缠绵,柔中见刚,婉中有骨,气格不俗。

祝英台近

宝钗分①,桃叶渡②,烟柳暗南浦③。怕上层楼,十日九风雨。断肠点点飞红,都无人管,倩谁劝、啼莺声住? 鬓边觑,应把花卜归期,才簪又重数④。罗帐灯昏,哽咽梦中语:是他春带愁来,春归何处?却不解、带将愁去!

【注释】

①宝钗分：古人有分钗以为离别纪念的习俗。

②桃叶渡：在南京秦淮河与青溪合流处。晋王献之爱妾名桃叶，献之尝临渡以送之。这里指送别情人之地。

③南浦：泛指送别的水边。

④卜：占卜。簪：插、戴（花）。此三句写女子用数花瓣以占情人归期。

【赏析】

这首词，宋人张端义《贵耳集》以为是作者为去妾吕氏而作，今人多以为此说不可凭信。黄蓼园《蓼园词选》认为是"借闺怨以抒其志"，此说近是。手法也用寄托，与前一首《摸鱼儿》同。词通篇写一闺中少妇伤春怀人的感情。开头三句连用三个典故，点出离别情事。"怕"字以下写别后心情，一波三折。既怕登楼望远，又惜无人管飞红春残，更有莺声啼不住，惊梦撩魂，催人愁绪。下片着重以细节传情，借梦境写心境。先写把鬓边花取下试卜行人归期，妙在"才簪又重数"一句，写思妇卜而又卜，放心不下，最能表现心情。后写梦中哽咽，喃喃自语，是春天把人的春愁惹起，而今春归，却不把愁绪带去，这梦中痴语，把思妇的闺怨写得更深一层。就此词表面文字而言，昵狎温柔，十分婉转，而究其深意，则在通过写春意阑珊、闺怨别情，比喻国事日非，恢复无期，表达作者对时局的深切关注和忧虑。

刘　过

刘过（1154—1206），字改之，号龙洲道人，吉州太和（今江西泰和县）人。屡试不第。多次上书朝廷，陈恢复大计，不用。遂放浪江湖。依人作客。词与辛弃疾等唱和，风格亦似之。惟豪快有余，沉著不足。有《龙洲词》。

贺 新 郎

老去相如倦。向文君①、说似而今，怎生消遣？衣袂京尘曾染处，空有香红尚软。料彼此、魂销肠断。一枕新凉眠客舍，听梧桐雨秋声颤。灯晕冷，记初见。　　楼低不放珠帘卷。晚妆残。翠钿狼藉。泪痕凝脸。人道愁来须殢酒②，无奈愁多酒浅。但托意焦琴纨扇③。莫鼓琵琶江上曲，怕荻花枫叶俱凄怨④。云万叠，寸心远。

【注释】

①相如、文君：即汉代司马相如和卓文君。文君为临邛富商卓王孙之女，年轻寡居，司马相如过饮卓家，琴心相挑，文君夜奔相如，同归成都。
②殢酒：沉醉于酒。
③焦琴纨扇：焦琴即焦尾琴。《后汉书·蔡邕传》："吴人有烧桐以爨者，邕闻火烈之声，知其为良木，因请而裁为琴，果有美音，其尾犹焦。"此处喻良材之见弃。纨扇，细绢制成的团扇。汉班婕妤被贬，居长信宫，赋《怨歌行》有："新裂齐纨素，皎洁如霜雪。裁成合欢扇，团团似明月。""常恐秋节至，凉飚夺炎热。弃捐箧笥中，恩爱中道绝。"
④琵琶江上曲：指唐代白居易所作《琵琶行》，诗中借琵琶女的身世，抒发天涯沦落人的感慨。首句云："浔阳江头夜送客，枫叶荻花秋瑟瑟"。

【赏析】

宋光宗绍熙三年（1192），刘过去四明（今宁波）参加选拔举人的牒试，遭黜落，失意中邂逅一老娼。他想到了唐代白居易贬官江州、邂逅一琵琶女的相似经历和"同是天涯沦落人"的相同感慨，于是作此词以赠这位年老的娼女。

词以感慨发端，一上来就感情浓至，先声夺人，作者以汉代司马相如自比，但这相如已老，一个"倦"字，把他多年坎坷备尝艰辛的心情写尽。作此词时，作者已39岁，屡试不第，一意抗金而朝廷不用，今番又遭黜落，如此身世感慨，纵有文君可与诉说，也是难能"消遣"。"衣袂"两句折入回忆，滞留京师已有数年，只"空有香红尚软"，这是衬笔，意在说风尘染衣，壮志未酬。而今，却又是"一枕新凉眠客舍，听梧桐疏雨秋风颤"。而且，在这清冷灯晕之中，更面对着一位同样沦落的老娼，况味凄凉，怎不令人"魂销肠断"？下片前七句，写眼前娼女的容貌神情，由表及里：帘幕低垂，泪痕凝脸，晚妆狼藉，酒不胜悉，显然，她也沉浸在对自我身世的感叹中。"托意焦琴纨扇"一句，把她的年老被弃的经历概括点出。至此，失意才士面对沦落娼女，与白居易浔阳江头所遇约略相似，作者自然想起白居易《琵琶行》中"同是天涯沦落人，相逢何必曾相识"的名句，但作者更用"莫鼓"、"怕"诸词，将意思说深一层。最后"云万叠，寸心远"两句，则放开笔墨，借云海之苍茫，泻寸心之结郁，表现出内心愁绪积存负载之多。

唐 多 令①

芦叶满汀洲，寒沙带浅流。二十年重到南楼。柳下系船犹未稳，能几日，又中秋。　　黄鹤断矶头，故人今在否？旧江山总是新愁。欲买桂花重载酒，终不似，少年游。

【注释】

①唐多令：此词在《龙洲词》中有题序云："安远楼小集，侑觞歌板之姬黄其姓者，乞词于龙洲道人，为赋此《唐多令》。同柳阜之、刘去非、石民瞻、周嘉仲、陈孟参、孟容，时八月五日也。"安远楼，即词中所述之南楼，在武昌黄鹤山上，故词中有"黄鹤断矶头"之句。

【赏析】

武昌为当时抗金前线，当南北交通之冲要，为荆湖北路之首府。刘过当时已近暮年，壮志不酬，在事隔20年之后重新登上此楼，望中原之未复，叹身世之不遇，不禁感慨系之，遂为此词。

词起三句写景，时当秋季，汀洲上长满芦苇，沙滩寒漠，江水浅少,皆是凄清荒凉景象,景中隐含作者的萧瑟之感。"柳下"三句,进一步发岁月迅逝的感慨,是为衬托作者功业无成的怅恨。只是这后一层寓意,作者未加点明,但联系作者生平,自能领会到。故地重游,自然缅想往事,追念故友。过片借用唐代崔颢《黄鹤楼》"昔人已乘黄鹤去,此地空余黄鹤楼"诗意,表明物是人非。"旧江山总是新愁"一句,更进一步由人事想到国事,江山依旧,但触处新愁,有新愁,则必已有旧恨。这旧恨新愁的内涵是什么?是20年前后国事如旧,山河仍多破碎,中原依然陷于金人之手。"欲买桂花"以下三句,扣住上片"系舟"和"中秋"时事,而仍以今昔之对比出之,意谓纵使买花载酒,重泛江上,也终不同于年少志壮时的心情。在龙洲词中,这是一首不可多得的佳作。

醉　太　平

情高意真,眉长鬓青①。小楼明月调筝,写春风数声。
思君忆君,魂牵梦萦。翠销香暖云屏②,更那堪酒醒!

【注释】

①鬓青:鬓发乌黑。
②云屏:云母石制成的屏风。

【赏析】

此词一题作"闺情"。全篇皆代伊人写怀。上片径以直笔写情发端,不作掩饰描摹语,谓情高洁,意深挚。接下再写其容貌,双眉修长,发鬓乌黑,这里不用珠光宝气来修饰,而自见其清秀素雅,落落大方,是一个纯静秀美的姑娘。"小楼"以下二句,写其动作,小楼独处,明月临窗,纤手调筝,一声声弹出春风般的温情,情境清雅凄婉。句中"写"字下得巧妙妥帖,筝不曰弹而曰写,是女子意不在筝,而在心中之情,表现相思意境。下片接写筝中之意,抒发胸中之感。过片"思君忆君,"不惜重复道之,盖不如此不足以表其情深。歇拍"翠销香暖云屏,更那堪酒醒",翠销,当做翠绡,谓锦帐,锦帐初温,炉香不断,女子愁处云屏之内,不见情人,只能以酒自遣,但愿长醉不用醒。全词不尚雕饰,言短情长,缠绵厚重,不愧小令中工品。

谢 懋

谢懋,字勉仲,洛师(今属河南)人。以乐府知名,有《静寄乐府》,不传。其所作词,时人称之"片言只字,戛玉敲金,蕴藉风流"。今人赵万里辑其词,得14首。

蓦 山 溪

厌厌①睡起,无限春情绪。柳色借轻烟,尚瘦怯、东风倦舞。海棠红皱,不奈晚来寒,帘半卷,日西沉,寂寞闲庭户。

飞云无据②,化作溟濛雨,愁里见春来,又只恐,愁催春去。惜花人老,芳草梦凄迷。题欲遍,琐窗③纱,总是伤春句。

【注释】

①厌厌:即"恹恹",精神困乏之貌。
②无据:飘浮不定,不可依托。
③琐窗:刻有花纹的窗子。

【赏析】

谢懋这首词以"厌厌睡起,无限春情绪"两句点出时间、人物和心情,总领全篇。思妇以此情绪去观看春天的自然景色,便无往而不带有愁绪。你看,嫩绿的柳色,凭借着水边似轻烟般雾气的衬托,显得十分凄迷;尽管东风也甚无力,但它柔弱修长的枝条仍生怯东风的吹舞。海棠花开而又皱,恐难经受傍晚渐起的寒意。日将西沉,余晖脉脉。这本是人之当归之时,而这时的庭院寂静空无。敏感的思妇,似乎感受到了君心无凭的悲哀,淅淅的雨声,更增添了她的愁绪。对于这春，她是怀着这般复杂的心情：一方面，她因为闺中寂寞怕引动愁绪而不愿看到热闹的春意。另一方面，她又不愿这春天的迅即离去，因为女子的青春与这春天是同其命运的。所以她既恋春又恼春。而今，春真的要离去了，她禁不住无限哀婉，惜花落，惜人老，在凄迷的梦境中寻找着春天的芳草，想往着远游的王孙。(《楚辞·招隐士》："王孙游兮不归，春草生兮萋萋"。)无可奈何之中，她只能题诗消闲，但题遍纱窗，篇篇都是写那伤春的情绪。

风 入 松

老年常忆少年狂，宿粉栖香。自怜独得东君①意，有三年、窥宋东墙②。笑舞落花红影，醉眠芳草斜阳。　　事随春梦去悠扬，休去思量。近来眼底无姚魏③，有谁更管领年芳？换得河阳衰鬓④，一帘烟雨梅黄。

【注释】

①东君：司春之神。
②窥宋东墙：战国时宋玉作《登徒子好色赋》，谓东家有女登墙窥其三年而未许。后人遂以窥宋为女子爱慕男子或男子爱慕女子的典故。
③姚魏：姚黄和魏紫的简称，是两种名贵的牡丹花。
④河阳衰鬓：河阳，地名，在今河南。晋潘岳尝宰河阳。其《秋兴赋序》云："余春秋三十二，始见二毛。"后人常以"潘鬓"表示衰老。

【赏析】

此词上片忆旧，下片伤今，对比写来。上片"老年常忆少年狂"一句领起以下忆旧之语，而皆就"少年狂"三字生发，写当年寻花问柳，好为狭斜之游。过片"事随春梦去悠扬"一句顿转，将少年之狂一笔抹倒，转写老年之凄凉。"休去思量"姑作旷语。"近来眼底无姚魏，有谁更管领年芳"，又以花喻人，姚魏指意中女子。年华已去，芳草不再，眼前冷落，"换得河阳衰鬓，一帘烟雨梅黄"，进一步自伤潦落，以景寓情，意余言外。

浪 淘 沙

　　黄道①雨初干。霁霭②空蟠。东风杨柳碧毵毵③。燕子不归花有恨，小院春寒。　　倦客亦何堪。尘满征衫。明朝野水几重山。归梦已随芳草绿。先到江南。

【注释】

①黄道：这里指天子经行之路。陆游《老学庵笔记》卷七载，宋高宗驻跸临安，艰难中，每出犹铺沙藉路，谓之黄道。
②霁霭：雨后水气。
③毵毵：细长貌。

【赏析】

　　此词上片写思妇，下片写征人，抒相思离别羁旅行役之愁。上片前三句先写季节景物，这是初春时分，东风吹拂，杨柳依依，春雨过后，水汽蒸浮，温润清泠。眼前一条铺沙黄道，一直伸向远方，这都是楼头思妇凭高所见。但是她所盼望的意中人不见回还，"燕子不归花有恨"，意谓征人不归思妇有恨，于是只能独自经受这小院的寂寂春寒。那么征人在这时如何呢？过片"倦客亦何堪"转写征人，征人是风尘满身，但也还是在思念佳人，他要去的是重山复水，但"归梦已随芳草绿，先到江南"。这是用唐代岑参《春梦》中枕上春梦江南千里的语意，但变化角度，从行旅的征人写来。全词扣住小院和道途两端，从两方写来，往复缠绵，情致动人。

霜天晓角

桂　花

　　绿云剪叶，低护黄金屑。占断花中声誉，香和韵，两清洁。

胜绝,君听说。当时来处别。试看仙衣犹带,金庭露,玉阶①月。

【注释】

①金庭、玉阶:指月宫庭院。

【赏析】

此词亦载于黄昇《中兴以来绝妙词选》卷四。而陈景沂《全芳备祖》前集卷十三作郑域词,未知孰是。郑域,见本书卷二。这是一首咏物词。全词正面描写桂花形状仅开头两句:"绿云剪叶,低护黄金屑",但这两句写得工巧而逼真,上句写桂树的绿叶,仿佛是用碧云裁剪出来的。桂花色泽淡黄,花形细小,作者以"黄金屑"来比喻,十分妥帖。而它又紧挨枝干生于叶底,故叶片仿佛是低低地护着它。接下三句,作者便不再拘于其形,而是宕开去,通过议论发挥而取其"神",作者突出了清香幽郁,韵格高逸,以为其空绝群芳,一语道尽,可谓真知桂花者。词的下片,作者由清香绝韵进一步生发想象,追根寻源,联想到古代有关月中桂的传说,特意点明其来自月宫,不同一般。把桂花之所以韵格高绝不染俗尘的原因点清。玉露清光的描写,把桂花纯净化了,圣洁化了。全词由貌及神,直造深意。而作者写桂花之标格和出处,实是借物寓怀,以花说人,表现作者之寄情不俗,陈义甚高。

章良能

章良能(?—1214),字达之,丽水(今属浙江)人,周密之外祖父。淳熙五年(1178)进士,除著作佐郎。嘉泰元年(1201)为起居舍人。有《嘉林集》,不传。词仅存此一首。

小 重 山

柳暗花明春事深。小阑红芍药,已抽簪。雨余风软碎鸣禽。迟迟日,犹带一分阴。　　往事莫沉吟,身闲时序好,且登临。旧游无处不堪寻。无寻处,惟有少年心。

【赏析】

　　章良能身为达官,颇善文,亦工词,周密《齐东野语》谓其"间作小词,极有思致,先妣能口诵数首《小重山》。"然赖周密选录此首,得以保存,余皆不传。词上片写深春景色,一句一景,"柳暗花明"是典型的深春景色,柳树叶密色浓,故暗;花朵鲜艳夺目,故明。"小阑芍药"一句也写得逼真,春来芍药透芽生长,芽似玉簪,取喻甚巧。"雨余风软碎鸣禽"一句,与谢灵运《登池上楼》中"池塘生春草,园柳变鸣禽"虽仅一字之别,却看出作者炉锤之功。接下"迟迟日,犹带一分阴",直述气候特点,深春白昼变长,日落迟,但毕竟还不炎热。下片即触景生情。开头先说及时行乐之意,是姑作旷放语。下面陡转过来,旧游之地皆可寻访,但惟有少年之心,亦即昔日的豪气浓情,却已无处可寻。在这里,正是旧游的可寻引发了作者对少年心事的寻觅,但旧游的可寻,又反过来强烈地衬托出少年心事的不可寻,转笔作收,备觉沉痛。

陈　亮

　　陈亮(1143—1194),字同甫,号龙川,婺州永康(今浙江永康)人。宋光宗绍熙四年(1193)进士第一,授签书建康府判官厅公事,未之任而卒。为人才气豪逸,喜谈兵,学重事功,王霸杂用,开永康学派,政治上力主抗战。词风与辛弃疾相近,气概豪迈或过之,而略少文采。亦有婉丽之作。有《龙川词》。

水　龙　吟

　　闹花深处层楼,画帘半卷东风软。春归翠陌,平莎①茸嫩,垂杨金浅②。迟日催花,淡云阁雨③,轻寒轻暖。恨芳菲世界,游人未赏,都付与,莺和燕!　　寂寞凭高念远,向南楼一声归雁。金钗斗草④,青丝勒马,风流云散。罗绶分香⑤,翠绡封泪⑥,几多幽怨。正销魂⑦,又是疏烟淡月,子规声断。

【注释】

①平莎:平旷的草地。莎,草名。
②金浅:淡黄色。
③阁雨:停雨,阁同搁。
④金钗斗草:春日寻奇草为赛,以金钗作赌注相互博胜。《荆楚岁时记》:"五月五日,有斗百草之戏"。
⑤罗绶分香:以香罗带赠别留念。
⑥翠绡封泪:用翠巾裹泪寄予对方。
⑦销魂:神情恍惚迷惘。

【赏析】

此词一题作"春恨"。陈亮平生不作软媚艳词,每一词成,辄自叹曰:"平生经济之怀略已陈矣。"这首"春恨"词,上片恨眼前芳菲世界,游人未赏,都付与莺和燕,下片恨往日情好风流云散,全词托意甚深,非仅春情离怨而已。上片开头八句,皆写春景,打头一"闹"字最见春之精神,使人想起北宋宋祁的名句"红杏枝头情意闹"。然后,一"恨"字由景及情,领起抒情数句,妙在将游人与莺燕对举,游人乃欲赏而不得者,莺燕乃能赏而不知者,如此"都付与,莺和燕",岂不令人惋伤!下片由"寂寞凭高念远"一句领起,折入回忆。"南楼"指旧地,归雁喻归心。"金钗斗草,青丝勒马",皆当年携手游春之情景,而"风流云散"一笔抹倒。"罗绶分香,翠绡封泪"为别离之情景,而"几多幽怨"惟供一叹。至歇拍再折回到眼前光景,"疏烟淡日,子规声断",是又目睹昔日别时的情景,故不能不使人为之魂销伤感。

真德秀

真德秀(1178—1235),字景元,一字希元,改字景希,号西山,建州浦城(今属福建)人。宋宁宗庆元五年(1199)进士,官至参知政事。卒谥文忠。立朝有直声，多行惠政。学承朱熹，为宋末著名理学家。有《西山先生真文忠公文集》，编有《文章正宗》等。传词仅此一首。

蝶 恋 花

红 梅

两岸月桥花半吐。红透肌香，暗把游人误。尽道武陵①溪上路，不知迷入江南去。　　先自冰霜真态度。何事枝头，点点胭脂污？莫是东君嫌淡素？问花花又娇无语。

【注释】

①武陵：地名，在今湖南常德。陶渊明《桃花源记》："晋太元中，武陵人捕鱼为业。缘溪行，忘路之远近。忽逢桃花林，夹岸数百步，中无杂树，芳草鲜美，落英缤纷。"

【赏析】

这首咏梅词，与宋人一般咏梅之作的不同之处，在于作者所咏是红梅，着力于一"红"字，写花拟人，关及的是质本洁净而又容颜艳美的女子。半吐未盛之红梅，在状如弯月的拱桥两岸开放，妍美非常，观赏者不知不觉间恍然如行于武陵溪上，看那落英缤纷的桃花林。又想起古代陆凯与范晔相善、陆自江南赠梅予范的故事以及唐代岑参《春梦》"枕上片时春梦中，行尽江南数千里"诗句，写花意，拟人情。下片直把红梅当做美女来描写。分两层，先写梅花本身冰清玉洁，但"何事枝头，点点胭脂污，"从而变成了艳美迷人的红梅？再写莫不是东君这司春之神认为梅花色泽过于淡雅素洁，所以才把她染上了胭脂红？这两句都是问花之语，但花不答，"问花花又娇无语"，此句脱胎于欧阳修《蝶恋花》"泪眼问花花不语"，而情致各别。花确无语，但一"娇"胜似有语。这娇美若羞的姿容，实际上给了我们肯定的回答。

刘光祖

刘光祖（1142—1222），字德修，号后溪，简州（今四川简阳）人。乾道五年（1169）进士，累官至宝谟阁直学士，卒谥文节。有《鹤林词》，已佚。今有赵万里辑本。

洞仙歌

败　荷

晚风收暑，小池塘荷静。独倚胡床①酒初醒。起徘徊、时有香气吹来，云藻乱、叶底游鱼动影。　　空擎承露盖②，不见冰容，惆怅明妆晓鸾镜③。后夜月凉时，月淡花低，幽梦觉、欲凭谁省？也应记、临流凭阑干，便遥想，江南红酣千顷。

【注释】

①胡床：古时一种可以折叠的轻便坐具，也称交椅、交床。
②承露盖：指荷叶。汉武帝刘彻信神仙，以铜作承露盘，上有仙人掌，承接甘露，和玉屑饮服，以求长生。
③鸾镜：饰有鸾鸟图案的妆镜。

【赏析】

此词一题作"荷花"，详其词意，当以"败荷"为是。开头写"荷静"，是因天晚人去而静，也是因花残而冷落，下片写"空擎承露盖"，再也难睹荷花那予人清凉的冰容，均是扣住这一"败"字来写。而她惟有余香尚在，更令人怜惜。

写花是为写人，词的主旨，是表现词中人怜花自惜，因荷思亲。末四句转换角度，从悬想入笔，把闺中人盼望归人之情写得极深极婉。

蔡 枏

蔡枏（？—1170），字坚老，南城人，自号云壑道人。尝为袁州通判，以诗名，与吕本中等唱和。词有《浩然集》。传词六首。

鹧 鸪 天

病酒厌厌①与睡宜，珠帘罗幕卷银泥②。风来绿树花含笑，恨入西楼月敛眉。　　惊瘦尽，怨归迟，休将桐叶更题诗。不知桥下无情水，流到天涯是几时。

【注释】
①病酒：饮酒沉醉如病。厌厌，即恹恹，形容精神疲乏。
②银泥：原指裙饰，这里当指罗幕上的饰物。

【赏析】
此词写闺怨。"风来""恨入"两句，一写乐景，一写哀景，一当白昼，一值夜晚，景无论哀乐，时无论早晚，闺中人皆触景生愁，月非能敛眉，是因人"恨"而觉月亦敛眉生愁。过片先写思妇之"惊"，接写其"怨"，然后由惊而怨，由怨而恨，于是自语道："休将桐叶更题诗。"唐代孟棨《本事诗》载顾况于宫苑中流水上得一桐叶，上题诗云："聊以一片叶，寄予有情人。""休题诗"的原因，表面上是水的无情，而实际上是"那人"的无情。闺中人既盼望，又失望。

洪咨夔

洪咨夔（1176—1236）字舜俞，号平斋，於潜（今属浙江）人，嘉泰二年（1202）进士，累官刑部尚书、翰林学士等。其词学苏轼之清疏，潇洒淡雅。有《平斋词》。

眼 儿 媚

平沙芳草渡头村,绿遍去年痕。游丝①上下,流莺来往,无限销魂②。　　绮窗深静人归晚,金鸭③水沉温。海棠影下,子规④声里,立尽黄昏。

【注释】

①游丝:春天一些小虫所吐之丝,飞扬空中,故称游丝。
②销魂:见陈亮《水龙吟》注⑦。
③金鸭:指鸭形铜香炉。水沉:即沉水香。
④子规:即杜鹃鸟。子规暮春即鸣,其声哀切,似云"不如归去"。

【赏析】

此词写女子伤春怀人之情。上片写景。作者准确地抓住了春景中最撩人心绪的游丝和流莺。游丝上下,给人思绪飘忽之感。丝者,思也,谐音双关。流莺来去,使人想到唐代金昌绪的《春怨》诗:"打起黄莺儿,莫教枝上啼。啼时惊妾梦,不得到辽西。"故此写景,实暗寓情思。"无限销魂",由景及情。上片是写女子眼中所见初春之景,而下片则已到春晚。歇拍三句写她整个黄昏都在海棠影下子规声里久久伫立。她在盼望等待什么?这一切,不待作者写出,而读者自能会得。子规之啼,声声如曰"不如归去",这又何尝不可以视为她对昔日渡头远去的意中人的深切呼唤。

岳 珂

岳珂(1183—1234),字肃之,号亦斋,又号倦翁。相州汤阴(今属河南)人。岳飞孙。官至户部侍郎、淮东总领兼制置使。诗文俱擅。词传八首,忠愤慷慨之作有《祝英台近》咏多景楼、北固亭二首,足见其气格。余亦明畅雅洁。著述有《金陀粹编》等多种。

满 江 红

　　小院深深，悄镇日①、阴晴无据。春未足，闺愁难寄，琴心②谁与？曲径穿花寻蛱蝶，虚阑傍日教鹦鹉。笑十三杨柳女儿腰，东风舞。　　云外月，风前絮。情与恨，长如许。想绮窗今夜，与谁凝伫？洛浦梦回留佩客③，秦楼声断吹箫侣④。正黄昏时候杏花寒，廉纤⑤雨。

【注释】

①镇日：尽日。

②琴心：琴中之意。汉司马相如以琴心挑卓文君，文君遂夜奔相如，结为夫妇。

③"洛浦"句：洛浦，洛水之滨。汉张衡《思玄赋》："载太华之玉女兮，召洛浦之宓妃。"解佩即解下佩玉，以作留别之物。女为解佩，男则留佩。

④"秦楼"句：题汉刘向《列仙传》载萧史善箫，作凤鸣，秦穆公以女弄玉妻之，一夕萧史吹箫引凤，双双骑凤仙去。

⑤廉纤：纤细。

【赏析】

　　《满江红》这一词调，多宜于咏事感怀，发为高亢清逸之声，而岳珂却以此写相思之意，掩抑之情。此词构思极好。词是写男方对女子的思念之情，却用较多笔墨写男方设想女子的相思情景。词一起由环境写及人物心情。小院尽日深幽静寂，闺中人穿过花丛曲径去扑捉粉蝶，在日光下栏杆旁教鹦鹉说话，此种生活情景，备见其情绪的无聊。过片四句，以"月"喻男，以"絮"比女，云外之月，可望而不可即，极其遥远；风前之柳絮，飘忽不定，身心无托。结尾以景结情，把自己的相思之情，融入黄昏杏花轻寒细雨之中，情随景远，韵味悠长。

生 查 子

芙蓉清夜游，杨柳黄昏约。小院碧苔深，润透双鸳①薄。暖玉惯春娇，簌簌花钿②落。缺月故窥人，影转阑干角。

【注释】

①双鸳：指女子的绣鞋。
②花钿：古代女子首饰，即花钗。

【赏析】

南唐李后主有一首《菩萨蛮》写男女幽会："花明月暗笼轻雾，今宵好向郎边去。划袜步香阶，手提金缕鞋。画堂南畔见，一向偎人颤。奴为出来难，教君恣意怜。"北宋欧阳修有一首《生查子》，也写"月上柳梢头，人约黄昏后"的男女幽会。岳珂此词，词境构置有得于欧词，描写细腻接近于李词，在此选中可算是最为旖旎美艳的作品了。"缺月故窥人，影转阑干角"两句写得很好，月亮好没差，故意用月光照亮这幽会之所，这里用拟人的手法写月，而把恋人对月光的嗔怪佯怒娇羞等复杂的心理状态宛转传出。特意点明"缺月"，又无非是为了衬托出情人的团圆。"影转"一语，写月的动态，实际上表示着情人相会之久，自黄昏以至缺月西沉。用笔十分巧妙。

张 镃

张镃（1153—？）字功父，号约斋，西秦（今陕西）人，居临安（今浙江杭州），卜筑南湖，张俊诸孙。孝宗、宁宗朝任职，累官至司农少卿。性豪纵，广交游，湖山歌舞，极其奢华。工诗善画。亦以词名，多写园林风光，节序感兴，交游酬唱，工致清婉，尤以写景咏物见长。风格与姜夔接近。有《玉照堂词》，一作《南湖诗余》。

念 奴 娇

宜雨亭咏千叶海棠

绿云影里,把明霞、织就千里文绣①。紫腻红娇扶不起,好是未开时候。半怯春寒,半便②晴色,养得胭脂透。小亭人静,嫩莺啼破春昼。　　犹记携手芳阴,一枝斜戴,娇艳波双秀。小语轻怜花总见,争得③似花长久。醉浅休归,夜深同睡,明日还相守。免教春去,断肠空叹诗瘦。

【注释】

①文绣:绣有彩色花案的丝织品。
②便:宜也。
③争得:怎得。

【赏析】

周密《武林旧事》记载张镃居南湖,家园有宜雨亭,四周海棠20株。此即张词所咏。咏物之作,要不离不即,亦人亦物,宋人咏物之作大多如此,但如何即离,如何形容,则又各有巧妙不同。此词一开始先作想象:"绿云影里,把明霞织就千里文绣。"绿云指绿叶,千里文绣,即指遍地的千叶海棠,这千里文绣又是用明霞所识,其色彩绚丽斑斓可知。"好是未开时候",正因为其欲开未开,更隐现出她内孕生机,有着一种郁勃的青春活力,也更诱人。接下"半怯春寒,半便晴色",写花的娇嫩,它一半因春寒而不绽,一半因晴色而吐放,与年轻娇怯含情脉脉的思妇形象是何等神似!上片最后两句"小亭人静,嫩莺啼破春昼",进一步由花而人,嫩莺之声,打破了小亭人静的寂寂春昼,也惊醒了思妇的遐思梦想,作者把唐代金昌绪的《春怨》诗意暗铸句中,一方面收住上片对花的描写,一方面引起下片的思妇之情。下片的描写,不再是以花喻人,而是以人带花,以花衬人。全词写花写人,皆情深意婉,一唱三叹，把花写得有了生命和情感，把思妇写得艳美而多情。

昭 君 怨

园池夜泛

月在碧虚①中住，人向乱荷中去。花气杂风凉，满船香。云被歌声摇动，酒被诗情掇送。醉里卧花心，拥红衾②。

【注释】
①碧虚：碧空。
②红衾：红色的被衾。此处指荷花。

【赏析】
上片扣题写境，明月在天，乱荷在池，船行荷中，凉风花香扑面，境界十分清绮。下片着力写夜泛之趣，"云"、"酒"两句，将歌声诗情极意夸张。一结更出奇想，船在荷中，人卧船上，身边俱是荷花，宛如红衾拥身。张镃卜筑南湖，诗酒风流，极其奢华，此词即其生活的一个侧影。然好在能化俗为雅，不写富贵的气息而写清雅的意趣，不写艳美的色泽而写清逸的意境，故风致疏朗，格调仍高。

卢祖皋

卢祖皋，字申之，又字次夔，号蒲江。永嘉（今浙江温州）人。宁宗庆元五年（1199）进士，嘉定中为著作郎、将作少监、权直学士院等。蒲江词风格纤雅清丽，多伤春惜时之作，时亦自伤潦落。又喜融化诗句，字字可入律吕，时人多唱之。然思力较弱，过于用功，时如剪彩为花，终少生韵。有《蒲江词稿》。

宴 清 都

初 春

春讯飞琼管①，风日薄、度墙啼鸟声乱。江城次第②，笙歌翠合，绮罗香暖。溶溶涧绿冰泮，醉梦里、年华暗换。料黛眉、重锁隋堤③，芳心暗动梁苑④。　　新来雁阔云音，鸾分镜影⑤，无计重见。啼春细雨，笼愁淡月，恁明⑥庭院。离肠未语先断，算犹有、凭高望眼。更那堪、芳草连天，飞梅弄晚。

【注释】

①琼管：玉管，乐器名。古制以葭莩灰实律管，候至则灰飞管通。

②次第：转眼之间，迅急之辞。

③隋堤：隋代开通济渠，沿渠两岸作堤，后即称之为隋堤。此处泛指旧游之地。

④梁苑：汉梁孝王所筑，在今河南开封东面，当时为游赏延宾之所，又称兔园。此处泛指旧游之地。

⑤鸾分镜影：喻情人分离。鸾镜为饰有鸾鸟图案的妆镜。鸾鸟雌雄相守，离则悲鸣，使睹镜中之影，则哀鸣尤甚。

⑥恁时：那时。

【赏析】

此词当是写南宋都城临安的初春景色及思妇由此感发的伤春情绪。开端"春讯飞琼管"一句点出春天来临，作者炼一"飞"字，把春天这无形无声的讯息与能吹奏发声的琼管联系起来，从而把春讯具体和形象化了。词接下所写的春景，仿佛皆是从这琼管中吹奏出来的春讯和各个音符。就在人们还醉梦未醒的时候，春风已暗换年华。春的到来，催动了思妇伤春的情绪，由景及情，引起下片。下片全代思妇着笔。过片点出分离情事，再写愁中看春，泪眼赏景，便非复上片所写春景之绮美轻快，而处处抹上了思妇的感情色彩。春雨无异于春的啼泪。黄昏淡月这春夜最迷人的景色，在思妇眼中，亦笼罩着一层愁绪。接下"离肠未语先断"一句再加点示，而"芳草连天，飞梅弄晚"这更为悠阔凄迷的景色来结情。如果说庭院的春雨淡月尚有一种温润的感觉，那么"芳草连天，飞梅弄晚"就只能给思妇绵邈感伤的无限愁思，从而把思妇的离情别绪表现得更为深刻和悠长。

江 城 子

　　画楼帘幕卷新晴，掩银屏，晓寒轻。坠粉飘香，日日唤愁生。暗数十年湖上路，能几度，著娉婷①。　　年华空自感飘零，拥春酲②，对谁醒？天阔云闲，无处觅箫声③。载酒买花年少事，浑不似，旧心情。

【注释】
①娉婷：形容女子姿态之美。此处指歌女。
②酲：病酒。
③箫声：见岳珂《满江红》词注④。

【赏析】
　　此词写临安春景，表达作者追往悼昔、自伤寥落的心情。宋人大多认为，"词别是一家"（李清照《词论》），即使是写国事身世，也往往出之以风雅绮婉之笔。词所抒发的感情，与前面刘过《唐多令》"欲买桂花重载酒，终不似，少年游"是十分接近的，作者在词中同样写了"年华空自感飘零"、"载酒买花少年事，浑不似，旧心情"。但刘词是直笔写感慨，而卢词则不同。你看，词前片写作者的雕饰华丽的画楼之中，卷起帘幕，赏看新晴，这时天气虽然还是乍暖还寒，不过毕竟已是"寒轻"，眼前是"坠粉飘香"，一派春景。但春景在作者心头所唤起的却是愁绪，"日日唤愁生"，是词中感情脉络的转折处。接下"暗数十年湖上路，能几度，著娉婷"，把愁的内涵进一步点出。后片承上而感叹年华，怅恨知音不遇，"何处觅箫声"一句，用萧史弄玉吹箫成仙的典故，表面上明写男女情事，实际上感叹身世不偶。歇拍三句，再度转折笔墨，回忆过去载酒买花声情歌楼的"年少事"，叹而今已全无当年的"旧心情"，抚今忆昔，自然不免凄动于中。

贺　新　凉

彭传师①于吴江三高堂②之前作钓雪亭③，盖擅渔人之窟宅，以供诗境也。子野④命予赋之。

挽住风前柳，问鸥夷⑤、当日扁舟，近曾来否？月落潮生无限事，零乱菰烟⑥未久。谩留得、莼鲈依旧⑦。可是⑧从来功名误，抚荒祠、谁继风流后？今古恨，一搔首。　　江涵雁影梅花瘦，四无尘、雪飞风起，夜窗如昼。万里乾坤清绝处，付与渔翁钓叟。又恰是、题诗时候。猛拍阑干呼鸥鹭，道他年、我亦垂纶⑨手。飞过我，共樽酒。

【注释】

①彭传师：名法，字传师，嘉泰二年为吴江尉，作钓雪亭。
②三高堂：龚明之《中吴纪闻》载："越上将军范蠡、江东步兵张翰、赠右补阙陆龟蒙，各有画像在吴江鲈乡亭旁。东坡尝有吴江三贤画像诗。后易其名曰三高，且更为塑像。瘫庵主人王文孺献其地雪滩，因迁之。今在长桥之北，与垂虹亭相望，石湖居士为之记。"
③钓雪亭：据《嘉靖吴江县志》，钓雪亭在雪滩，宋嘉泰二年县尉彭法建。
④子野：赵子野。作者友人。
⑤鸥夷：《史记·越王勾践世家》载范蠡助越王勾践灭吴后，功成身退，浮海出齐，变易姓名，自谓鸱夷子皮。
⑥"零乱菰烟"句：《新唐书·陆龟蒙传》载陆龟蒙隐居松江甫里，自号天随子，升舟设篷席，赍束书、茶灶、笔床、钓具，放浪江湖。

⑦"莼鲈"句：《晋书·张翰传》载张翰官洛阳，见秋风起，乃思吴中菰菜、莼羹、鲈鱼脍，遂命驾而归。漫：空。
⑧可是：岂是。
⑨垂纶：垂钓。

【赏析】

　　此词当作于作者任吴江主簿时。上片写三高堂，咏怀古迹，下片写钓雪亭，对景抒情。范蠡、张翰、陆龟蒙皆不慕名利，不邀富贵，全身适性，气格高尚。故后人将其合祠，名曰三高。此词上片将三高依次写来，但写法不相雷同。写范蠡事，作者化虚为实，范蠡放舟浮海，眼前柳树，似是当年其系舟处，故作者"挽住风前柳"，来询问"鸱夷当时扁舟，近曾来否"。接下来写陆、张，改用感叹句式，作者抓住一嗜茗、一好莼鲈的典型细节来凸现其隐迹江湖的生活情趣，深深地流露出昔贤不存的感慨和心仪三高的情愫。然而，三高究竟给人怎样的理性启迪？作者用"可是功名从来误，抚荒祠、谁继风流后"一语点破。下片写钓雪亭。钓雪亭擅渔人之窟宅以供诗境，景色清旷宜人，作者将上片所表达的那种继踵三高的心志融进眼前的自然景色中，抓住一个"雪"字来写。雁影映江，梅花凋残，四野明洁，雪飞云起，雪的白色，照得夜窗如同白昼。这万里清绝乾坤，是"渔人之窟宅"，同时，"又恰是、题诗时候"。这里，作者把题序中所述钓雪亭特点写尽，暗用了唐代柳宗元《江雪》"千山鸟飞绝，万径人踪灭。孤舟蓑笠翁，独钓寒江雪"诗意。这境界所传达出来的意趣格调，正是与彭传师筑钓雪亭之立意相合，与词上片所怀三高之精神相合，与作者之心志相合。

倦 寻 芳

春 思

　　香泥垒燕，密叶巢莺，春晴寒浅。花径风柔，著地舞茵红软①。斗草②烟欺③罗袂薄，秋千影落春游倦。醉归来，记宝帐歌慵，锦屏春暖。　　别来怅，光阴容易，还又荼蘼，牡丹开遍，妒恨疏狂，那更柳花盈面，鸿羽难凭芳信短，长安犹近归期远。倚危楼，但镇日、绣帘高卷。

【注释】

①"著地"句：著地，即着地。茵，意思是垫子、夹衣。此句承上写花，春花满径，层层相累，下至地面，风吹摆动，如舞衣飘拂。

②斗草：见前陈亮《水龙吟》注④。

③欺：欺近，相逼。

【赏析】

此词写伤春怀人之情。开头五句，写春天景色，"斗草"两句由景及人，写倦游情绪。"醉归来"三句回忆当初相逢情景。下片写别后凄凉，空劳想望。全词意脉清晰，转折分明，是一特色。

清　平　乐

锦屏开晓，寒入宫罗峭。脉脉不知春又老，帘外舞红多少。

旧时驻马香阶，如今细雨苍苔。残梦不成重理。一双蝴蝶飞来。

【赏析】

唐代王昌龄有一首著名的《闺怨》诗："闺中少妇不知愁，春日凝妆上翠楼。忽见陌头杨柳色，悔教夫婿觅封侯。"卢祖皋这首词，在艺术构思上与王诗颇相类。上片起二句写女主人公打开锦屏，晓色扑面，由于室内外气温相悬，故顿觉冷峭的寒意袭入单薄的罗衣。下面作者写这女子仍然含情脉脉，依栏伫立"不知春又老"。但她抬头一望，经过一夜的风雨吹打（由下片的"细雨苍苔"可知），帘外已有无数落花。她再俯瞰门外阶前，同一地点，过去曾是意中人停驻车马的地方，花香馥郁，而今却长满了苍苔，全无人迹，只有春雨淅淅，滴落阶前，催人愁绪。于是她因思成梦，梦见了一双蝴蝶翩翩飞来。这成双的蝴蝶当喻指她与意中人比翼而飞。但此句又实是暗中用《庄子·齐物论》中的典故，表达了一种梦幻非真之意。由此可见，词中女子即使是殷勤地重理残梦，也还是想望成空。

清 平 乐

柳边深院。燕语明如剪。消息无凭听又懒，隔断画屏双扇。宝杯金缕红牙①，醉魂几度儿家。何处一春游荡，梦中犹恨杨花。

【注释】

①金缕红牙：金缕即金缕衣，饰以金缕的舞衣。也作曲调名。红牙，即红牙檀板，是调节乐曲节拍的拍板，多用檀木做成，色红，故名。

【赏析】

卢祖皋词很善于抓住典型细节来描写女子伤春怀人的复杂心情，此词就是如此。起句"柳边深院"点明居处，柳在则春意在，伤春之意亦由此而发。"燕语明如剪"取喻甚巧，是锻炼而成，因为一般只说燕尾如剪、春风如剪（唐贺知章《咏柳》："不知细叶谁裁出，二月春风似剪刀"），而这里却以剪来喻状燕语之明快，新颖而又贴切。下面"消息"一句，是承"燕语"而来，燕语是春天的消息，但在闺中人听来，这又是心上人的消息。然而，"消息"既属"燕语"，自是无甚凭据，不可尽信的，因此思妇是欲信不能而欲罢又不忍，"听又懒"三字，逼真地写出了女子这种矛盾的心理状态。下片写男子一春游荡，女子怨之，由人而迁怒于杨花。因为杨花也是飘荡无定所的。作者不直截地表达这种怨望之情，而是以梦为言，以花为喻，情辞就显得婉转了。

谒 金 门

香漠漠,低卷水风池阁。玉腕笼纱金半约,睡浓团扇落。

雨过凉生云薄,女伴棹歌声乐。采得双莲迎笑剥。柳阴多处泊。

【赏析】

此词写女子生活的两个片断。上片写夏日水边,凉风习习,女子披笼着轻纱般的衣裳,在池阁中酣然入睡。下片写雨过清凉。与女伴们棹舟采莲,一片欢歌笑语。全词浅语述事,神态逼真。而上片特意点出团扇落地,下片特意点出笑剥双莲,暗含孤独寂寞之意,把女子怀人之情含蓄点出。

谒 金 门

风不定,移去移来帘影。一雨池塘新绿净,杏梁归燕并。

翠袖玉屏金镜,薄日绮疏人静。心事一春疑酒病,鸟啼花满径。

【赏析】

以环境景物来渲染烘托人物感情,是词中最常用的手法之一。这首词写女子的感春相思之"心事",不直说,皆以景物来传达情思。风动帘影的"移去移来",实亦写女子心绪不定,恍惚无据。杏梁之上飞归的双燕,实是反衬人的孤寂。下片"翠袖、玉屏、金镜、薄日、绮疏、人静",分列六种景物和环境特点,见出春意渐深,居处寂寞。歇拍两句,才最终点出"心事"。但仍不直说。她分明是因有怀人心事而情绪恹恹,却偏疑这情绪是由于病酒,最后"鸟啼花满径"以景结情,春无限,愁亦无限。

乌 夜 啼

　　几曲微风按柳，生香暖日蒸花。鸳鸯睡足方塘晚，新绿小窗纱。　　尺素难将①情绪，嫩罗②还试年华。凭高无处寻残梦，春思入琵琶。

【注释】
①尺素难将：指书信，难以安排料理。
②嫩罗：色泽鲜嫩轻美的罗衣。

【赏析】
　　就章法而言，双调词最常见的是上片写景，下片抒情，而写景时贵景中含情，言情时又当有情中之景。蒲江此词即循此法。上片写春天景色。似纯写景，但娱人的春景，睡足的鸳鸯，实处处暗写闺中人寂寞孤单，见春生愁。故下片即接言小窗中人的怀春之情。这情并不直说，是通过这女子的动作来写。她写信寄情，觉信短情长；她拿出色彩鲜嫩轻美的罗衣对着镜子比试着，看自己的年华姿容，是否还配得上这罗衣。真有无限要好爱美之心；她登高临远，去寻找自己的梦境，盼望归人。然而，这一切都只是一种想望，事实上等待着她的仍是孤独。于是，她只能自弹琵琶，倾诉"春思"。通过这一系列动作的描写，这女子的心情更加真切地表现出来了。

乌 夜 啼

西　　湖

　　漾暖纹波飐飐，吹晴丝雨濛濛。轻衫短帽西湖路，花气扑青骢。　　斗草褰衣湿翠，秋千瞥眼飞红。日长不放春醪困，立尽海棠风。

【赏析】

　　西湖微风涟漪，荡漾出融融春暖，濛濛细雨才过，春风又吹来晴色。仕女们穿戴轻衫短帽，乘着青骢宝马雕车，迎着扑面花气，来到西湖之畔。斗草、打秋千，这都是仕女们春日的游戏。由于轻风丝雨而"湿翠"、"飞红"，说明春意渐衰。"瞥眼"一词，写出了女子快捷的眼神和敏感的心灵。正是因为已有飞红片片，故她们更当珍惜这春光。在这春来渐长的白昼中，她们不愿再让春酒把人醉困，而愿在这海棠花下春风之中，久久伫立，因为春光还在，也因为青春未逝。这首简短明快的小词，写女子春游西湖的情景，生动活泼。

张履信

　　张履信，字思顺，号游初，鄱阳（今属江西）人。淳熙中，尝监江口镇，后通判潭州，官至连江守。存词仅下面两首。

柳　梢　青

　　雨歇桃繁，风微柳静，日淡湖湾。寒食清明，虽然过了，未觉春闲。　　行云掩映春山，真水墨、山阴道间。燕语侵愁，花飞撩恨，人在江南。

【赏析】

　　此词开端至"真水墨、山阴道间"，皆写湖湾春景。虽已过寒食清明，但"未觉春闲"，意谓春意犹浓，此皆乐景。而歇拍三句作一反跌，谓乐景皆生哀情，所思之意中人远在他乡。词中"真水墨、山阴道间"一句，系用《世说新语·言语》中王子敬的话"从山阴道上行，山川自相映发，使人应接不暇"之意，意谓清景如绘。"人在江南"一句，当是暗用唐代岑参《春梦》诗意，表达怀人之意。

谒 金 门

春睡起,小阁明窗儿底。帘外雨声花积水,薄寒犹在里。

欲起还慵未起,好是孤眠滋味。一曲《广陵》①应忘记,起来调绿绮②。

【注释】

①《广陵》:指《广陵散》,琴曲名。史载三国时嵇康善鼓琴,后被杀,临刑索琴奏《广陵散》,谓《广陵散》自此绝矣。后因称人事凋零而成绝响为《广陵散》。

②绿绮:古琴名,晋张载《拟四愁诗》:"佳人遗我绿绮琴"。

【赏析】

这是一首伤春怀人之词。写小阁明窗的深闺之中,思妇尝尽孤眠滋味,春意慵懒,欲起未起。上片"帘外雨声花积水,薄寒犹在里"两句,写思妇的心理感受,很细致,也很含蓄,雨后必有花残。乍暖还寒,表面上春意融融,骨子里还留着寒意,寂寞中思妇对春事的这种敏锐细腻的感受,与其内心的孤苦相联系着。花上的积水,使人想到思妇的眼泪。结尾写她重调绿绮,弹起了久已生疏的旧曲。既表示昨梦不复,旧情难再,欢合已成绝响,孤眠长此以往,又仍蕴含着一份对往昔的追怀之情。

周文璞

周文璞,字晋仙,号方泉,又号野斋、山楹、阳谷(今属山东)人。曾官溧阳县丞。有《方泉先生诗集》,词仅存三首。

一 剪 梅

风韵萧疏①玉一团,更著梅花,轻裛云鬟。这回不是恋江南,只为温柔,天上人间。　　赋罢闲情共倚阑,江月庭芜,总是销魂。流苏②斜掩烛花寒,一样眉尖,两处关山。

【注释】

①萧疏:潇洒清疏。

②流苏:以五彩羽毛或丝线制成的穗子,常用作帷帐或车马的垂饰。

【赏析】

此为思妇怀人之词,其构思特异之处,在扣住梅花来写人。起句写人,次句及梅,接下说鬓边著梅,并非是为恋于江南之景,而是所思远在天涯,相隔如同于天上人间,惟将这鬓上梅花,表达温柔相思之意。这里暗用晋代陆凯、范晔江南赠梅的典故。下片写思妇与梅花共凭栏杆,觉眼前江月庭芜,在在触目伤神,顾视闺中,也是寂寞孤寒景象,进而想到意中人在他乡当亦愁上眉梢,"一样眉尖,两处关山",对仗工巧,写出了两地相思之苦。

徐　照

徐照(?—1211),字道晖,一字灵晖,号山民,永嘉(今浙江温州)人。以诗著称当时,与徐玑、翁卷、赵师秀并称"永嘉四灵"。有《芳兰轩集》。词存五首,浅婉有情致。

南　歌　子

帘景筛金线,炉烟袅翠丝。菰芽新出满盆池。唤取玉瓶添水、买鱼儿。　　意取钗重碧。慵梳髻翅垂。相思无处说相思。笑把画罗小扇、觅春词。

【赏析】

这首词,不论写景写情,都极细致,开端两句全是从帘中女子眼中写出，日光自外射进帘子，仿佛是被筛过的一般，帘景，亦作帘影（古书中景与影字通）。帘内香炉上青烟袅袅，宛如缕缕翠丝。若非处于极静状态之中细心观察，恐难得此景。而这，正婉转地表现出帘中人的寂寞无聊。外面是热闹的春景，闺中是无聊的况味，思妇做些什么呢？作者精心地选择了一个细节：添水养鱼。这貌似悠闲的笔墨，细加品味，却正是写出了思妇无聊之极，只能养鱼打发时日。下片"意取钗重碧，慵梳鬓翅垂"，写思妇梳妆，看似赋笔，实义兼比兴。前句既见其爱美要好之意，又由"钗重碧"——碧玉钗分作两股，暗示出渴望与意中人团圆的意思；后句既见其心情怏怏，无意打扮，又由"鬓翅垂"，使人联想到燕翼无凭，不传春信，情人杳无消息。"相思无处说相思"一句，语似重复，实则意分两层，一层说无时不在相思，一层说无处说与相思，既已"相思无处说相思"，可见悲伤惆怅已极，却又笑把罗扇，寻觅春词，反而出之以轻松之笔。其实，此"笑"笑得更有苦味，更具深意，不仅悲伤惆怅，而且无可奈何，这是欲擒故纵的写法。如此觅得的春词，非愁而何？

清 平 乐

　　绿围红绕，一枕屏山晓。怪得今朝偏起早，笑道牡丹开了。　　迎人卷上珠帘，小螺①未拂眉尖。贪教玉笼鹦鹉，杨花飞满妆奁。

【注释】

①小螺：古时画眉的墨。称螺子黛或螺黛，省称螺。

【赏析】

　　此词前大半，皆写春景乐情，词中人真个是"闺中少妇不知愁"。然结束两句顿作转折，鹦鹉、杨花，是古代春情闺怨之作中经常写到的景物。欧阳修《百舌鸟》云："早知锁向金笼里，不及林间自在啼。"词中人贪教鹦鹉,正见其孤寂无聊。而"杨花飞满妆奁"一句尤见春愁之意,犹王昌龄《闺怨》中"忽见陌头杨柳色",当她要想梳妆时,看到妆奁上飞满了杨花,她突然感受到了春天即去的惆怅,突然感到了自身漂荡无依凭的悲哀,青春留不住,意中人在何处?凡此,都在言意之表。

阮 郎 归

绿杨庭户静沈沈,杨花吹满襟。晚来闲向水边寻,惊飞双浴禽。　　分别后,重登临,暮寒天气阴。妾心移得在君心,方知人恨深。

【赏析】

绿杨庭户,花絮纷飞,一片寂静,已是傍晚时分。词中女子闲而无聊,无聊而寻觅,寻觅而见水边的"双浴禽",禽鸟成双,而人却孤眠。结句"妾心移得在君心,方知人恨深",是变化五代顾夐《诉衷情》"换我心,为你心,始知相忆深"而来,真是"透骨情语",其妙在不直说自己怨艾之深,而是通过假设,从对方来写,表达出对方的薄情和自己的痴情,浅语深致。

俞 灏

俞灏(1146—1231),字商卿,世居杭,光宗绍熙四年(1193)进士。历知安丰军,提举湖北常平茶盐。理宗宝庆二年(1226)致仕,筑室九里松,自号青松居士。有《青松居士集》,不传。词亦仅此选所存一首。

点 绛 唇

欲问东君①,为谁重到江头路?断桥②薄暮,香透溪云渡。

细草平沙，愁入凌波步③。今何许④？怨春无语，片片随流水。

【注释】

①东君：司春之神。

②断桥：即段家桥、断家桥，在西湖孤山侧。

③凌波步：形容女子步履轻盈。曹植《洛神赋》："凌波微步，罗袜生尘。"

④何许：何处。

【赏析】

此为怀人之词。词以问句起。冬去春来，乃自然之规律，眼前断桥薄暮，香弥津渡，细草平沙，皆初春景象，作者当初与意中人分别情景亦如此，故不免触景生情，问春"为谁重到"，无理而传情。下片以景结情，笔意动荡，有不尽之意，"今何许"三字，是问意中人今在何处，问得急切而情深。但重到的东君未曾把他意中人的踪迹消息带来，故而"春无语"。惟有春花"片片随流水"，春花将皆付诸东流，旧梦往事也已无可追怀，对此情景，词中人除了低回不尽的惆怅之外，还能有什么呢？

潘 牥

潘牥（1204—1246），字庭坚，号紫岩，闽（今福建）人。理宗端平二年（1235）进士。历太学正，通判潭州。有《紫岩集》。词存五首。

南 乡 子

生怕倚阑干，阁下溪声阁外山。空有旧时山共水，依然，暮雨朝云去不还。　　想见蹑飞鸾，月下时时认佩环。月又渐低霜又下，更阑，折得梅花独自看。

【赏析】

关于这首词的题目，刘克庄《后村诗话》说是"镡津怀旧"，黄昇《花庵词选》则云："题南剑州妓馆"。这首词在艺术上很成功。开头，作者以逆挽倒插之法入笔，因为怕听这"阁下溪声"怕见这"阁外山"，故"生怕倚阑干"。那么，作者为何怕见这阁前山水？下面再作交代。"空有"三句中，"旧时"为句中之眼，由于是旧时山水，触景生情，使作者不能免于对旧时人事的追念，但这旧时人事，已是如朝云暮雨一去不返。这里，作者用宋玉《高唐赋》中"旦为朝云，暮为行雨"之意，暗示男女欢爱之事。上片在意思上句句相扣，字面也两出"山"、"水"，特具回环连锁之妙。下片另起一笔，再作奇想，"蹑飞鸾"显然汲取了我国古代有关人神相恋女仙飞升的传说，对意中人的离去加以诗意的幻想。"认佩环"是用了杜甫《咏怀古迹》中写王昭君"环佩空归夜月魂"的诗意，表达的是作者盼其归来的殷切希望。然而这种想往显然是破灭了。"月又渐低霜又下"一句以景色渲染作者的凄苦心情，同时也表达时间推移，倚阑时久。无奈，他只得折梅独看，折梅是要致意意中之人，但"独自看"三字却说明了此情难寄。

刘 翰

刘翰，字武子，长沙人，吴琚之客，又尝游于张孝祥、范成大之门。有《小山集》。

好 事 近

花底一声莺，花上半钩斜月。月落乌啼何处？点飞英如雪。

东风吹尽去年愁，解放丁香结①。惊动小亭红雨，舞双双金蝶。

【注释】

①解放：解除释放。丁香：常绿乔木。夏季开花，子黑色，作香料

用。丁香结指丁香的蓓蕾。解：也可释为懂得、会、能够，谓东风知吹绽丁香花。

【赏析】

此词写春愁。通篇皆扣住"花"来写，章法甚细密。开头写莺藏花底，不见其形，故写其声。接写月临花上，只是半钩，则月未圆。"月落"句收住莺、月，"点飞英如雪"，又承前说花。飞英即落花，因为是在月下，月色洁白，鸟动花落，犹如下雪，过片两句仍说花，谓东风暗换年华，吹去了丁香花的"去年愁"，使之舒展开放。丁香结常被人用来比喻人内心的愁结，唐代李商隐《代赠》："芭蕉不展丁香结，同向春风各自愁"。刘词这里说丁香开了，实际上是反说，为最后两句作势。最后两句仍然扣住花，由花落而写及双双金蝶。落红如雨，是春将去，金蝶成双，是暗寓相思之意，与温庭筠《菩萨蛮》"新贴绣罗襦，双双金鹧鸪"是同一机杼。

蝶 恋 花

团扇题诗春又晚，小梦惊残，碧草池塘满。一曲银钩帘半卷，绿窗睡足莺声软。　　瘦损衣围罗带减，前度风流，陡觉心情懒。谁品新腔拈翠管，画楼吹彻江南怨。

【赏析】

此词首尾见意，首曰："团扇题诗春又晚"，尾曰："画楼吹彻江南怨"，题诗团扇、笛写哀怨者为思妇。"谁品新腔拈翠管"，是冲寂自妍，无有相知，把怀人伤己之情说得十分凄楚。

清 平 乐

凄凄芳草，怨得王孙老①。瘦损腰围罗带小，长是锦书来少。　　玉箫吹落梅花②，晓烟犹透轻纱。惊起半帘幽梦，小窗淡月啼鸦。

【注释】

①"凄凄"句：《楚辞·招隐士》："王孙游兮不归，春草生兮萋萋。"王孙，喻所思的男子。

②"玉箫"句：玉箫，传说秦穆公女弄玉与萧史吹箫引凤双双飞升。落梅花，古代笛曲中有《梅花落》的曲调。

【赏析】

此词写思妇之情。结句特妙。"惊起半帘幽梦，小窗淡月啼鸦"，前句写思妇梦中惊醒，凝视珠帘，但见半帘月色凄清，犹疑是在梦中。幽梦本虚，而曰半帘，是化虚为实，使抽象的情丝形象具体化。啼鸦惊梦，系化用唐代金昌绪《春怨》诗意，但在语序上，是先说"惊起"，后交代"啼鸦"，用倒插之法，这样不仅梦由啼鸦惊醒，而既醒之后，仍由小窗半帘，听得鸦啼不住，见到月淡如水，使思妇情丝摇曳无限。

刘子寰

刘子寰，字圻父，号篁嵝翁，建阳（今属福建）人。居麻沙。嘉定十年（1217）进士。曾游朱熹之门。官至观文殿学士，能诗文。

霜天晓角

横阴漠漠，似觉罗衣薄。正是海棠时候，纱窗外，东风恶。
惜春春寂寞，寻花花冷落。不会这些情味，元不是，念离索。

【赏析】

词在宋代，还未完全成为文人的案头之作，仍多是代言体以取便于歌者。要取便于歌者，辞就不能过文，意就不能过深，周密此选，当有不少作品是当时传唱之作。刘子寰这首词，就以造语浅近,明白上口为其特点。全词写相思离别之情,在写法上,处处从人对春的感觉来写内在的心情,春阴微寒,海棠凋落,东风引愁,春意寂寞。句中"薄"、"恶"、"惜"、"寻"诸字,皆扣住思妇心理活动和感受,层层叙写。结尾三句说如果不是离索孤居,是不能从上述种种景物中品味到离人的情味的,这样从反面结出词旨,显得更为醒目。

张良臣

张良臣,字武子,一字汉卿,号雪窗,大梁(今河南开封)人。避地居鄞(今属浙江)。孝宗隆兴元年(1163)进士。笃学好古,工诗。有《雪窗集》,不传。

西 江 月

四壁空围恨玉①,十香②浅捻啼绡。殷云③度雨井桐凋,雁雁无书又到。　　别后钗分燕尾④,病余镜减鸾腰,蛮⑤江豆蔻⑥影连梢,不道参横⑦易晓。

【注释】

①恨玉:失意抱恨的女子。
②十香:手之十指。
③殷云:即阴云。
④钗分燕尾:钗是双股笄,张开如燕尾。
⑤蛮:古时指南方少数民族。
⑥豆蔻:多年生常绿草本,又名草果。
⑦参横:参星已落,表示夜久将晓。

【赏析】

这首怀人之词,写得怨怅激切。一起"四壁空围恨玉,十香浅捻啼绡",写思妇独处空闺,手捻挹泪鲛绡,对仗工整,"空"、

"恨"、"啼"诸字都带有强烈的感情色彩,由意态而及心情。接下来"殷云"两句,点出意中人离乡背井,远去他乡,如今又到了"秋雨梧桐叶落时",但大雁南飞,却没有捎来音信。"雁雁"两字不惜重复道之,以表达思妇寄望之厚,而它"无书又到",表明思妇的想望又一次落空。相比之下,这要比"无书不到"更难使人忍受。过片用比喻的手法,点出分离就像头上发钗两股岔开。再由"别后"写到自己"病余",揽镜自照,只觉腰肢瘦减。歇拍再推开去,一夜相思,从更深以至拂晓,登高望远,只见蛮江上下豆蔻茂密相连。唐代杜牧《赠别》云:"娉娉袅袅十三余,豆蔻梢头二月初",是以豆蔻喻青春少女。词中的"豆蔻",也含有这样的喻意。但尽管思妇正值青春,当此华年,却只是寂寞无侣。

卷 二

姜 夔

姜夔（1155?—1221?），字尧章，号白石道人，饶州鄱阳（今属江西）人。早年随父居汉阳。父死依姊而居。流寓湘鄂间。诗人萧德藻以兄女妻之，移居湖州，往来苏、杭一带，与当时诗人词家范成大、张镃等交游。屡试不第，一生未入仕途。白石襟怀脱俗，精于音律，其词善以谐婉的音节、清劲的笔致、含蓄深远的表现手法，创造清幽冷隽的意境，以健笔写柔情，变驰骤为疏宕，在婉约词中独开清空一体。宋末张炎、王沂孙等均沾溉其风，影响所及，以至于清代浙西词派。有《白石词》。其17首词附有旁谱，对研究宋代词乐极有价值。

暗 香

旧时月色，算几番照我，梅边吹笛？唤起玉人，不管清寒与攀摘。何逊①而今渐老，都忘却、春风词笔。但怪得、竹外疏花，番冷入瑶席。　　江国，正寂寂。叹寄与路遥，夜雪初积。翠尊②易竭。红萼③无言耿相忆。长记曾携手处，千树压、西湖寒碧。又片片、吹尽也，几时见得？

【注释】

①何逊：南朝梁诗人，有《咏早梅》诗。
②翠尊：翠绿酒杯。
③红萼：红梅。

【赏析】

《白石词》在《暗香》、《疏影》两词前有题序云："辛亥之冬，予载雪诣石湖。止既月，授简索句，且征新声。作此两曲，石湖把玩不已，使工伎隶习之，音节谐婉，乃名之曰《暗香》、《疏影》。"辛亥是宋光宗绍熙二年，石湖是范成大的号，《暗香》《疏影》这两调名，取于宋初林逋《山园小梅》诗句："疏影横斜水清浅，暗香浮动月黄昏。"这两首咏梅词，在当时赢得了极高的声誉。词之意旨极遥深，后人或以为是寓今昔盛衰之感，或以为是写合肥旧游之恋，或以为是慨徽钦二宗北狩，众说不一，但这并不影响人们对这两首词的爱赏。

《暗香》词以作者的思绪为线索，以"旧时"与"而今"作开合，将梅花、玉人、自我三者绾结。词从回忆入笔，写月光如水，天地清幽。接下由月及梅，写对往昔几番沐浴清辉梅边吹笛的凝神盘算，写对往昔与玉人一起冒着霜露之寒攀折梅花的温柔追想，皆是扣住梅而写自己与玉人的旧时光景。"何逊"以下一转，折回到而今。华年渐去，沧桑变迁，玉人已不可唤回，自己也已没有那写花传情的春风词笔。

如果说上片是由昔而今，那么下片则又由今而昔。"江国"以下六句，从眼前江南水乡的夜寒冷寂景色，写到希望像古人那样折梅赠远，但都难以如愿，翠尊美酒易竭，而情丝无限，无言的梅花，也仿佛陷入了深深的思念。"长记"以下，又复折回到过去那携手同游的情意，千树梅花争发辉映西湖水面的景象，表现出作者曾与玉人共同经历的昔日是何等生意盎然，令人难以忘怀。而今"片片吹尽"盛极而衰，昔时光景，还有几时能够见得？

疏　影

（仲吕宫[①]）

苔枝缀玉[②]。有翠禽小小，枝上同宿。客里相逢，篱角黄昏，无言自倚修竹。昭君不惯胡沙远，但暗忆、江南江北。想佩环、月下归来，化作此花幽独。　　犹记深宫旧事，那人正睡里，飞近蛾绿。莫似春风，不管盈盈，早与安排金屋。还教一片随波去，又却怨、玉龙③哀曲。等恁时④、重觅幽香，已入小窗横幅⑤。

【注释】

①仲吕宫：乐律名，以下数词所标之"仲吕宫"、"黄钟商"、"无射宫"等亦皆为乐律名，不再一一注出。
②苔枝缀玉：梅花像玉一般点缀在苔梅枝条上。
③玉龙：笛名。
④恁时：那时。
⑤横幅：指画幅。

【赏析】

　　与《暗香》之重在写今昔之盛不同，《疏影》更重于工笔写梅，缘景生情，把梅花人格化，性格化，写了梅，也写了人。词一开始连用五个典故，用五位女性人物来比喻映衬梅花：一是唐柳宗元《龙城录》所载隋赵师雄在罗浮遇一淡装素服的女子，并有一绿衣童来笑歌戏舞，时天寒日暮，残雪对月，久而醉寝，至天明起视，则身在大梅树下，上有翠鸟。二是杜甫《佳人》诗中所写的"天寒翠袖薄，日暮倚修竹"的幽谷佳人。三是杜甫《咏怀古迹》中所写的去国怀乡的王昭君。四是宋武帝寿阳公主作梅花妆的故事。五是用汉武帝幼时对其姑母说愿得表妹阿娇为妇而以金屋贮之一事表示护持梅花的希望。这五位女性涉事不一，但都与梅花相扣合，写出了梅花的神奇、孤高的品性和坎坷身世以及幽哀的情思，可谓遗貌取神。接下又用曲中《梅花落》这玉龙哀曲表达作者惜花情深而又无可奈何。歇拍再进一步说，若到花落之时，再要去寻觅它的幽香，可就晚了，那时只能在小窗边的画幅上看到她的姿影，但标格虽在，生韵却无，疏影虽可见，幽香不复闻，从而把作者的惜花之情表现得更为深切。

扬 州 慢

(仲吕宫)

淮左①名都,竹西②佳处,解鞍少驻初程。过春风十里,尽荠麦青青。自胡马窥江③去后,废池乔木,犹厌言兵。渐黄昏,清角吹寒,都在空城。　　杜郎④俊赏,算而今,重到须惊。纵豆蔻词工⑤,青楼梦好,难赋深情。二十四桥⑥仍在,波心荡、冷月无声。念桥边红药⑦,年年知为谁生。

【注释】

①淮左:即淮东。古时方位以东为左。扬州一带,在宋时属淮南东路,故称淮左。
②竹西:地名、亭名,在扬州北门外。
③胡马窥江:指金兵攻陷扬州。
④杜郎:晚唐诗人杜牧。
⑤豆蔻词工:杜牧《赠别》诗中曾用"豆蔻梢头"形容少女的美好。
⑥二十四桥:唐代扬州有24座桥,至北宋时尚余7座。
⑦红药:芍药。

【赏析】

词起二句,既言"淮左名都",又云"竹西佳处",不惜语义重复,郑重道出。"解鞍"句交代作者踪迹。接下写过去"春风十里"之扬州路,现尽是"荠麦青青",一片战后的荒凉景象。"自胡马窥江去后,废池乔木,犹厌言兵"三句,用拟人手法,深刻地反映出当时人们的伤乱之情。"渐黄昏"三句,又复以环境景物来作渲染,视觉之苍茫,听觉之凄凉,触觉之寒冷,这些由作者真切感受到的不同方面的环境特点,表现出这曾繁华一时的扬州名都现在已是极度萧条冷落的一座空城,沉痛的黍离之悲,暗暗传出。

扬州鼎盛于中唐,当时除京邑之外,号称扬一益二。姜夔联想到晚唐诗人杜牧曾在这里做官,留下了不少风情缱绻的艳诗。下片扣住今昔对比,写今日即是杜牧重到,也难续豆蔻梢头之诗、青楼薄幸之梦,因为人事寥落,难有逸兴。这里写杜郎之惊,实是写自己之惊。"二十四桥"以下五句,句句化景物为情思,传达出景物依旧人事已非的盛衰之慨。其中"念桥边红药,年年知为谁生"两句,亦杜甫《哀江头》"细柳新蒲为谁绿"及戴复古《淮村兵后》"小桃无主自开花"之意,感伤的探问、拟人的手法、凄艳的色调,赋予此词结尾以更为深沉低回的悲剧意味。

玲珑四犯

(黄钟商)

叠鼓夜寒,垂灯春浅,匆匆时事如许。倦游欢意少,俯仰悲今古。江淹又吟恨赋①。记当时,送君南浦②。万里乾坤,百年身世,惟有此情苦。　　扬州柳垂官路③。有轻盈换马④,端正窥户⑤。酒醒明月下,梦逐潮声去。文章信美知何用,漫赢得、天涯羁旅!教说与,春来要、寻花伴侣。

【注释】

①江淹:南朝梁文学家,有《别赋》,《恨赋》。
②送君南浦:江淹《别赋》云:"送君南浦,伤如之何。"
③官路:官修大路。
④轻盈换马:《独异记》卷中:"后魏曹彰,性倜傥。偶逢骏马,爱之,其主所惜也。彰曰:余有美妾可换,唯君所选,马主因指一妓,彰遂换之。"
⑤端正窥户:指月。

【赏析】

《白石词》此词有题云:"越中岁暮,闻箫鼓感怀。"越中即浙中。此词作于宋光宗绍熙四年(1193)冬末。词起二句,扣住题序中"岁暮箫鼓"来写,"匆匆"句引入感怀之意。"倦游欢意少"一句直笔抒怀,点出此词主旨。"俯仰悲今古"为"倦游"拉开较广的历史时空。作者所悲于今古者,并非历史的兴亡、朝代的更替,而是古往今来的倦游之事。故接下述江淹吟《恨赋》,记当时送君南浦,都是从古说起,由古及今。"万里乾坤,百年身世,惟有此情苦"三句总结上片。过片三句,由泛写入专叙,是回忆当年与意中人分离情景。至"酒醒"以下,又回笔写眼下自己之相思。轻离别,总为了薄宦浮名,到而今只落得"天涯羁旅",作者不禁满腹牢骚发为愤语:"文章信美知何用?"最后三句,归结到重寻花伴莫负青春之意,全词径直发露,不求含蓄,在姜词中不多见。

琵 琶 仙

吴兴春游[1]

　　双桨来时,有人似、旧曲桃根桃叶[2]。歌扇轻约飞花,蛾眉正奇绝。春渐远、汀洲自绿,更添了、几声啼鴂。十里扬州,三生杜牧,前事休说。　　又还是、宫烛分烟[3],奈愁里匆匆换时节。却把一襟芳思,与空阶榆荚。千万缕、藏鸦细柳,为玉尊、起舞回雪。想见西出阳关[4],故人初别。

【注释】

①吴兴春游:吴兴即今浙江湖州。《白石词》此词题序云:"《吴都赋》云:'户藏烟浦,家具画船',唯吴兴为然,春游之盛,西湖未能过也。己酉岁,予与萧时父载酒南郭,感遇成歌。"己酉是宋孝宗淳熙十六年(1189),萧时父为萧德藻子侄辈,白石妻党。

②旧曲:旧时坊曲,曲为倡家所居之地。桃根桃叶,见前辛弃疾《祝英台近》注②。

③宫烛分烟:寒食节后分传新火。唐韩翃《寒食即事》:"日暮汉宫传蜡烛,轻烟散入五侯家。"

④西出阳关:唐王维《送元二使安西》:"劝君更进一杯酒,西出

阳关无故人。"阳关在今甘肃敦煌县西南,因在玉门关之南,故称阳关。

【赏析】

白石青年时在合肥曾有一段情遇,所恋对象大概是善琵琶的姊妹俩。或正是由于此,作者自创了这《琵琶仙》词调。

"双桨来时,有人似旧曲桃根桃叶",这疑似的情景表现出作者对旧时恋人的怀念眷恋之情,把作者的思绪由眼前引向过去。作者要写旧曲情人,但未写其形,先闻其声,未写其貌,先写其动作:"歌扇轻约飞花"。然后再让人物亮相:"蛾眉正奇绝"。自"春渐远"以下三句,又转叙别后光景,写愁中闻见。接下再以杜牧喻作者自己这旧游之人,旧事恍如隔世,"休说"一语,含无限沉痛之情。下片又回笔写眼前景色,大有景物依旧人事已非之感,化景物为情思。歇拍用王维诗意,再度回忆,呼应上片,备见恋情之深。

法曲献仙音

张彦功官舍①

虚阁笼寒,小帘通月,暮色偏怜高处。树隔离宫②,水平驰道,湖山尽入尊俎。奈楚客,淹留久,砧声带愁去。　屡回顾,过秋风,未成归计。谁念我、重见冷枫红舞。唤起淡妆人③,问逋仙④、今在何许?象笔鸾笺⑤,甚如今、不道秀句。怕平生幽恨,化作沙边烟雨。

【注释】

①张彦功官舍:《白石词》题序作:"张彦功官舍在铁冶岭上,即昔之教坊使宅。高斋下瞰湖山,光景奇绝。予数过之,为赋此。"张彦功履历未详,刘过《龙洲词》中有赠张彦功《贺新郎》词。铁冶岭在杭州云居山下。

②离宫:指聚景园。在清波门外,宋孝宗晚年居此,后荒废。

③淡妆人:指梅花。

④逋仙:指宋初爱梅之人林逋。
⑤象笔鸾笺:用象牙制成的笔谓象笔。鸾笺即彩笺,以花木麟鸾为饰。

【赏析】

此词写作者登高临远,感伤自己身世飘零,淹留不归。首三句写出张彦功官舍地处甚高,楼阁空旷,轻寒暮色包笼,明月入帘。"树隔"以下三句,写登楼远望,湖山胜景皆入眼底,来作小饮之伴,接下三句,由景及情,引出怀远思家之情。作者故家鄱阳,古属楚地,故自称楚客。过片见归心已久而难行成,以下皆触景生情。欲唤逋仙,为的是"怕平生幽恨,化作沙边烟雨",作者铺叙展衍,将"半成归计"的感叹写得既直又婉。

念 奴 娇

吴兴荷花①

闹红一舸,记来时、长与鸳鸯为侣。三十六陂②人未到,水佩风裳无数。翠叶吹凉,玉容消酒,更洒菰蒲③雨。嫣然摇动,冷香飞上诗句。　　日暮青盖亭亭,情人不见,争忍④凌波去。只恐舞衣寒易落,愁入西风南浦。高柳垂阴,老鱼吹浪,留我花间住。田田⑤多少,几回沙际归路。

【注释】

①吴兴荷花:《白石词》此词前有题序云:"予客武陵,湖北宪治在焉。古城野水,乔木参天,予与二三友日荡舟其间,薄荷花而饮,意象幽闲,不类人境。秋水且涸,荷叶出地寻丈。因列坐其下,上不见日,清风徐来,绿云自动,间于疏处窥见游人画船,亦一乐也。揭来吴兴,数得相羊荷花中。又夜泛西湖,光景奇绝,故以此句写之。"武陵在今湖南常德。薄,迫近也。揭,发语词。相羊,犹徜徉。
②三十六陂:三十六,极言其多。陂:水塘。

③菰蒲：水草。
④争忍：怎忍。
⑤田田：荷叶初生时形如田字。

【赏析】

这首咏荷词摹形传情，写物拟人，十分出色。词开头写正当荷花盛开时节，小船停泊在荷塘深处，作者不说荷花盛开而说"闹红"，如此写花可谓摄神之笔，得北宋宋祁"红杏枝头春意闹"之遗意。作者仿佛觉得眼前的荷花幻为了美丽的女子。以风为裳，以水为佩，那粉红的脸色，犹如酒晕才消，她在微风清香之中摇曳生姿，嫣然而笑。这亦花亦人的动人情景，催发出作者泉涌般的诗兴词情。

盛极而衰，下片转写西风起时，荷花凋残。作者用笔之妙，在不直写自己的惜花之情，而写暮色之中，青荷如盖，亭亭玉立，她眷恋自己的情人，不忍凌波而去。而作者自己也不忍告别荷花，眼前"高柳垂阴，老鱼吹浪"，都分明在"留我花间住。"

一 萼 红

人日登定王台①

古城阴，有官梅几许，红萼未宜簪。池面冰胶，墙腰雪老，云意还又沈沈。翠藤共、闲穿径竹，渐笑语、惊起卧沙禽。野老林泉，故王台榭，呼唤登临。　　南去北来何事？荡湘云楚水，极目伤心。朱户粘鸡②，金盘簇燕③，空叹时序侵寻。记曾共、西楼雅集，想垂柳、还袅万丝金。待得归鞭到时，只怕春深。

【注释】

①正月初七为人日。别驾系宋代通判之别称，时萧德藻任湖南潭州通判，白石客居其观政堂。定王台在今长沙市，汉定王发既至长沙，筑台以望母，故名。

②朱户粘鸡：旧俗人日贴画鸡于户，悬苇索其上，插符于旁，百鬼畏之。见《荆楚岁时记》。

③金盘簇燕：《武林旧事》载，立春前一日，后苑办造春盘，有翠缕红丝，金鸡玉燕之类。

【赏析】

这首登临观赏之词，表达的是怀人感遇之意，所怀之人，当是作者所眷恋的合肥女子。

词一开始写古城墙下，由官府所植之梅红萼尚小，如椒如菽，还未宜摘下插鬓，言辞间隐然有一片怜惜之意。白石词中怀人，多以梅、柳寓托其意，此处当亦如是。"池面"、"墙阴"、"云意"三句，写官梅所处的冷寂环境，也表现出作者沉幽的心绪。"翠藤"以下，交代携友登临。过片"南去北来何事"，写身世飘零之感，与上片结束之登览之娱突兀相接，亦将开头感梅意脉暗中承转。"朱户"以下三句，扣住人日风习，慨叹客中光阴荏苒，年华空逝。"记曾共、西楼雅集"两句，正面点出怀人之意，今昔对比，自然有无限凄感。结尾又转深一笔："待得归鞭到时，只怕春深"，归鞭，一作归鞍，意谓回到旧地，只怕已是春深时节，春意阑珊，芳菲不再，作者在"红萼未宜簪"的早春时节，便悬想着恐怕要到春暮才能归去，而且即使得归，也已是人事皆非，意极含蓄，情极凄婉。

齐 天 乐

蟋 蟀①

庾郎先自吟愁赋②，凄凄更闻私语。露湿铜铺③，苔侵石井，都是曾听伊处。哀音似诉，正思妇无眠，起寻机杼。曲曲屏山，夜凉独自甚情绪？　西窗又吹暗雨。为谁频断续，相和砧杵④。候馆⑤迎秋，离宫吊月，别有伤心无数。幽诗漫与⑥。笑篱落呼灯，世间儿女。写入琴丝，一声声更苦。

【注释】

①原题序云:"丙辰岁,与张功父会饮张达可之堂,闻屋壁间蟋蟀有声,功父约予同赋,以授歌者。功父先成,辞甚美。予徘徊茉莉花间,仰见秋月,顿起幽思,寻亦得此。……"丙辰乃宋宁宗庆元二年(1196),张功父即张镃,张镃旧字时可,达可当为其雁行。

②庾郎:庾信,曾作《愁赋》,今不传。

③铜铺:铜制铺首,衔门环的底座。

④砧:捣衣石。杵:捣衣棒。

⑤候馆:郊外的旅馆。离宫,帝王的行宫。

⑥豳诗:指《诗经·豳风·七月》,诗中云"十月蟋蟀入我床下"。漫与:随意成篇。

【赏析】

白石与张镃同赋蟋蟀,张镃先有《满庭芳·促织儿》成,白石后来居上。词起笔不正面赋蟋蟀之形,而是从其声写起,写其声一如庾郎之吟愁赋,笔墨稍即便离。如此则未见蟋蟀而先已赋愁,此一意贯穿全篇。"哀音"以下,写思妇夜不能寐起弄机杼,由曲曲屏山,思及关山阻隔的情人,皆由开头"赋愁"之声生发出来,过片"西窗又吹暗雨",意脉似断实续,引起下片所写,虽景事不一,而悲吟如前。雨声、捣衣声、秋声、叹息声、自然环境、思妇征人、迁臣倦客、离宫怨女,事异情同,用"愁"字将其贯连起来。"豳诗"以下三句,又以呼灯捉蟋蟀的无知小儿之乐,反衬有心人之苦。最后"写入琴丝,一声声更苦",重新回到蟋蟀吟愁的悲感旋律中来。

淡 黄 柳

客 合 肥①

空城晓角,吹入垂杨陌。马上单衣寒恻恻。看尽鹅黄嫩绿,都是江南旧相识。　　正岑寂②。明朝又寒食。强携酒,小桥宅③。怕梨花、落尽成秋色④。燕燕飞来,问春何在?惟有池塘自碧。

【注释】

①原题序云:"客居合肥南城赤阑桥之西,巷陌凄凉,与江左异,唯柳色夹道,依依可怜。因度此阕,以纾客怀。"江左即江东。度即制曲。

②岑寂:高静。

③小桥:即小乔。白石在合肥的情人实为姊妹二人,其《解连环》云:"为大乔能拨春风,小乔妙移筝"。小桥宅即指题序中赤阑桥西客居处。

④秋色:《绝妙好词》原本作"秋苑",不韵,当属误字。

【赏析】

夏承焘《姜白石系年》编此词于光宗绍熙元年(1190)。词写合肥客居的情怀。或因"合肥巷陌多种柳"(《凄凉犯》序),作者自度此曲,调名"淡黄柳"。全词在"空城晓角"的背景下写看柳人见柳色由鹅黄而嫩绿、以至寒食暮春。上片"江南旧相识"一句点明题序中"客怀"两字,下片"小桥宅"表明合肥恋人之所在,由"马上单衣寒恻恻",见其飘零,由"怕梨花落尽成秋色",感其迟暮。歇拍"燕燕飞来,问春何在,惟有池塘自碧",更以外在景物之无情,衬出自身内心之多感。情致凄婉,而下笔空灵。

小 重 山①

湘 梅②

人绕湘皋③月坠时。斜横花自小④,浸愁漪。一春幽事有谁知。东风冷,香远茜裙⑤归。　　鸥去昔游非。遥怜花可可⑥、梦依依。九疑⑦云杳断魂啼。相思血,都沁绿筠枝。

【注释】

①小重山：《白石词》作"小重山令"。
②原题云："赋潭州红梅"。潭州，今湖南长沙。
③湘皋：湘江岸边。湘江流经长沙。
④斜横：林逋《山园小梅》："疏影横斜水清浅"。花自小，一作花树小。
⑤茜裙：绛色裙。
⑥可可：赞许之辞。
⑦九疑：即九嶷山。

【赏析】

此词题为咏红梅，实寓怀人之意。上片先写月下观梅，湘皋月坠，点出地点时间，亦见伫望之久，"绕"字更见爱恋之甚，徘徊不忍去。"浸愁漪"写梅枝倒映水中，称水为"愁漪"，足见其情。后三句写春归梅落，"茜裙"句亦花亦人，情怨意长。下片先宕开一笔，写湘皋鸥去，昔游已非。"遥怜"句收归本题，表作者对红梅依恋之深，有开合之妙。最后三句，是用古代传说大舜崩于苍梧之野，葬九嶷山，二妃娥皇、女英追至，哭帝、泪染于竹，竹皆斑的典故，谓红梅之色，皆由相思血所染，设想奇幻，笔力深透。

点 绛 唇

松 江①

燕雁②无心，太湖西畔随云去。数峰清苦，商略③黄昏雨。
第四桥④边，拟共天随⑤住。今何许？凭阑怀古，残柳参差舞！

【注释】

①原题作："丁未冬过吴松作"。吴松，又名松江，即今吴江。丁未为宋孝宗淳熙十四年（1187），白石自湖州往苏州见范成大，道经吴

松作此词。

②燕雁：燕，地名，指北方。燕雁是自北飞来的大雁。
③商略：商量、酝酿。
④第四桥：即吴江甘泉桥，以泉品居第四，故称第四桥。
⑤天随：唐陆龟蒙号天随子。

【赏析】

作者经过陆龟蒙曾隐居的吴松，缅怀先贤，感慨自身，遂作此词。词之上片，皆写雨前之景，北方飞来的大雁随云而去，飞向太湖西畔，清寂萧瑟的山峰，正在酝酿着一场黄昏雨。如此皆是平凡之景，但作者写得不凡。他以"无心"点雁，实暗写出自己面对征雁思及身世而有所感；他写雨前山景，只"商略"一词，便极"诞妙"而为常人所难及。这两处写景，作者皆用拟人手法，变无意为有情，化静态为动态，用笔神妙，务求写心而不求写形。下片由景及事，表出怀古内容，以"拟共天随住"之痴情之想，见出作者对陆龟蒙的心仪力追。白石身世之寥落，气格之孤峭确乎与陆龟蒙依稀仿佛。结尾三句更由此而拓宽开去，"今何许"三字含意甚深甚丰，作者问先贤今在何处，朝代相隔，恨不同时，不禁发为幽愤之问。

惜 红 衣

吴兴荷花①（无射宫）

枕簟②邀凉，琴书换日，睡余无力。细洒冰泉，并刀破甘碧③。墙头唤酒，谁问讯、城南诗客。岑寂，高柳晚蝉，说西风消息。　　虹梁④水陌，鱼浪吹香，红衣半狼籍。维舟试望，故国渺天北。可惜柳边沙外，不共美人游历。问甚时同赋，三十六陂秋色？

【注释】

①原题序云，"吴兴号水晶宫，荷花盛丽。陈简斋云：'今年何以报

君恩,一路荷花相送到青墩',亦可见矣。丁未之夏,予游千岩,数往来红香中,自度此曲,以无射宫歌之"。据吴曾《能改斋漫录》,杨濮守湖州,赋诗云:"溪上玉楼楼上月,清光合作水晶宫",其后遂以吴兴为水晶宫。陈简斋即陈与义,字去非,简斋其号。题序中所引其词句见其《虞美人》词下片。千岩在湖州弁山。丁未即孝宗淳熙十四年,时白石依伯岳千岩老人萧德藻。

②簟:竹席。

③并刀:山西并州所产快剪刀。甘碧,指水果。

④虹梁:指桥。

【赏析】

此词与前面的《念奴娇》"闹红一舸"同为咏荷之作,但写法不同。《念》词通篇咏荷,此首则仅下片及荷,上片纯说游历感遇之事。起三句写夏日睡余邀凉,读书弹琴捱日。次二句写取水、果解渴。又次三句写酤醪遣时。以上所写三事各不相同,但皆具无聊寂寞之感。接下"岑寂"两字将此意点醒。然后再以高柳晚蝉加以渲染,此句妙在写物拟人,借蝉达意,将西风消息由晚蝉说出,示意秋之将至,暗含迟暮之感,为下片写荷之狼藉作势。下片转入写荷,又由"红衣"的凋残,联想到自己的飘零身世,顿起乡国之思,故翘首以望天北,此中"红衣"貌似写荷,实即下面所说曾共游历的美人。"可惜"以下,感叹与意中人相聚之好景不长,而今徒成追想。"问甚时同赋,三十六陂秋色",说明作者深情的眷恋尚在,然此问必为空想,已不待明言,不过惟其如此,才更见其情之执着。

刘仙伦

刘仙伦,一名儗,字叔拟,号招山,庐陵(今江西吉安)人。以布衣终。工诗词,与刘过齐名,时称庐陵二士。有《招山小集》。词风以疏快健拔为主,亦有妩媚之作。

江 神 子

东风吹梦落巫山,整云鬟,却霜纨。雪貌冰肤,曾共控双鸾。吹罢玉箫香雾湿,残月坠,乱峰寒。　　解珰回首忆前欢,见无缘,恨无端。憔悴萧郎①,赢得带围宽。红叶不传天上信,空流水,到人间。

【注释】

①萧郎:女子对自己喜欢的男子的代称。

【赏析】

这是一首怀人之词。上片由首句引出巫山梦境的描写,梦中回到了过去,与意中人欢爱相聚。吹箫,用萧史弄玉吹箫引凤的典故。下片折回到现在,佳人已去,往事空成追忆。"见无缘,恨无端",写内心痛苦复杂的情绪,十分真切。"红叶"句用孟棨《本事诗》所载唐代宫女题诗红叶流落人间之事,意思凄婉。

菩 萨 蛮

效唐人闺怨

吹箫人①去行云杳,香篝②绣被都闲了。叠损缕金衣,伊家浑不知③。　　冷烟寒食夜,淡月梨花下。犹有软心肠,为他烧夜香。

【注释】

①吹箫人:见前岳珂《满江红》注④。
②香篝:香炉。
③浑不知:全不知。

【赏析】

这首效唐人闺怨诗而作的词,通篇皆以女子口吻出之。上片写香篝绣被闲置不用,缕金之衣长期折叠着,折褶都磨损了。可见"吹箫人"离去之久,闺中人相思之深,但"伊家"全然不体会思妇的这种苦楚。过片两句写景,寒食冷烟,淡月梨花,是最令独居者感到凄孤惆怅的景色。而在这时候,"犹有软心肠,为他烧夜香",说明思妇对久不归来的"伊家",尽管有怨,但更多的还是爱恋和思念,她为他真诚地祈祷着。这两句写出了思妇多情善良的心地。

蝶 恋 花

小立①东风谁共语?碧尽行云,依约兰皋②暮。谁问离怀知几许?一溪流水和烟雨。　　媚荡杨花无著处,才伴春来,忙底随春去。只恐游蜂粘得住,斜阳芳草江头路。

【注释】

①小立:伫立片时。
②兰皋:长着兰草的沼泽。

【赏析】

此词也是以女子的口吻写出。上片写她小立东风之中所看到的云天兰皋的暮春景色,间以"谁共语"、"谁问"两番呼起,表达凄孤之感。"一溪流水和烟雨"是以景结情,其手法与北宋贺铸名作《青玉案》中"试问闲愁都几许?一川烟草,满城风絮,梅子黄时雨"相同。下片专就杨花生思,杨花才伴春来,可时过不久就匆匆地随春而去,四下飘荡零落。思妇由杨花的遭遇联想到自己的身世。于是寄望于蜂蝶能粘住几朵杨花,留住几分春色,当然,这只是一种聊以自慰的幻想而已。最后一句"斜阳芳草江头路",用《楚辞·招隐士》中"王孙游兮不归,春草生兮萋萋"的诗意,写春归人不归,使思妇翘首远望,空余怅惘。

一 剪 梅

　　唱到阳关第四声①，香带轻分，罗带轻分。杏花时节雨纷纷，山绕孤村，水绕孤村。　　更没心情共酒樽，春衫香满，空有啼痕。一般离思两销魂，马上黄昏，楼上黄昏。

【注释】

　　①阳关：指唐代王维《送元二使安西》中有"西出阳关无故人"之句。该诗谱入乐曲，到处传唱，名之为《阳关三叠》。其第四声所唱的是诗中第三句"劝君更进一杯酒"，说见苏轼《东坡志林》卷七。

【赏析】

　　周密的词学观念，主要属于典雅一路，追求雅丽典重，往往雕冰刻楮，但也不排斥方言俗语，不排斥轻倩浅近之作。刘仙伦这首词就属于后者。词写的是在阳关离别之声中，一对情侣解开了打成同心结的罗带，就此分离了。这时，正是杏花春雨时节，远处有不断的群山和不尽流水，环绕着孤村。村，是人之归宿处，山水皆绕孤村，而人独离此而去。村乃孤村，而人亦孤独。作者取法了北宋秦观《满庭芳》"斜阳外，寒鸦万点，流水绕孤村"的写法，着重以意中之景点染离情。下片由眼前景色，推想别后光景。黄昏愁人时分，征人在鞍马上，思妇在翠楼头，同一是相思之苦，却两地销魂。此词在句法和修辞上，运用了重叠回环的方法，上片的"香带轻分，罗带轻分"，只易一字，分指两人，以共同的动作表示对这离别的共同的感伤。"山绕孤村，水绕孤村"，也只是易一字，而把自然景象对人物情绪的感触强调出来。"马上黄昏，楼上黄昏"，同样是只易一字，写出了两地相思，同一凄苦，这种以重复为主而又有变化的巧妙句式，加强了情绪的咏叹，增加了音乐美和语言美。

霜天晓角

蛾 眉 亭①

倚空绝壁,直下江千尺,天际两蛾凝黛,愁与恨,几时极!暮潮风正急,酒醒闻塞笛。试问谪仙②何处?青山③外,远烟碧。

【注释】

①蛾眉亭:在长江边牛渚山上,山北突入江中,即著名的采石矶,据《安徽通志》,蛾眉亭在当涂县北二十里,据牛渚绝壁,前直二梁山,夹江对峙如蛾眉然,故名。梁山,亦即天门山。
②谪仙,唐贺知章称李白为谪仙人。
③青山:在当涂县东南。李白逝世后,初葬采石矶,后改葬青山。

【赏析】

作者登临蛾眉亭,举目远望,忧时之慨遂生。词先就蛾眉亭所处位置写起,特意写其险峻之势,为下文驰目骋怀作势。"天际"以下三句,写远望天门中开,两山夹江,宛如大江的两道蛾眉,在深沉地凝愁。"愁与恨,几时极",这是山水的情思,更是登临者的感慨。下片写登临之感,分两层:前两句写山水之不平静,作者内心之不平静,以及边境之不平静。南宋与金划淮而治,仅保半壁河山,采石矶差不多已属前线,耳闻这本应是内地而今属边塞的声声塞笛,作者不仅忧己,更忧时局。"试问"以下三句,是第二层,作者想到唐代诗人谪仙李白安葬于此地,临其墓,怀其人,吊古伤今之情油然而生,试想,局促的南宋小朝廷,何曾能有一点李白那样浩阔逸荡的襟怀气魄和不甘折腰不愿受辱的精神品格。

孙惟信

孙惟信(1179—1243),字季蕃,号花翁,开封(今属河南)人。居婺州,尝有官,弃去不仕,有声名于时。长短句尤工,有《花翁集》。

昼 锦 堂

薄袖禁①寒，轻妆媚晚，落梅庭院春妍。映户盈盈回倩②，笑整花钿。柳裁云剪腰支小，凤盘鸦耸髻鬟偏③。东风里，香步翠④摇，蓝桥⑤那日因缘。　　婵娟⑥，流慧盼⑦，浑当了、匆匆密爱深怜。梦过阑干犹认，冷月秋千。杏梢空闹相思眼，燕翎难系断肠笺。银屏下，争⑧信有人真个，病也天天！

【注释】

①禁：抵御。

②倩：含笑的样子。

③凤盘鸦耸：形容女子发式。古代女子发式中有一种叫凤髻，高翘似凤舞。髻鬟偏：古时女子发髻偏于一边，似堕未堕，时称倭堕髻。

④翠，指所佩碧玉饰物，可随步作响，又称步摇。

⑤蓝桥：在陕西蓝溪上。唐裴铏《传奇·裴航》记裴航在此遇仙女云英。词中系指情侣相遇之地。

⑥婵娟：美好的样子。

⑦流慧盼：目光流动。《诗经·卫风·硕人》，"巧笑倩兮，美目盼兮。"流盼犹流盼。

⑧争：怎。

【赏析】

这首词以工致的语言、精细的刻画，叙述了一桩男女偶然相遇，便疑彼此有情，遂致单思成病的情事。上片采用倒插追叙的写法，总提上片的是最末一句"蓝桥那日因缘"。前面全是对那日所遇佳人的回忆性描绘：她衣着轻薄，浅妆秀美，那细小的腰肢如同柳裁云剪，在春风中轻移香步，身上的佩饰发出琤琤的声响。下片接写"我"误入相思，他把女子的美目流盼完全当做在匆忙间向自己表达的"密爱深怜"，于是因思成梦，在冷月秋千下寻找她的倩影，把杏花梢头才绽出的叶芽也看成了意中人的相思眉眼。词中情事场景的描写，与后来的戏剧、小说已颇有异曲同工之妙。全词周挚纤艳如"柳裁"、"凤盘"、"杏梢"、"燕翎"诸句，情至而俚如"病也天天"之句，颇足以见花翁词格。

夜 合 花

　　风叶敲窗，露蛩吟甓①，谢娘②庭院秋宵。凤屏半掩，钗花映烛红摇。润玉暖，腻云娇。染芳情、香透鲛绡③。断魂留梦，烟迷楚驿④，月冷蓝桥⑤。　　谁念卖药文箫⑥。望仙城路杳，莺燕迢迢。罗衫暗折，兰痕粉迹都销。流水远，乱花飘，苦相思、宽尽香腰。几时重恁⑦，玉骢过处，小袖轻招。

【注释】

①蛩：蟋蟀。甓，石壁。
②谢娘：唐代歌妓名，后泛指歌妓。
③鲛绡：指丝织手帕。
④楚驿：古时江南属楚地。驿，驿站。
⑤蓝桥：见前词注⑤。
⑥文箫：唐裴铏《传奇》所载唐大和末书生。他在钟陵西山遇仙女吴彩鸾，彩鸾歌曰："若能相伴陟仙坛，应得文箫驾彩鸾。"遂结为夫妇。卖药，古人家贫或求隐，常卖药自业。晋皇甫谧《高士传》载汉代避世逃名高士韩康卖药市中30余年。
⑦恁：这样。

【赏析】

　　这是一首女子相思怀人之词。开始先描绘女子相思情景，然后用"烟迷楚驿，月冷蓝桥"点出意中人已去。风叶敲窗、秋蛩悲吟，衬托出谢家庭院的孤寂，凤屏半掩、香烛高烧、钗花闪烁表示她待人而人不归。泪湿鲛绡、魂留梦境写出她相思之情深意苦。层层铺衍渲染。过片用文箫之典，表示不求成仙双飞去，只愿人间做伴侣，故结尾处仍企想其"玉骢过处，小袖轻招"。

烛影摇红

牡 丹

一朵鞓红①，宝钗压鬓东风溜。年时也是牡丹时，相见花边酒。初试夹纱半袖，与花枝、盈盈斗秀。对花临景，为景牵情，因花感旧。　　题叶②无凭，曲沟流水空回首。梦云不到小山屏，真个欢难偶！别后知他安否，软红街③，清明还又。絮飞春尽，天远书沉，日长人瘦。

【注释】

①鞓红：牡丹的一种；色如鞓红犀带。
②题叶：唐顾况曾于宫苑流水上得梧叶，上有宫女题诗，自抒寂寞之感。见孟棨《本事诗》。
③软红街：指临安的繁华街市。苏轼《次韵蒋颖叔钱穆父从驾景灵官》自注："前辈戏语，有西湖风月，不如东华软红香土。"

【赏析】

此词题曰牡丹，但全词由花及人，写的是相思意。上片扣题入笔，点出"一朵鞓红"，接下便写花边之人。然后再写女子对景牵情，因花感旧，过渡到下片怀人之意。下片写题叶无凭，梦云不到，见出思妇孤独相思之苦。眼前又将絮飞春尽，行人尚无消息，思妇不禁憔悴瘦损。

醉思凡

吹箫跨鸾①，香销夜阑②。杏花楼上春残，绣罗衾半闲。衣宽带宽，千山万山。断肠十二阑干③，更斜阳暮寒。

【注释】

①吹箫跨鸾：见前岳珂《满江红》注④。
②夜阑：夜深。
③十二阑干：犹十二楼，极言思妇登临之高。

【赏析】

这首相思词，上片由梦境入笔，写到梦醒。梦中是吹箫跨鸾，双双飞升的情景。有情人终成眷属。然而当她醒来时，"绣罗衾半闲"，是孤身一人，更面对香销夜阑花残春去，梦中醒后形成鲜明对比。下片写她登高远望，眼前是千山万山，斜阳暮寒，情人更在斜阳关山之外，使思妇为之憔悴。

南 乡 子

璧月①小红楼，听得吹箫忆旧游。霜冷阑干天似水，扬州，薄幸声名总是愁②。　　尘暗鹔鹴裘③，裁剪曾劳玉指柔。一梦觉来三十载，风流，空对梅花白了头！

【注释】

①璧月：月圆如璧。
②"扬州"、"薄幸"：杜牧《遣怀》："十年一觉扬州梦，赢得青楼薄幸名。"
③鹔鹴裘：鹔鹴羽所制之裘。汉司马相如初与卓文君还成都，居贫愁懑，以所著鹔鹴裘就市人杨昌贳酒与文君为欢。见《西京杂记》。

【赏析】

这是一首忆旧遣怀之作。词中回忆往日与意中人的一番恩爱生活，感叹年华已去。起句点出地点，环境十分幽雅，继由箫声引出怀旧之情。下片摄取一细节加以描写，当年由佳人亲手裁剪的鹔鹴裘现在蒙满灰尘，暗示过去的生活已成陈迹。结尾三句写30年后回想此事，纵然风流情意仍在，也只能空对梅花诉说。全词情真意切,写得哀艳动人。

史达祖

史达祖,字邦卿,号梅溪,汴(今河南开封)人。中年时期在扬州、荆江、汉水一带任过幕职。宁宗嘉泰间入中书省为堂吏。韩侂胄用事,倚邦卿奉行文字。开禧兵败,韩遭诛,邦卿被黥面后流放。其词长于咏物,巧于运思,体物入微,琢语工巧,艺术性较高。有《梅溪词》。

绮罗香

春 雨

做冷欺花,将烟困柳,千里偷催春暮。尽日冥迷,愁里欲飞还住。惊粉重、蝶宿西园,喜泥润、燕归南浦。最妨他、佳约风流,钿车不到杜陵路①。　　沉沉江上望极,还被春潮晚急,难寻官渡②。隐约遥峰,和泪谢娘③眉抚。临断岸、新绿生时,是落红、带愁流处。记当日、门掩梨花,剪灯深夜语。

【注释】

①钿车:镶有玉石的华美车子。杜陵:长安东南汉宣帝陵墓所在地,附近一带多住富贵人家,这里用来指繁华街道。

②官渡:以官家渡船运送旅客之处。

③谢娘:见前孙惟信《夜合花》注②。

【赏析】

咏物之作,不难于形似,而难于神似,不难于实,而难于虚。要不即不离亦物亦人为最好。史达祖这首春雨词,不出现春雨字面,却笔笔与春雨有关,而又将对春雨的摹写,处处关合到怀人之情。词开头三句就离形得似,写春雨之神,春寒多雨,妨碍了花的开放,迷濛如烟,环绕在柳树周围。"尽日"两句正面写雨,谓其"愁里欲飞还住",极富有人的情态,"最妙它"以下三句,便由愁雨之意,写到怀人之情,正为有此春雨,故她准拟佳期又误,不能乘车前去赴约。下片写女子伫足望远,与上面践约事非必有关,但皆雨中之景、怀人之事。"春潮晚急"、"官渡难寻",皆雨所致,而又暗示意中人由此离去,至今踪迹杳然。"隐约遥峰,和泪谢娘眉妩",是写远处烟雨笼罩着的山峰,也是写女子被泪沾湿的蛾眉。物我一体,颇难分别。"断岸"以下,融情景于一家,会句意于两得,谓春水生情,落花带愁,断岸无路,王孙不返,送春念远之意,皆隐其中。结尾折回一笔,追忆当初细雨春夜剪灯共语的情景。"门掩梨花",语出李重之《忆王孙》"雨打梨花深闭门","剪灯夜语",用李商隐《夜雨寄北》"何当共剪西窗烛,却话巴山夜雨时"诗意,皆从前人咏雨名句中化出。全词无一"雨"字,但笔笔皆在写雨,而咏物又与写情一样,运思甚巧。

双 双 燕

过春社①了,度帘幕中间,去年尘冷。差池②欲住,试入旧巢相并。还相雕梁藻井③,又软语、商量不定,飘然快拂花梢,翠尾分开红影④。　　芳径,芹泥⑤雨润。爱贴地争飞,竞夸轻俊。红楼归晚,看足柳昏花暝。应自栖香正稳,便忘了、天涯芳信。愁损玉人⑥,日日画栏独凭。

【注释】

①春社:春分前后祭社神的日子叫春社。
②差池:参差不齐。《诗经·燕燕》:"燕燕于飞,差池其羽。"
③相:仔细端详。藻井:俗称天花板。
④红影:花影。
⑤芹泥:水边生长芹草的泥土。
⑥愁损玉人:一作"愁损翠黛双蛾"。

【赏析】

《双双燕》为作者所创制，此词一题作"咏燕"。全词咏燕写人，句句熨帖，新巧俊逸，在古代咏燕之作中推为绝唱。上片写过了春社之日，双燕飞回故地，重入旧巢，作者巧妙地用燕子的感觉来写故地旧巢的变化：灰尘布满，十分冷落。这里的"尘冷"，为后片的玉人"愁损"暗下伏笔。正因为今昔有异，所以双燕"差池欲住，试入旧巢相并"，而又仔细打量屋顶间的雕梁藻井。尔后相互之间用柔和的语言交换着彼此的想法。"又软语、商量不定"，完全是拟人写法，可谓极形容之妙。最后写它们飞出旧巢，去拂花啄呢。过片承上启下，写双燕飞临芳径，喙啄雨后湿润的芹泥，作者状其贴地争飞的轻俊姿态，十分逼真。"红楼"以下三句收住上面描写，谓时分已晚，燕已看足柳昏花瞑，该当安稳歇息了，这三句最为姜夔赏爱。因为看足者非止是燕，更有思妇，亦是写燕，亦是写人。"栖香稳"三字，以双燕的安居引出思妇的独自凭栏凝思，中间以燕子飞归忘了给思妇带回征人的消息为纽带把咏燕写人连结起来。结句"独"字扣合题中"双"字，是点睛之笔。由此返观全篇，则双燕对冷落归巢的端详以及啄泥争飞、筑巢安栖，这一系列情景，实际上是"藏过一番感叹"，暗寓了孤寂思妇的情思。全篇咏燕，不写形而写神，不取事而取意，真白描高手。

夜 行 船①

不剪春衫愁意态，过收灯②，有些寒在。小雨空帘，无人深巷，已早杏花先卖。　　白发潘郎宽沈带③，怕看山，忆他眉黛。草色拖裙，烟光惹鬓，常记故园挑菜④。

【注释】

①《梅溪词》此词有题曰："正月十八日闻卖杏花有感。"

②宋代习俗，正月十五日元宵节前后数日放灯，至十八日收灯。收灯毕，则人们出城探春。

③"白发"句：晋潘岳《秋兴赋》谓自己32岁，便已鬓发斑白。南朝沈约《与徐勉书》谓自己因病消瘦，腰带觉宽。潘鬓沈腰遂成为古代诗词中喻指因愁憔悴的常用典故。

④挑菜：宋沿唐习，二月二日为挑菜节，城中仕女相率至郊外游观，宫中亦办挑菜宴以资嬉笑，王宫贵邸多效之。见周密《武林旧事》。

【赏析】

春已到而春衫不剪，是无人为之剪春衫，或眼前无意中人，纵有春衫也裁剪无绪。收灯既过，当去探春，然却畏惧寒意尚在。于是众人皆出游乐，"我"独孤居悲哀，在"小雨空帘，无人深巷"这样的环境中，愁听卖花之声。杏花开了，春天来了，可帘中人无心去领略这春意，巷深人空，细雨濛濛，在这空寂中发出的声声卖花之声显得更为惊心，牵动帘中人的感情。帘中人不剪春衫不出游观的原因，是"白发潘郎宽沈带"，"怕看山，忆他（她）眉黛"。但在他的内心，却实际上是在这春来之时，更深地忆着往昔与意中人在一起"故园挑菜"的情景。那时，她穿着翠绿犹如芳草的长裙，春光烟云轻拢着她美丽的双鬟，其情景何等旖旎婉丽。此与前述潘鬓沈带相对照，则见佳人已去，今昔判然，老去情怀，愁不堪言，自不愿再剪春衫，独出游观了。然而在这无人深巷之中，这卖花之声，又是多么动人凄听。全词著意在结句。

东风第一枝

春　雪

巧剪兰心，偷粘草甲①，东风欲障新暖。谩疑碧瓦难留，信知暮寒较浅。行天入镜②，做弄出、轻松纤软。料故园、不卷重帘，误了乍来双燕。　　青未了、柳回白眼，红不断、杏开素面。旧游忆著山阴，厚盟遂妨上苑③。寒炉重暖，且慢放、春衫针线。恐凤靴、挑菜④归来，万一灞桥⑤相见。

【注释】

①草甲：草长芽时所带种皮。

②行天入镜：雪后明净，临池如窥镜，渡桥如行天。韩愈《春雪》："入镜鸾窥沼，行天马渡桥"。

③"旧游"、"厚盟"两句：前句用晋王子猷夜雪访戴逵，经宿方至，造门不前而返的典故，见《世说新语·任诞》。山阴即今浙江绍兴。后句用汉司马相如雪天参加梁王兔园之宴而迟到的典故，见谢惠连《雪赋》。"厚盟"别作"后盟"，即失期后至。

④凤靴：一作凤鞋，指饰有凤纹的女鞋。挑菜，见前词注。

⑤灞桥：在长安（今西安市）东郊，汉唐人送旅人东行到此折柳道别。又孙光宪《北梦琐言》卷七载郑綮云："诗思在灞桥风雪中驴子上。"

【赏析】

史达祖最长于咏物，此词亦为名作。作者能使所咏之物了然在目，且又不留滞于物。全词句句写雪。"巧剪"一作"巧沁"，相较以后者为胜。春雪沁入兰心，偷偷地粘在草叶上，要想障住东风吹来的新暖；毕竟是春雪，它易融化，故它能沁入兰心，也难以在碧瓦上长期留住。谩疑，空疑。信知，料知。纤细轻软的春雪，给大自然披上了银装，料想故园的亲人，抑或因春雪迷濛而没有卷起帘子，使乍归的双燕，不能传信安巢，这里有一种异乡流落思家念亲之感。这是上片所写的情景。下片写景用典，仍然处处扣住春雪。青青的柳芽红红的杏花，都因为春雪的点染而变白返素，接下所用的王子猷访戴和司马相如赴宴两个典故，都与雪相关。重燃熏炉，放慢春衫针线，也是因为春雪寒冷。结尾"挑菜"句点春，"灞桥"句点雪，把这些有关春或雪的逸事旧俗编织进词，增加渊雅之趣，达到既咏物又不滞于物的效果。

东风第一枝

灯　夕①

酒馆歌云，灯街舞绣，笑声喧似箫鼓。太平京国多欢，大酺②绮罗几处。东风不动，照花影、一天春聚。耀翠③光、金缕相交，苒苒细吹香雾。　　羞醉玉④、少年丰度。怀艳雪⑤，旧家伴侣。闭门明月关心，倚窗小梅索句。吟情欲断，念娇俊、知人无据。想袖寒、珠络藏香，夜久带愁归去。

【注释】

①灯夕：旧以农历正月十五日为元宵节，是夕放灯，故名灯夕。
②大酺：古代封建帝王为表示欢庆特许民间举行的大会饮。
③翠：指妇女的首饰。
④醉玉：醉酒者之躯。《世说新语·容止》载，嵇叔夜醉时如玉山之将崩。
⑤艳雪：形容女子姿容。

【赏析】

此词写南宋临安元宵灯夕情景。上片总写灯夕盛景，极意渲染"太平京国"气象。下片写值此良宵，多情人却别有怀抱，他不慕眼前红粉，惟恋旧家伴侣，想象其袖寒无据，带愁归去，不免凄动于中。上下片哀乐相悬，而重点在于下片，表现词中人的幽绪。

黄钟①喜迁莺

元　宵

月波凝滴，望玉壶天②近，了无尘隔。翠眼圈花③，冰丝织练，黄道④宝光相直。自怜诗酒瘦，难应接、许多春色。最无赖,是随香趁烛,曾伴狂客。　　踪迹漫记忆,老了杜郎⑤,忍听东风笛。柳院灯疏,梅厅雪在,谁与细倾春碧⑥?旧情拘未定,犹自学、当年游历。怕万一,误玉人、夜寒帘隙。

【注释】

①黄钟:即黄钟宫。乐律名。表示该词在音乐上所属宫调。
②玉壶天:壶天本为道教中所指仙境,此处形容月空清明。
③翠眼圈花:各种花灯如柳眼,不停转动。圈,转。
④黄道:见谢懋《浪淘沙》注。
⑤杜郎:指杜牧。
⑥春碧:酒名。见范成大《七夕至叙州登锁江亭……》诗自注。

【赏析】

词从望中月景写起,写到黄道华灯辉映彩练飞舞的景象。此时此刻,乘兴游观者当甚多,而作者以衰语作结,点出自己耽诗、病酒、消瘦之身,自感无聊衰迟,觉与如许繁景已不相宜。过片由追忆往事而宕开去,自叹杜郎已老,不忍再听东风笛声。环顾"柳院灯疏,梅厅雪在",仍是当年旧风景,但"谁与细倾春碧?"不过灵犀一点,柔情万千,总难忘怀,故在无聊冷落之中,尚希冀着万一之再逢。结末五句,正说此意,其情之执着可知。全词以元宵乐景为背景,遣述悲怀,愈转愈深。

清　商　怨①

春愁远,春梦乱,凤钗一股轻尘满。江烟白,江波碧,柳户清明,燕帘寒食。忆忆!　　莺声晚,箫声短,落花不许春拘管。新相识,休相失,翠陌吹衣,画桥横笛。得得②。

【注释】

①清商怨:《梅溪词》作《钗头凤·寒食饮绿亭》,前后片结处,各多叠一字。《词洁》作《惜分钗》,字数与此选同。饮绿亭,在杭州

西湖上，南宋初李䢾所建，范成大名其亭并有诗。

②得得：犹特特，特地。

【赏析】

　　这是一首怀人相思之词，春愁满纸。"凤钗"本双股，今惟存一股，且积满轻尘，暗示情人久去，形单影只。"柳户"、"燕帘"，是思妇之所居。"忆"字领起下片。下片追忆当初相识情景，恍如梦境。想那莺鸟啼晚、春深花落之时，彼此相会，宛似神话传说中萧史与弄玉，箫声虽短，但情味甚长。"新相识，休相失"，该是当初互嘱之语，然而与今日之两下分离杳无音信恰成对比，忆昔伤今，宁不怆然！春风笛声，悦耳怡人，曾令思妇难忘。惟其难忘，故值春再至，不由得春愁梦生。全词上片为伤今之词，下片为忆昔之语，写得一往情深。

蝶　恋　花

　　二月东风吹客袂，苏小①门前，杨柳如腰细。蝴蝶识人游冶地，旧曾来处花开未？　　几夜湖山生梦寐。评泊②寻芳，只怕春寒里③。今岁清明逢上巳④，相思先到湔裙⑤水。

【注释】

　　①苏小：南齐钱塘名伎苏小小。此处指所恋的歌伎。温庭筠《苏小小歌》："吴宫女儿腰如束，家在钱塘小江曲。"

　　②评泊：评论，估价。

　　③里：犹"哩"，语助词。

　　④上巳：农历三月上旬巳日，古时值此日有水边修禊的习俗。

　　⑤湔裙：古俗元日至月底，士女酹酒洗衣于水边，祓除不祥，也称"湔裳"、"湔衫"。宋时常于清明、上巳湔衫。

【赏析】

　　这是一首怀人之词，写作者客中正逢早春二月，出游寻春，相思情生。上片就眼前柳蝶生发,暗寓怀人之意。下片回笔写过去"几夜"的梦寐湖山、评泊春芳之意,又伸笔写未来的清明上巳湔裙戏水的情景。"今岁清明逢上巳,相思先到湔裙水"两句,谓清明上巳游观盛时,想来旧日的情人当亦在旧地水边湔裙,我的情思先已到了湔裙之水。作者巧妙运思,选取湔裙之水把相思这抽象无形的感情因素加以物化,化虚为实,寄情于物,令人回味,传为佳句。全词不多描写寻花游冶的景物情事,只是稍加点染,而着重写自己丰富的内心活动,运用联想、想象、回忆、推想等方式,把怀人之情表达得充分而又含蓄。

玉 楼 春

社①前一日

游人等得春晴也,处处旗亭闲系马②。雨前红杏尚娉婷,风里残梅无顾藉。　　忌拈针指③还逢社,斗草④赢多裙欲卸。明朝新燕定归来,叮嘱重帘休放下。

【注释】

①社:社日。此处指春社。
②旗亭:指酒楼。闲:朱祖谋据汲古阁钞本《绝妙好词》校作"咸"。
③忌拈针指:古时风俗,社前一日妇女停针线。
④斗草:见前陈亮《水龙吟》注。

【赏析】

此词写春社前一日游人仕女观赏春晴。上片写游人,下片写女子。"红杏"、"新燕"两句写物拟人,情姿绰约,但婉而不露。

青 玉 案

蕙花老尽离骚句①,绿染遍,江头树。日暝酒消听骤雨。青榆钱小，碧苔钱古②，难买东君住。　　官河不碍遗鞭③路，被芳草，将愁去。多定④红楼帘影暮。兰灯初上，夜香初炷，犹自听鹦鹉。

【注释】

①蕙花：香草。《离骚》中多及之。
②"青榆"两句：榆树未生叶时，枝间先生荚，形似钱而小，谓之榆荚，俗称榆钱。碧苔斑驳，形似古钱。
③遗鞭：遗鞭则马不行，取留人之意。唐白行简《李娃传》载郑生初见李娃，诈坠鞭。后造访，李娃侍儿呼为遗策郎。唐崔国辅《少年行》："遗却珊瑚鞭，白马骄不行。"
④多定：肯定、一定。

【赏析】

此词上片写春去，下片写人去。一结料想红楼帘影孤寂无聊之状，含不尽之意，见于言外。

高观国

高观国，字宾王，号竹屋，越州山阴（今浙江绍兴）人。与史达祖同为吟社之友，一时并称。其词绍清真之余绪，风致绮丽，情调缠绵，工而入逸，婉而多讽，亦长咏物，自成一家。有《竹屋痴语》。

齐 天 乐

碧云缺处无多雨，愁与去帆俱远。倒苇沙闲，枯兰溆①冷，寥落寒江秋晚。楼阴纵览。正魂怯清吟，病多依黯②。怕挹西风，袖罗香自去年减。　　风流江左久客，旧游得意处，珠帘曾卷。载酒春情，吹箫夜约，犹忆玉娇香怨。尘栖故苑。叹璧月空檐，梦云飞观③。送绝征鸿，楚峰烟数点。

【注释】

①溆：水边。

②依黯：唐韩偓《离家第二日却寄诸兄弟》："却望山南空黯黯，回看童仆亦依依。"后简省为"依黯"，表示伤别念远之意。

③观：台榭楼阙。这里暗用宋玉《高唐赋》中高阳之观、巫山之云的典故。

【赏析】

这是一首羁旅他乡思旧怀人的词。上片写作者登高临远，"楼阴纵览"。作为客体的自然景色是正值秋晚的寥落寒江图。作者从天际写到江面，再由江面写到沙滩，一片冷落景象。面对这景象，作为主体的作者也正"魂怯清吟，病多依黯"。他"怕挹西风"，怕见衰景，然而又确在凭栏，词云"愁与去帆俱远"，是高楼颙望，而颇有"过尽千帆皆不是"之感。"袖罗"句中"去年"一语，与前面之"去帆"呼应，又引起下片"旧游"之遥忆。下片回忆旧时客居江左的风流情事，与今日之寥落恰成对比。而今，料想故苑惟有尘灰栖息，人事皆非，纵有明月如璧，也是高檐空悬。歇拍云目送征鸿远去，惟余楚峰遥遥，数点如烟。真是望彼美于遥天，对苍茫而独立，好不令人凄怆！全词措词造语尤见用力，如说沙溆，则以闲、冷、倒苇、枯兰修饰之。风本无形，而曰能"挹"，化虚为实。愁词多写雨景，此则曰碧云缺处无多雨；叙相思多说腰瘦带减，此则深进一层说"袖罗香自去年减"，皆迥绝常境，语不犹人，可见追琢锤炼之功。前人云竹屋词要是不经人道语，读此词信然。

玉 楼 春

宫　词①

几双海燕来金屋，春满离宫②三十六。春风剪草碧纤纤，春雨浥花红扑扑。　　卫姬郑女腰如束③，齐唱阳关新制曲。曲终移宴起笙箫，花下晚寒生翠縠④。

【注释】

①宫词：以帝王宫中日常琐事或宫女生活为题材的诗词。
②离宫：古代帝王建于都城之外的宫室。
③卫姬郑女：卫国的嫔姬郑国的美女，这里泛指宫女。腰如束：腰肢细小，身材苗条。
④翠縠：翠色的绉纱。

【赏析】

富贵词须有清气，浓丽词须有雅致，此宋人之通见。这首宫词，在内容上无甚深意，上片说春到离宫，下片写花下歌宴，但情致幽雅，下语温婉。上片起句写梅燕归来，暗示春至，用唐沈佺期《古意呈补阙乔知之》"卢家少妇郁金堂，海燕双栖玳瑁梁"诗意。"春风剪草"语出贺知章《咏柳》"二月春风似剪刀"。下片写宫女晚宴，是极易凡艳卑俗的，但作者写宫女之歌阳关离别之曲，与上片之"离宫"扣合起来，暗传一种悲欢离合之意。而宫女之舞，又是在笙箫声里，春花月下，晚寒之中，如此则化浓为淡，脱去凡艳了。

金人捧露盘

水　仙

梦湘云，吟湘月，吊湘灵①。有谁见、罗袜尘生？凌波步弱，背人羞整六铢②轻。娉娉袅袅③，晕娇黄、玉色轻明。　　香心静，波心冷，琴心怨，客心惊。怕佩解、却返瑶京④。杯擎清露，醉春⑤兰友与梅兄。暮烟万顷，断肠是、雪冷江清。

【注释】

①湘灵：湘水女神。
②六铢：即六铢衣。佛经中称忉利天衣重六铢，是一种极轻薄的衣裳。铢：量词。
③娉娉袅袅，杜牧《赠别》诗："娉娉袅袅十三余，豆蔻梢头二

月初。"

④佩解：见前岳珂《满江红》注③。瑶京，神仙所居之地。

⑤醉春：因饮酒而双颊发红，如同春色。

【赏析】

与梅花相比，水仙玉质素体，清逸柔美，借水开花，不着污泥，淡雅迷人。宋代黄庭坚、朱熹等名家诗中，都把水仙写作凌波仙子。高观国这首词中，虽然也用了出自曹植《洛神赋》中"凌波微步，罗袜生尘"的成语，但作者把她比作湘水女神，这是很有意味的。因为在我国女神仙的形象系列中，湘水女神由舜帝二妃追寻帝踪投湘殉情而变成，具有更为悠久的历史意味和悲剧魅力。自从屈原作《湘夫人》以后，这一女神形象更具有了永久的艺术生命。词一起三句连用三个"湘"字，构成排比句式，增强了咏叹意味，而落脚点在"湘灵"一词。湘灵即湘水女神，作者用梦、吟、吊来呼唤她的出现，用云、月来烘托她的形象，把我们带到了一个朦胧迷人的神话世界。女仙之迥绝凡尘，使作者对词赋家历来沿用的"罗袜生尘"的形容语都发出了怀疑，而问"有谁见"？水仙借水开花，姿质柔弱，故谓其凌波步弱、足下无尘，何等贴切。"背面"一句，不仅写其姿容，且进而写其神情。通过背人整衣这一简单而具有特征性的动作，写出了她纯真腼腆的个性特点，作者把水仙花神仙化了，又把神仙人格化了。于是，到这里，她不再是一位飘渺悠远可望不可及的神仙，而是一位脱俗而又具有人情的少女。最后两句，写水仙花蕊呈金黄色，以娇（娇美）晕（浸润、晕染）修饰之，娇则有姿质，晕则具生韵。写水仙花瓣呈白色，又以"玉色"喻状之，"轻明"形容之，总见其清韵独远。

上片写尽水仙意态，下片又深进一层，写花的内在感情和作者的惜花留花之意。过片仍用排比句式，连用四个"心"字，但所指各有不同。香指花，波指水，这是扣住水仙写实。而琴心与客心，则是指用为比拟形象的湘灵和作者自己的情思。屈原《远游》中有"使湘灵鼓瑟"之句，唐代钱起有《湘灵鼓瑟》诗，云"苦调凄金石，清音入杳冥"，又有《归雁》诗述潇湘夜景和瑟声，谓"二十五弦弹夜月,不胜清怨却飞来"。词中"琴声怨"当本于此,只不过易瑟为琴。琴声牵动了作者客居异乡的羁旅情怀,静、冷、怨、惊,由外而内,由实而虚,渐转渐深。"怕佩解"两句,写作者惜花情深。解佩返瑶京,实指花落,不过作者以郑交甫遇江妃二女旋失所在的传说出之,幻为奇境,迷离动人。"杯擎"两句,再申言留花之意,邀其与兰、梅共醉春芳。歇拍三句,用柳宗元《江雪》的境界和钱起《湘灵鼓瑟》"曲终人不见,江上数峰青"的意绪,在全词迷茫的色调中又平添一种深长的哀怨和凄冷,给读者留下了无穷的回味与追思。纵观全词,作者以湘灵喻水仙,遗貌取神,亦物亦人,取景造境,神奇精妙,又充满哀怨情调和悲剧气氛,艺术上很有特色。

金人捧露盘

梅

念瑶姬①,翻瑶佩②,下瑶池③。冷香梦、吹上南枝④。罗浮路杳,忆曾清晚见仙姿⑤。天寒翠袖⑥,可怜是,倚竹依依。

溪痕浅,云痕冻,月痕淡⑦,粉痕微。江楼怨、一笛休吹。芳香待寄,玉堂烟驿雨凄迷⑧。新愁万斛,为春瘦、却怕春知。

【注释】

①瑶姬:仙姬。
②瑶佩:珍贵的环佩。女子饰物。
③瑶池:古代神话中神仙西王母所居之地,见《穆天子传》。
④"冷香句":冷香,指清香的花,这里指梅花。南枝,南向的树枝,多用作思念家乡的代名词。《古诗十九首》、"胡马依北风,越鸟巢南枝。"
⑤"罗浮"句:唐柳宗元《龙城录》载隋代赵师雄在罗浮遇一淡装素服的女子,时天寒日暮,残雪对月。天明起视,则身在大梅树下。罗浮,山名,传说葛洪成仙于此。
⑥天寒翠袖:杜甫《佳人》:"天寒翠袖薄,日暮倚修竹。"

⑦"溪痕"三句,宋林逋《山园小梅》:"疏影横斜水清浅,暗香浮动月黄昏。"

⑧玉堂:宫殿的美称。雨:一作两。详其词意,当以后者为是。

【赏析】

这首咏梅词,上片化用《穆天子传》中对西王母神仙境界的描写、唐柳宗元《龙城录》中对罗浮梅花神仙的描写以及杜甫《佳人》诗意,写物拟人,凸现梅花的姿质神态。下片仿林逋咏梅诗以水月衬托梅姿,又用乐府曲调中《梅花落》和晋代陆凯驿寄梅花与长安范晔的典故,渐引出宦途凄迷、离别相思之意。一结谓梅为春瘦,却又怕春知,琢意新奇,情尤凄婉。全词句式手法与前一词略同,然多用典故,时有凑泊之迹,意境之浑全稍不及。

祝英台近

一窗寒,孤烬①冷,独自个春睡。绣被薰香,不是旧风味。静听滴滴檐声,惊愁搅梦,更不管、庾郎②心碎。　念芳意,一并十日春风,梅花晒憔悴。懒做新词,春在可怜里。几时挑菜踏青③,云沉雨断,尽分付、楚天之外。

【注释】

①孤烬:孤灯。

②庾郎:庾信,曾作《愁赋》,今不传。

③挑菜踏青:见前史达祖《夜行船》注。

【赏析】

此词上片写男方独自春睡,虽仍是薰香绣被,已觉不是旧时风味,春雨檐滴,点点惊心。下片进一步写怀想伊人,一连十日春风艳阳,梅花当已憔悴。心盼挑菜踏青时,尚或能相遇,但眼前云沉雨断楚天凄迷,暗示前景黯淡。

思 佳 客

剪翠衫儿稳四停①,最怜一曲凤箫吟②。同心罗帕③轻藏素,合字香囊半影金。　春思悄,昼窗深,谁能拘束少年心。莺来惊碎风流胆,踏动樱桃叶底铃。

【注释】

①四停:四边。
②凤箫吟:凤箫:即排箫。吹箫故事见前岳珂《满江红》注。
③同心罗帕:打着同心结的罗帕。

【赏析】

这是一首闺怨词,通篇写女子凭窗凝愁,同心罗帕、合字香囊,皆表示昔日情事。结句写黄莺飞起,踏响了樱桃叶下铃,惊醒了思妇的怀想。

霜天晓角

春云粉色,春水和云湿。试问西湖杨柳,东风外、几丝碧?
望极,连翠陌。兰桡①双桨急。欲访莫愁②何处?旗亭③在、画桥侧。

【注释】

①桡:划船的桨。
②莫愁:古乐府中所传女子,或为洛阳人,或为石城(今湖北钟祥)人,或为石头城(今南京)人。这里指代歌妓。
③旗亭:酒楼。

【赏析】

初春的西湖,粉色的云,碧澄的水,云彩倒映在水中,水气蒸腾到空中,于是出现了高观国这首词里所描写的"春云粉色,春水和云湿"的美景。春天的西湖，柳浪闻莺，景色佳绝，但作者意不在西湖杨柳，而关切"东风外、几丝碧？"原来，作者由眼前的良辰美景，想到了意中佳人，故急打双桨，欲访莫愁。"旗亭在，画桥侧"，点出了"莫愁"的歌妓身分和处所。全词写西湖初春景色，十分准确。

风 入 松

卷帘日日恨春阴，寒食新晴。马蹄只向南山①去，长桥②爱、花柳多情。红外风娇日暖，翠边水秀山明。　　杜郎③歌酒过平生，到处蓬瀛④。醉魂不入重城⑤晚，秾欢寄、桃叶桃根⑥。绣被嫩寒清晓，莺啼唤起春酲。

【注释】

①南山：指南屏山，在西湖南边，长桥附近。
②长桥：在南屏山北，西湖南端水畔。
③杜郎：指杜牧。
④蓬瀛：蓬莱和瀛洲，传说中的海上仙境。喻指风景佳胜处。
⑤重城：临安（今杭州）城。
⑥桃叶桃根：见前姜夔《琵琶仙》注②，泛指歌妓。

【赏析】

寻花问柳，剪红刻翠，词中常境，反映出那一时代文人生活的一个侧影。此词咏春来城外冶游。上片写寻春之意，久阴新晴，放马南山，一路佳景在望，写来快意。下片写感春之情，先忆诗酒风流之平生，再言今当不返重城，而别寻美人，拥香抱玉而眠，直至清晨黄莺催醒。

谒 金 门

烟墅暝，隔断仙源芳径。雨歇花梢魂未醒，湿红如有恨。

别后香车谁整,怪得画桥春静。碧涨平湖三十顷,归云何处问。

【赏析】

全词写意中人去、女子孤寂,乃至春深而无心整车游春的幽绪。"雨歇"、"湿红"两句,借雨说花,谓雨水浸润了花梢,打湿了花朵,垂垂欲滴而未落下,似梦魂未醒,又似含恨欲诉,作者用拟人化的手法,把雨花写活,以雨花传闺中怨情。过片点出离别,"画桥春静"状人去冷落之态。平湖指西湖,平湖碧涨,谓春事深,而思亲怀人的思绪亦动荡不平。末以"归云"喻归人。无处问归云,则人不归已明。

刘 镇

刘镇,字叔安,南海人。宁宗嘉泰二年(1202)进士,学者称随如先生。能诗,有《随如百咏》,不传。其词今有赵万里辑本。

玉 楼 春

东山①探梅

泠泠水向桥东去,漠漠云归溪上住。疏风淡月有来时,流水行云无觅处。 　　佳人独立相思苦。薄袖欺寒修竹暮。白头空负雪边春,著意问春春不语。

【注释】

①东山:会稽、金陵、临安等地皆在东山,此当指临安东山。

【赏析】

这首东山探梅词,上片写一"探"字,下片写一"梅"字。上片围绕着这个"探"字,写行云流水,疏风淡月,写出了梅的环境。

下片写梅，前两句用杜甫《佳人》"天寒翠袖薄，日暮倚修竹"诗意。"著意问春春不语"，显然是从欧阳修《蝶恋花》"泪眼问花花不语，乱红飞过秋千去"两句脱胎而来的，春明明是梅花唤来的，可要问它，它却又羞怯不语，写得很委婉。

张　辑

张辑，字宗瑞，号东泽，鄱阳（今属江西）人。受诗法于姜夔，其词亦具姜氏之一体，格调幽远，清疏淡雅，尤用力于结尾数语，故其词常以篇末之语另立新名。有《东泽绮语》。

疏帘淡月

梧桐雨细，渐滴作秋声，被风惊碎。润逼衣篝①，线袅蕙炉沉水②。悠悠岁月天涯醉，一分秋、一分憔悴！紫箫吹断，素笺恨切，夜寒鸿起。　　又何苦、凄凉客里，负草堂③春绿，竹溪④空翠。落叶西风，吹老几番尘世。从前谙尽江湖味。听商歌⑤、归兴千里。露侵宿酒，疏帘淡月，照人无寐。

【注释】

①衣篝：薰笼。
②沉水：沉水香。
③草堂：指山野隐居之所。杜甫有成都草堂，白居易有庐山草堂。
④竹溪，李白曾与孔巢父等在山东徂徕山下的竹溪畔隐居，号竹溪六逸。
⑤商歌：商，五音之一，古时以五音配四时，商音西方属秋。商歌犹秋歌。

【赏析】

此词一题作"秋思"。调即《桂枝香》。全词写羁旅倦游之怀、叹老念归之意，既低回挚婉，又清疏幽远，运思铸词，极其讲究。

一起写秋夕风雨。梧桐细雨,此在诗词之中为常境,但张辑写来用笔更见细致,他写秋夕的细雨落在梧桐树宽展的叶片上,慢慢地凝聚成一滴滴水珠,从叶尖滴落下来。这轻微而又单调的滴水声,正是惊心恼人的秋之声,而这声响才要形成发出,又被一阵风吹来搅散,帘中人欲听些秋声亦复不可能。"渐滴作秋声,被风惊碎",字字矜炼,与温庭筠《更漏子》"梧桐树,三更雨。不道离情正苦。一叶叶,一声声。空阶滴到明"、李清照《声声慢》"梧桐更兼细雨,到黄昏、点点滴滴"相较,更加深透一层。"润逼衣篝,线袅蕙炉沉水"两句,转写室内景物,当由周邦彦《满庭芳》"地卑山近,衣润贵炉烟"脱胎而来,然曰"润"而"逼",亦见锤炼之功。以上由景传情,暗示帘中人凄苦悲秋心情。接下点明天涯倦游,感叹岁月悠悠,于是觉秋深一分,便多一分憔悴。"紫箫吹断",喻旧欢难续,"素笺恨切",写情意无极,"夜寒鸿起",比幽怀孤姿,大有苏轼《卜算子》"有恨无人省"之意。

下片进一步伤身世,叹羁旅,"又何苦"三字下得凄厉。"负草堂春绿,竹溪空翠",意谓何苦。漂泊江湖,羁旅在外,白白辜负了山(草堂)水(竹溪)美景,失却了隐逸的乐趣。唐代贾岛《忆江上吴处士》云:"秋风生渭水,落叶满长安",此用眼前景写心中意,但张辑脱去故常,而说"落叶西风,吹老几番尘世",将世事沧桑和人生坎坷之虚意实写,造语不同一般。接下又从"从前"说起,早谙江湖味,而今更"听商歌",自不免"归兴千里"。故值此宿酒未醒、夜寒侵衣之时,尚独立于疏帘之下、淡月之中,不尽"秋思",皆在无言伫立之中。全词情景相生,虚实相间,细针密线,一波三折,尤能以意运景,铺叙心事,写得深挚幽咽而又警拔。

山 渐 青

山无情,水无情,杨柳飞花春雨晴。征衫长短亭。
拟行行,重行行,吟到江南第几程?江南山渐青。

【赏析】

　　此词调寄《长相思》，作者据词之末句改名"山渐青"。全词写羁旅行役之感，上片写山，写水，写杨柳飞花，写春日之忽晴忽雨，皆为无情之物，而衬托出"征衫"（漂泊之人）流落无依的感伤之情。下片"拟行行，重行行"两句，写词中人行役不止，流徙不定。拟，打算、准备之意，而又实暗藏了古乐府《行行重行行》的题名，写得很巧。"江南山渐青"一句，从词中人眼中写出，愈往南方，山色愈青，春意愈多。以这种景色的变异，来衬托征人的愁绪。全篇词不艰涩，语不雕琢，与前一篇大异。

谒 金 门

　　花半湿，睡起一帘晴色。千里江南真咫尺，醉中归梦直。
　　前度兰舟送客，双鲤沉沉消息。楼外垂杨如此碧，问春来几日？

【赏析】

　　此词在《东泽绮语》中原题作"垂杨碧"，而调寓《谒金门》。此词取唐代岑参《春梦》诗意，上片写雨后花湿，晴色满帘，闺中人睡起，犹回忆春梦江南，情人在即。下片写当初兰舟相送，一别至今无消息。双鲤，指书信，古诗云："客从远方来，遗我双鲤里。呼儿烹鲤鱼，中有尺素书。"春又到，垂杨又碧，闺中人明知故问：这春天已来了多少时日？这是问眼前的垂杨，问独居的自己，问远方的意中人。问得无理，却有情，表现了她深切的盼归心情。

念 奴 娇

　　嫩凉生晓，怪得①今朝，湖上秋风无迹。古寺②桂香山色外，肠断幽丛金碧③。骤雨俄来，苍烟不见，苔径孤吟屐。系船高柳，晚蝉嘶破愁寂。　　且约携酒高歌，与鸥相好，分坐渔矶石。算只藕花知我意，犹把红芳留客。楼阁空濛，管弦清润，一水盈盈隔。不如休去，月悬良夜千尺。

【注释】
①怪得："得"字衍文。
②古寺：指杭州灵隐寺。
③幽丛金碧：丛林寺院建筑，皆金碧辉煌。

【赏析】
此词上片写作者西湖环望，以清劲的笔致，冷隽的字面，描写西湖周围凉秋时节的湖光山色，用"肠断"、"愁寂"稍加点染，在写景中隐现出一种寂寥而又邈远的心绪。下片转入叙事。约友携酒，分坐水边渔矶石上，吟诗高歌，以鸥鸟为侣，流连于藕花红芳之中，此雅人之雅事。"楼阁"三句，写隔岸笙歌喧嬉世界，但作者自谓非热中奔竞之徒，而是自甘寂寞，觉月悬千尺，最值得相伴以终。作者以词写其品格，不惟清空，且亦骚雅，是南宋中后期典型的风雅清客的词格。

祝英台近

竹间棋，池上字，风日共清美。谁道春深，湘绿涨沙觜①。更添杨柳无情，恨烟颦雨，却不把、扁舟偷系。　　去千里。明日知几重山？后朝几重水？对酒相思，争似②且留醉！奈何琴剑③匆匆，而今心事，在月夜、杜鹃声里。

【注释】
①湘绿：湘水以碧绿著称，此处泛指春水。觜，同"嘴"。
②争似：怎似。
③琴剑：文人随身所携之物，这里指离去的男子。

【赏析】

在风日清美的春天，竹里下棋，池上作字，这是当日共游之乐景。可乐景不长，春深时分，水涨舟去，于是乐景皆撩愁绪，连那杨柳也不解人意，不能用它那修长的枝条，把离人的扁舟系住。上片写景哀乐相异，"谁道"、"更添"、"却不"诸词提顿转折其间，情景相生。下片再设想意中人去后前景，千山万水征路遥，万水千山系人情。思妇而今惟有对酒相思，无可奈何，于是把满怀心事，都寓托在月夜之中杜鹃声里，盖杜鹃之声，如人云："不如归去"。

李 石

李石（1108—?），字知几，号方舟，资阳磐石人。高宗绍兴二十一年（1151）进士，二十七年为太学录，二十九年为太学博士。旋罢为成都学官，倅彭州，知黎州，入为都官员外郎，复出知眉州等，淳熙二年（1175）放罢。有《方舟集》。

木兰花令

辘轳轭轭①门前井，不道隔窗人睡醒。柔丝无力玉琴寒，残麝彻心金鸭②冷。　　一莺啼破帘枕静，红日渐高花转影。起来情绪寄游丝，飞绊翠翘风不定。

【注释】

①辘轳：井上汲水装置。轭，原指马车上的部件，这里状辘轳之声。

②麝：麝香。金鸭：金属的鸭形香炉。

【赏析】

此词从侵晓微明写到红日渐高，表现闺中相思凄孤之情。开头写户外有人汲井取水，发出轭轭之声，牵动孤枕未眠的思妇的离情，想起远游他乡的意中人。接着由外而内，写室内环境，弦之无力琴之寒,香残炉冷,均不仅写环境,也表现闺中人的心理感觉。下片写莺啼闹春,日转花影,思妇懒起。然后直写思妇心理,她想托情于游丝,然游丝本随风飘忽无定所,以此去绊住那空中的翠鸟,这愿望又怎能实现呢(翠翘,或又可释为女子的头饰)?这一细节表现出思妇这一可怜的愿望本身就具有必然破灭的悲剧性。

李 泳

李泳,字子永,号兰泽。淳熙中为溧水令,又为坑治司干官,淳熙末卒。泳兄弟五人,皆能诗词,有《李氏花萼集》五卷。

定 风 波

点点行人趁落晖,摇摇烟艇出渔扉。一路水香流不断,零乱,春潮绿浸野蔷薇。　　南去北来愁几许?登临怀古欲沾衣。试问越王①歌舞地,佳丽,只今惟有鹧鸪啼!

【注释】

①越王:浙江一带为古代越国地,春秋战国时越国都会稽(今绍兴),五代时吴越都杭州。李白《越中怀古》:"越王勾践破吴归,战士还家尽锦衣。宫女如花满春殿,只今惟有鹧鸪飞。"

【赏析】

中国古代是一个以农耕为主要特点的社会。日月穿梭,春秋代序,与人事生活息息相关,时空的变更构成了生命的基本形式,生命的沿代构成了历史。因此,古人深沉的身世感喟和历史喟叹,常藉时空的变异来作具体的抒发。此词上片写眼前之景,下片由身世之感而引出怀古之情。作者登高临远,见行人身影点点,披着落日的余晖,水上艇舟出驶,双桨轻打,摇摇而去。这已是暮春时节,野蔷薇伸长了绿枝条,弯弯垂下,临于水面。落英缤纷,水因花而香，波因叶而绿。人在行，艇在驶，春在去，花在落，水在流，一切都在生发、消逝。作者未有一句直说，但分明有一种节序之感，沧桑之叹。由自然物的更替和人事活动的"南去北来"，作者进而联想到历史的古往今来。江浙一带是古代越国之地，昔有歌舞佳丽，然而经过历史的风吹雨打，其流风余韵尚存几何？作者能听到的，只有鹧鸪的啼声。古代传说鹧鸪飞必南向而不往北，见《本草纲目》卷48载《禽经》，其啼声如云"行不得也哥哥"，这含义甚深的一笔，是影射南宋小朝廷逃窜南奔不思北伐，安逸于昔日越王的歌舞佳丽之地，还是寓指行人的辞亲远行南北奔走，读者可自择之。作者将古往今来的历史之路和南去北来的行人之路联系起来，而又把它们放在节序更替的自然背景下加以表现，传递出一种深沉的时空心理和历史——现实之感，语浅而有深意。

清　平　乐[①]

乱云将雨，飞过鸳鸯浦。人在小楼空翠处，分得一襟离绪。片帆隐隐归舟，天边雪卷云游。今夜梦魂何处？青山不隔人愁。

【注释】

①此乃李鼐词，见《阳春白雪》卷四，而非李泳所作。汲古阁抄本《绝妙好词》未误，而通行本漏署其名，应予改正。李鼐，字仲镇，号懒窝，宣城（今属安徽）人，工词章，累官迪功郎、淮西安抚司准备差遣。

【赏析】

水边亭阁，江头小楼，思妇伫立其上，凝愁远眺，这是词家经常选择的"景点"。但具体写来，又各有巧妙不同。此词上片所写，由云而雨，由雨而人，由人而愁，一路写下，脉络分明。而写景不用繁笔，只一"空翠"便道出雨后碧野清空的特点；写地不用闲笔，特用"鸳鸯"两字指地喻人，暗示男女相思之事；写愁不用虚笔，谓雨带愁来，分其一襟，化抽象为具体。下片写思妇纵目远眺，水远江阔，与天相接，波涛如雪，其间隐见归舟片帆，只是并非属于自己。结尾用问句提起，谓青山能隔开彼此之身，而难隔断梦魂愁绪，见其情深意挚。

郑　域

郑域，字中卿，号松窗，三山（今福州）人。淳熙十一年（1184）进士，曾倅池阳。嘉定十三年（1220）任行在诸司粮料院干办。有《燕谷剽闻》，不传。今有辑本《松窗词》。

昭 君 怨

梅

道是花来①春未，道是雪来香异。水外一枝斜，野人家。
冷落竹篱茅舍，富贵玉堂琼榭。两地不同栽，一般开。

【注释】

①来：语助词，无意义。

【赏析】

此词咏梅，全不写梅之形貌，而写其品格。起二句议论入笔，谓若言其是花，却不同于众芳，而在春未到时便开放，若言其是雪，却有暗香与雪异，这两句从花时花质点出了梅花的不同一般。接下用林逋《梅花》"雪后园林才半树，水边篱落忽横枝"和苏轼《和秦太虚梅花》"竹外一枝斜更好"诗意，把梅花衬托在野人家清寂幽僻的环境中，显出它的自求冲寂，不媚众俗，格调意味俱见。下片又出新意，谓玉堂茅舍，两地不同，但梅花一样开放。表现了梅花既不汲汲于富贵，也不戚戚于贫贱，不忮不求，不媚不卑。在宋人众多的咏梅作品中，这一立意甚新。

王 崮

王崮（？—1182），字季夷，号贵英，北海（今山东潍县）人。绍兴、淳熙间名士，寓居吴兴，少与陆游同学。有《北海集》，不传。词仅存以下二首。

祝英台近

柳烟浓，花露重，合是醉时候。楼倚花梢，长记小垂手①。谁教钗燕轻分，镜鸾慵舞，是孤负②、几番晴昼。　　自别后，闻道花底花前，多是两眉皱。又说新来，比似旧时瘦。须知两意常存，相逢终有。莫谩被、春光僝僽③。

【注释】

①小垂手：本是舞名。后为乐府杂曲歌辞名。
②孤负：亏负。
③僝僽：折磨，烦恼。

【赏析】

柔言絮语，不嫌其繁，惟其繁，方见情多。此词从别后写起，上片分三层说，先说柳烟浓花露重，撩人心情，正是醉春时候。次说因景忆人，由眼前花梢，想到所忆的佳人翩翩起舞小垂手的过去情景。再说如今两下分离，犹如钗分鸾孤，只能空对美景良辰。下片亦分三层，"别后"一层，"新来"一层，最后以两意常存，姑作达语以劝慰为又一层。全词絮絮叨叨，转转折折，言繁情多。

夜 行 船

曲水溅裙①三月二，马如龙，钿车②如水。风飐游丝，日烘晴昼，人共海棠俱醉。　　客里光阴难可意③。扫芳尘、旧游谁记？午梦醒来，不觉④小窗人静，春在卖花声里。

【注释】

①溅裙：见前史达祖《蝶恋花》注⑤。
②钿车：饰以金花之车。
③可意：如意，合意。
④不觉：二字系衍文。

【赏析】

此词上下片哀乐相悬。上片乃当年欢聚临水溅裙之事，亦即下片所云"旧游"。下片写今日客居况味，觉种种风景无一可意，对比鲜明。前人尤赏其歇拍三句："午梦醒来，小窗人静，春在卖花声里。"午梦者，梦昔日之事，小窗人静，见出今日之孤幽寂寥，春本无形，由花见之，春本无声，由卖花声出之，则人在小窗之内，其心实敏感于窗外之春事，其伤春念远之情，融于其中，何等温润蕴藉。若与上片之"风飐游丝，日烘晴昼，人共海棠俱醉"相对读，则更见对比鲜明，情味深长。

蔡松年

蔡松年（1107—1159），字伯坚。父靖，北宋宣和末守燕山，降金兵。松年仕金为真定府判官，自此为真定人。官至右丞相、加仪同三司，封卫国公，晚号萧闲老人。工诗，文辞清华，当时与吴激齐名，号"吴蔡体"。词以雄爽隽逸见长。有《明秀集》。

鹧鸪天

赏荷

秀樾①横塘十里香，水光晚色静年芳。燕支②肤瘦熏沉水③，翡翠盘高走夜光④。　　山黛远，月波长，暮云秋影照潇湘。醉魂应逐凌波梦，分付⑤西风此夜凉。

【注释】

①秀樾：清秀的树阴。
②燕支：犹"胭脂"。
③沉水：即沉水香。
④夜光：珠名，这里指荷叶上的水珠。
⑤分付：打发、消遣。

【赏析】

此词上片写荷花的形貌香色，"燕支"、"翡翠"两句写荷逼真，取喻贴切，当时就很传诵。时人或以为"燕支"句中"瘦"字不切，因为莲体实肥，故欲易"瘦"为"腻"，见王若虚《滹南诗话》。然"诗有别趣，非关理也"。写荷而言瘦，实是写人的感觉。而并非拘于外物之形体。宋人讲求外癯内腴，不尚肥腻，而荷花本为君子花，作者借荷言情，有清逸脱俗之意，自不愿以肥腻相许，故其写荷而言瘦，自有道理，不失为佳句。下片写荷更由实返虚，亦物亦人。山黛月波，是临荷所见之景，然亦犹美人之眉黛眼波，意实双关。"暮云"、"醉魂"两句，更浮想联翩，由水面之荷，幻为古代神话传说中的潇湘女神，给荷花染上了神逸清奇的浪漫主义色彩。"醉魂"句表示自己愿意追逐神仙的凌波微步，不负这清风夏夜荷塘月色的好景，把题中的"赏"字写足。

尉 迟 杯

紫云暖①。恨翠雏、珠树②双栖晚。小花静院逢迎，的的③风流心眼。红潮照玉椀④，午香重、草绿宫罗淡。喜银屏小语，私分麝月⑤，春心一点。　　华年共有好愿，何时定妆鬟，暮雨零乱。梦似花飞，人归月冷，一夜晓山⑥新怨。刘郎⑦兴，寻常不浅，况不似、桃花春溪远。觉情随、晓马东风，病酒余香相半。

【注释】

①紫云暖,指春来花暖。紫云状花。
②珠树:神话传说中能结珠的树,见《山海经·海外南经》、《淮南子·地形》。也指花蕾如珠的树。
③的的:明亮闪烁貌。
④红潮:指脸上的酒晕。玉椀:即玉碗。
⑤麝月:指茶。私分麝月,即分茶。
⑥晓山:一作"小山"。当以后者为是。小山,唐宋入画眉的式样中有小山眉。
⑦刘郎:指汉代刘晨。刘义庆《幽明录》载:刘晨与阮肇同入天台山,迷不得返,饥馁殆死。后在山上见一桃树,乃食其果而充饥。又遇一大溪,缘溪行,遂遇仙女。故此词接下有"桃花春溪远"之句。

【赏析】

这是一首写离情的词。上片先写当初相会情景,有喜遇知音相见恨晚之意。作者写花拟人,由貌传情,善写神态。下片转写别后凄凉,梦似花飞,人归月冷,情景与上片顿异,结句云"觉情随,晓马东风,病酒余香相半",则身虽分离,情仍执着,尤为悲惋。

韩 㴋

韩㴋,字子耕,号萧闲。有《萧闲词》,不传。今有赵万里辑本,存词仅六首。

高 阳 台

除 夕

频听银签①,重燃绛蜡②,年华衮衮③惊心。饯旧迎新,能消几刻光阴。老来可惯通宵饮,待不眠、还怕寒侵。掩清尊,多谢梅花,伴我微吟。　　邻娃已试春妆了,更蜂枝簇翠,燕股横金④。勾引春风，也知芳意难禁。朱颜那有年年好，逗艳游、赢取如今。恣登临，残雪楼台，迟日园林。

【注释】

①银签：指更漏。
②绛蜡：红烛。
③衮衮：匆匆之意。
④"蜂枝"、"燕股"两句：剪彩为蜂为燕以饰鬓。蜂枝，一作蜂腰。

【赏析】

古人特重节令，而于寒食清明重九除夕更其属意。这首除夕词，以一个老大之人的悲欢交集，写出了古代人面对旧去新来物换星移的典型感慨。除夕守岁，彻夜不眠，这是到今天仍然保留在我国民间的习俗。作者着一"频听"，下一"重燃"，见出守夜之久，把新旧转换之时的时间流逝，写得真切实在如临其境。正因为此，作者从这频点的更漏之声，续燃的红蜡之中，感到了年岁过去，令人心惊。当此际，他的内心矛盾着，年岁大了，已不能像年轻时那样通宵欢醉，但又不甘心在这除夕之夜早早睡去。而不眠又恐难禁夜寒相侵，酒既不胜，睡又不甘，罢了，去寻那梅花作伴，作诗微吟吧。年岁不同，心境也不同。词的下片，又以邻娃的试妆迎新来进一步衬托老人的心情，愈觉衰瑟。然下片后半，作者却换过境界，谓朱颜不会年年好，不如"逗艳游"、"恣登临"，到残雪未消的楼台，看春日迟迟的园林，去"赢取如今"。全词终以开朗明旷作结，于慨叹微吟中特出高华奇警，意趣不凡。

浪　淘　沙

莫上玉楼看。花雨斑斑。四垂罗幕护朝寒，燕子不知春去也，飞认栏杆。　　回首几关山。后会应难。相逢只有梦魂间。可奈梦随春漏短，不到江南。

【赏析】

上片写思妇。分明是在登楼远望,却反说"莫上玉楼看",便有顿挫。"莫"也可解为"暮"。燕子的飞认栏杆,是反衬离人的不归。下片转换角度,以男方写来。心知后会已难,于是寄望于梦境,然夜短梦暂难到江南。梦亦无望,还能更有何求?加倍手法写情,益见深刻。

浪 淘 沙

丰 乐 楼①

裙色草初青,鸭鸭波轻。试花霏雨湿春晴。三十六梯人不到,独唤瑶筝。　　艇子忆逢迎。依旧多情。朱门只合锁娉婷。却逐彩鸾②归去路,香陌春城。

【注释】

①丰乐楼:据《武林旧事》,丰乐楼在临安涌金门外,旧为众乐亭,又改耸翠楼,北宋政和中改今名。
②彩鸾:见前孙惟信《夜合花》注⑥。

【赏析】

词前三句写初春晴色,而又句句合情。南朝江总妻《赋庭草》云:"雨过草芊芊,连云锁南陌。门前君试看,是妾罗裙色。"此即韩词首句之所本。春江水暖鸭先知,故鸭觉水暖波轻。第三句写娇花含雨倚春晴,妙在一"湿"字,暗写女子感伤意态。"三十六梯"极言其登临之高,而一"独"字点出思妇处境。孤独中的思妇不能唤取意中人,而只能"独唤瑶筝",何等可哀。下片先写物是人非之感,至结句谓欲效文箫彩鸾双双飞去,表达了思妇的愿望。

◇ 卷 三 ◇

刘克庄

刘克庄（1187—1269），原名灼，字潜夫，号后村居士。莆田（今属福建）人，以荫入仕，宋理宗淳祐六年（1246）赐同进士出身，前后四次入为朝官，亦屡遭贬谪，官至工部尚书兼侍读，以龙图阁学士致仕。工诗，在江湖诗派中较有成就。词似稼轩，喜欢壮语入词，慷慨激昂，然稍嫌直至近俗。有《后村先生大全集》。

摸 鱼 儿

海 棠

甚春来，冷烟凄雨，朝朝迟了芳信。蓦然作暖晴三日，又觉万姝娇困。天怎忍①？潘令②老，不成也没看花分③？！才情减尽。怅玉局④飞仙，石湖⑤绝笔，辜负这风韵。　　倾城色，懊恼佳人薄命，墙头岑寂谁问！东风日暮无聊赖，吹得燕支成粉。君细认：花共酒，古来二事天尤吝。年光去迅。漫绿叶成荫，青苔满地，做取异时恨。

【注释】
①天怎忍：一作"霜点鬓"。
②潘令：晋潘岳，曾为河阳令，爱花，多树桃李，人称河阳一县花。其《秋兴赋序》自叹："余春秋三十有二，始见二毛。"
③"不成"句，一作"年年不带看花分"。不成，难道。分，缘分。
④玉局：指苏轼。苏轼晚年曾提举玉局观，有咏海棠之作多篇。

⑤石湖:指范成大,石湖乃其自号。亦有咏海棠之作传世。

【赏析】

在这首词中。海棠花是不幸的,连续的低温阴雨,使它迟了花期,而好不容易盼到天晴,又遭连日暴暖,使它慵困欲谢,于是它好似薄命的女子一般,原应有的胭脂花色,在东风催拂下很快成了粉白欲谢之状,从而被冷落在墙头屋角,无人问津。作者写花,是为了写自己的身世之感,他以嗟老而复爱花的潘岳相比。花的不幸,与他的人生不遇极相似,因此他惺惺相惜,对花抒怀,借花言志。

卜 算 子

海棠为风雨所损

片片蝶衣轻,点点猩红小。道是天工不惜花,百种千般巧。朝见树头繁,暮见枝头少。道是天工果惜花,雨洗风吹了。

【赏析】

此词上片写海棠花开色艳,乃由天,下片写海棠朝繁暮谢,也由天。上下片前两句与后两句皆用反证法,以海棠叶如片片蝶衣,色泽猩红,说明天公并非不惜花,以海棠的凋零之迅,说明天公并非真惜花,而重点在后者,以扣合题中"为风雨所损"之意。联系作者生平,实暗中以花喻己,才华不为朝廷所用,犹天公之不惜花。作者以议论入词,颇见警策。

清 平 乐

顷在维扬,陈师文参议①家舞姬绝妙,为赋此词。

宫腰束素,只怕能轻举。好筑避风台②护取,莫遣惊鸿飞去。　　一团香玉温柔,笑颦俱有风流。贪与萧郎③眉语,不知舞错《伊州》④。

【注释】

①维扬：即今扬州。陈师文：不详。参议：制置使、安抚使的幕官。
②避风台：汉赵飞燕纤质轻盈，成帝恐其飘翥，为筑避风台以护取。
③萧郎：泛指词中女子所爱恋的男子。
④《伊州》：唐宋时代载歌载舞的教坊大曲。

【赏析】

刘克庄属辛派词人，但也不乏婉丽之作。此词写一位以歌舞侑酒的家姬。全词的精彩之处，不在写她"腰如束素"（宋玉《登徒子好色赋》）的体型（轻举，犹言升仙而去），也不在写她"翩若惊鸿"（曹植《洛神赋》）的舞姿，而在写这样一位谙熟舞技的家姬，因为在舞时贪与意中人眉目传情，结果舞错了《伊州》。结句中"贪"、"错"两字前后呼应，下得精当。她因"贪"而"错"，"错"中见"贪"，可见这不仅是一个舞技精湛的家姬，而且还是一个多情贪恋的女子，正因为有此一笔，才从形神两方面把这位家姬的"绝妙"写透了。这一笔如同电影中的一个特写镜头，小说中的一个典型细节，它似脱胎于唐代李端"欲得周郎顾，时时误拂弦"的诗句，但细致、微妙和传神，则为李诗所不及。元陆辅之《词旨》叹其为"警句"，清王又华《古今词话》赞其为"妙语"。

生 查 子

灯夕戏陈敬叟①

繁灯夺霁华②，戏鼓侵明灭，物色旧时同，情味中年别③。浅画镜中眉，深拜楼中月。人散市声收，渐入愁时节。

【注释】

①灯夕：旧以农历正月十五为元宵节，是夕放灯，故名灯夕。陈以

庄,名敬叟,号月溪,作者友人。

②霁华:指月光。

③"情味"句:《世说新语·言语》载谢安语云:中年伤于哀乐,与亲友别,辄作数日恶。

【赏析】

陈敬叟为人豪放旷达,刘克庄在为其所作之《陈敬叟集序》中谓"敬叟诗才气清拔,力量宏放。为人旷达如列御寇、庄周。饮酒如阮嗣宗、李太白",而"乐府如温庭筠、韩致光"。这首灯夕戏陈敬叟词,当是写与陈敬叟有关的一段情事。词"繁灯"、"戏鼓"两句渲染灯夕热闹夜景。"物色"、"情味"两句写物是人非之感,"中年别"三字含意甚丰,耐人寻绎。下片"浅画""深拜"两句写灯夕楼中佳人举止,暗传出一种爱美要好之意,也含有一种期望祷告的心情。最后两句写灯市散人声稀,留下凄孤寂寞陪伴着楼中人,渐渐地,她陷入了相思凝愁。详词意,当是写陈敬叟之所恋。良宵千金,陈敬叟纵然为人旷达,也难免相思情深,故刘克庄作此词以戏之。

吴 潜

吴潜(1196—1262),字毅夫,号履斋,宣州宁国(今属安徽)人,一说德清(今属浙江)人。宁宗嘉定十年(1217)进士第一,累官参知政事,枢密使,右丞相,主张抗金,遭罢相。卒于循州贬所。与姜夔、吴文英交往,但词中多写报国无门之积愤,笔调洒脱凝重,词情慷慨而不消沉,风格较为高亢雄放,近辛弃疾。有《履斋诗余》三卷。

满 江 红

金陵乌衣园①

柳带榆钱,又还过、清明寒食。天一笑、满园罗绮,满城箫笛。花树得晴红欲染,远山过雨青如滴。问江南、池馆有谁来,江南客。 乌衣巷,今犹昔。乌衣事,今难觅。但年年燕子,晚烟斜日。抖擞一春尘土债,悲凉万古英雄迹。且芳樽、随分趁芳时,休虚掷。

【注释】

①金陵:即今南京。乌衣园:在金陵乌衣巷之东,为晋代王谢等贵族故宅遗址。

【赏析】

宋理宗端平元年(1234),吴潜在建康(即金陵)任淮西财赋总领,此词当作于此时。当时同游乌衣园者,当还有其兄吴渊。16年后,吴氏兄弟又曾用此词韵各作《满江红》,吴渊词中有云:"笑当年,君做主人翁,同为客",当即指此事。此词写乌衣园春景以及由此感发的怀古之思和羁愁客怀。

词上片主要是写景,柳条似带,榆荚似钱,这是寒食清明前后的春景。"天一笑",原出《神异经·东王公》,此处意谓天晴,尤杜甫《能画》诗所谓"每蒙天一笑,复似物皆春"。以下"罗绮"、"箫笛",皆写春晴人事,而"花树得晴红欲染,远山过雨青如滴",变化白居易《忆江南》"日出江花红胜火,春来江水绿如蓝"句式,写得尤为有声有色,景象如绘。上片结句以一问答引出自己客中游园的身分,乐尽悲续,转入下片。下片前六句,意皆谓物是人非,取唐代刘禹锡《金陵五题·乌衣巷》"朱雀桥边野草花,乌衣巷口夕阳斜。旧时王谢堂前燕,飞入寻常百姓家"诗意。接下"抖擞"、"悲凉"两句,将怀古之情拍合到自身的宦海沉浮之感,与上片"江南客"三字相扣,感情郁勃,笔意厚重。一结作旷语,愿随分趁时,珍惜光景,实把心中悲慨,掩潜更深。

南 柯 子

池水凝新碧,阑花驻老红。有人独倚画桥东。手把一枝杨柳、系春风。　　鹊伴游丝坠，蜂粘落蕊空。秋千庭院小帘栊。多少闲情闲绪、雨声中。

【赏析】

　　这是一首思妇伤春词。上片写她独倚画桥，下片写她凄居庭院。新碧老红，犹绿肥红瘦，表示春意阑珊，由此引出画桥倚栏人的留春情绪。情本无形，作者化抽象为具体，写思妇手把一枝杨柳，仿佛春天就此系留住了。因为杨柳是春天的象征，设想奇巧，情痴笔妙。但春天毕竟是留不住的，"游丝坠"、"落蕊空"，实实在在地写出了春的离去。春既已去，景无可赏，思妇从画桥回到寂寞的庭院，她的留春之意，也从希望变为失望，轩窗小帘，微雨声中，独自凭临，伤春惜时之情油然而生。从"把柳"到"听雨"，随着春事的变化，思妇的心情也随之变化，哀伤渐转渐深。淅沥的雨声，仿佛是思妇心灵的泣诉。

尹　焕

　　尹焕，字惟晓，福州长溪人，寓山阴。宋宁宗嘉定十年（1217）进士，自鄞漕除右司郎官。淳祐八年（1248），朝奉大夫太府少卿兼尚书左司郎中兼敕令所删定官。有《梅津集》，今不传。

霓裳中序第一

茉　莉

　　青颦粲素靥①，海国仙人偏耐热②。餐尽香风露屑，便万里凌空，肯凭莲叶。盈盈步月，悄似怜、轻去瑶阙。人何在？忆渠痴小，点点爱轻搇③。　　愁绝，旧游轻别，忍重看、锁香金箧。凄凉今夜簟席。怕杳杳诗魂，真化风蝶。冷香清到骨。梦十里、梅花霁雪。归来也，厌厌心事，自共素娥④说。

【注释】

①青：指茉莉叶。素：指茉莉花。此花呈白色，可供制茶。颦：皱眉。粲：鲜明美好貌。靥：酒窝，笑靥。

②海国仙人：据晋嵇含《南方草木状》，茉莉花系胡人自西国移植于南海，故称。

③渠：他。挦：同绝。

④素娥：指月。

【赏析】

此词咏茉莉花，写花拟人，亦花亦人。上片开头，作者由形及神，写茉莉意态特点，"肯凭莲叶"一句，指它被制茶泡于水中，宛如朵朵小小的莲花浮于水面，故宋人对它又有"小莲"之称，见卷四施岳《步月》词。但尹涣这里意在把她与莲花区别开来，以突出茉莉花的凌空轻举，仙姿不凡。"盈盈步月"以下，进一步把她写成仙女再世，思妇化身，感发作者的爱怜之情。过片折入回忆，对莱莉进一步遗貌取神，写情人离别之绪。"忍重看"以下，皆写别后今日凄凉，而又处处交织着承自上片而来的花飞花落的惆怅，写得含蓄蕴藉。

眼 儿 媚

垂杨袅袅蘸清漪，明绿染春丝。市桥系马，旗亭沽酒，无限相思。　　云梳雨洗风前舞，一好百般宜。不知为甚，落花时节，都是颦眉。

【赏析】

此词在《阳春白雪》中题作"柳"，可见是一首咏柳词。作者不是仅写柳的外在形态，而是由柳写及相思离别之事，用后者写出了柳的情思、柳之"神"。柳者，留也，古人留别赠远，常以柳为赠。闺人思妇，也常以柳枝絮花自喻。此词上片开头写水畔之柳，也是初春之柳，下片开头写雨中之柳，也是暮春之柳。而上下片后半皆宕开笔墨，亦柳亦人，市桥侧，旗亭畔，柳如楼中人，似含无限相思意，而柳絮飘落，柳叶细弯，又一如思妇之颦眉。

唐 多 令

苕溪有牧之之感[①]

蘋末转清商[②]，溪声共夕凉。缓传杯、催唤红妆。慢绾乌云[③]新浴罢，裙拂地、水沉香。　　歌短旧情长，重来惊鬓霜。怅绿阴、青子成双[④]。说著前欢俜不偢[⑤]，飐莲子、打鸳鸯。

【注释】

①苕溪：水名，源出浙江天目山，流经湖州等地。牧之：唐代诗人杜牧，字牧之，曾为湖州刺史。唐人小说载杜牧曾与湖州一女子有十年迎娶之约，后为湖州刺史，已过十年之期，原女子亦已嫁人，遂感而赋《叹花》一诗云："自恨寻春去较迟，不需惆怅怨芳时。狂风落尽深红色，绿叶成荫子满枝。"
②蘋末：青蘋之末。宋玉《风赋》谓秋风起于青蘋之末。青蘋，即水萍。商：商声，旧说以五声（宫商角徵羽）配四时，秋属商，秋声即商声。
③乌云：指女子的秀发。
④青子成双：用杜牧《叹花》诗意，见注①引，表示女子已嫁人生子。
⑤偢：睬。

【赏析】

周密《齐东野语》载：尹梅津未第时，薄游苕霅，籍中适有所盼。后十年，问讯旧友，则久为宗子所据，且育子，而犹挂名籍中。于是假之郡将，久而始来，颜色瘁赧，不足膏沐，相对若不胜情，梅津为赋《唐多令》。这是此词本事，当属可信，其事与唐杜牧湖州情恋之事相仿，故题云"有牧之之感"。

此词上片写当初相遇时情景，女子美貌惊人，歌喉轻圆，沉香新浴，姿态绰约。下片写十年后重见时光景，她已两鬓斑白，嫁人育子。"说著前欢伴不保，飐莲子、打鸳鸯"，写重逢时女子表情举止，微妙传神，她对前欢旧事佯作不知，因为她身已嫁人，但心里并非忘了旧情。棒打鸳鸯，风飐莲子，都是比喻两情离散，然既以莲子鸳鸯为喻，则可见旧情尚存，只不过无可奈何罢了。

赵以夫

赵以夫（1189—1256），字用父，号虚斋。长乐（今属福建）人，宋室后裔。嘉定十年（1217）进士，历知邵武军、漳州，皆有政绩。嘉熙二年（1238）拜同知枢密院事，淳祐初罢，寻加资政殿学士进吏部尚书兼侍读。其词擅长调，多为唱和咏物之作，情致闲雅，亦能寓人生世路之感喟。有《虚斋乐府》。

忆旧游慢

荷　花

望红蕖①影里，冉冉斜阳，十里沙平。唤起江湖梦，向沙鸥住处，细说前盟。水乡六月无暑，寒玉散清冰。笑老去心情，也将醉眼，镇为花青②。　　亭亭③，步明镜，似月浸华清④，人在秋庭。照夜银河落，想粉香湿露，恩泽亲承。十洲⑤缥缈何许，风引彩舟行。尚忆得西施⑥，余情袅袅烟水汀。

【注释】
①红蕖：即荷花。
②镇：正。青：青眼，表示好感的眼色。晋阮籍以青眼待知己，白眼待俗士。
③亭亭：形容美女或花木身形优美俊拔。
④华清：华清池。唐代华清宫中温泉，在陕西临潼骊山下。此处形

121

容荷池。

⑤十洲：传说海中神仙居住之地。

⑥西施：古代越国美女。诗词中常用作美女的代称。

【赏析】

此同咏荷，从斜阳冉冉写到银河照夜，从红蕖倩影思及佳人玉立，善于缘物托境，生发感想，而不执著形象，是其特色。

姚 镛

姚镛，字希声，一字敬庵，号雪蓬。剡溪（今浙江嵊县）人。嘉定十年（1217）进士，为吉州判，擢赣州守，坐事贬衡阳。有《雪蓬集》。

谒 金 门

吟院静，迟日自行花影。熏透水沉云满鼎，晚妆窥露井。

飞絮游丝无定，误了莺莺相等。欲唤海棠教睡醒，奈何春不肯。

【赏析】

这是一首怀人之词。闺中人在静院中等待自昼至晚，可是意中人"误了莺莺相等"。于是孤寂的思妇在无奈中欲唤醒海棠作伴，但又"春不肯"。结句设想奇妙，转折层深。

罗 椅

罗椅（1214—？），字子远，号涧谷，庐陵（江西吉安）人。家豪富，壮年留意功名，捐金结客，驰名江湖，为饶鲁之高足。后以荐登贾似道之门，不得意。宝祐四年（1256）第进士，为江陵漳州教官，知赣州信丰县。度宗升遐，失于入临论罢，《宋季忠义录》则云上书诋贾似道，弃官去，终身不仕。词存四首，咏江南风景颇有特色，文笔清丽秀整。

柳 梢 青

萼绿华①身,小桃花扇,安石榴②裙。子野③闻歌,周郎顾曲④,曾恼夫君。　　悠悠羁旅愁人,似零落、青天断云。何处销魂?初三夜月,第四桥⑤春。

【注释】

①萼绿华:仙女名,自言是九嶷山中得道女罗郁,晋穆帝时,曾夜降羊权家。见陶弘景《真诰·运象》。

②安石榴:即石榴,因其来自古安石国,故名。

③子野:晋桓伊字子野。桓伊每闻清歌,辄叹奈何,谢安谓其一往有深情。见《世说新语》。

④周郎:即三国时吴国周瑜,他精于音乐,时谣云;"曲有误,周郎顾。"

⑤第四桥:即吴江(今属江苏)城外甘泉桥,因泉品居第四而得名。

【赏析】

这是一首别后追怀往事表达相思之情的作品。它以一个女子(歌妓)的口吻来写。上片先从回忆当初相逢时情景写起,下片转写别后情景。歇拍三句,以问句唱起,写出情人两地分睽,欢会无期,使思妇空对"初三夜月第四桥春"这样的良辰美景销魂伤神,情余言外,含思无限,后人推为佳句。

方 岳

方岳(1199—1262),字巨山,自号秋崖,祁门(今属安徽)人。绍定五年(1232)进士,淳祐中治南康军,忤贾似道。后知饶州,忤丁大全,罢归。秋崖以诗名,才锋凌厉,出入江西、诚斋、石湖诸家。词多为咏物、唱酬、祝寿之作,亦于觞咏流连吊古伤今之中,吐露人生遭际,有《秋崖先生词稿》。

江 神 子

牡　丹

窗绡深掩护芳尘,翠眉颦,越精神。几雨几晴,做得这些春。切莫近前轻著语,题品错,怕花嗔。　　碧壶难贮玉粼粼,碎苔茵,晚风频,吹得酒痕,如洗一番新。只恨谪仙①浑懒事,辜负却,倚栏人。

【注释】

①谪仙：唐李白,贺知章称其为谪仙人。杨贵妃在沉香亭赏牡丹,李白曾应诏作《清平调》三首。浑：全、尽。

【赏析】

唐宋以来,咏牡丹者甚多,此词并非出色之作,但用意颇巧。起句写窗绡深护芳尘,是写花,更是写窗内之人。"切莫近前"三句,把牡丹写得孤高、矜持、有气格,与以往咏牡丹之作多重其艳美的色彩者不同,表现了宋人注重骨重神寒的审美要求。由上片之"翠眉颦"、"几雨几晴",于是有下片之晚风频吹,碧壶难贮,乃至飘洒碎落在苔茵草地之上。从"玉粼粼",可知作者所咏是白牡丹,难怪作者把她写得这般格高不俗。"酒痕新"是因为花落而添新愁。末二句恨谪仙懒而未为倚栏人写出牡丹新诗,前者的"浑懒"更衬出后者亦即倚栏人对花事的关情,恨得无理而有情。词最后点出了"人",而由此返观全词,则觉其无往而不在写花,又无往而不在写人。

杨伯嵒

杨伯嵒(？—1254),字彦瞻,号泳斋,杨沂中诸孙,周密外舅,居临安。理宗淳祐间除工部郎,出守衢州。有《六帖补》20卷、《九经韵补》一卷。存词仅下面一首。

踏 莎 行

雪中疏寮借阁帖,更以薇露送之①。

梅观初花,蕙庭残叶,当时惯听山阴雪②。东风吹梦到清都,今年雪比前年别。　　重酿宫醑,双钩③官帖,伴翁一笑成三绝。夜深何用对青藜④,窗前一片蓬莱月。

【注释】

①疏寮:高似孙,字续古,号疏寮,鄞县人。与作者同时,著名诗人词家。阁帖:淳化阁帖的省称。宋太宗淳化元年,朝廷搜访古人墨迹,命侍书王著摹勒作十卷,人间罕传。薇露:蔷薇露,宫酒名。
②山阴雪:晋王子猷居山阴,夜大雪,忽忆戴安道,遂乘舟至剡,造门不前而返。后人多用为访友的典故。
③双钩:以法书摹刻石上,沿其笔墨痕迹,两边用细线钩出,使不失真,南朝梁陶弘景称之为填廓书,宋人称为双钩书。
④青藜:晋王嘉《拾遗记》载,刘向于成帝末校书天禄阁,专精覃思,夜有老人着黄衣,植青藜杖,登阁而进,见刘向暗中独坐诵书,遂吹杖端烟燃,因以见向,说开辟以前事,授五行洪范之文。

【赏析】

宋代文人书卷儒雅,博学多艺。此词所写,不同于李白的月下饮酒豪歌,对影而成三人,而是文雅地品尝新酿的宫酒,鉴赏精制的宫帖,酒、帖、人共成"三绝"。词中所写,真实地反映出宋代文人生活的文化情趣。结句用汉代刘向事,而谓阅宫帖无须在馆中,对酒赏帖,自有窗前明月相照,意趣更见渊雅绝尘。

周　晋

周晋,字明叔,号啸斋,周密之父,寓吴兴。绍定四年(1231)为富阳令,又判衢州,知汀州。词多清逸之趣,闲婉雅畅。

点 绛 唇

*访牟存叟南漪钓隐*①

午梦初回,卷帘尽放春愁去。昼长无侣,自对黄鹂语。 絮影蘋香,春在无人处。移舟去,未成新句,一研梨花雨。

【注释】

①牟存叟:牟之才,字存叟,其先井研(今属四川)人,爱吴兴山水清远,因家湖州之南门,见《吴兴掌故集》。南漪钓隐:牟氏园中景点。见周密《癸辛杂识》。

【赏析】

周晋词多清雅闲逸之趣,此词便是一例。词中写他午梦醒来,觉心绪厌厌,于是卷帘凭眺,遣愁自娱,但仍觉孤独无侣,只有黄鹂可与对语,难捱长昼。于是放舟寻春,来到牟氏园。此园幽秀安谧,"絮影萍香,春在无人处",对此佳景,作者不觉动了雅兴,即时铺纸研墨吟诗赋词。但作者不是用溪中之水研墨,而是用"梨花雨",这是诗的想象,诗的造语。这梨花雨既融注着清冷的春意,也含蕴着作者芳菲的情思,温润蕴藉,雅而不俗。作者虽说"未成新句",其实这结尾两句就是不同一般的奇思妙句,全篇因此生色。

清 平 乐

图书一室,香暖垂帘密。花满翠壶熏研席,睡觉满窗晴日。手寒不了残棋,篝香细勘唐碑。无酒无诗情绪,欲梅欲雪天时。

【赏析】

周氏书史世家,自周晋祖父周祕以来,尤长于经史诗书。周晋承先世遗风，雅好收藏书籍字画。这是一个具有浓厚书卷气息的士大夫之家，具有宋代文人典型的书斋化的生活特点。这首《清平乐》，正是他这一生活的反映。这是一首闲适词，但它不同于晋宋以来放浪于山水的隐逸之作或赏花饮酒的消遣之作；这是一首写居室的词，但它不同于唐代以来词中错彩镂金的描写，而是一种清雅的书斋生活，道地的宋人风味。因此，应该说，这是一个新颖的题材。时值隆冬，这里除了"花满翠壶"和临窗晴日为其平添·"香暖"之外，就是图书一室，研席一方，残棋一盘，唐碑若干。而当他身居书室，把笔染毫，校勘唐碑，或与友对弈之时，外面是"欲梅欲雪天时"，而心中却是安谧平静的"无酒无诗情绪"，这是一种理性的平静和文雅的安谧。从词中人的内心世界来讲，这不是一种幼稚的平淡心境，而是如同苏轼所说的"回首向来萧瑟处，世无风雨也无晴"的超然境界，它传达出从宋代人才开始具备的文人书斋生活的韵味。因此，如果说词的前面六句是写出了浸润着宋代文化氛围的外在景观，那么，词的最后两句则是揭示了宋人书斋生活的心理特点，这两者融合在一起，构成了宋人书斋生活的一个生动剪影，给我们以认识的价值和一种独具的美感。

柳梢青

杨花

似雾中花，似风前雪，似雨余云。本自无情，点萍成绿，却又多情。　　西湖南陌东城，甚管定、年年送春。薄幸东风，薄情游子，薄命佳人。

【赏析】

杨花词自东坡《水龙吟》后，难有出其右者。周晋此词，却欲别出蹊径，求意新语工。词一起和一结，各连用三个比喻。春来远望，杨柳堆烟，柳絮随风，纷纷飘落，故曰似雾中花、雨余云、风前雪。杨柳送春,柳絮飘零无依,东风对她无多厚爱,就像忍情的游子对痴心的佳人一样,作者又用东风的薄幸、游子的薄情、佳人的薄命,来形容杨花的特点和遭遇。前三喻重在形,后三喻重在神。这种博喻和联想的巧妙,是这首杨花词的成功之处。

杨 缵

杨缵(约1201—1265),缵或作瓒,字继翁,号紫霞、霞翁,又号守斋。宁宗杨后兄次山之孙。居临安,后其女选为度宗妃,以外戚之贵,任司农卿、浙东帅。好古博雅,善画墨竹,尤精通律吕,能自度曲,当时知音,无出其右,时周密、张炎等皆在其门下。景定年间集临安词人歃盟结为西湖吟社。其词大多散佚,今传仅此选存录三首。声律谨严,词风清丽。

八 六 子

牡丹次白云韵①

怨残红,夜来无赖②,雨催春去匆匆。但暗水新流芳恨,蝶凄蜂惨,千林嫩绿迷空。　　那知国色还逢。柔弱华清扶倦③,轻盈洛浦临风④。细认得凝妆,点脂匀粉,露蝉耸翠,蕊金团玉成丛。几许愁随笑解,一声歌转春融。眼朦胧,凭阑干、半醒醉中。

【注释】

①白云:赵崇嶓,字汉宗,号白云,详本卷。次韵:亦称步韵,是作旧体诗词的方式之一,即依照所和诗词中的韵及其用韵的先后次序写作。

②无赖:无奈,无可奈何。

③"华清"句。写花如美人出浴。白居易《长恨歌》:"春寒赐浴华清池,温泉水滑洗凝脂,侍儿扶起娇无力,始是新承恩泽时。"

④"洛浦"句：洛浦即洛水之滨。三国时曹植作《洛神赋》，描写洛水女神。又唐宋时，洛阳牡丹最盛，时人因称牡丹为洛阳花。

【赏析】

此词咏牡丹，但上片不写牡丹，而只是写春深花落，绿肥红瘦，使人惜春悼逝，芳恨新添，全是衬笔，欲扬先抑。过片"那知国色还逢"一句，将牡丹隆重推出，有喜出望外之情，全篇振起。接下以人喻花，谓其如华清池畔杨贵妃，"侍儿扶起娇无力"，似洛水女神凌波步月，临风玉立。"细认得"以下六句，描摹更其细致，以佳人歌女种种装扮之美，对牡丹加以形容。歇拍"眼朦胧，凭阑干、半醒醉中"二句，写观花入神情。华年已去，双眼朦胧，而能天香重睹，国色再逢，心下不胜感叹，这"醉"，是为花而醉，同时也多少带有杜甫诗中所写的那种"老年花似雾中看"的今昔年华盛衰之慨。

一　枝　春

除　夕

　　竹爆惊春，竞喧填①、夜起千门箫鼓。流苏②帐暖，翠鼎缓腾香雾。停杯未举，奈刚要、送年新句。应自有、歌字清圆，未夸上林③莺语。　　从他岁穷日暮，纵闲愁、怎减刘郎④风度。屠苏⑤办了，迤逦⑥柳欺梅妒。宫壶未晓，早骄马、绣车盈路。还又把、月夜花朝，自今细数。

【注释】

①喧填：即喧阗，喧闹声。
②流苏：以五彩羽毛或丝线制成的穗子。
③上林：秦汉苑名，苑中养禽兽供皇帝春秋打猎。
④刘郎：见前韩元吉《水龙吟》注③。
⑤屠苏：酒名，也作"酴酥"、"屠酥"，古代风俗于农历正月初一

饮屠苏酒。

⑥逶迤：曲折连绵。

【赏析】

周密《武林旧事》云："守岁之词虽多，极难其选，独杨守斋《一枝春》最为近世所称。"前面卷二已有韩疁《高阳台》，也是守岁词。相比之下，韩词妙在写心情，杨词长于写气象。词上片写除夕之夜爆竹声声，箫鼓喧阗，这声音响彻夜空，人们以流苏饰帐，翠鼎燃香，把居室布置一新。举杯饮守岁酒之前，先得吟上几句新诗，唱上几句新词，歌者的声音珠润玉圆，比之汉代上林苑的莺声也是有过之而无不及。下片接写除夕未毕，东方未晓，人们早就饮了屠苏酒，乘了骄马绣车，走上街路，欢度新年的第一天。这时梅花已开，柳枝绽芽，春天的脚步也已来到，每一个人的心中都有一种去旧迎新的豪情和意兴，"从他岁穷日暮，纵闲愁怎减、刘郎风度，"这几句正是这一精神状态的表现。全词当是写南宋繁华都城临安的除夕景象，通篇无一衰语，切合除夕这一节令的特点和人们的心理状态，宜其为当时所称。

被花恼

（自度腔①）

疏疏宿雨酿寒轻，帘幕静垂清晓。宝鸭②微温瑞烟少。檐声不动，春禽对语，梦怯频惊觉。欹珀枕，倚银床，半窗花影明东照。　　惆怅夜来风，生怕娇香混瑶草。披衣便起，小径回廊，处处多行到。正千红万紫竞芳妍，又还似、年时③被花恼。蓦忽地，省得而今双鬓老。

【注释】

①自度腔：即自制曲。
②宝鸭：鸭型香炉。

③年时：往年。

【赏析】

本篇写词中人"被花恼"的惆怅心情。花还未凋，而人先自生愁，恐花落去；花是因风雨吹打而谢，故上片写雨后花，下片写风余花；惜花者并非一人，故上片写闺中人惜花，下片写宦游人惜花，两地分睽，惜花情一。全篇花开两朵，各表一枝，写得巧妙。上片所写的具体情景是，宿雨过后，轻寒尚在，清晓时分，罗幕低垂，室内香熏彻夜将残，闺中人因惜未眠，因花起情。而当旭日东升，春禽对语，却见雨后花明，半窗花影，而闺中人却因夜来雨声而空起惜花惆怅之情。下片写夜风起，宦游人怜香惜玉，生怕花落，于是披衣而起，如同护花之神，徘徊于小径回廊，不觉间已是感花之情满怀，可蓦然间省悟到自己年岁渐老，对此芬芳正艳，宁无老大迟暮之感？作者从两方面写来，而皆统一于"被花恼"的主题。

翁孟寅

翁孟寅。字宾旸，号五峰，钱塘（今浙江杭州）人。曾为贾似道客。今有赵万里辑本《五峰词》。

齐 天 乐

元 夕

红香十里铜驼①梦，如今旧游重省。节序飘零，欢娱老大，慵立灯光蟾影。伤心对景。怕回首东风。雨晴难准。曲巷幽坊，管弦一片笑相近。　　飞棚浮动翠葆②，看金钗半溜，春炉③红粉。风辇鳌山④，云收雾敛，迤逦铜壶漏迥。霜风渐紧。展一幅青绡，争悬孤镜⑤。带醉扶归，晓醒春梦稳。

【注释】

①铜驼：原洛阳街名，这里指临安繁花街市。
②飞棚翠葆：指篷车，上有翠色车盖。北宋时洛阳即有此风俗，富家以车载酒食声乐，游于通衢。见邵伯温《闻见前录》卷三。
③春炉：一作"春妒"，当以后者为是。
④鳌山：宋时于元宵节夜，放花灯庆祝，堆叠翠灯为山形，称为鳌山。
⑤青绡、孤镜：疑指夜深时青天明月之景。

【赏析】

元夕佳时，繁花佳地，重游时自感节序飘零，心情今非昔比。"怕回首"两句，应含有人生沧桑之感。但偏偏此时，"曲巷幽坊，管弦一片笑相近"。上片至此作一转折，从而引起下片对今日元夕繁景以及自己重温旧梦的描写。

烛影摇红

楼倚春城，琐窗曾共巢春燕。人生好梦逐春风，不似杨花健。旧事如天渐远。奈晴丝、牵愁未断。镜尘埋恨，带粉栖香，曲屏寒浅。　　环佩空归①，故园羞见桃花面②。轻烟残照下阑干，独自疏帘卷。一信狂风又晚，海棠花、随风满院。乱鸦归后，杜宇啼时，一声声怨。

【注释】

①环佩空归：杜甫《咏怀古迹》咏王昭君云："画图省识春风面，环佩空归月夜魂。"
②桃花面：唐代崔护《游城南》："去年今日此门中，人面桃花相映红。人面不知何处去，桃花依旧笑春风。"

【赏析】

这首词写闺中人念旧怀人自叹衰迟的感慨。环佩空归，人未归,杨花之健反比出人生好景之不长。桃花面指昔日的美貌,而冠以"羞见",则说明今之容貌已非昔日之比。海棠凋谢,暗示春又将去,因为在从小寒到谷雨的二十四番花信风中,海棠位于第十六。鸦归鹃啼,亦皆说盼归之意。全词叙写相间,善于以景衬情。

阮 郎 归

月高楼外柳花明,单衣怯露零。小桥灯影落残星,寒烟蘸水萍。 歌袖窄,舞环轻,梨花梦满城。落红啼鸟两无情,春愁添晓醒。

【赏析】

此词写相思之意,以"月高"起,以"晓醒"结,表明词中人物彻夜未眠。"歌袖""舞环"是对旧日美好时光的回忆,而今却惟伴灯影黯淡,残星寥落,花落鸟啼。无论夜昼之景,皆含伤感之情。

赵汝茪

赵汝茪,字参晦,号霞山,又号退斋,宋室后裔。有词名,其词运笔纤巧,构思精细,风格清丽。周密曾拟其词体作词。

梅 花 引

对花时节不曾欢。见花残,任花残。小约帘栊,一面受春寒。题破玉笺双喜鹊,香烬冷,绕云屏,浑是山。 待眠,未眠,事万千。也问天,也恨天。髻儿半偏,绣裙儿、宽了还宽。自取红毡,重坐暖金船①。惟有月知君去处,今夜月,照秦楼②,第几间?

【注释】

①金船：酒器。宋叶廷圭《海录碎事·饮器门》："金船，酒器中大者。"

②秦楼：指酒楼妓馆。

【赏析】

此词写春恨闺怨。在艺术表现上，作者善于用基本相同的句式，略易一二字，表达递进或转折的不同意思层次和情感内容。如上片的"见花残，任花残"，前句表达出一种对景伤情之意，后句则进一步表达出一种无可奈何之感。又如下片的"待眠，未眠"，写欲睡而又不能入睡，"也问天，也恨天"，表达对命运既怨恨又不得不认命的复杂心情。这种写法，是汲取了《诗经》以来诗歌中重章迭句的写法，在同中见异，并突出异，从而给人以深刻的印象。

梦　江　南

帘不卷，细雨熟樱桃。数点霁霞天又晓，一痕凉月酒初消。风紧絮花高。　　萧闲处，磨尽少年豪。昨梦醉来骑白鹿，满湖春水段家桥。濯发听吹箫。

【赏析】

人在帘内，却心知"细雨已熟樱桃"，想象"风紧絮花高"，作者的内心是善感而不平静的。"萧闲"句系自感身世之语，梦境的追忆将此意具体形象化。段家桥又叫断桥，在西湖孤山侧，他梦中在此临水濯发，耳听箫声，这正是"萧闲处"，然而也正是在这"萧闲处"，作者"磨尽少年豪"。前后联系，我们不难看到，这潇洒的梦想中，多少蕴含着一股英豪消磨一事无成的深沉感喟。

恋 绣 衾

柳丝空有万千条。系不住、溪头画桡。想今宵、也对新月,过轻寒、何处小桥? 玉箫台榭春多少,溜啼痕、盈脸未消。怪别来、燕支慵傅,被春风,偷在杏梢。

【赏析】

赵汝茪词运思用笔甚巧。写意中人留不住,作者化抽象之意为具体的画面:"柳丝空有万千条。系不住、溪头画桡。"写意中人去,女子无心妆饰,可春风偏偏恼人意,把这胭脂色偷抹在杏花枝头。春来了,杏花鲜艳的色彩,触发了女子的相思之愁。作者以拟人的手法写春风,让它把女子弃置不傅的胭脂之色与杏梢花色巧妙地联系起来,用外在自然的春芳之艳,进一步反衬出相思女子的华年寂寞与青春无色,构思别出心裁。

汉 宫 春

著破荷衣[①],笑西风吹我,又落西湖。湖间旧时饮者,今与谁俱?山山映带,似携来、画卷重舒。三十里、芙蓉步障[②],依然红翠相扶。 一目清无留处,任屋浮天上,身集空虚。残烧夕阳过雁,点点疏疏。故人老大,好襟怀、消减全无。漫赢得、秋声两耳,冷泉亭[③]下骑驴。

【注释】

①荷衣:隐者之衣。屈原《离骚》:"制芰荷以为衣兮,集芙蓉以为裳。"

②步障:古代贵族出行时,路两边以竹支架锦匹,以蔽尘和遮人眼目。这里指层层叠叠的荷花。

③冷泉亭:在杭州灵隐寺飞来峰下冷泉之上。

【赏析】

这首词写作者在清荷时节，重访西湖，对景伤时，追怀故友凋谢，感叹自身遭遇。词起云："著破荷衣，笑西风吹我，又落西湖"，"著荷"之语，出于屈原《离骚》，后世用以指隐遁之士，既以荷为衣，且曰著破，可见作者弃绝尘凡遁迹山林已久，而今"西风吹我又落西湖"，重新来到这繁华世界，作者并不情愿，但又无可如何，故以一"笑"付之，语意顿挫转折。上片接下，"湖间"两句，是追怀故友无与俱；"山山"以下，是写西湖风景依然如画，湖外青山映带，湖内三十里荷花红翠相扶，似重重屏障。两层对照，备见物是人非之感。过片以"一目清无留处"，将上片所写西湖处处清嘉的景色总括。接着抒写感受，亦分两层。"屋浮"以下四句是一层，写作者浪舟湖面，身在水上，觉周围岸上的房屋似皆浮于空中，自身也仿佛飘然无依。仰视长天，夕阳如烧，过雁点点，这是一个超旷的境界，它足以使人生发悠远的思绪。第二层写身世之感，先说如今"故人"老大，这故人当是兼作者自己和上片所说"旧时饮者"，因为他们对于西湖来说，都是"故人"；又说曾有好襟怀，这里的好襟怀，当理解为豪情志向；再说这些好襟怀现均已消减全无。一语三折，反映出作者内心情绪的掩抑。结尾"漫赢得、秋声两耳，冷泉亭下骑驴"，更作衰语。作者虽为太宗后裔，但生活在屈辱不振的南宋时代，朝廷不用，襟怀空好，除了骑驴听秋之外，能有何作为？

如 梦 令

小砑①红绫笺纸，一字一行春泪。封了更亲题，题了又还坼起。归未，归未，好个瘦人天气！

【注释】

①砑：以石磨纸，使之光滑宜书写，谓之砑光。

【赏析】

　　这首小令词，前四句写思妇写信题封的前后动作，宛如一幕特写镜头，真切细致，微妙传神。她铺纸提笔，先把纸稍稍地砑一砑光滑，然后开始写信，从满脸春泪，见出她满怀相思，全都倾注在字里行间。"封"、"题"两句，写女子情深意重，觉有千言万语，而最主要的是盼归的意思，故写就封毕，又觉言犹未尽，于是再拆开补上几句，如此反复，真是书不尽言，言不尽意。这个典型的细节，非常准确细致地写出了思妇的心情，可见作者选择之精当。词的最后三句，写思妇殷切的盼望和沉重的叹息，"归来"两字重复，见出思妇情切，不啻深情之呼唤。天气之能瘦人，是因为思妇对景伤情，身体为之瘦损。

冯去非

　　冯去非（1192—?），字可迁，号深居，南康都昌（今属江西）人。淳祐元年（1241）进士，曾任淮南路转运司干办公事。宝祐中召为宗学谕。以忤丁大全罢。词存三首，触景生情，感叹身世，流露出作者隐居以终的思想情绪。

喜 迁 莺

　　凉生遥渚，正绿芰擎霜，黄花招雨。雁外渔灯，蛩边蟹舍，绛叶表秋来路。世事不离双鬓，远梦偏欺孤旅。送望眼，但凭舷微笑，书空①无语。　　慵看清镜里，十载征尘，长把朱颜污。借箸青油②，挥毫紫塞③，旧事不堪重举。间阔故山猿鹤，冷落同盟鸥鹭。倦游也，便樯云舵月，浩歌归去。

【注释】

　　①书空：用手指在虚空中写字。《世说新语·黜免》载殷浩被废，成天书空作"咄咄怪事"四字。

②借箸：意为出谋划策。《史记·留侯世家》载张良在刘邦吃饭时进策说："臣请借前箸为大王筹之。"箸，筷子。青油：即青油幕，指军中帐幕。

③紫塞：原指长城。秦筑长城，土色皆紫，故云。这里泛指边塞。

【赏析】

此词写羁旅迁谪之恨、倦游归隐之思，远怨近愁，联翩而发。上片由眼前景生近日愁，一起六句，写深秋之景，但见凉气生于遥远的洲渚之上，水面上菱叶染霜，岸边菊花摇曳，渔灯点点，秋叶绛红，昭示着秋的降临。"世事"以下五句，写因秋所感之近愁。"凭舷微笑，书空无语"八字，书空是激愤的表示，微笑是蔑视的神情，据宋史本传，作者曾在宋理宗宝祐四年（1256）遭权臣丁大全排抑，罢宗学谕之职，这里或即有感于此事。下片由近及远，回想自己曾有"借箸青油，挥毫紫塞"之举，但俱往矣，看今朝功名未成，朱颜尘污，清镜慵照，后悔没有早遂了隐逸的心志。想到此，作者不禁发一声浩叹，在经历了宦海的沉浮之后，终于去过隐迹江湖的生活了，尽管这多少仍带着无可奈何的幽恨。

许　棐

许棐（？—1249），字忱父，海盐（今属浙江）人，理宗嘉熙中隐居秦溪，藏书数千卷，广植梅树，自号梅屋。工诗，为江湖派中人。词擅小令，细腻委婉，清新简妙。有《梅屋诗余》。

鹧　鸪　天

翠凤金鸾绣欲成，沉香亭①下款新晴。绿随杨柳阴边去，红踏桃花片上行。　　莺意绪，蝶心情，一时分付小银筝。归来玉醉花柔团，月滤窗纱约半更。

【注释】

①沉香亭：在长安。唐玄宗命植牡丹于沉香亭前，与杨贵妃共赏。这里借指词中女子所在之亭阁。

【赏析】

春日新晴，绿树成荫，桃花红遍。锦帕上翠凤金鸾绣得将成而未成，意中之人当来而未来，这一片似莺般的意绪、如蝶般的心情将怎么打发消遣？弹起银筝，曲曲传情，新晴易款，情人难等，无奈中只得独自归来，见月光透过纱窗，清夜如许，孤眠怎么意稳？这是一曲闺怨词，浅浅道来，扣人心弦。

琴调相思引

组绣①盈箱锦满机，倩②人缝作护花衣。恐花飞去，无复上芳枝。　　已恨远山迷望眼，不须更画远山眉③。正无聊赖，雨外一鸠啼。

【注释】

①组绣：织成的锦绣。
②倩：请。
③远山眉：古时画眉的一种样式。

【赏析】

怕花飞去而欲作护花衣，恨意中人去远不归而不再画远山眉，前为情人结想成痴之痴语，后为情人思极生怨之怨语。皆弥见情深。

后 庭 花

一春不识西湖面，翠羞红倦。雨窗和泪摇湘管①，意长笺短。知心惟有雕梁燕，自来相伴。东风不管琵琶怨，落花吹遍。

【注释】

①湘管：用湘竹为笔管的毛笔。

【赏析】

词上片写一春孤居，未游览西湖春景，作者未交代为何如此，但寻绎全篇，可知词中人处离别相思中，赏春无绪。而当绿肥红倦，春意阑珊之时，她更觉哀从中来，提笔写信，怎奈"红笺小字，说尽平生意，鸿雁在云鱼在水，惆怅此情难寄"（晏殊《清平乐》），惟有脸上泪、窗外雨，见出此情苦。下片写雕梁燕有情来相伴，东风无情吹落花，一正一反，皆在表现离人之无情，衬托离别之难堪。唐代李颀《古从军行》有云："行人刁斗风沙暗，公主琵琶幽怨多。"此词结句则说东风不管琵琶中传出伤春相思之曲，仍将枝头之花吹落满地，意思更翻进一层。

陆 睿

陆睿（？—1266）字景思，号云西，会稽人。绍定五年（1232）进士。淳祐中为沿江制置使参议官。宝祐五年（1257），自礼部员外郎除秘书少监，又除起居舍人。景定五年（1264）为中大夫，集英殿修撰，江南东路计度转运副使兼淮西总领。词存三首。

瑞 鹤 仙

湿云粘雁影。望征路、愁迷离绪难整。千金买光景。但疏钟催晓，乱鸦啼暝。花惊暗省。许多情、相逢梦境。便行云、都不归来，也合寄将音信。　　孤迥。盟鸾心在，跨鹤①程高，后期无准。情丝待剪。翻惹得，旧时恨。怕天教何处，参差双燕，还染残朱剩粉。对菱花②与说相思，看谁瘦损。

【注释】

①跨鹤：南朝梁殷芸《小说》载，时人云"腰缠万贯，骑鹤上扬州"，意谓美官、多财、成仙，一人而能兼此三者。

②菱花：指镜子。

【赏析】

此词见载于南宋陈景沂《全芳备祖》前集卷一梅花门中有题云"梅"。古人有折梅赠别之习，故咏梅之作常关合离别之事。此词即循此法，而通篇更不着一笔写梅花之形，只是摄取其神，拍合离人之情。故虽题为咏梅而实皆写怀人之意，与北宋周邦彦《兰陵王·柳》题为咏柳而实写留别之情近似，这是此词的特点。下片后半写得十分曲折，情丝未剪已乱，无奈中竟至于对镜子说相思，深情痴语，令人叹惋。

萧泰来

萧泰来，字则阳，一说字阳山，号小山，临江人。理宗绍定二年（1229）进士。宝祐元年（1253）自起居郎出守隆兴府，又曾为御史。有《小山集》。

霜天晓角

梅

千霜万雪，受尽寒磨折。赖是生来瘦硬，浑不怕、角吹彻。

清绝，影也别，知心惟有月。元没春风情性，如何共、海棠说？

【赏析】

这首咏梅词，上片写其气骨，以"瘦硬"一语当之。瘦非仅形瘦，且亦神情清癯，断无臃肿滞涩之态与浑噩龌龊之气。硬者其值，骨格琅琅，不屈不挠，于是"千霜万雪，受尽寒磨折"，而愈见劲拔。曲中《梅花落》吹彻，它也不为所动，仍然怒放枝头，这些皆是衬笔。下片写其"情性"。梅花格高，这是因为它姿态素雅，不妖不娆，先春而发，不与争艳，孤芳自赏，不同流俗。"清绝，影也别。知心惟有月"实用林逋"暗香""疏影"两句，但对于其不染凡俗，有别众芳这一层意思则点示得更明。最后两句，对世俗所云欲令梅聘海棠（见《云仙杂记》所引《金城记》）的传说深加指斥。梅花情性寡淡，不慕荣利，岂可与以姿色取宠的海棠结缘。

赵希迈

赵希迈，字端行，号西里，永嘉（今浙江温州）人，宋室后裔。理宗朝知武冈军。有《西里稿》，不传。词存二首，风格豪放。

八声甘州

竹西怀古

寒云飞、万里一番秋，一番搅离怀。向隋堤跃马，前时柳色，今度蒿莱。锦缆残香在否，枉被白鸥猜。千古扬州梦，一觉庭槐。　　歌吹竹西难问，拚菊边醉著，吟寄天涯。任红楼踪迹，茅屋染苍苔。几伤心、桥东片月，趁夜潮、流恨入秦淮。潮回处，引西风恨，又渡江来。

【赏析】

南宋建炎、绍兴年间，金兵南下，扬州惨遭兵燹。赵希迈这首词，道古述今，感慨甚深。词起写秋来引动离怀，于是跃马上隋堤。隋堤即通济渠，是隋炀帝杨广在大业元年开凿的，两岸载柳护堤，但是"前时柳色，今度蒿莱，"这里有历史的兴亡之叹，也有宋人的黍离之悲。隋炀帝曾三次游江都，随从大小游船千余艘，作者写"锦缆残香在否,枉被白鸥猜,"以幽默的手法,表达了对隋炀帝的讽刺,然后用南柯一梦的典故,谓扬州之兴亡盛衰,犹如一场梦。

既然"歌吹竹西(扬州亭名)难问,"历史兴亡成梦,那么,不如重新拾起方才的一番离怀,但当年红楼踪迹,而今也已成茅屋苍苔。结尾从扬州与金陵秦淮两地写来,进一步抒写伤心离恨之意。

赵崇嶓

赵崇嶓(1198—?),字汉宗,号白云。南丰(今江西)人,宋室后裔。嘉定十六年(1223)进士,授石城令,改淳安,官至大宗正丞。有《白云稿》。

蝶 恋 花

一翦①微寒禁翠袂。花下重开,旧燕添新垒。风旋落红香匝地。海棠枝上莺飞起。　　薄雾笼春天欲醉。碧草澄波,的的②情如水。料想红楼挑锦字③。轻云淡月人憔悴。

【注释】

①翦:轻浅之意。一翦微寒,犹言一阵轻寒。
②的的:明亮晶莹貌。
③挑锦字:指做锦字回文诗。前秦秦州刺史窦滔被徙流沙,其妻苏氏思之,织锦为回文旋图诗以赠滔。后亦称妻寄夫之书信为锦字。

【赏析】

这是一首男女相思之词。上下片分别从男女两方写来。"料想"两句,是设想对方思念之词,诗词中常用这种手法来更深婉地表现自己的相思之情。

菩萨蛮

桃花相向东风笑,桃花忍放东风老。细草碧如烟,薄寒轻暖天。　折钗鸾作股,镜里参差舞。破碎玉连环,卷帘春睡残。

【赏析】

这是一首春怨词。下片四句皆用比喻暗示之法,钗是双股笄,映入镜中形如双鸟参差起舞。作者用这个意象表示女子在孤独中盼望意中人的归来,但接下意转,"破碎玉连环,"象征她想望成空。

赵希迈

赵希迈(1205—1266),字清中,号十洲。四明人,宋室后裔。宝庆二年(1226)进士,曾除南雄守,不赴。词传三首。

霜天晓角

桂

姮娥戏剧,手种长生粒。宝干婆娑千古,飘芳吹、满虚碧①。
韵色,檀露②滴。人间秋第一。金粟如来③境界,谁移在、小亭侧?

【注释】

①虚碧:指月宫碧空。
②檀露:清香之露。
③金粟:桂花的别名,以其花蕊如金粟点缀。又,金粟如来,佛名,维摩诘的别称。

【赏析】

这首咏桂词，上片先写月中桂，作者想象，嫦娥是偷吃了长生药才飞升到月宫的，而她又似乎是开玩笑似的把这长生的药丸种在月宫中，于是长出这一株"宝干婆娑"、千古长寿的月中桂。它的花香飘逸天宇。下片转写人间之桂，谓其清香冷露，无论韵格色泽，都是人间第一。并把桂花之别名金粟，与佛名金粟如来巧合起来，谓桂花所呈现出来的清韵逸美的境界，如同是佛教之清虚庄严之境界。把桂花圣洁化。

秋蕊香

髻稳冠宜翡翠。压鬓彩丝金蕊。远山碧浅蘸秋水①。香暖榴裙衬地。　宁宁二八余年纪②。恼春意。玉云凝重步尘细。独立花荫宝砌。

【注释】

①远山：指眉如远山。秋水：指眼波如秋水。
②宁宁：应作"亭亭"，原本刻误。二八：16岁。

【赏析】

此词写少女浅浅的春愁，上片着重写其发饰、眉目、衣着，下片由表及里写心情，"玉云"两句，写其"恼春"意态，十分妥帖。

王 澡

王澡（1166—?），字身甫，号瓦全。四明人，一作宁海人。绍熙元年（1190）进士，嘉定十二年（1219）监都进奏院，十三年国子博士，通判平江。有《瓦全集》，词传二首。

霜天晓角

梅

疏明瘦直,不受东皇识。留与伴春应肯,千红底、怎著得?夜色,何处笛?晓寒无奈力。飞入寿阳宫里①,一点点、有人惜。

【注释】

①寿阳宫里:宋武帝女寿阳公主人日卧于含章殿檐下,梅花落其额上,成五出花,拂之不去,宫女效之,为梅花妆。

【赏析】

这首咏梅词,《庶斋老学丛谈》谓与前面萧泰来咏梅词命意措词略相似。其实并不然,此词上片写梅"疏明瘦直,不受东皇识",不受千红妆饰,因为梅花气节高洁,以品格胜,与萧词确略相似,且如措词,萧词有云:"原没春风情性,如何共、海棠说",亦相近之。但词的下片转写落梅,与萧词异。过片"夜色,何处笛?"用大角曲中有《梅花落》之曲的典故,奏出悲婉的音调。接言其"晓寒耐无力",又用寿阳公主梅花妆的典故示意花落,深加惋惜。这样写,尽管仍然表示作者对梅花的深爱与同情,但毕竟不同于萧词命意之始终高其品格。

赵与御

赵与御,字庆御,号昆仑,宋室后裔。存词仅下面一首。

谒 金 门

归去去,风急兰舟不住。梦里海棠花下语,醒来无觅处。

薄幸心情似絮，长是轻分轻聚。待得来时春几许？绿阴三月暮。

【赏析】

北宋著名词人柳永《雨霖铃》写离别云："方留恋处，兰舟催发"，"今宵酒醒何处？杨柳岸、晓风残月。"此《谒金门》之上片即写此意。下片深叹聚散之轻易，谓薄幸心情似絮。结尾两句由分别说到归期，但归时已恐是"绿阴三月暮"，那时春已尽，而人生的青春佳期，又能有几何呢？离愁怅恨，余于言外。

楼槃

楼槃，字考甫，号曲涧，鄞县（今浙江宁波）人。绍定初官庆元府学教谕。词传二首。

霜天晓角

梅

月淡风轻，黄昏未是清。吟到十分清处，也不啻①、二三更。

晓钟天未明，晓霜人未行。只有城头残角，说得尽、我平生。

又

剪雪裁冰，有人嫌太清。又有人嫌太瘦，都不是、我知音。

谁是我知音？孤山人姓林②。一自西湖别后，辜负我、到如今。

【注释】

①啻：但、仅、只。

②林：指林逋，宋初诗人，隐居于孤山，种梅养鹤，终身不娶。孤山，在杭州西湖里外二湖之间，一山耸立，旁无联附。

【赏析】

楼槃这两首咏梅词，立意处皆在赞梅花之格高。

第一首，着力写梅之清绝孤寂，作者用加倍进层的写法，谓月淡风轻的黄昏，也不能与梅花的清绝相宜，甚至深夜二三更的清寂之时，也还不是梅花独自吟味的"十分清处"。相较之下，觉林逋咏梅之"暗香浮动月黄昏"一句，虽见神韵，但求其清寂，转不如楼槃这几句词写得深透。下片数句由黄昏而深夜，由深夜而天晓，在晓钟已敲而天未明，晓霜已下而人未行之时，梅花在城头残角冲寂自妍，吟味平生，语意中，带着兀傲和凄凉。

第二首，着力写梅花的知音之少。作者写梅花犹似冰雪裁剪而成，于是世俗之士有嫌其太清不艳者，有嫌其太瘦不腴者。这些均非真知梅者，那么，谁是梅之知音？那是西湖孤山下的林逋，他种梅养鹤，隐遁不仕，最能道出梅花的风神韵度，为世人所称赏。然林逋死后，梅花犹如伯牙不遇子期，高山流水无知音，辜负了梅花的清姿逸韵。

二词皆以第一人称"我"出现，托梅自述，遗貌取骨，写出梅花之品格。

钟　过

钟过，字改之，号梅心，庐陵（今江西吉安）人。中宝祐三年（1255）解试。词仅存下面一首。

步　蟾　宫

东风又送酴醾信。早吹得、愁成潘鬓。花开犹似十年前，人不似、十年前俊。　　水边珠翠香成阵。也消得、燕窥莺认。归来沉醉月朦胧，觉花气、满襟犹润。

【赏析】

古人把应花期而来的风,称为花信风。在小寒到谷雨八个节气中的二十四番花信风里,酴醾位在倒数第二,它是春天的尾声。此词开头云"东风又送酴醾信",就是指酴醾花信风,表示春天即将离去。作者巧妙地以这一番花信风把自然季节的变更和人事感情的变更扣结到一起,说这番东风不仅送来了酴醾信,而且把人也吹愁了双鬓,实际上是写人因春去而愁,潘鬓沈腰是古典诗词中常用的典故,用以表示愁绪损人。然后,作者再把花与人对照起来写,并以十年前后的今昔对比作开合:"花开犹似十年前,人不似、十年前俊。"这两句词使人想起唐代刘希夷的名句"年年岁岁花相似,岁岁年年人不同",表现出春秋代序、物是人非、华年易逝、美人迟暮的深沉感慨,琢意警拔,为后人所推崇。下片写作者尽管感觉迟暮,但并未就此消沉,而仍去消受那燕窥莺认的水边春景。"珠翠香成阵"指游观的仕女。一结写月夜沉醉而归,觉花气犹润衣襟,写得蕴藉有余意。

李肩吾

李从周,字肩吾,又字子我,号螭洲,眉州(四川眉山)人,魏了翁之客。精六书之学,尝为《字通》。词传十首。皆写男女离别之情。

抛 球 乐

风冒蔫红①雨易晴。病花中酒②过清明,绮窗幽梦乱于柳,罗袖泪痕凝似饧③。冷地思量著,春色三停早二停。

【注释】

①冒:挂碍。蔫红:萎缩将谢的花。
②中酒:醉酒。
③饧:饴糖类食物名,用麦芽或谷芽之类熬成。

【赏析】

"绮窗幽梦乱于柳,罗袖泪痕凝似饧",比喻十分新颖。春梦与柳丝本不相类,但它们在飘忽紊乱和柔婉旖旎这方面是相似的,故以柳喻梦。饧本是饴糖类食品,有粘性。以此比喻罗袖上泪痕不消,也贴切。饧为俗字,在诗文中少用,此词结尾之"三停早二停",谓春意三分,今早已去了两份,这"停"也是口语,词较诗为俗,于此可见。

风 流 子

双燕立虹梁①。东风外、烟雨湿流光。望芳草云连,怕经南浦②,葡萄波涨③,怎博西凉④。空记省,残妆眉晕敛,罥袖唾痕香。春满绮罗,小莺捎蝶,夜留弦索,幺凤⑤求凰。 江湖飘零久,频回首、无奈触绪难忘。谁信温柔牢落⑥,翻堕愁乡。便玉笺铜爵,花间陶写,瑶钗金镜,月底平章⑦。十二主家楼苑,应念萧郎⑧。

【注释】

①虹梁:曲梁。
②南浦:指离别之地。
③葡萄波涨:指杯中斟满了葡萄酒。
④西凉:今甘肃酒泉一带,古称西凉,古乐部有西凉乐,隋以来管弦杂曲多用西凉乐。博:敌,斗。
⑤幺凤:原指鹦鹉的一种,五色羽毛,形状类传说中之凤鸟而体型较小,常喜集于开花的桐树之上。这里借指琵琶的第四弦,最细,故称幺弦。
⑥牢落:孤寂忧郁。
⑦平章:品评。
⑧萧郎:词中女子意中人的泛称。

【赏析】

　　这是一首怀人之词。上片开头由曲梁双燕并立,兴起相思之情。"东风"三句,皆写春景,烟雨湿流光,芳草碧连天,这是何等佳景,然在离人眼中见,则又分外催人愁绪。"怕见南浦"三句,谓不愿重经分别旧地,纵有葡萄美酒也难敌一曲悲凉恻惋的离歌,将笔墨由眼前景带回到昔日情事的追怀。"空记省"以下,皆回忆当初意中人容貌神情。过片由昔而今,由虹梁绮罗而飘零牢落,在身世坎坷的感慨中加深离愁别绪的抒写。其中"频回首"、"谁信……翻……",均以笔墨之转折,见感情之沉郁。无奈之余,只得玉笺铜爵,陶写柔情,将瑶钗金镜这情人信物,细细品味。古人分别,有分钗分镜之说。最后一句,还从对方写来,"十二主家楼苑",状歌楼酒馆之高且华,"应念萧郎",悬想之词,此所谓心已驰神至彼,诗从对面飞来,更见作者对这位意中女子的恋情之深。全词今昔开合,而意脉贯通,读来厚重,章法也极稳妥。

清　平　乐

　　美人娇小,镜里容颜好。秀色侵人春帐晓,郎去几时重到?
　　叮咛记取儿家:碧云隐映红霞。直下小桥流水,门前一树桃花。

【赏析】

　　此词写留别。下片写得较有特色。春帐将晓,郎即将离去,于是女子殷勤地叮咛他记住这地方,"儿家",是词中女子谦称,犹言"我家"。作品中的女主人公连用三句词,来描绘这居处:它隐映在碧云红霞之中,过了小桥溪水,门前有一树鲜艳的桃花。这里暗用唐代崔护《游城南》中的"人面桃花相映红"的诗意。同时,这里也是用环境衬托人物,以突出词开头所说"美人娇小",巧妙地表达留郎之意。

风 入 松

冬 至

霜风连夜做冬晴,晓日千门。香葭暖透黄钟管①,正玉台②彩笔书云。竹外南枝意早,数花开对清樽。　香闺女伴笑轻盈,倦绣停针。花砖一线添红景,看从今、迤逦新春。寒食相逢何处?百单五个黄昏③。

【注释】

①香葭:古以葭莩灰实律管,候至则灰飞管通。葭即芦。黄钟管,即律管,黄钟系古乐十二律之一,声调最为洪大响亮。

②玉台:指闺阁。

③百单五个黄昏:从冬至至寒食,共一百零五日,故宋人言寒食多称一百五。

【赏析】

这是一首写冬至的节令词。写冬至要比写寒食清明重九除夕等难一些,前人也没有留下多少成语故事可以引用。但这首冬至词却写得很好。词上片主要写冬至的节气和景物特点。昨夜霜风刮过,迎来了一个晴日。和煦的太阳临照千门万户。仲冬气至,葭莩灰飞,黄钟律应,连那竹外梅花向南的枝头,也探春意早,已然开出数朵梅花。不仅如此,作者还写了在这冬至晴日,女子们"正玉台彩笔书云",而诗客文人则正以清樽对梅花而饮。作者写出了冬至时节,万物已待萌动的特点,上片"意早"二字,是见全篇主意处,下片进一步生发此意,写得更为明豁。在这样一个冬至晴日,闺房中的女子们都停了针线,嬉笑轻盈,她们已敏锐地感受到春意的日渐接近,在作寒食清明结伴踏春的遐想了。后片数句写仕女心理状态,体察入微,构思设想不落俗套。

乌 夜 啼

径藓痕沿碧甃①,檐花影压红阑。今年春事浑无几,游冶懒情悭。　　旧梦莺莺沁水,新愁燕燕长干②。重门十二帘休卷,三月尚春寒。

【注释】
①甃:井壁。
②长干:金陵里巷名,在今南京市南。

【赏析】
昔曾相好,今却相忘,情人不来,闺人空怨。首言人迹之稀,次言心意之懒,旧梦指与自己当初之相好,新愁谓男子之重觅新人。故深居十二重门中,虽值三月暮春,尚觉春寒逼人——实是被遗忘冷落的孤寒。

清 平 乐

东风无用,吹得愁眉重。有意迎春无意送。门外湿云如梦。　　韶光九十悭悭,俊游回首关山。燕子可怜人去,海棠不分春寒。

【赏析】
"韶光九十",是指春天3个月共90天。此词写暮春时节思妇的春愁离恨。一起先怨"东风无用",因为此刻的东风,非但不能留住春天,反而吹得絮飞花落,对此情景,思妇不禁愁眉紧锁。接下"有意迎春无意送",转说思妇心情,是愿良辰常在青春永驻之意,亦含无可奈何春又去的惆怅。"门外湿云如梦",则又托情于景,写景喻情,湿云与梦,本不相属,但云远梦悠,云湿梦沉,湿云之状，又一如思妇"泪湿春风鬓角垂"的凄容，故觉譬喻贴切。同时，这里所说的"梦"，其内容即下片前半所写，故又承上启下。下片"韶光九十悭悭，俊游回首关山"两句，是思妇回忆一春欢聚犹如梦境，转眼间春尽人去，"俊游"已远隔关山空自回首。她埋怨春光过于悭吝，不能多予些时日，到这里，应该说最后才把上片所谓"有意迎春无意送"之句意完全落实下来，其不惟送春，而亦送人。末二句"燕子可怜人去，海棠不分春寒"，写燕子是有情的，它同情思妇为意中人离去而感到的不幸，而海棠则不能体贴人情，不能为思妇分担因离别而感到的春寒。其实，这些自然的景色，无论其哀乐，其意都在说明思妇触景生情，不能自已。

鹧 鸪 天

绿色吴笺覆古苔，濡毫重拟赋幽怀。杏花帘外莺将老，杨柳楼前燕不来。　　倚玉枕，坠瑶钗。午窗轻梦绕秦淮。玉鞭何处贪游冶，寻遍春风十二街。

【赏析】

这是一首怀人词，上下片各写一个场景。上片写思妇"赋幽怀"，"莺将老"、"燕不来"，此况见意，表明自己年华将去而对方音杳迹疏。下片写思妇午睡幽梦，"午窗"一句点出梦境，金陵秦淮是江南佳丽地，不知有多少胭脂黛粉，"玉鞭"两句写思妇忧其意中人留恋于歌楼妓馆，乃至梦中寻觅，较上片写得更深一层。

黄　简

黄简，一名居简，字元易，号东浦。建安人，隐居吴郡光福山。嘉熙中卒。工诗。词传三首。

柳 梢 青

病酒心情，唤愁无限，可奈流莺。又是一年，花惊寒食，柳认清明。　　天涯翠巘层层。是多少、长亭短亭①！倦倚东风，只凭好梦，飞到银屏。

【注释】

①长亭短亭：设于大道上的驿亭，以供旅客休息。各亭之间距离不一，故有长亭、短亭之称。庾信《哀江南赋》："十里五里，长亭短亭。"

【赏析】

词以言情为能事，故词中殊少纯客观的景色描绘。即如此词，"流莺"本是一自然物，但对于离人来说，其啼声只能唤愁无限。同样，花、柳亦自然之物，其本无情，但作者用拟人化的手法，写其惊讶寒食之到，认取清明之节，则花、柳亦各有情思。而在花、柳惊认寒食清明之前，再冠以一句"又是一年"，则更见光阴荏苒，时序惊心。登高望远，翠巘山峦，数不清其间有多少长亭短亭，关山阻隔，情人分睽，犹李商隐诗所谓"刘郎已恨蓬山远，更隔蓬山一万重"。于是她倦倚东风，惟望好梦能飞上银屏。盖古时银屏之上，常是山峦林壑的图案。银屏上的关山近在咫尺，伸手可接，而现实中的关山却相距遥远，不复可到，思妇的梦到银屏，是在梦境的真幻疑似中求得一点心灵的慰藉，可见其相思之深刻和期待之不可得。全词构思不落俗套，用笔深婉巧妙。

玉 楼 春

龟纹晓扇堆云母①，日上彩阑新过雨。眉心犹带宝觥醒，耳性已通银字谱②。　　密衾彩索看看午，晕素分红能几许？妆成授镜问春风：比似庭花谁解语③？

【注释】

①云母：即云母石，古人以为此石为云之根，故名。可析为薄片，有光彩。可饰扇，称云母扇。

②耳性：记性、记忆力。银字谱：犹言乐谱。银字又称银管，管笛之属，管上用银作字，标明音色高低。

③"比似"句：五代王仁裕《开元天宝遗事》载，明皇秋八月与贵戚共赏太液池千叶白莲，左右皆叹羡久之，帝指贵妃示于左右曰：争如我解语花。后人遂以解语花喻指美女。

【赏析】

此词写一个年轻爱美的女子。"妆成"两句，以新奇的设想，写出女子与春争妍、与花竞芳的心理状态，细腻妥帖。

陈　策

陈策（1200—1274），字次贾，号南墅，上虞人。学于刘汉弼，潜心典籍，词章甚美，授训武郎，主管制司机宜文字。存词仅下面二首。

摸鱼儿

仲宣楼①赋

倚危梯、酹春怀古，轻寒才转花信②。江城望极多愁思，前事恼人方寸③。湖海兴，算合付、元龙举白④浇谈吻。凭高试问，问旧日王郎⑤，依刘有地⑥，何事赋幽愤？　　沙头路，休记家山远近。宾鸿⑦一去无信。沧波渺渺空归梦，门外北风凄紧。乌帽整，便做得、功名难绿星星鬓。敲吟⑧未稳，又白鹭飞来，垂杨自舞，谁与寄离恨。

【注释】

①仲宣楼：三国时王粲字仲宣，他在荆州依刘表时登麦城（今湖北

当阳）城楼，感于久留客地，远离家乡，不能施展才能，为赋《登楼赋》。后人遂名斯楼为仲宣楼。

②花信：谓花开的信息。

③方寸：指心。

④元龙：三国时陈登字元龙。据《三国志·魏志·陈登传》，许汜求田问舍，陈登待之无主客之意，久不相与语，自上大床卧，使汜卧下床，许汜谓其为湖海之士，豪气未除。实际上陈登是一个胸有大志的人，而许汜只知为自己打算，所以陈登看不起他，不愿与之结交。白：大酒杯。

⑤王郎：即王粲。

⑥刘：指刘表。王粲依刘表，时刘表据有荆州。

⑦宾鸿：鸿雁春秋易地、如宾客然，故曰宾鸿。

⑧敲吟：击节歌吟。晋裴启《语林》载王敦每酒后辄咏魏武帝《龟虽寿》诗中"老骥伏枥，志在千里；烈士暮年，壮心未已"之句，以铁如意击唾壶为节，壶尽缺。

【赏析】

这首登临怀古词内容较为深刻。词开头五句由叙写景事引出恼人方寸之情，接下来直说"湖海兴"只能与古人共谈，而难以躬践。尔后又转过笔墨，问当年王粲既依恃据有荆州的刘表，自可随遇而安，又何事要登高而作《登楼赋》以写幽愤？这是反面落笔，明知故问，表明自己的身世遭遇与"依刘有地"的王粲相比，更为不及。下片进一步写伤今悼己之情，其中包含着乡土之思、不遇之感和离别之恨，层层写出。全词由登高而起情，由怀古而伤今，感慨沉郁，风格悲凉。

满 江 红

杨　花

倦绣人闲，恨春去、浅颦轻掠。章台路①，雪粘飞燕，带芹穿幕。委地身如游子倦,随风命似佳人薄。叹此花、飞后更无花,情怀恶。　　心下事,谁堪托。怜老大,伤飘泊。把前回离恨,暗中描摸。又趁扁舟低欲去,可怜世事今非昨。看等闲、飞过女墙②来,秋千索。

【注释】

①章台路:章台原为宫名,在长安。汉时章台下有街名章台街。后人以章台路喻游冶场所。

②女墙:城垛。

【赏析】

陈策这首咏杨花词,在写法上有两点不同于一般处。一是一般的写法,多以著题咏物始,渐渐关合到人之情事,而这首词,开始却写"倦绣人",然后由倦绣人的眼中去看那杨花。杨花是春天的象征,故"恨春去",也即恨杨花飘落。"章台路"以下五句,在对杨花飘落时"粘燕"、"委地"、"随风"的形态描写中,实又暗用了"章台柳"的典故。唐代许尧佐的《柳氏传》中,记载了唐代韩翃有姬柳氏,安史乱中,两人奔散,柳氏出家为尼,后为蕃将劫。韩翃为之作章台柳诗,后终得以团圆。故词中将杨花似游子心倦、如佳人命薄的描写,扣合到"章台路"上去。下片也是由词中人之眼,见杨花飞过女墙,粘附秋千索。因此,这与一般咏物词从第三者的角度去客观地描绘物体或人事是不同的。第二个特点是,一般的咏物词,其咏物写人,角度大多是无变换的,而这首咏物词,上片由思妇眼中见杨花,下片却由游子眼见杨花,人物和角度有变换。下片写男子对即将到来的离别和宦游的感伤,前八句扣住"老大"、"漂泊"、"扁舟"、"离恨"来写,似与杨花无关涉,实际上与上片所写杨花的"随风"、"委地"的特点有着内在的联系,是合杨花之神。结尾三句收束到杨花本身,在即将离别的时候,男子看到杨花飞过墙垛,飘落在秋千索上,想到自己也同样是抛家傍路,老大漂泊,难免触景生情。

黄　昇

　　黄昇，字叔旸，号玉林，建安（今属福建）人。早弃科举，吟咏自适。有《散花庵词》。编有《绝妙词选》20卷，分上下两部分，上部分为《唐宋诸贤绝妙词选》十卷，下部分为《中兴以来绝妙词选》十卷，后人统称《花庵词选》，其自作词亦附于后。

清 平 乐

宫　词

　　珠帘寂寂，愁背银釭[①]泣。记得少年初选入，三十六宫第一[②]。当时掌上[③]承恩，而今冷落长门[④]。又是羊车[⑤]过也，月明花落黄昏。

【注释】

①银釭：银灯。
②据班固《西都赋》，汉长安上林苑有离宫别馆三十六所。
③掌上：汉赵飞燕体态轻盈，据说能在手掌上跳舞。
④长门：汉陈皇后失宠，居于长门宫。
⑤羊车：此处指帝王游幸时所乘之车。《晋书·胡贵妃传》："（晋武帝）常乘羊车，恣其所之。"

【赏析】

　　此词题为"宫词"，或又题作"宫怨"。上下片均用对比的手法来写。"又是羊车过也，月明花落黄昏"。这是良辰美景，正是帝王幸临之时，车驾驶过的声音又一次（说明已非一次）响起了，但车子不是停在自己的门前，帝王又别有宠幸了。触景生情，抚今异昔，宫女的怨艾怅恨之情可以想见。

李振祖

李振祖（1211—?），字起翁，号中山，福州闽县（今福州）人。宝祐四年（1256）登第。传词仅下面一首。

浪淘沙

春在画桥西。画舫轻移。粉香何处度涟漪？认得一船杨柳外，帘影垂垂。　　谁倚碧阑低。酒晕双眉。鸳鸯并浴燕交飞。一片闲情春水隔，斜日人归。

【赏析】

这是一首男女相思之词。上下片所写不一定是同一的人物和情事，而或许是并不相属、并不确定的两个场景，表现相思离别的类型化的内容，以供歌者传唱。这种作品，在宋词中并不少见。

薛梦桂

薛梦桂，字叔载，号梯飙，永嘉（今温州）人，宝祐元年（1253）进士。曾知福清县，仕至平江䴖。《浩然斋雅谈》、《绝妙好词》录其词若干首，风格纤巧。

醉落魄

单衣乍著。滞寒更傍东风作。珠帘压定银钩索。雨弄新晴，轻旋玉尘[①]落。　　花唇巧借妆红约。娇羞才放三分萼。樽前不用多评泊[②]。春浅春深，都向杏梢觉。

【注释】

①玉尘：喻白花。
②评泊：评说。

【赏析】

乍暖还寒天气，才换单衣，东风又起，觉寒意尚在。楼中人挂好珠帘，由内望外，见雨随风来，裹絮扬尘，这才有的新晴，又被这风雨糟蹋了。上片似乎纯是写景，但景中有人在，这特定的环境气候，牵动着楼中人的心情。下片写楼中女子梳妆打扮，作者以花喻人，谓轻抹脂膏的红唇，像那"才放三分萼"的初花。接着由表及里，写她对春的感知："春浅春深，都向杏梢觉，"她敏感的心灵，早已为杏梢上才绽出的新芽绿叶所牵动，作者十分含蓄地点出了词中女子的春情闺意。正因为有此情意，所以才有对"雨弄新晴"的怅望，"妆红花唇"的爱美。

眼 儿 媚

绿 笺

碧筒新展绿蕉芽，黄露洒榴花。蘸烟染就，和云卷起，秋水人家。　　只因一朵芙蓉月，生怕黛帘遮。燕衔不去，雁飞不到，愁满天涯。

【赏析】

此词咏绿笺。开头两句直笔咏写笺之形状，然后由实返虚，遗貌取神，用相思传书这笺之"用"来咏写笺之"体"，以笺传情，以情写笺，故既是一首咏笺词，也可以把它当做一首女子铺笺写信、思念秋水伊人，生怕青春空逝、而又寄书不到的思妇词来读。"筒"疑指诗筒，"碧筒"、"黛帘"皆扣合题中之"绿"字。

三 姝 媚

蔷薇花谢去，更无情连夜，送春风雨。燕子呢喃，似念人憔悴，往来朱户。涨绿烟深，早零落、点池萍絮。暗忆年华，罗帐分钗，又惊春暮。　　芳草凄迷征路。待去也还将，画轮留住。纵使重来，怕粉容消腻，却羞郎觑。细数盟言犹在，怅青楼何处？绾尽垂杨，争似相思寸缕！

【赏析】

蔷薇在惊蛰以后开花，而当它谢去，则已是春暮了。再加上连夜风雨的吹打，春天似乎离去得更快了，词一开头便用加倍写法，使惜春之情笼罩全篇。"燕子"三句，由物及人，燕子的有情，对比出风雨的无情，也更衬出"朱户"中人的憔悴心情。杨柳茂密，杨花柳絮早已零落漂泊成池上白萍，也是词中人自伤身世飘浮。由眼前景，她不禁"暗忆年华"，想起当初与意中人"罗帐分钗"的情景，光阴荏苒，春秋代序，而今"又惊春暮"。整个上片，都是写女子因春暮而起的感昔恨别之情。下片扣住"暗忆"两字，先写她远望当初意中人远去"芳草凄迷征路"，回想起当初临别时"待去也还将画轮留住"的情景。然后写既去则久不复还，使女子空系情思，闲却华年，"纵使重来，怕粉容销腻，却羞郎觑"。她怅恨男子的负情，不知道又浪荡在何处青楼妓馆，而自己只有细数当时的盟言，暗自愁损。

浣 溪 沙

柳映疏帘花映林。春光一半几销魂。新诗未了枕先温。燕子说将千万恨，海棠开到二三分。小窗银烛又黄昏。

【赏析】

这是一首春愁词。全词从白昼写到黄昏，把女主人公面对仲春景色而产生的伤春之情表现得十分浓至。相比而言，下片写得尤好。下片前两句，作者采用拟人化的手法，借景物言情思，"海棠开到二三分"，固然是仲春的特点，但似乎也表示，海棠也怜人情，它知道闺中人的伤春之心，故开到二三分就不再开了，因为花盛则谢,闺中人的心情将会更难堪,同时似乎又表示着,这初开未盛的海棠,也可以作豆蔻女子的写照,她像这海棠一样,是那样年轻和美貌。如果说,这里的比花喻人还较隐约的话,那么,以燕子来说闺中人在这春光一半之时已有千怨万恨,则是十分明显的。结句"小窗银烛又黄昏",写闺中人独守小窗,面对银烛,难捱黄昏孤寂愁绪,妙在一"又"字,表现出这种春愁是日复一日,没有间断的。全词写伤春,不是写在初春时,也不是在暮春时,而是写在春光一半之时,这时,闺中感春情绪的郁积已经很多,而余下的春天将怎样度过?词之言外,还给我们留下了丰富的余味。

曾揆

曾揆,字舜卿,号懒翁,南丰人。

西江月

檐雨轻敲夜夜,墙云低度朝朝。日长天气已无聊,何况洞房人悄。 眉共新荷不展,心随垂柳频摇。午眠仿佛见金翘,惊觉数声啼鸟。

【赏析】

这是一首闺怨词,上片写环境愁人,思妇孤寂无聊,以景衬情为主。下片摹状思妇眉、心,又叙其午眠惊觉情事,以写人写情为主。末句系用唐金昌绪《春怨》诗意。

◇ 卷 四 ◇

吴文英

吴文英（1200？—1260？），字君特，号梦窗，又号觉斋，四明（今浙江宁波）人。绍定、淳熙间供职苏州仓台，后往来于杭、越等地，以清客身分与显贵交游。梦窗词为宋末一大家。其词渊源于清真，以空灵奇幻之笔，运沉博绝丽之才，工于锤炼，长于使事，讲究字面色泽，词风更趋绵丽窈深。词家之有梦窗，犹诗家之有李商隐。当时尹焕说："求词于吾宋者，前有清真，后有梦窗，此非焕之言，四海之公言也"（见《花庵词选》引）。而张炎《词源》则批评吴词如"七宝楼台，眩人眼目，碎拆下来，不成片段"。梦窗词对清词产生了深刻的影响。

八声甘州

陪庾幕诸公秋登灵岩①

渺空烟，四远，是何年、青天坠长星②？幻苍崖云树，名娃金屋③，残霸宫城④。箭径酸风射眼⑤，剑水⑥染花腥。时靸双鸳响⑦，廊⑧叶秋声。　　宫里吴王沉醉，倩五湖倦客⑨，独钓醒醒。问苍波无语，华发奈山青。水涵空阁凭高处⑩，送乱鸦、斜日落渔汀。连呼酒，上琴台去，秋与云平。

【注释】

①此词题一作"灵岩陪庾幕诸公游"。灵岩：山名，在今江苏吴县，山上有吴王夫差所建馆娃宫遗址。庾幕：指苏州仓台幕府。
②长星：谓灵岩是从天上陨落的巨星。

③名娃：指西施。娃：美女。金屋：汉武帝小时对姑母说："若得阿娇（汉武帝表妹）为妇，当作金屋贮之"，这里指吴王夫差为西施筑馆娃宫事。

④吴王夫差曾破越败齐，与晋争霸中原，后为越国所灭。

⑤箭径：即采香径，是一条小溪，在香山旁。吴王种香于香山，使美人泛舟于溪以采香，故称采香径。自灵岩望之，此溪直如矢，故又称箭径。酸风：悲风，秋风。

⑥剑水：一作"腻水"，前既曰箭径，此不当再言"剑水"。故当以"腻水"为是。

⑦靸：拖鞋，此处用如动词。双鸳：指女绣鞋。

⑧廊：指响屟廊。在灵岩山寺，吴王令西施辈步屟（木屐），廊虚而响，故名。

⑨倩：请。五湖：指太湖。五湖倦客指范蠡。范蠡助越王勾践灭吴后，乘舟入五湖，人莫知其所适。

⑩"水涵空阁凭高处"，一作"水涵空、栏干高处"。

【赏析】

词开端拓开时空，揭响入云，由灵岩而直至四方八极，思绪邈远，直追溯到未有这灵岩山之前，犹如太白、东坡之问月，无理而奇绝。接下一"幻"字。最为全篇眼目处。"青天坠长星"之夸想，固由其幻而得，而往下"苍崖云树"等句更是由其"幻"而得。作者由眼前的灵岩山及其古迹名胜，想到了当年吴王夫差曾在此建筑了宫殿以馆名娃西施。他仿佛看到了采香径上，铅华使水腻，脂粉染花腥，仿佛仍能听到响屟廊上还响着当年宫女的屐声。他还想到在当年吴王沉醉时，只有范蠡是一个独醒之人，他不慕富贵荣华，在佐越王复国后，便扁舟隐居。

但是全篇词意并非仅此而已。宋室南渡以来，朝廷的贪求享乐，西湖的纸醉金迷，与"吴王沉醉"何异？作者写此词时，是在苏州仓幕，年三十有余，而顾视金人凭陵于外，奸臣弄权于内，国步维艰，朝中无范蠡那样佐君保民复土雪耻而功成身退的高尚独醒之士，而自己又寄人篱下，无从施展抱负。"问苍波无语，华发奈山青",感触十分深沉。然而,当作者再度放开眼界,收回思绪,重凭栏于高处,他看到水天相涵,天地辽阔,点缀着乱鸦落日渔汀,精神为之一振,心胸为之宽荡,于是呼酒携友登上琴台,领略秋色满天。全词感慨深沉,气脉动荡,词采壮丽,为梦窗词中不可多得的佳作。

声 声 慢

闰重九饮郭园①

檀栾金碧,婀娜蓬莱②,游云不蘸芳洲。露柳霜莲,十分点缀残秋。新弯画眉③未稳,似含羞、低度墙头。愁送远,驻西台车马,共惜临流。　知道池亭多宴,掩庭花长是、惊落秦讴④。腻粉阑干,犹闻凭袖香留。输⑤他翠涟拍甃,瞰新妆、时浸明眸。帘半卷,带黄花、人在小楼。

【注释】

①此词一题作"陪幕中饯孙无怀于郭希道池亭,闰重九前一日"。夏承焘《吴梦窗系年》考定其作于理宗绍定五年(1232)。郭希道,作者友人。

②"檀栾"两句,分指修竹、楼台、杨柳、池沼。

③新弯画眉:指一弯新月。

④秦讴:指优美动听的歌声。《列子·汤问》:"薛谭学讴于秦青,未穷青之技,自谓尽之,遂辞归。秦青勿止,饯于郊衢,抚节悲歌,声振林木,响遏行云。"

⑤输:比不上,不如。

【赏析】

这是一首饯别之作。上片前八句,写郭园之清逸秀美和残秋之风物景色,"檀栾"两句,分指四物,颇近晦涩,然是极言其地之美,以衬饯别之情绪。"愁送远"以下三句,归到送别。下片写往日池亭歌宴之盛,"知道"二句,是从孙无怀想象中写出,尤觉依黯。谓秦讴惊落庭花,以显"多宴"之意。"腻粉"两句,以留香写留恋之意,而更有那"翠涟拍甃,瞰新妆,时浸明眸",佳人眼如秋波,让人难忘。最后继写别后佳人独处,实抒写友人离散之情,用笔极婉转,读者须听弦外之音。"帘半卷"见境之幽悄,"带黄花"见人之淡逸,亦以黄花映带题中重九之节,小楼独处,孤寂可知。作者以惜香怜玉之笔,写友朋聚散之绪,温柔缠绵,别具机杼。

青 玉 案

短亭芳草长亭柳,记桃叶①,烟江口。今日江村重载酒,残杯不到,乱红青冢②,满地闲春绣。　　翠阴曾摘梅枝嗅,还忆秋千玉葱手。红索倦将春去后。蔷薇花落,故园蝴蝶,粉薄残香瘦。

【注释】

①桃叶:见前姜夔《琵琶仙》注②。
②青冢:此泛指坟墓。

【赏析】

此为怀人伤逝之作。当是为杭州亡妾作。一起三句,写当年分别之地,芳草远去,王孙不留,杨柳依依,离情可知,作者以桃叶指代所恋佳人。"今日江村重载酒"一句,点出重到旧地。但佳人已去,惟余青冢之上杂草乱花漫舞,"残杯"三句,写尽生死乖隔之感。下片再写当年相聚时情景,嗅梅枝,荡秋千,音容笑貌,历历在目。但春期短促,佳人命薄,"蔷薇花落"喻春喻人,与上片"乱红青冢"句相呼应。遂使故园蝴蝶,粉薄香残,空劳相思梦,结句系用庄子梦蝶以自喻,其意在说明梦幻非真,昔人已作紫玉烟消,纵有梦寐,亦只能为之瘦损而已,然表情达意,却比之上片荒茔酹酒之更为深切沉著。

青 玉 案

　　新腔一唱双金斗①，正霜落、分甘②手。已是红窗人倦绣。春词裁烛，夜香温被，怕减银壶漏。　　吴王雁晓云飞后，百感情怀顿疏酒。彩扇何时翻翠袖？歌边拚取，醉魂和梦，化作梅边瘦。

【注释】

①金斗：饮器，酒斗。

②分甘：分享欢乐。

【赏析】

　　此词上片忆当年之事，下片叙今日凄凉，对比鲜明。"新腔"句写佳人善歌而为作者所倾赏，有"当年拚却醉颜红"之意。"霜落""分甘"句，犹周邦彦《少年游》"并刀如水，吴盐胜雪，纤指破新橙"。接下写烛下裁春词，夜香温被衾，惟恐夜短更漏催，见两情缱绻。过片以"雁"、"云"喻人，点出离别。"百感"、"彩扇"两句，写思念无聊之意，歇拍三句，写意中人既不在，醉魂和梦，只堪与梅花相伴，语绮思幽，格清意雅，把离别相思之意，更写深一层。

好 事 近

　　飞露湿银床①，叶叶怨梧啼碧。蕲竹②粉连香汗，是秋来陈迹。　　藕丝空缆宿湖船，梦阔水云窄。还系鸳鸯不住，老红香月白。

【注释】

①银床：银饰的井架，也指辘轳架。

②蕲竹：指席。湖北蕲州所产之竹，有盛名，可为簟席。

【赏析】

这是一首怀人之作。据夏承焘《吴梦窗系年》,乃是忆苏州遣妾。上片写凄秋景色和故人陈迹,用笔甚细。下片抒离恨,怨藕丝空能缆舟,不能留人,使得鸳鸯成单,至花已老,月已寒,长劳梦想,空余嗟叹。全词造语下字,颇见矜炼,如飞、湿、怨、啼、老、香、白,皆有炉锤之功。说藕丝而不说柳丝,固合于秋之风物,说梦阔而水云窄,固有取于岑参《春梦》诗意,然亦甚新异,可见梦窗之不苟作。

唐多令

何处合成愁,离人心上秋。纵芭蕉、不雨也飕飕。都道晚凉天气好,有明月、怕登楼。　　年事梦中休,花空烟水流。燕辞归、客尚淹留。垂柳不萦裙带住,漫长是、系行舟。

【赏析】

此为梦窗词中最为"疏快不质实"之作。全词写羁旅秋思。首二句用拼字法,以"心上秋",合成一"愁"字,此法可说甚古,在古乐府中即已见及,但在词中却为鲜见。接下"纵芭蕉、不雨也飕飕",谓纵然不下雨,芭蕉也在飕飕秋风中深感寒意,这是景语,也是情语。"都道"一句,与接下"有明月,怕登楼",形成反衬,后者是词中人切身的感受和独白。明月能引人愁,那么,为何而愁,下片承说愁之原由,总其意,乃有两层:一层为宦游淹留而愁,一层为离别情人而愁。淹留之愁,作者用燕之归来作反衬;离别之愁,作者用垂柳空系行舟而不系佳人裙带来形象地加以诉说,与前词"藕丝空缆宿湖船,梦阔水云窄,还系鸳鸯不住"同一机杼。此两番愁绪,叠加于词中人心上,是客中送客,别中送别,惆怅自是更多更深一层。而过片"年事梦中休,花空烟水流"两句,是这层愁绪的总写和渲染之笔。读完全词,返观词之开头两句,言浅而意实不浅,全词于疏快中见深沉。

高 阳 台

落 梅

宫粉雕痕,仙云堕影,无人野水荒湾。古石埋香,金沙锁骨连环①。南楼不恨吹横笛②,恨晓风、千里关山。半飘零,庭院黄昏,月冷栏杆。　　寿阳宫里③愁鸾镜。问谁调玉髓,暗补香瘢④。细雨归鸿,孤山⑤无限春寒。离魂难倩招清些⑥,梦缟衣、解佩溪边⑦。最愁人,啼鸟清明,叶底清圆。

【注释】

①"金沙"句:《续玄怪录》载:昔延州有妇人,颇有姿貌,少年子悉与之游。数年而殁,人共葬之道左。大历中,有胡僧自西域来,见墓,敬礼焚香,谓斯乃大圣,即锁骨菩萨,不信可开墓验之,众启墓,视其骨,果钩结皆如锁状。又《五灯会元》卷11载僧问风穴延沼禅师,如何是清净法身,师曰金沙滩头马郎妇。马郎妇为观音化身。词以"金沙"、"锁骨"拟梅,亦黄庭坚《戏答陈季常寄黄州山中连理松枝》"金沙滩头锁子骨,不妨随俗暂婵娟"之意。

②"吹横笛":笛曲中有《梅花落》之曲。

③寿阳:见前王澡《霜天晓角》注。

④调玉髓,补香瘢:唐段成式《酉阳杂俎·前集》卷八载,三国吴孙和宠夫人邓氏,邓尝舞如意,误伤邓颊,命太医合药,医言得白獭髓,杂玉与琥珀屑,当灭痕。孙以百金购得白獭,乃合膏。琥珀太多,痕未灭,左颊有赤点如痣,视之,更益甚妍。

⑤孤山:宋林逋隐居西湖孤山,种梅养鹤。

⑥些:语末助辞,无义。

⑦解佩:《列仙传·江妃二传》载郑交甫遇二仙女,请其佩,旋失所在,顾二女,亦不见。

【赏析】

此词咏落梅。词一开始就扣住落梅来写,"宫粉"写其颜色,

"仙云"状其意态，用笔空灵；"雕痕"、"堕影"，言其零落。而其零落处，乃在"无人野水荒湾"之处，又见出其孤寂，作者怜惜之意，溢于言表。接下"古石埋香，金沙锁骨连环"，谓其虽曾以姿容为世人所赏爱，但质本洁来还洁去。"南楼"三句，以"恨"与不"恨"对举，由花及人，将落梅与离人关合起来。"半飘零"三句，既是写落梅，亦写月下庭上，离人凭栏悼花之意。下片连用四典。先说梅既落矣，则寿阳公主无以妆容，故空对鸾镜。次说落梅瘢痕，无人调髓治补，这里实际上仍是申上句之意，表示梅落而无以为妆，因为獭髓补痕一事，后衍而成为女子的一种专门的妆饰式样。此典用得甚新，但却切合落梅。再说梅落之后，孤山林逋只能空叹春寒。最后用江妃二女事，以缟衣解佩喻落梅，寓托怀人之意。四个典故似不相属，实际上是各从不同的方面，展现作者的惜梅念远之情。词之结句，更用凄语，谓"最愁人，啼鸟清明，叶底青圆"。青圆是指梅子，梅子生者青色，立夏后成熟呈黄色。此句仍关合梅花与离人两端，而从题面来看，是皆伸展了一层。

杏 花 天

重 午①

幽欢一梦成炊黍②，知绿暗汀菰几度？竹西③歌断芳尘去，宽尽经年④臂缕。　　梅黄后、林梢更雨。小池面、啼红怨暮。当时明月重生处，楼上宫眉在否？

【注释】

①重午：农历五月初五日，即端午节。

②"幽欢"句：唐沈既济《枕中记》载：卢生于邯郸道上客店中遇道者吕翁，生自叹穷困，翁乃授之枕，使入梦。生梦中历尽富贵荣华。乃醒，主人炊黄粱尚未熟。

③竹西：扬州地名。杜牧《题扬州禅智寺》："谁知竹西路，歌吹是扬州。"

④经年：年复一年。

【赏析】

此为怀人词，其本事与前面《好事近》相同。上片谓幽欢已去，回想起来犹如黄粱一梦，别来不知已历几春。歌断芳尘，宽尽臂缕（犹言宽尽衣带，因愁而致），极言相思之苦。下片分写三幅画面，一写梅子黄后，梅雨未停，洒落林梢。一写池塘上暮色中，经雨花朵，似深含幽怨。此二幅皆写景。最后写悬想之景，当明月又生临照楼头之时，不知意中人还在否，"宫眉"指女子。全词情景相生。

风 入 松

听风听雨过清明，愁草瘗花铭①。楼前绿暗分携路，一丝柳、一寸柔情。料峭春寒中酒，交加晓梦啼莺。　　西园日日扫林亭，依旧赏新晴。黄蜂频扑秋千索，有当时、纤手香凝。惆怅双鸳②不到，幽阶一夜苔生。

【注释】

①瘗花：即葬花。铭：文体名，南朝梁庾信有《瘗花铭》。草：起草、拟稿。
②双鸳：指女子的绣鞋。

【赏析】

此为怀人之词。全词以愁起，"听风听雨过清明"，是具体状其愁状，清明时节雨纷纷，催人愁绪，而听风听雨之人，能不为之断魂？两用"听"字，写出了听时之久，听者心灵之为风雨所牵，状出其孤寂无聊之绪、时序惊心之感。既有风雨，则必有凋谢之花，于是有"愁草瘗花铭"之举，亦犹《红楼梦》中黛玉之葬花及撰葬花词，其感于外物所生之愁绪难以自已。"楼前"以下三句，以"分携路"进一步具体点出愁绪的内涵，并用"一丝柳，一寸柔情"喻状虽已分离而尚忆得意中人柔情似柳丝，正因为如此，故风雨落花,样样催愁暗生。接着写春寒病酒,加上晓梦啼莺,把相思写入酒后梦境,更深一层。下片写清明过后,天气晴暖,作者不免行打扫林亭、赏玩新晴之旧事。然眼前景色,总使他思及伊人,"黄蜂频扑秋千索,有当时纤手香凝",此语侧面写人情深语痴,设想奇妙。于是"惆怅双鸳不到",使"幽阶一夜苔生"。"一夜苔生",语似夸张,但表达爱而不见想望成空的苦恋之情,更见其凄婉动人。

朝 中 措

晚妆慵理瑞云盘①,针线傍灯前。燕子不归帘卷,海棠一夜孤眠。　　踏青人散,遗钿满路,雨打秋千。尚有落花寒在,绿杨未褪青绵。

【注释】

①瑞云盘:指女子发髻。

【赏析】

这是一个春天的两幅景象:灯下寂寞的思妇和远处寂寞的春景。前片,这位美丽的女主人公因心上人远行他乡,而懒得梳妆打扮。一味坐在灯前,借操持针线打发时光。暮色降临,却仍然门帘高卷。说是等待燕子归巢,恐怕更是存一丝侥幸等待心上人回来。海棠花本无所谓孤独寂寞,而说它一夜孤眠,不是移情于花,借可怜花来可怜自己夜夜孤眠,又是什么?

后片的春景描写,"踏青"三句,借路上满是白天士女游人所遗失的钗钿簪珥,暗示踏青之人非常拥挤,非常快活和热闹。这与闭门独处的伤心人成为鲜明的对照。白天过去了,游人散去,留给黄昏的只有惆怅落寞,暮雨纷纷更强化了这种氛围。"尚有落花寒在"两句,既是写眼前实景,也是女主人公的一种心理感受。春寒使花落,春寒亦使人老。春雨打在海棠花上,使她觉得自己的青春花容也在一天天衰败。是春寒?是心寒?还是因心寒而倍觉春寒?不言而喻。

173

西 江 月

青梅枝上晚花①

枝袅一痕雪在,叶藏几豆春浓。玉奴②最晚嫁东风,来结梨花幽梦③。　香力添熏罗被,瘦肌犹怯冰绡。绿阴青子老溪桥。羞见东邻④娇小。

【注释】

①吴文英《梦窗丙稿》此词别题作"赋瑶圃青梅枝上晚花"。
②玉奴:仙女、美女,比喻梅花。
③梨花幽梦:王建《梦看梨花云歌》:"薄薄落落雾不分,梦中唤作梨花云"。
④东邻:指绝世美人。

【赏析】

词咏的是一种稀见的自然景观,梅树结子之时枝头仍有少数梅花在开放,梅花与梅子同枝。词人将这几朵晚花想象和形容得如此娇美、名贵、楚楚可怜,简直就是他梦中心中的美丽公主!

"枝袅"二句分别描写枝头的梅花和梅子。以一痕雪形容梅花,在这里特别贴切。一是花白如雪;二是易于零落,如同春天的雪易于融化;三是稀少,枝头星星点点的白色仿佛残雪欲尽。故词人谓之一痕残雪。再著一"袅"字,更给人以如虚如幻、缥缈如烟的感觉。叶藏梅子,梅子又藏贮着浓浓的春意。亦不失为奇思妙想。"玉奴"二句将这几朵梅花想象为绝色美人,还沉沉于幽梦之中。远远落后于她的姊妹们,尚未离枝嫁给东风(被风吹落)。下片,梅花的芬芳就如同是美人罗被上散发出来的熏香气息。而梅花欲落未落、欲残未残的样子,在词人的眼中也化作美人娇躯瘦弱,仿佛连冰绡薄纱衣的重量也禁受不起。一边是一天比一天浓密的绿阴,一天比一天繁多的梅子,而另一边却是越来越稀少和瘦弱的天仙美人;一边是老去的绿阴和梅子，一边却是未嫁的东邻小女儿！词人无限怜惜之情，尽在不言中。

浪　淘　沙

灯火雨中船，客思绵绵。离亭春草又秋烟。似与轻鸥盟①未了，来去年年。　　往事一潸然，莫过西园②。凌波③香断绿苔钱。燕子不知春事改，时立秋千。

【注释】

①鸥盟：喻隐居湖山，与鸟类为友。
②西园：吴文英客寓临安时的寓所。
③凌波：曹植《洛神赋》形容洛神在水上行走为"凌波微步"。此处指所思念的女子的踪迹。

【赏析】

吴文英是南宋后期著名的江湖词客。原姓翁氏，后过继他人改姓吴。成年后长期漂泊江浙间的绍兴、苏州、杭州等地，依人施食。此词写他漂泊中重到临安（今杭州），寻访故园旧居，追忆当年的情人。

"灯火雨中船"，一句写尽他无数的漂泊经历，风雨之中，日日夜夜，"来去年年"。如今又买舟归来，当然感慨万千。下片写重访西园。这个西园《梦窗词》中曾多次提到，是词人与一位女子曾经共同居住过的地方。而今人去园空，一片荒芜，词人已到园中却又偏偏惊呼莫来此地。这种矛盾正是他日夜梦魂萦绕，又不忍重睹旧景的心理的生动表现。当年是秋千和欢乐的佳人，今天却是秋千和寂寞的燕子！今与昔、春与秋、来与去、人与鸟、我与她交织成一片凄风苦雨。词人忽而顾左右而言他，忽而潸然泪下直诉心曲。

高 阳 台

丰乐楼①分韵得"如"字

修竹凝妆②，垂杨驻马，凭栏浅画成图。山色谁题？楼前有雁斜书。东风紧送斜阳下，弄旧寒、晚酒醒余。自销凝，几许花前，顿老相如③。　　伤春不在歌楼上，在灯前敲枕，雨外④熏炉。怕有游船，临流可奈清癯。飞红若到西湖底，搅翠澜、总是愁鱼。莫重来，吹尽香绵，泪满平芜。

【注释】

①丰乐楼：在临安涌金门外。"据西湖之会，千峰连环，一碧万顷"。(《临安县志》)为当时著名景观。
②修竹凝妆：杜甫《佳人》诗："天寒翠袖薄，日暮倚修竹。"
③相如：汉司马相如，喻指词人自己。
④雨外：雨中、雨天中。

【赏析】

丰乐楼是临安西子湖畔的著名胜迹之一。周密《武林旧事》卷五载："(丰乐楼)，宏丽为湖山冠……春时游人繁盛。旧为酒肆，后以学馆致争，但为朝绅同年会拜乡会之地。"吴文英曾大书其《莺啼序》词于楼上，为都人哄传。然而，吴文英的这首登临词，却无意于表现这些令人酣醉的湖山之美。相反，它却渲染了一种忧患心绪，紧张迫促、无可奈何之中，对此江山惟有"泪满平芜"，欲哭无声！

上片"修竹"五句总写登临所见。修竹、垂杨概括西湖景致，凝妆之女、驻马之男概括湖上游人。如此简洁即构成一幅西湖游赏图。"浅画"不妨作双向理解：既是说西湖之美自然如画，不须多拈景物凑成；也是说自己无心细赏湖光山色，故只是三笔两笔作此"速写"。那么，又有谁来为这幅巨大的画面题款呢？大雁列队从楼前飞过,不正是书写在天幕背景上的大字吗?"东风"以下五句抒发登临情怀:斜阳在东风的"紧送"之下匆匆西沉,让词人觉得自己的青春也被匆匆送走,顿成为衰老诗翁。还有一层意思词人未说破:大好的湖山风月、美丽的西湖春色也在被匆匆地紧送而去!正因为如此,词人才格外感到心情沉重,怆然泪下!

下片撇开登楼,另起波澜,用"不在……在……"句式,将前面所写的种种痛苦轻轻拂在一边,而把更为巨大的悲哀和盘托出。词人伤春之怀,在灯下枕前独自听雨的时候,在临流窥见自己消瘦的容颜的时候,尤其强烈。"愁鱼"二字铸语奇特。庄子曾与友人游濠梁之上,将己心度鱼之心而谓鱼游从容,"是鱼之乐也"(见《庄子·秋水》)。词人移愁于鱼,见鱼戏绿波、吞落花,便觉它一身是愁。"莫重来"三字,实是词人无法再承受如此巨大的感情冲击。乃于泪眼模糊之中结束登楼,也结束了全词。

思 嘉 客

迷蝶无踪晓梦沉①,寒香深闭小庭心。欲知湖上春多少,但看楼前柳浅深。　　愁自遣,酒孤斟。一帘芳景燕同吟。杏花宜带斜阳看,几阵东风晚又阴。

【注释】

①迷蝶句:谓梦为蝴蝶。典出《庄子·齐物论》。

【赏析】

词人重来寓居临安,旧日的情侣已香消玉殒。他抱恨独处,心境不好,宁愿将自己关闭在深院小楼之中,也不肯外出春游。"晓梦"谓其起身甚迟,早晨仍深深地徘徊在梦中。"欲知"两句,写他醒来之后的思绪飞到了西湖之上。是在追怀当年与爱妾一起携手同游的情景?还是在边咀嚼自己的孤独,边想象他人的欢乐?

下片写起身之后借饮酒排遣春愁,惟有燕子呢喃相伴。杏花本为美好之物,词人却偏觉得宜于黄昏夕阳。春风拂煦本令人陶醉,却偏偏带来了阴晦天气!在词人眼中,一切仿佛都蒙上了一层淡淡的忧伤和惆怅。

采桑子慢

九　日

　　桐敲露井,残照西窗人起。怅玉手曾携,乌纱①笑整风攲。水叶沉红,翠微云冷雁慵飞。楼高莫上,魂销正在,摇落江蓠。　　走马断桥②,玉台妆榭,罗帕香遗。叹人老、长安③灯外,愁换秋衣。醉把茱萸细看④,清泪湿芳枝。重阳重处,寒花怨蝶,新月东篱。

【注释】

①乌纱:指诗人之帽。此二句暗用孟嘉九日登高风吹落帽之事。见《晋书·孟嘉传》。

②断桥:在西湖北岸白堤上。

③长安:唐朝都城,借指南宋都城临安。

④醉把句:杜甫《九日蓝田崔氏庄》:"明年此会知谁健?醉把茱萸仔细看。"茱萸:酒名。

【赏析】

　　九月九日重阳节,是传统的登高佳节。而我们这位不幸的词人既没有登山也没有登楼,只是抱枕沉睡(醉)了一整天,直到夕阳斜照西窗。词,就从这里开始写起。

　　上片描写初起后的情景。秋风梧桐唤醒了词人,却无法使他摆脱对心上人的怀念。"怅玉手"两句,词人想起当年重阳佳节携美人共同登高,风吹帽斜,美人亲为整冠,其风雅又岂在古代名士孟嘉之下?如今万事皆休,她一去不返,消息全无:题诗于红叶,叶沉水底;托书于大雁,雁懒不飞。登楼远眺也只会带来黯然神伤的结果，还是莫上为好。

愁肠千回、万般无奈之中，词人漫步徘徊于东篱菊花下，"走马断桥"三句为双重反衬：以士女游人之欢乐反衬一己之凄苦，以重阳节白日的游人如云反衬黄昏的无限冷落。"叹人老"以下，思路又从爱情不幸转到个人身世遭遇的不幸。重来临安，干谒无成，惟有形影相吊，因此倍感衰老和寂寞。痛饮茱萸酒，洒泪湿花枝，实是哭自己的爱情与功名之悲剧遭遇。末三句以景作结束，将时间由夕阳西照的黄昏推至新月一轮的夜晚，暗示词人正徘徊东篱之下，与菊花粉蝶为伴，共度重阳之夜。

三 姝 媚

过都城①旧居有感

湖山经醉惯，渍春衫、啼痕酒痕无限。久客长安②，叹断襟零袂，涴尘谁浣？紫曲③门荒，沿败井、风摇青蔓。对语东邻，犹是曾巢，谢堂双燕④。　　春梦人间须断⑤！但怪得当时，梦缘能短⑥。绣屋秦筝，傍海棠偏爱，夜深开宴。舞歇歌沉，花未减、红颜⑦先变。伫久河桥欲向，斜阳泪满。

【注释】

①都城：指临安，杨铁夫《吴梦窗词笺释》说："疑此词必作于宋亡以后，盖黍离之什也。"

②久客：一作又客。长安：指临安。

③紫曲：长满紫丁香的幽径。

④谢堂双燕：刘禹锡《乌衣巷》："旧时王谢堂前燕，飞入寻常百姓家"。

⑤须断：终断、应断、必断。

⑥能短：这样短。

⑦红颜：指自己的青春容颜。

【赏析】

　　一个落拓无所依倚的江湖词人踽踽独行向我们走来！散发披襟，步履踉跄，寻寻觅觅，又向着荒废已久的故居走去。

　　故居满目凄凉：门也荒了，井也败了，到处爬满野草蔓藤。废墟败壁之中只有当年的华堂双燕，仍然飞来飞去！

　　自己的衰老落魄，故居的荒芜残破在词人心中掀起巨大的感情波澜。明知世间美好之事物如同春梦，终有结束之时，只是可惜这些春梦太短。"绣屋秦筝"以下五句作今昔对比。昔日于花丛中设宴歌舞，花与人俱盛、俱欢，而今天"舞歇歌沉"，美人一去不返，花虽依旧而人已老矣。正是"年年岁岁花相似，岁岁年年人不同"（刘希夷《代悲白头翁》）。最后，词人久久地伫立在夕阳之中，凝视着故居废苑，仿佛看到了随着夕阳西沉，他的一切青春、爱情、生命热力都在悄悄离他而去！

　　这首词写得沉郁凄迷，读来令人心碎。词人以生动而朴实的笔触塑造了一个江湖词人的自我形象，同时也借吊亡怀旧叙述了自己的爱情悲剧。许多学者认为该词作于宋亡以后，词人于凭吊故居之中深寓家国河山之痛，吊故居亦是吊故国。这种见解是很有道理的。

翁元龙

　　翁元龙字时可，号处静，时人又称静翁，四明（今宁波）人。为著名词人吴文英的亲兄弟。周密《浩然斋雅谈》卷下记载："翁元龙字时可，号处静。与吴君特为亲伯仲。作词各有所长。世多知君特，而知时可者甚少，予尝得一编，类多佳语。"曾客居宋末名公杜范的门下。翁元龙曾经有词集刻于当时，但今已不传，流传至今的作品仅20首。大多刻画风月时序，描写爱恋相思，笔触细腻，构思精巧，较多接近吴文英的风格。杜范《跋翁处静词》评价说："观翁君时可之作，如絮浮水，如荷湿露，萦旋流转，似沾未著。岂非游戏翰墨之妙耶？"（《杜清献公集》卷十七）

水 龙 吟

雪霁登吴山见沧阁①,闻城中箫鼓声。

画楼红湿斜阳,素妆褪出山眉翠。街声暮起,尘侵灯户,月来舞地。宫柳招莺,水薚②飘雁,隔年春意。黯梨云,散作人间好梦③,琼箫在、锦屏底④。　　乐事轻随流水。暗兰⑤消、作花心计。情丝万轴、因春织就,愁罗恨绮。昵枕迷香,占帘看夜,旧游经醉。任孤山、剩雪残梅,渐⑥懒跨、东风骑。

【注释】

①吴山,在杭州城南。春秋时为吴南界,以别于越,故曰吴山。一说,以伍子胥故,讹伍为吴,故郡志亦称胥山。见沧阁,在吴山下宝奎寺中,阁旁有宋理宗御书"见沧"二字石刻。
②水薚:蓼的一种,又名大蓼,生长水边。有穗状红花。
③黯梨云二句:用王建梨云梦诗意。见吴文英《西江月》注③。
④底:中、旁、内。锦屏底:谓花丛之中。
⑤暗兰:指兰釭(灯盏)的火苗。
⑥渐:正、正当。

【赏析】

这是一首登临抒怀之作,上片叙所见,下片叙所感,作于某一冬季岁除的前后。

吴山见沧阁,据田汝成《西湖游览志》称该处"奇石峭拔,东望海门,如在咫尺"。词人于登临之时,忽闻城中传来箫鼓之声,乃举首遥望,感慨赋词。"画楼"二句扣住雪霁登高落笔。"素妆"指山间的积雪,积雪渐消而渐显现出青苍山色。"红湿"二字极富有表现力,形容融雪之时夕阳染红了见沧阁。红色的落日,彩色的高楼,白色的积雪,青翠的山峦……构成一幅静谧的吴山落照图。"街声暮起"以下,写"闻城中箫鼓声"及眺望所见。此时月上中天,

181

临安城中万家灯火。士女百姓皆沉醉在繁华歌舞之梦中。"舞地"即歌舞之地。这里我们感觉到词人胸中仿佛正涌动着一种悲哀，是被排斥在歌舞升平之外的悲哀呢？还是屈原式的（"众人皆醉而我独醒"）、杜甫式的（"回首可怜歌舞地，秦中自古帝王州"）悲哀？读者自己体会。

后片抒发愁怀。"乐事"句换头换笔，结束登临，另写归来独宿。"暗兰消"句是说兰灯油尽，灯花跳跃越来越暗。此时独卧青灯之下，思绪万千。情丝（谐音思）之多简直可以织成愁与恨的罗绮。"昵枕"以下，先昵枕，后占帘，乃是写其辗转难眠卧而复起的情状。词人想象，此时西湖的孤山上一定是春意荡漾，雪渐残，梅花渐稀，而自己再也没有兴致去游赏了。

词流露出一种悲凉萧瑟的况味，与作者漂泊四方的江湖词人身份倒是十分吻合的。

风 流 子

闻桂花怀西湖[①]

天阔玉屏空，轻云弄、淡墨画秋容，正凉挂半蟾[②]，酒醒窗下，露催新雁，人在山中。又一片，好秋花占了，香换却西风。箫女[③]夜归，帐栖青凤，镜娥妆冷，钗坠金虫[④]。　　西湖花深窈，闲庭砌、曾占席地歌钟。载取断云归去，几处房栊。恨小帘灯暗，粟肌消瘦，熏炉烟减，珠袖玲珑。三十六宫[⑤]清梦，还与谁同？

【注释】

①赵闻礼《阳春白雪》此词题作"木樨"。木樨一名岩桂，即桂花。
②半蟾：指半圆的明月。
③箫女：箫史之妻弄玉。
④金虫：女子头饰上的细链悬垂物。
⑤三十六宫：汉代有三十六宫殿。此处泛指重重深宫、宫殿众多。

【赏析】

词咏桂花，由山中之桂而忆及西湖之桂，由西湖之桂而唤醒一片往事的记忆。

"天阔"以下六句，为桂花的出现勾勒了一个十分清雅宁静的环境背景：凉月半圆、诗人酒醒、大雁初飞、空山滴露——于是，桂花成片出现在我们眼前，"又一片"以下七句正面描写桂花：前三句实写，紧扣词题"闻桂花"，谓满眼桂丛（视觉），风送馨香（嗅觉）。后四句虚写，想象桂花乃吹箫引凤的仙女弄玉之魂魄所化，夜半归来，满树的桂花颗粒宛如其发钗上悬坠的无数金虫饰物。

山中之桂引发了词人对西湖之桂和西湖佳人的怀念。西湖除了梅花特别繁多之外，桂花也很著名。"断云"指片云，也就是所谓的巫山朝云，暗指歌妓美人，词人想起当年花开西湖，自己曾经携美人于桂花丛中，听歌舞、饮美酒、拥香围玉。"恨小帘灯暗"六句似是写美人，又似是写桂花，竟使人难以分辨。词人携之而归、爱怜不已的是芳香如桂的美人？还是"箫女夜归"化成的桂花？人与花，花与人，在词人心底笔底，已经朦胧地合二为一了。

醉 桃 源

柳

千丝风雨万丝晴，年年长短亭①。阇黄②看到绿成阴，春由他送迎。　莺思重，燕愁轻，如人离别情。绕湖烟冷罩波明，画船移玉笙。

【注释】

①长短亭：古代大道旁设置的驿亭。五里一短亭，十里一长亭。
②阇：与暗通。阇黄指柳枝初芽的颜色。

【赏析】

柳，谐音"留"。此词咏柳，亦是泛咏离情。

上片写路旁之柳，年年春来千丝万缕。既为人送行，也迎来春天、送走春天。下片写西湖之柳，"绕湖烟冷"的"烟"指柳烟。西子湖万柳如云，环湖低垂，"西湖十景"中就有"柳浪闻莺"一景。莺和燕是柳条必不可少的陪衬物。但离别之人以愁眼观之，移愁于物，故觉西湖柳丛中的莺歌燕舞反而是莺思燕愁，徘徊飞翔于依依杨柳之中，仿佛也是在含愁送别。词语言清丽浅显，画面玲珑，宛似一幅小小的风景画。

谒 金 门

莺树暖，弱絮欲成芳茧①。流水惜花流不远，小桥红欲满。

原上草迷离苑，金勒②晚风嘶断。等得日长春又短，愁深山翠浅。

【注释】

①芳茧：指被风吹滚成团状的絮花。
②金勒：游人所骑的马。

【赏析】

这是一首春曲。上阕春景，柳絮在春风中满地起舞，滚成一个个絮球，如同洁白的蚕茧。落花如雨，流水因爱惜春天、爱惜落花而不忍将它们匆匆带走，故小桥下的水面上漂满了红色花瓣。下阕春情：痴情的佳人望着萋萋芳草，盼望远游之人归来。但又到黄昏，又到春晚，仍然没有游骑的踪影！随着春去夏来，山峦的苍翠之色逐渐变深，但与她的深愁相比，仍然是浅。流水有情，游子无情，是一重对比；山色深浅与愁怀深浅又是一重对比。

绛 都 春

秋晚,海棠与黄菊盛开

花娇半面,记蜜烛夜阑,同醉深院。衣袖粉香,犹未经年如年远。玉颜不趁①秋容换,但换却、春游同伴。梦回前度,邮亭倦客,又拈笺管②　慵按,《梁州》③旧曲,怕离柱断弦,惊破金雁④。霜被睡浓,不比花前良宵短。秋娘⑤羞占东篱畔。待说与、深宫幽怨。恨他情淡陶郎⑥,旧缘较浅。

【注释】

①趁:逐、随。
②笺管:纸和笔,谓吟咏作词。
③《梁州》:又作《凉州》,唐代著名的乐曲之一,传为西凉人所献。
④金雁:喻指琴之弦柱斜排成行,如同雁阵。
⑤秋娘:美人的代称,此处喻海棠花。
⑥陶郎:爱菊之人陶渊明。其《饮酒》诗中有"采菊东篱下,悠然见南山"的名句。

【赏析】

这是一首咏秋海棠花的词。黄菊,只是一个陪衬。海棠多半开于春天,与蔷薇、梨花大致同时。因此当词人发现它伴着菊花顶着秋霜开放在东篱之旁的时候,不免感到惊喜万分。

看着她娇容半绽,词人记起春天里曾与此花为伴,曾举烛赏花醉卧花下。如今再度相遇,衣袖上的旧香还未散尽。她美貌如故,倒是将春游的同伴蔷薇和梨花换成了秋友黄菊。"邮亭倦客"谓词人自己漂流在外。菊花召唤着倦游之人归隐,秋海棠又勾起多情人之春梦!温柔乡、水云乡双双撞击着词人心灵,激起他无限诗思。

下阕,词人因心境不同而不愿再像当时赏春海棠那样来欣赏秋海棠。他宁肯静静地陪伴着她浓睡,默默观玩。而不再弹琴、醉酒、举烛,无休止地打扰这位秋美人。"秋娘"数句是说,菊花为山野隐逸高人,而海棠好比深宫中幽居的美女。她含羞来到山野篱畔,仿佛在向菊花诉说深宫幽怨之情!只可惜陶渊明隐居田园,一味爱赏菊花,与海棠缘分太浅。

这首咏花词将赏花之人也一并摄入镜头,人、花同在,因此写得格外有情。

郑 楷

郑楷字持正,号眉斋,三山人。曾著有《文房拟制表》一卷,传世之词仅此《诉衷情》一首。

诉 衷 情

酒旗摇曳柳花天,莺语软于绵。碎绿未盈芳沼,倒影蘸秋千。 奁玉燕,套金蝉①,负华年。试问归期,是酴醾后?是牡丹前?②

【注释】

①玉燕、金蝉:皆女子头饰。
②酴醾:又作荼蘼,夏季开花。牡丹,春末开花。

【赏析】

我们眼前展现出这样一幅图景:旖旎的春光中,一位美丽的少妇正轻快地忙碌着在镜子前梳妆打扮自己。忽然间心头涌上一阵哀愁,不由停下手来轻轻自问:他会什么时候回来呢?赶得上这个春天吗?

全词的妙处只在末尾三句,借花时代指归期,问心上人春天回来还是夏天回来,生动地写出了这位女子含蓄可爱的性格,此为一。女主人公满院春花,日与群花为伴。她如此问法,实亦希望心上男子归来之日,能够双双醉卧花丛,双双携手赏花,此为二,同时她也觉得自己的芳容如同春天的花朵，随着春天的离去而逐渐凋零，故而渴望他赶在鲜花怒放的盛时归来，不管是牡丹之前，还是酴醾之后，只要花还在，自己还美丽就行！此为三。一段心曲，全在这低眉自语自问之中流露出来。

黄孝迈

黄孝迈，字德文，号雪舟。宋末理宗时词人，与刘克庄有交游。有《雪舟长短句》，不传。今存词仅四阕。

湘春夜月

近清明，翠禽枝上消魂。可惜一片清歌，都付与黄昏！欲共柳花低诉，怕柳花轻薄，不解伤春。念楚乡旅宿，柔情别绪，谁与温存？　　空樽夜泣，青山不语，残月当门。翠玉楼前，唯是有、一波湘水，摇荡湘云。天长梦短，问甚时、重见桃根①？这次第②，算人间没个并刀③，剪断心上愁痕。

【注释】

①桃根：晋王献之的爱妾。此处借指旧日的情侣。
②次第：光景、情形。
③并刀：并州剪刀，以锋利著称。

【赏析】

这是一阕孤独者的歌。词人漂泊楚中，正遇清明时节。"独在异乡为异客"，满眼景物无不唤起词人的寂寞之怀。对枝上翠鸟——翠鸟无情，一片欢歌。可惜这悦耳的声音无人共赏，徒然回荡在黄昏之中。对漫天柳花——柳花轻薄，不懂人的伤春情绪。如是则清明花鸟无一可托心事。

后片又写青山不语，湘水自流。在漂泊者眼中，无论翠鸟、柳花，还是青山、云水，都呈现出一副副冷漠无情的神态。陌生的孤独者只有对月自饮自醉,酒入愁肠化作相思泪。只有问天和问自己何时能够与心上人重逢。面对这样的痛苦折磨,词人连一把锋利的并刀也没有,他无法解脱自己!

这首《湘春月夜》,系词人自度的曲调,词牌即是词题。后人评价甚高,誉其"风度婉秀,真佳词也!"

水 龙 吟

闲情小院沉吟,草深柳密帘空翠,风檐①夜响,残灯慵剔,寒轻怯睡。店舍无烟,关山有月,梨花满地。二十年好梦,不曾圆合,而今老、都休矣。　　谁共题诗秉烛?两厌厌②、天涯别袂。柔肠一寸,七分是恨,三分是泪。芳信不来,玉箫尘染,粉衣香退。待问春,怎把千红换得,一池绿水?

【注释】

①风檐:指屋檐下悬挂的小铁片,又称铁马,风吹有声。
②厌厌:病态的样子。

【赏析】

这是首暮春羁旅岭。江南的暮春本是非常富有诗意的。"暮春三月,江南草长,杂花生树,群莺乱飞。"(丘迟《与陈伯之书》)到处充满了生命和欢乐。但这位疲惫衰老的词客却于深春之中看到了生命的凋零,看到了一片眼泪!

他深夜徘徊沉吟于庭院之中,是因为风吹檐间铁马,无法入睡,而无法入睡的原因又是寄旅于店舍之中,没有烟火,只有孤月,情怀恹恹;这一切又是因为与爱侣二十年好梦难圆,倏然已老所引致。整个上阕用一种倒卷而出的方法层层写来。读到"而今老、都休矣",我们才理解他为什么没有注意群莺乱飞的景象,却看到了梨花满地。为什么正是"春眠不觉晓"的时候,他却徘徊沉吟无法入睡。

下阕直探内心,承首句细道沉吟之事。"柔肠一寸"三句形容自己愁肠寸断,而恨多泪少。这种"成分分析法"多属一种情语、痴语。叶清臣就有"三分春色二分愁,更一分风雨"(《贺圣朝》)的名句。苏轼咏杨花也说:"春色三分,二分尘土,一分流水。"(《水龙吟》)歇拍"待问春"三句也是痴情人之痴语。春去无情,他自己生命的春天也正在匆匆消逝!因此忍不住要问春天为何如此来去匆匆。

这首词曾经得到当时著名词人刘克庄的极口称赞,谓其中清辞丽句可与秦观、晏几道等名家相媲美。

江 开

江开字开之,号月湖。事迹不详,约是宋末江湖之辈。赵闻礼《阳春白雪》也选有他的词。

浣 溪 沙

手捻花枝忆小蘋①,绿窗空锁旧时春,满楼飞絮一筝尘。素约未传双燕语,离愁还入卖花声,十分春事倩行云。

【注释】

①小蘋:晏几道歌妓名。此处借指自己所思恋的歌女。

【赏析】

唐代有一个名妓关盼盼,嫁张建封而居住在燕子楼上,后张氏病殁,"盼盼念旧爱而不嫁,居是楼十余年,幽独块然"(白居易《燕子楼诗序》),成为当时文人争相传颂的故事。这首《浣溪沙》小词,也是写小楼独居忆情人,但主人公却是位男子。

他把春天锁在窗外,把自己封闭在记忆之中。小楼里的时间永远停留在那个春天。燕子再也没有带来远方的消息,楼前的卖花声却给他带来烦恼。也许小蘋过去特别爱花？也许他曾和小蘋无数次买花，赏花？也许小蘋特别貌美如花，从而花成为他们爱情的象征？

杏花天

谢娘①庭院通芳径，四无人、花梢转影。几番心事无凭准，等得青春过尽。　秋千下、佳期又近，算毕竟、沉吟未稳。不成②又是教人恨？待倩杨花去问。

【注释】

①谢娘：美人的代称，多指歌妓。
②不成：难道。

【赏析】

痴情的歌妓年复一年地等待她的"白马王子"，等得日移花影太阳西沉，等得春天过尽芳颜欲老，等得她信心动摇，禁不住再次疑惑起来：难道会又一次落空，在层层叠叠的旧愁上更添一段新恨？请"蒙蒙乱扑行人面"的杨花去打探消息，实是她无人可托心事。空等之中生出无限空虚，空虚之中又生此无凭空想。

谭宣子

谭宣子字明之，号在庵，精于音律，能自度曲。赵闻礼《阳春白雪》选其词多达十余首。他的词风格纤细绵丽，但也有少数刻意模拟姜夔的笔法，格调凄苦清远，耐人寻味。

谒金门

人病酒，生怕日高催绣。昨夜新番花样瘦，旋描双蝶凑。

闲凭绣床呵手，却说春愁还又。门外东风吹绽柳，海棠花厮勾①。

【注释】

①厮勾：宋代方言，犹言贴近、相接。

【赏析】

这首词写得很有意思。女主人公设计勾画了一幅新的双蝶图案，打算将它织绣出来。这幅图案本来表达了她的美好愿望，她希望自己爱情幸福，能像双蝶一样与意中人永远厮守在一起，须臾不分。

但是，这幅图案在寄寓了她美好感情的同时，也深深刺伤了她的芳心。双蝶翩翩起舞，多么自由幸福。而现实中的自己却寂寞一人，在大好春光中虚度时日，爱情无缘！这不由令她生出一份妒意，并且害怕看这幅双蝶图案。昨夜病酒，是因为它勾起了伤心事；辗转不起，"生怕日高催绣"，也是因为怕重新见到它。不得已起身后坐到绣床架前，又迟迟不肯下手。呵手畏寒是假，春愁又上心头是真。绿柳低拂，海棠花开，为女主人公注目所在，也是她一春的仅有伴侣。

江 城 子

咏　柳

嫩黄初染绿初描，倚春娇，索春饶①。燕外莺边，想见万丝摇。便作无情终软美，天赋与、眼眉腰。　　短长亭②外短长桥，驻金镳，系兰桡③。可爱风流，年纪可怜宵。办得重来攀折后④，烟雨暗，不辞遥。

【注释】

①饶：与娇义同，形容春色美丽。

②短长亭：路边或水边的驿亭。

③镳：马嚼。金镳，指行人所骑之马。兰桡，指行人所乘之舟。

④办得句：据张相《诗词曲语辞汇释》，"办得"为"准备"义，"后"字与"啊"字同义。

【赏析】

咏物之作大抵有两种不同的写法：一种是直接写法，咏其形状特征，包括夸张比喻，拟人移情等。是一种就物咏物的办法；还有一种引申写法，通常表现该物的象征意义，特别着眼于物心、物性、物品（格），着眼于物与人之关系。这首咏柳词的前遍和后遍，就是分别采用了直接写法和引申写法。

初春时节柳条抽芽吐绿，仿佛有一位看不见的春神一夜之间染遍了嫩黄（柳芽之色），描遍了绿色（柳叶的颜色）。它们婀娜多姿，占尽春光，引来无数流莺飞燕。令人想见不久后的春末夏初，这些稀疏的垂柳将变得万柳如云，万丝摇曳。"便作"二句，柳叶初芽形如凤眼初开，故称柳眼；柳叶细弯如同秀眉，故又称柳眉；而柳条柔软摇曳如同女子之细腰款摆扭动，故又称柳腰。有眉有眼有腰，这柳条竟是一个活生生的亭亭玉立的少女了！

后遍言人们赋予柳的象征意义。柳谐音"留"，因此自然成为赠别的信物，相思的载体。"短长亭外"五句谓杨柳生于道旁、桥边、水畔，长条垂地。送别之人取为缰绳则可挽留住欲将远行的车马，取作缆绳又可系住欲将张帆而去的行舟。这些柔嫩无比的柳条正值二八芳龄，楚楚动人，令你无论如何也难以离去。我们实在也弄不清楚，这里究竟是人留人呢，还是柳留人？歇拍"办得"三句，谓远行之人时刻害怕那"可爱风流，年纪可怜宵"的柳条（喻所爱恋的美人）被他人所攀折。故而总准备着归来攀折入手，修盟结好，如此之后才能放心远行，再遥远的行程也不在乎！

陈逢辰

陈逢辰，字振祖，号存熙。事迹不详。传世之词仅此二首。

乌 夜 啼

月痕未到朱扉。送郎时，暗里一汪儿泪，没人知。揾①不住，收不聚，被风吹。吹作一天②愁雨，损花枝！

【注释】

①揾：揩拭、擦。
②一天：满天。

【赏析】

这是一首非常优秀的抒情小唱。女主人公月夜送别自己的情郎，分手之际眼泪一个劲往外涌，她却悄悄忍住了没有让别人看见。等到情郎渐渐远去，她的感情犹如山洪暴发。泪如倾盆之雨，擦也擦不干，忍也忍不住，被风吹成漫天愁雨，欲将繁花淋落！"损花枝"为双关语，暗示泪飞如雨的痛哭伤了她的花容月貌。

此词言语通俗流畅，极有民歌风味。感觉上纯是女主人公的口吻哭诉而出。

西 江 月

杨柳雪融滞雨，酴醿玉软欺风。飞英簌簌扣雕栊，残蝶归来粉重。罨画①扇题尘掩，绣花纱带寒笼。送春先自费啼红，更结疏云秋梦②。

【注释】

①罨画：彩色绘画。《丹铅总录》："画家有罨画，杂彩色画也。"
②先自：已自，"先自……更……"是一种加倍写法的句式。

【赏析】

这是阕伤春词。上片写雨中春景，当系闺中女子倚窗所见："杨柳"句是说轻飏如雪花的柳絮被雨之后变得粘滞,"酴醾"句是说荼蘼花白色的花瓣软软地耷拉下来,在风雨中摇摆不已。"飞英"二句,落花纷纷扑打在门窗上,蝴蝶遭雨淋之后匆匆归来,双翅沉重。

下片写佳人伤春。扇上题诗是当年才子情郎所为,诗画之中保留着一段"歌尽桃花扇影风"(晏几道《鹧鸪天》)的记忆。但如今他已远去,这把扇子也只好被尘埃所埋。"绣花纱带"也是她昔日的舞衣,久已不穿,寂寞地挂在一边,仿佛笼罩着一层寒气,春天将尽本来就已使她伤心不已,偏偏又梦入寒秋,无限凋零衰飒!

楼 采

楼采字君亮,鄞(今浙江宁波)人。嘉定十年(1217)登进士第。其词在宋末较流行,但多与赵闻礼等人的作品混淆。今存六首。清人沈雄《古今词话·词评》卷上说:"楼君亮词,见于草窗(周密)所选者,《瑞鹤仙》、《玉漏迟》、《二郎神》、《法曲献仙音》、《好事近》、《玉楼春》诸阕,词意具足,而又工力悉敌者也。"

瑞 鹤 仙

冻痕销梦草①,又招得春归,旧家池沼。园扉掩寒峭,倩谁将花信,遍传深窈?追游趁早,便裁却、轻衫短帽。任残梅、飞满溪桥,和月醉眠清晓。　　年小,青丝纤手,彩胜②娇鬟,赋情谁表?南楼③信杳,江云重,雁归少。记冲香嘶马,流红回岸,几度绿杨残照。想暗黄,依旧东风,灞陵④古道。

【注释】

①梦草:池塘边草。谢灵运《登池上楼》诗:"池塘生春草,园柳变鸣禽。"传说此二句系谢灵运梦见族弟谢惠连而吟得,故称梦草。

②彩胜:女子的头饰。

③南楼:文士聚集之所,典出《世说新语》。此处借指男子所在之处。

④灞陵：在长安城东。

【赏析】

这首词一本有题作"立春"。前片咏大地春回，引逗出诗客骚人无限春心，禁不住想要外出痛游一番。春天是悄悄来临的：池塘上冰冻渐消，春草吐绿。诗人发现了春天的足迹，兴奋之余又猜测担忧：谁来把春天的消息、花的信风送到大地的每一个角落呢？担忧归担忧，外出寻春踏春的想法仍然使他激动，使他坐卧不宁。于是换上春装，在纷纷扬扬的落梅中迎接春天，以至于最终醉倒在梅花丛里，月光之下。

后片咏春天给少女心灵带来的冲击。宋代风俗，立春之日无论百官、士女，都头戴各种"金银幡胜"，女子尤然。词中这位二八芳龄的佳人也打扮得满头彩胜，娇艳无比。只可惜无人来欣赏她。心上之人远在他乡，消息全无。不由令她忆从前、想现在："记冲香"三句追忆当初分手的情景，"想暗黄"三句揣度心上人在远方道路间的情景。

玉 漏 迟

絮花寒食路。晴丝罥日①，绿阴吹雾。客帽欺风，愁满画船烟浦。彩柱秋千散后，怅尘锁、燕帘莺户。从②间阻，梦云无准③，鬓霜如许。　　夜永绣阁藏娇，记掩扇传歌，剪灯留语。月约星期，细把花须频数④。弹指一襟幽恨，谩空趁、啼鹃声诉。深院宇，黄昏杏花微雨。

【注释】

①罥：挂碍。

②从：任凭、任从。

③梦云：巫山之云，喻所恋女子。《高唐赋》："妾在巫山之阳，高丘之阻。旦为朝云，暮为行雨。朝朝暮暮，阳台之下。"

④细把句：谓数花须多少来占卜凶吉和日期。

【赏析】

此词与前一阕略有不同，它所叙述的是晚春寒食前后情事。全词描写一位男子寻找失落的旧梦，怀念过去曾爱过的姑娘。

"絮花寒食路"五句，既是作者交代环境、季节、地点，也是词中伤春男子徘徊湖边所见景色。古人"二十四番花信风"排列中，柳花为清明的第三候花，因此首先落墨于柳花、柳树，谓西湖寒食之时柳絮濛濛，游丝四处飘挂，柳树浓荫如烟如雾。更兼之春风拂煦，烟浦画船。这些美丽的风景本应使人陶然而醉，但这位失去青春和爱情的男子却偏偏觉得帽被风欺，满眼是愁。"彩柱"句以下，凭吊西湖旧游之处，秋千仍在而人已不存。"燕帘莺户"喻美人的居处，当与下片"月约星期"语合观。歇拍三句为无可奈何之长叹，既与伊人彼此千里隔绝，见面无期，也只有听从命运，任凭岁月无情流去，白发如霜！

下片，男主人公归来静思前事。追想昔日金屋藏娇，与那位美人一起花前月下诗酒歌舞。"掩扇"二句概括过去记忆中无数难忘之事，已空剩满襟幽恨，惟有独自面对清冷的院宇、点点滴滴的黄昏细雨！

法曲献仙音

花匣幺弦①，象奁双陆②，旧日留欢情意。梦到银屏，恨裁兰烛，香篝夜阑鸳被。料燕子重来地，桐阴锁窗绮。　　倦梳洗，晕芳钿、自羞鸾镜。罗袖冷，烟柳画栏半倚。浅雨压荼蘼，指东风、芳事余几。院落黄昏，怕春莺、惊笑憔悴。倩柔红约定，唤取玉箫同醉。

【注释】

①幺弦：细弦，常用作琵琶的代称。

②双陆：古代博戏的一种。以异木为盘，盘中彼此内外，各有六梁，故名双陆。又名六博、十二棋。

【赏析】

此阕《法曲献仙音》咏美人伤春怀人，晨起倦于梳洗打扮，怀着无聊空虚的心绪半倚画栏，系从典型的"温（庭筠）词意境模式"脱胎而来。

这是一位才貌双全的青楼美人！琵琶和双陆，是他们俩从前共同赏玩之物。同时也暗示出女主人公琴棋书画皆有爱好，不是普通的歌妓。"花匣"与"象奁"形容二物贵重精美，与下文不断点出的环境物象银屏、兰烛、鸳被、鸾镜、罗袖、画栏……共同烘托出一种秾丽的氛围，一种富贵的气象。"梦到"句写睡去，"恨裁"句写醒来，"香篝"句又概括言之。上片发展线索即是：日有所思——夜有所梦——梦罢惊醒——相思到晓。

后片描写次日起身后的情形。"倦梳洗"可以说是昨夜失眠精神倦怠所致，也不妨说是美人因情侣远去他乡而失去了打扮自己的兴趣。照镜而自羞，她在镜中看到的，是一个"粗头乱服"、芳钿不整的自我形象，一个已经大不如从前的憔悴、消瘦、衰老、幽怨的青楼美人！倦梳洗、倚画栏、羞鸾镜，都是所谓"温词意境模式"的特点。"浅雨"句以下皆为倚栏所见。荼藤花开于春末夏初，故见雨打荼藤而伤春之将尽。"院落黄昏"句点出美人自晨起之后已倚栏至暮，完成了一整天过程的展示（黄昏—夜晚—早晨—黄昏）。又是失望的一天，又是失望的一春和一年！结尾二句女主人公指落花为约，留给明年春天一个"玉箫同醉"的梦想。

好　事　近

人去玉屏闲，逗晓①柳丝风急。帘外杏花细雨，冒春红愁湿。

单衣初试曲尘罗②，中酒③病无力。应是绣床慵困，倚秋千斜立。

【注释】

①逗晓：到晓，至清晨。
②曲尘：淡黄色。曲尘罗：谓浅黄之罗衣。
③中酒：醉酒。

【赏析】

词咏佳人春思，但又无一字正面道及，词于景写了柳丝飘摇，杏花细雨；于人写了女主人公初换春衣，病酒无力，至倚秋千而立处立即收住。试想为什么病酒无力？为什么刺绣倦怠？为什么外面风急雨下，却换了春衣徘徊雨中斜倚秋千？多少欲吐未吐的话被词人巧妙地掩藏起来。

这气氛，真有点"寻寻觅觅，冷冷清清，凄凄惨惨戚戚"（李清照《声声慢》）的味儿。这形象，让我们想起"黄蜂频扑秋千索，有当时纤手香凝"（吴文英《风入松》）的场面）。

二 郎 神

露床转玉①，唤睡醒、绿云梳晓。正倦立银屏，新宽衣带，生怯轻寒料峭。闷绝相思无人问，但怨入、墙阴啼鸟。嗟露屋锁春，晴风喧昼，柳轻梅小。　　人悄，日长谩忆，秋千嘻笑。怅烬冷炉熏，花深莺静，帘箔微红醉袅。带结留诗，粉痕销帕，情远窃香年少②。凝恨极，尽日凭高目断，淡烟芳草。

【注释】

①露床转玉：指井台和移动的圆月。一说玉指女子身体。
②窃香年少：借指自己意中的情郎，《晋书》载，贾充女贾午见韩寿而爱慕之，潜修音好，呼韩寿夜来。家人莫知。时西越进贡奇香，用之则香气经月不散。皇帝仅赐予贾充，充女密盗之以赠韩寿。后为贾充察觉，拷问左右婢女得实，遂将贾午嫁与韩寿。

【赏析】

这也是一阕伤春怀人之作。所写季节是一个轻寒料峭的仲春天气，所写之人是一位美丽多情的女子。

室内银屏静立，熏炉烟冷，珠帘低垂，一番冷清凄凉的光景。室外鸟啼风喧。梅子青青，柳絮四处飘荡。午后"花深莺静"寂无声响。在此背景之中，词人向我们推出四层情节镜头：其一，女主人公清晨起来，梳理黑发，衣服穿在身上，显得那样宽大（见得玉体消瘦）。她久久伫立不知是发愣，是沉思，还是在静听树阴中的啼鸟。其二，从她凝视的眼神中，渐渐化出往日欢乐的场面。美人摇荡着秋千，旁边是那位英俊风流的男子，"画外音"传来姑娘银铃般的开心大笑。其三，画面推进成特写，题有情诗的衣带结，脂粉泪痕斑斑的香手帕。其四，随着她的目光，我们看见一片消逝在天边的芳草平原，黄昏的烟霭渐渐升起……

总体上看，此词的内容和艺术方面较平，也比较直露，是一首"提空而赋"的爱情小唱。

玉　楼　春

东风破晓寒成阵，曲①锁沉香簧语②嫩。凤钗敲枕玉声圆，罗袖拂屏金缕褪。　　云头雁影占来信，歌底眉尖紫浅晕。淡烟疏柳一帘春，细雨遥山千迭恨。

【注释】

①曲：此处指雕有花格的门窗。
②簧语：莺燕娇啼之声。

【赏析】

词人无论写景还是写事、写人，都有一个潜在的"视点"。正像摄影师的镜头，可以是固定的，也可以是移动的；可以是"焦点透视"，也可以是"散点透视"。

  这首小令就是采用视点移动的方法来展开的。先是落墨庭院之中的东风破晓，寒气逼人，春莺早燕轻吟低唱。然后我们看到了门窗紧闭的闺阁，渐渐走近，"镜头"竟然从雕栊花格之间"穿过"进入到闺房之内。娇嫩的莺歌燕语被隔在外面，却又渐渐听见卧室内凤钗头饰与枕头的碰击声。古代的枕头多为竹制、木制或陶制者，质地较硬，因此能碰击有声，而且还清圆悦耳。同时，写钗枕之声也突出地表现了闺房悄无人声沉香静袅的特殊气氛。最后"镜头"终于来到床前屏风旁，美人的金缕绣花罗衣出现在眼前。那是一件已经黯淡陈旧、并且金丝嵌花已经敝损褪色的罗衣，暗示着衣衫的主人已经红颜衰老，人生最美好的一段爱情生活已成为过去！

  至此，读者始终未见到女主人公出现，这是词人有意渲染环境，侧面烘托。将人物出场留给后阕。过片"云头雁影"二句前为中景，后为特写：这位晚起的美人推开紧闭的门窗，遥望天空中北飞的大雁，猜测是否有远方的来信，她不断低唱着忧伤的小曲，眉宇间愁云萦绕。随着她的目光，"镜头"转向近处的淡烟疏柳，转向远处的细雨遥山……

  该作结构非常严谨，层层展开逐一写来。语言洗练而工整，"凤钗"二句与"淡烟"二句都巧妙对仗。是一阕优美的伤春吟。

奚 溪

  奚溪字倬然，号秋崖。宋末临安（今杭州）词客。登音律大师杨缵之门，与词坛名流李彭老、周密、徐宇、施岳等人交游甚密。张炎《词源》卷下载："近代杨守斋（缵）精于琴，故深知音律，有《圈法周美成词》。与之游者周草窗、施梅川、徐雪江、奚秋崖、李商隐，每一聚首，必分题赋曲。"又曾经以寿词谀奸相贾似道："谄词呓语"，一时传颂。他的词大多已失传，今仅存十首。以婉转凄清见长。其音律闲整出于杨缵，其格调骚雅则出于姜夔。

芳　草

南屏晚钟①

笑湖山、纷纷歌舞，花边如梦如熏。响烟②惊落日，长桥③芳草外，客愁醒。天风送远，向两山、唤醒痴云。犹自有、迷林去鸟，不信黄昏。　　销凝，油车④归后，一眉新月，独印湖心。蕊宫⑤相答处，空岩虚谷应，猿语香林。正酣红紫梦，便市朝、有耳谁听？怪玉兔、金乌⑥不换，只换愁人。

【注释】

①南屏晚钟：西湖十景之一。田汝成《西湖游览志》："南屏山峰峦耸秀，怪石玲珑，峻壁横坡，宛若屏障，凌空而中峙者，为慧日峰。"
②响烟：指暮霭钟声。
③长桥：在南屏山下东北的西湖旁。
④油车：女子乘坐春游的油壁小车。
⑤蕊宫：天宫，亦指香草繁茂之宫殿。
⑥玉兔金乌：谓月亮和太阳。

【赏析】

这是一首迷人的西湖风景词。

西湖十景的名称，是宋室迁都临安后才出现的。它们是：苏堤春晓、平湖秋月、断桥残雪、雷峰落照、曲院风荷、花港观鱼、南屏晚钟、柳浪闻莺、三潭印月、两峰插云。宋末词人张矩、周密和陈允平都曾留有吟咏。奚氏此词，以铺叙的方法逐一展开南屏西湖黄昏图卷，全篇以"笑"领起，以"愁"作结，使自己置身于湖山歌舞之外，又将整个画面淡淡抹上一层感情色彩。起三句写黄昏中游人如云的场面。"花边"是花丛之中的意思。周密《武林旧事》中回忆："西湖天下景，朝昏晴雨，四序总宜。杭人亦无时而不游。而春游特盛焉。……日糜金钱靡有纪极。故杭谚有'销金锅儿'之号，此语不为过也。"可见词人这里是实写所见。"响烟"三句切入词题，"客"点出词人身份，"长桥"点出全篇视点所在，"落日"扣晚，"响烟"扣钟声。——以上为词人伫立长桥北望西湖所见，侧重咏晚钟；"天风送远"而下转而西望山峦，咏南屏，使湖山风月、南屏晚钟成为一幅完整的画面。"两山"，指长桥附近的南屏山和夕照山，皆屹立于西湖南岸。

下片描写游人散尽、飞鸟归林之后的湖山景象，是上片的自然发展和推移。"销凝"四句，人去湖空。一弯新月印于湖心，暗写西湖十景的三潭印月一景，以作为南屏晚钟的"衬景"。"蕊宫"三句，钟声回荡空山之中，清猿啼声与之相伴。这些使词人产生出一份奇异的幻想和感觉，山林静谧的独自享受使他有遗世独立之感：歌舞纷纷的世俗之人是聆听不到此时此刻的钟声、猿声的。末二句更以日月如梭人易老的怅叹感慨继之，陶醉之中杂以忧伤，超脱之中不免孤独，全词由此变得既美丽，又凄清。

华 胥 引

中秋紫霞①席上

澄空无际，一幅轻绡，素秋弄色。翦翦②天风，飞飞万里，吹净遥碧。想玉杵芒寒，听佩环无迹③。圆缺何心，有心偏向歌席。　　多少情怀，甚年年、共怜今夕。蕊宫珠殿④，还吟飘香秀笔。隐约《霓裳》声度⑤，认紫霞楼笛。独鹤归来，更无清梦成觅。

【注释】

①紫霞：杨瓒字继翁，号守斋，又号紫霞、霞翁，为宋末著名音律专家和词坛领袖。

②翦翦：风吹轻寒貌。

③想玉杵二句：指月宫中捣药的玉兔和起舞的嫦娥。

④蕊宫珠殿：杨瓒家园楼台的美称。一说指天上仙宫。

⑤度：按曲行歌，依谱演奏。

【赏析】

杨缵是宋末词坛上名气很大的词人，曾发起组织过西湖吟社，他的家园东园，是临安词人们经常聚集唱和的地方。周密《齐东野语》卷十八回忆说："翁往矣！回思著唐衣，坐紫霞楼，调手制闲素琴（第一），作新制《琼林》、《玉树》二曲，供客以玻璃瓶洛花，饮客以玉缸春酒（翁家酿名），笑语竟夕不休，犹昨日事。而人琴俱亡，冢上之木已拱矣，悲哉！"这段记载是奚溪《华胥引》词的一个很好的背景说明。

中秋之夜，词人登紫霞楼赏月听歌。上阕，写沉醉于大自然的秋空、秋月、秋色、秋风，在飘然欲仙的感觉之中想象着月宫里玉兔捣药、嫦娥起舞。

下阕，写沉醉于人世间的美妙音乐和骚人雅客的诗酒欢会。"蕊宫珠殿"二句谓聚集在风景秀美的东园，彼此商榷音律，或分题或分韵倡和不休。"隐约《霓裳》"二句描写杨缵调琴弄笛，对客依声度曲，令人恍然觉得仿佛仙乐《霓裳》回荡在夜色之中。结尾两句是说，"中秋紫霞席上"如梦如幻，回去之后无法再有任何清梦。

该词清气四溢，境界超远，读来使人凡念俱消。但也正是由于过于脱离人间烟火，其感情色彩略觉稀淡，少亲切感。

赵闻礼

赵闻礼字立之，一字粹夫，号钓月，山东临濮（今山东濮县境内）人。其生活时代在宋末理宗、度宗前后。诗、词兼工，博雅多识，尤喜藏弃。曾任职胥口监征，以诗卷和金石碑刻干谒权臣程公许。盖宋末之江湖词客。词集名《钓月集》，其中混杂有施岳和楼采词。又曾选两宋词200余家670余首为《阳春白雪》。正集八卷以婉丽清新为标准，外集则一概为豪放不羁之作。反映了江湖词人以婉约为正、豪放为变的观念。赵闻礼的词今存有十余阕，以绵丽清新为特色，小令尤流转圆美，能上追北宋。

千 秋 岁

莺啼晴昼，南国春如绣。飞絮眼，凭栏袖。日长花片落，睡起眉山斗。无个事，沉烟一缕腾金兽①。　　千里空回首，两地厌厌②瘦。春去也，归来否？五更楼外月，双燕门前柳。人不见，秋千院落清明后。

【注释】

①金兽：熏香铜炉，多铸成麒麟、狻猊、凫鸭诸形状。故称金兽。
②厌厌：病貌。

【赏析】

词中的这位女子自与情侣分别之后索然独居，因相思成疾，日见消瘦。漫漫春日无事可为，只有整日凭栏伤春。莺啼晴昼，春色如绣为凭栏所见所闻，本应唤起人的美好感情，但思妇初起心绪不佳，弯眉紧锁，满眼只是一片飞花，一片飞絮；另一方面，越是美好的风光和时光，越容易撩拨和刺伤不幸者的心灵，让她觉得不能享受到欢乐的生活，辜负了自己的青春和生命。

后遍咏丽人心事。"五更楼外月，双燕门前柳"两句特别有意思。这两句纯由景物名词组成，仿佛两个客观的景物镜头被剪接在一起，未加任何说明。前人有许多这样的名句："鸡声茅店月，人迹板桥霜。"（温庭筠《商山早行》）"门外韩擒虎，楼头张丽华。"（杜牧《台城曲》）无限诗思感慨，尽数浓缩于其中。楼外之月，门前之柳，分明是女主人公夜半不眠所见，白日凭栏所见；分明是女主人公日日所见。惟独不见的，是其心上之人！

鱼游春水

青楼①临远水，楼上东风飞燕子。玉钩珠箔，密密锁红关翠。剪胜裁幡②春日戏，簇柳簪花元夜醉③。闲忆旧欢，漫撩新泪。　　罗帕啼痕未洗，愁见同心双凤翅④。长安十日轻寒，春衫未试。过尽征鸿知几许？不寄萧郎书一纸⑤。愁肠断也，个人⑥知未？

【注释】

①青楼：美人所居之楼阁。也指妓女居所。
②胜、幡：彩旗飘带一类的节日饰物。
③柳、花：指各种女子头饰。元夜：元宵之夜，元夕。
④同心双凤翅：女子手帕上的图案。
⑤萧郎：女子对自己所喜欢的男性的代称。一本作"萧娘"。杨巨源《崔娘》诗："风流才子多春思，肠断萧娘一纸书。"
⑥个人：那人。

【赏析】

　　宋时立春之日和元夕是两个很盛大的节日，官和民、男和女都尽情打扮游乐，狂歌醉舞，一掷千金。而这位青楼佳人节日里却将自己锁在闺阁深处，默默怀念着昔日的欢乐生活，伤悼自己的不幸处境。

　　遇佳节而怀旧，因怀旧而落泪，而见罗帕上无数重泪痕，而见淹没在泪海之中的比翼双飞吉祥鸟图案。"长安"这里是指南宋都城临安。"春衫未试"，那是她无心追求时髦和美丽，将自己装点得满身春色，或者说那是她一心系念旧时情人，沉浸在焦虑痛苦之中，而不能敏感到季候的冷暖变化。"过尽征鸿"数句模拟和想象女主人公的口吻，极写出一种焦躁不安的情绪。"萧郎"也作"萧娘"，都是说没有书信寄来。你看：大雁都快要过完了，却还没有信来！愁肠都快要为他断尽了，他也许还一点不知道呢？

风　入　松

　　曲尘①风雨乱春晴，花重寒轻。珠帘卷上还重下，怕东风、吹散歌声。棋倦杯频昼永，粉香花艳清明。　　十分无处著闲情，来觅娉婷。蔷薇误胃寻春袖，倩柔荑②、为补香痕。苦恨啼鹃惊梦，何时剪烛重盟？

【注释】

①曲尘：黄绿色、浅黄色。
②柔荑：指女子柔嫩洁白之手。《诗·卫风·硕人》："手如柔荑，肤如凝脂。"

【赏析】

不知读者是否留心过，离别独处的境遇与春天的景色，经常结伴出现在词中，几乎成为规律，就如同宇宙中有"双星座"或"伴星"一样。这是因为春天易于唤醒人们的情欲，春天繁花似锦让人联想到生命的青春时代，花开花落又提醒着人们青春消逝、岁月无情。而且，大好春光还是离别独处的最佳衬景，词人可以通过景物描写渲染烘托伤春人的内心世界。

此词就是一个例子。一边是风雨乱，一边是心绪乱，这位执著于旧情的痴心男子苦苦思念着远方的佳人，诸事无心，只嫌白天太过漫长。他害怕风雨，害怕东风吹散歌声，珠帘卷上了又重新放下。其实呢，他是害怕外出，害怕见到风雨下满院狼藉的落花景象，从而勾起他怀人的伤感。

但他毕竟更加害怕重门深闭的寂寞！听歌、弈棋、饮酒，都无法消磨漫长的白天，闲情实在无处寄托，终于按捺不住来到院中赏花解忧。"娉婷"，此处喻初开的花朵。在这里，词人没有让他由花容而想到她的花容月貌，由落花而想到她青春欲老，而是描写了一个细节：蔷薇的花刺划破了他的衣袖，使他倍加思念那位能够为他补缀衣衫的佳人，使他觉得只有那双白嫩纤细的巧手能够抚平他心头的伤痕！词中"误胃"之"误"字，将有心化为无意，突出了男主人公赏花心惊、陡思柔荑的心理状态。末二句，写赏花之后心绪再也无法平静下来，渴望能与她灯下相伴重温旧情。套用李商隐的两句诗，可谓：何当共剪西窗烛，却话蔷薇胃袖时。

水 龙 吟

水 仙 花

几年埋玉蓝田①，绿云翠水烘春暖。衣熏麝馥，袜罗尘沁，凌波步浅②。钿碧搔头③，腻黄冰脑④，参差难剪。乍声沉素瑟，天风佩冷，蹁跹舞、《霓裳》遍⑤。　　湘浦盈盈月满，抱相思、夜寒肠断。含香有恨，招魂无路，瑶琴写怨⑥。幽韵凄凉，暮江空渺，数峰清远。粲迎风一笑，持花酹酒，结南枝伴。

【注释】

①蓝田：陕西省蓝田县东南有蓝田山，以产美玉而闻名。
②袜罗、凌波：指洛神的外貌姿态。此处喻水仙花。
③搔头：古代女子插发的玉簪。
④冰脑：古代的一种香片。
⑤《霓裳》：唐代法曲《霓裳羽衣舞》的简称，传说原系月宫中仙乐。遍：乐曲从头至尾整套演奏曰遍。
⑥瑶琴写怨：此处系以湘妃水神比喻水仙花。唐钱起有《湘灵鼓瑟》诗。

【赏析】

水仙花，是一种非常清雅高洁的花种，宋人的词中甚至誉之为"国香"。它开放于冬春之际，生水畔，绿叶碧茎，花瓣白色，中有金黄色的盘状花蕊，微香。词人咏水仙，常常因其名称而将她想象为水中仙子，想象为那个追随舜帝而溺于水中的湘灵帝子，那个永远"凌波微步，罗袜生尘"的美丽洛神。

上阕主于状物。从水仙初生落笔，"埋玉蓝田"谓水仙根球洁白如玉，浸埋水中。"绿云翠水"句是说春天转暖，根茎即涌出了碧翠欲滴的叶瓣，宛如绿云和翠水。转眼之间，它已化作一位亭亭玉立的洛神，宽大的叶瓣，使人觉得那是她飘香的衣带；细长的花茎，是她插发的碧玉簪；而金黄的花蕊，又仿佛是她用来熏衣的香片冰脑。

　　下阕,词人走进水仙的心灵世界,塑造出一个孤独忧伤的怨女形象。她已不是白日里漂游于水上的洛神,而是夜半鼓瑟的湘灵。这位仙子静静地伫立水边,独抱相思,悄然鼓瑟抒发幽怀。"暮江"二句用钱起"曲终人不见,江上数峰青"诗意,突出江边月夜极其清冷的氛围。结尾三句点出赏花之人,表明自己襟抱品格与此花相同,愿引其为伴——赏花原来是一种间接的自我欣赏!

隔浦莲近

　　愁红飞眩醉眼,日淡芭蕉卷。帐掩屏香润,杨花扑、春云暖。啼鸟惊梦远,芳心乱,照影收奁晚。　　画眉懒,微醒带困,离情中酒①相半。裙腰粉瘦,怕按《六幺》②歌板。帘卷层楼探旧燕肠断,花枝和闷重捻。

【注释】

①中酒:醉酒。
②《六幺》:唐宋时流行的燕乐曲,又作《绿腰》。

【赏析】

　　词中这位少妇春睡晚起,一怀愁绪坐在妆镜前,既睡眼矇眬又醉眼矇眬。上片写她所见,淡日、芭蕉、杨花、春云……芳景如画,徒然惹她心乱;下片写她所为:懒画弯眉、怕按歌板、探看燕子、闷捻花枝……百无聊赖,都是因他离去而造成。这正是相思的一种"境界":如醉如痴,似虚似幻。失去了他。同时也就失却了任何感觉和滋味,失却了一切生活情趣!看她呆呆凝视着镜中的自己,凝视着手中的花枝,你不禁要深深地同情起这位佳人来。

贺 新 郎

萤

池馆收新雨。耿幽丛、流光几点,半侵疏户。入夜凉风吹不灭,冷焰微茫暗度。碎影落、仙盘秋露[1]。漏断长门[2]空照泪,袖纱寒、映竹无心顾。孤枕掩,残灯炷。　　练囊[3]不照诗人苦。夜沉沉、拍手相亲,騃[4]儿痴女。栏外扑来罗扇小,谁在风廊笑语。竞戏踏、金钗双股。故苑荒凉悲旧赏,怅寒芜、衰草随宫路。同磷火,遍秋圃。

【注释】

[1]仙盘秋露:汉武帝曾铸铜仙人,手捧承露铜盘玉杯收集云中露水,调玉屑服食,祈求长生不老。
[2]长门:汉代有长门宫。汉武帝陈皇后失宠后别居于此。
[3]练囊:布囊。古人捕捉萤火虫置布袋中,悬挂代替灯盏。
[4]騃:痴傻。

【赏析】

这阕咏萤词,很像姜夔的咏蟋蟀名篇《齐天乐》(庚郎先自吟愁赋)。词人的笔墨主要不是落在描绘物形之上,而是落在表现物与人之关系上。通过叙述萤与不同时代、不同背景的不同历史人物,向读者展示了一部"萤史",萤在这里充当了历史的见证人。词从秋雨后的池塘边草丛写起:雨后的草丛中闪烁着几点冷光,忽东忽西飘荡不定,它们光点幽暗,但却不会被风吹灭。这里的"池馆"、"疏户"是词人自己的住处,萤群也是词人入夜所见实景。可随着它们四处飘忽,词人眼前幻现出一幅幅历史图景来。

宫中秋萤——它们在承露盘周围飞舞,在长门宫中飞舞,伴着失宠的皇后度过漫漫长夜,映照着她的满脸泪痕。

儿女秋萤——词人又想起晋代书生车胤曾因家贫点不起油灯,

捕捉萤火虫置布囊中代替灯盏夜渎不已,终于功成名就。可惜,这些萤火虫没有去照诗人苦读,却落入了小儿女之手。这些无忧无虑尽情嬉戏的"骇儿痴女",与深宫垂泪的皇后、练囊苦读的诗人形成鲜明的对比,也为下文的故苑怀古作了反面铺垫。

闺中秋萤——词人想象闺房深院之中,三两少女嬉耍漫步于长廊之下,争相用罗扇扑打飞来的萤火虫,打落之后,又竞相用脚踩踏,以此取乐。(此系化用杜牧《秋夕》诗:"银烛秋光冷画屏,轻罗小扇扑流萤。")"金钗双股"在这里是一种暗示。古人有分钗赠送恋人的风俗,双股并插表示这些少女还处在天真烂漫的时代,尚未涉足爱河。

故苑秋萤——最后词人的思绪来到荒废已久的帝王旧苑,那里枯骨遍地,荒草丛生,萤火与磷火交杂成一片。苍茫无际的生死浩叹、兴衰之感从末二句弥漫开来,笼罩了全篇。

这种以赋体铺陈萤史的写法,是南宋咏物词十分典型的特征之一。

施　岳

施岳字仲山(一作中山),号梅川,吴(今苏州)人。客寓临安,是宋末临安词人群中的主要词人之一。精通音乐,能依声度曲,与杨缵、周密、李彭老等词人商榷音律、修订琴谱、分题唱和。理宗景定五年(1264),施岳与杨缵、张枢等词人共同发起西湖吟社,结社进行文学创作和讲论。他约卒于度宗咸淳元年(1265)前后,由西湖吟社社友会葬于西湖附近的葛岭。施岳的词几乎散佚殆尽,只有六首流传了下来。

水　龙　吟

翠鳌涌出沧溟,影横栈壁迷烟墅。楼台对起,栏干重凭,山川自古。梁苑①平芜,汴堤②疏柳,几番晴雨。看天低四远,江空万里，登临处、分吴楚。　　两岸花飞絮舞，度春风、满城箫鼓。英雄暗老，昏潮晓汐，归帆过橹。淮水东流，塞云北渡，夕阳西去。正凄凉望极，中原路杳，月来南浦。

【注释】

①梁苑：汉梁孝王所修建的宫室苑囿，以之作为邀集宾客之所，又称兔园、梁园。故址在今河南商丘县东。

②汴堤：隋炀帝所开凿的运河，两堤皆种植杨柳。

【赏析】

　　这是一首登高凭吊中原失地的词，是一阕苍凉的英雄悲歌。推测是词人北游两淮间时所作。淮水，是当时南宋与金国的分界线。宋理宗端平元年（1234），金国被蒙古和南宋合兵所灭，淮水又为宋、蒙分界。淮水之南有都梁山，为南北使臣往来要道，词人所登临北望的"翠鳌"就是此山。

　　词一起即写眼前无限开阔凄迷的景象。"翠鳌"，形容都梁山仿佛是从水底涌出的巨大海鳌。一个"涌"字，将静立的大山写得极富有动感。如此突兀奇崛的神来之笔，让读者觉得他那无穷的诗思也从这里喷涌而出，让读者很自然想起吴文英登苏州灵岩山的天外奇想："渺空烟四远，是何年、青天坠长星？"（《八声甘州》）天上掉下的巨星，水中涌出的巨鳌，真是异曲而同工。"影横"句写山间黄昏暮霭景象。"楼台对起"三句，交代自己重来登临以及全词的"视点"所在。山川依旧，是词人两次来此凭栏的感受，也隐含了对南北对峙形势发生了变化而南宋仍然偏安一隅、仍然划淮水为疆界的喟叹。词人举目北望，但见天低四远，江空万里。梁苑和汴堤都极其遥远，非目力所能及，想象之中他似乎已经看到了一片荒芜野草的梁苑，垂柳稀疏的运河。它们与苦难的民族一起经历了多少风风雨雨！

　　下片，词人抒发了自己英雄失路的激愤和中原恢复遥遥无期的悲哀。淮水两岸已经习惯了南北分裂的既成事实，众人皆醉，沉浸在春风箫鼓之中，谁还能够理解像自己这样系念中原恢复的英雄呢？夕阳向西沉去，淮水往东流淌，边塞的云北去，月亮初照南浦，东南西北，词人苍茫独立于中，深情地北望中原。"路"是宋代行政区域的名称，中原路，泛指淮河以北的失陷地区。南浦，是送别的地方，借指淮水之畔。送别？送别谁呢？青春？还是英雄之志？还是与中原父老从此水别？多少凄凉感慨都在此不言之中。

该词感情沉郁低回，不事雕饰，风格较为质朴，有很强的感染力。抒写恢复中原之志，在《绝妙好词》中还是不多见的。

清　平　乐

水遥花暝，隔岸炊烟冷。十里垂杨摇嫩影，宿酒和愁都醒。　　□□□□□□，□□□□□□，□□□□□□，□□□□□□①。

【注释】

①以上四句残阙。清道光八年爱日轩刻本在此词下注明："原本云：此下缺六首。"

解　语　花

云容冱雪①，暮色添寒，楼台共临眺。翠丛深窅，无人处、数蕊弄春犹小。幽姿谩好，遥相望、含情一笑。花解语②，因甚无言？心事应难表。莫待墙阴暗老。称③琴边月夜，笛里霜晓。护香须早，东风度、咫尺画栏琼沼。归来梦绕，歌云坠、依然惊觉。想恁时，小几银屏冷未了。

【注释】

①冱：寒凝冻闭的意思。冱雪：凝聚成雪。
②解语：能够说话。
③称：相称、适宜于。

【赏析】

古人云:"梅花为天下神奇,而诗人尤所酷好。"(张镃语)宋代文人极重梅花,经常见诸吟咏。曾有《梅史》、《梅品》、《梅苑》、《梅谱》等专书流传。这首梅花词,从梅花初开写到梅花零落散入银屏画幅,结构上取法于姜夔的梅花词《疏影》,表达了词人对梅花的深深眷爱。

上片写初见梅花于翠竹深处。尽管阴云飞雪、暮色苍茫,几朵梅花仍然犯寒吐蕊,共同组成一片小小的春天。词人含情而笑,对花欲语,把它看做一位会说话而不说话的美人,"无言自倚修竹"(姜夔《暗香》),楚楚可怜。一番描写,将词人爱花之心表现得淋漓尽致。下片写惜花。梅花初绽,爱梅之人即已担心它早晚会凋零尽净。故须早观赏、早护香。月夜弹琴和霜晨吹笛,都是赏梅雅事,也是梅花最喜爱的情境。"归来梦绕"以下四句,想象不久之后梅花飘尽,元可观赏,自己将梦魂萦绕怀念她的倩影。

兰 陵 王

柳花白,飞入青烟巷陌。凭高处,愁锁断桥①,十里东风正无力。西湖路咫尺,犹阻仙源信息。伤心事,还似去年,中酒恹恹②度寒食。　　闲窗掩春寂,但粉指留红,苴唾凝碧。歌尘不散蒙香泽。念鸾孤金镜③,雁空瑶瑟④。芳时凉夜尽怨忆,梦魂省难觅。　　鳞鸿⑤,渺踪迹。纵罗帕亲题,锦字谁织?缄情欲寄重城隔。又流水斜照,倦箫残笛。楼台相望,对暮色,恨无极。

【注释】

①断桥:又名断家桥、段家桥,在西湖孤山侧。
②恹恹:病貌。
③鸾孤金镜:鸾鸟雌雄相守,离则悲鸣。使睹镜之影,则哀鸣尤甚。《异苑》载:罽宾王有一鸾,三年不鸣。夫人曰:闻见影则鸣,可

悬镜照之。鸾睹影悲鸣,半夜一奋而绝。

④雁:古代琴瑟上斜行排列的弦柱,犹如雁阵。雁空瑶瑟,是说空瑟无弦。

⑤鳞鸿:传递书信的鱼和雁。

【赏析】

词人长年客寓临安,尝尽离别滋味,"年年三月病恹恹"。这里所写的就是这样一个充满伤感意味的寒食节。

词分三段。第一段写凭高伤春。自伊人去后,词人年年逢寒食节便中酒(醉)抱病,心绪不佳。登临而望,美丽的西湖变得愁雾笼罩,春风十里好像也有气无力。

第二段写旧居徘徊,睹物怀人。室内到处留下了她当年的印迹,指痕、唾痕、金镜、宝瑟……甚至她当年的歌声震动梁尘,袅袅余音至今未散。镜子前只有自己孤独的身影,瑶瑟空无琴弦久已无人抚弄。

最后一段写双方彼此阻隔,消息不通。见不到鲤鱼游来、大雁飞过,没有人为织回文绵字,欲寄书信表达情愫,又被重城所阻。重重烦恼无以解之,只有年复一年登临伤心而已!

曲 游 春

清明湖上

画舸西泠路,占柳阴花影,芳意如织。小楫冲波,度曲尘①扇底,粉香帘隙。岸转斜阳隔。又过尽、别船箫笛。傍断桥、翠绕红围,相对半篙晴色。　　顷刻,千山暮碧。向沽酒楼前,犹系金勒②。乘月归来,正梨花夜缟③,海棠烟幂④。院宇明寒食。醉乍醒、一庭春寂。任满身、露湿东风,欲眠未得。

【注释】

①曲尘:淡黄色。

②金勒：饰金（或黄铜）马嚼，代指马。
③缟：色白如素绢。
④幂：覆盖、笼罩。

【赏析】

　　这首咏清明西湖游赏图景的风俗词和风景词，是词人与诗友周密携手共泛西湖所作。分咏初泛、午后、抵暮三大场景。湖光山色、士女游船尽收之于笔底，令人难以忘怀。特别是词人自己那种迟迟不肯归去、归后又迟迟不肯睡去的兴奋心情，给读者留下了深刻印象。

　　上片前六句写午前初泛。起句写词人小船荡漾而来，进入美丽的画图之中，这是"泛湖"的起点，"柳阴花影"为舟中所见周围景致，"芳意如织"是心中的主观感觉。有游人如织、舟船如织、繁花如织的场面，才让词人受到感染，觉得此日湖上"芳意如织"。"小楫冲波"三句，则写既已入此画图中，乃邀舟中歌妓起舞欢歌，兼赏湖山之美和声色之美。"岸转斜阳隔"以下四句为第二层，写午后太阳西斜，舟泛入西泠桥里湖，傍断桥而泊。四周的"别船箫笛"与词人画舸中的歌舞形成呼应；里湖的"翠绕红围"又与外湖的"柳阴花影"形成呼应。

　　下片写抵暮而归。顷刻之间黄昏降临，群山顿时笼罩在暮色之中。"顷刻"这里应作双重理解：客观上西湖周围群山环抱，特别是西部和南部有许多高山峻岭。太阳一旦落山后，西湖很快就变得暮色苍茫；而主观上游人沉醉于玩乐之中，浑然不觉时间在匆匆消逝，因此觉得黄昏来得太突然、太快！"向沽酒楼前"二句是说不肯立刻离开这迷人的地方，情愿徘徊酒楼再欣赏一番黄昏的景象。"乘月归来"以下写流连入夜，归来后仍兴致勃勃面对满院的梨花和海棠，看着它们好像仍然身在西湖的"柳阴花影"和"翠绕红围"之中。直至夜深酒醒、满身清露，还是想睡也睡不着！

步 月

茉 莉

玉宇熏风,宝阶明月,翠丛万点晴雪。炼霜不就,散广寒霏屑。采珠蓓、绿萼露滋。喷银艳、小莲冰洁。花魂在,纤指嫩痕,素英重结。　　枝头香未绝,还是过中秋,丹桂时节。醉乡冷境,怕翻成消歇。玩芳味、春焙旋熏①,贮浓韵、水沉频爇②。堪怜处,输与夜凉睡蝶。

【注释】

①春焙旋熏:指将茉莉花烘焙加工成为茉莉花茶。
②水沉:即沉水香。爇:燃烧。

【赏析】

它产生于江南各地,它白色小花瓣,香气浓烈,它可以用来制茶,它的花期很长,从初夏开到秋天,可以反复采摘,它有一个美丽的名字:茉莉花。

这首《步月》词是怎样描绘和礼赞茉莉花的呢?

中秋之夜你嗅到了弥漫于空中的清逸馨香,你借着皎洁的月光朦胧间看到遍地翠丛之中洒满千万点小小的白雪片儿——那就是月下美人茉莉花。它们仿佛来自广寒宫,仿佛是嫦娥捣制的霜屑纷纷扬扬飘落人间。带露采回,你会惊叹它如珠如玉的芳姿,就像一朵朵小小的莲花,超凡出俗,品格高洁。同时你也不必担心伤害了它们,花魂仍然萦绕不散,采摘之后,它们还会很快开出新的花朵来。

中秋以后桂花开时,它们的枝头仍然馨香不散可人们总是害怕它们花魂散去,馨香消歇,于是将之烘制成花茶,慢慢品玩。你看,沉香煮茶,满壶浓郁悠长的韵味,令人心旷神怡。从赏花到采花,从制茶到品茶,这是骚人雅士享受茉莉花的方式。然而词人却发现还有另一种更得赏花真谛的方式：蝴蝶静静地栖息在茉莉花丛中，既不伤害这些花儿，又得到了真正的享受！《绝妙好词》编选者周密评论此词说："此篇'小莲冰洁'之句，状茉莉最佳。"

◇ 卷 五 ◇

陈允平

陈允平字衡仲,一字君衡,号西麓,自称莆鄘淡室后人。浙江四明(今宁波)人。曾举上舍不遇。淳祐三年为余姚(今属浙江)令,罢去。宋末德祐中,授沿海制置司参议官。宋亡,杜门不出,匾其山中楼曰"万迭云"。后以人才被元朝征召到大都(今北京),不受官放还。陈允平诗和词皆工,当时与吴文英、翁元龙齐名。有《西麓诗稿》、《日湖渔唱》及《西麓继周集》。其词以宗法周邦彦为主,特点是风格平正和雅,构思运笔较少大的跌宕起伏。故清代陈廷焯《白雨斋词话》卷二就说:"陈西麓词和平婉雅,词中正轨。"又说:"西麓词在中仙(王沂孙)、梦窗(吴文英)之间。沈郁不及碧山(王沂孙),而时有清超处。超逸不及梦窗,而婉雅犹过之。"

绛 都 春[①]

秋千倦倚,正海棠半坼[②],不奈春寒。殢雨[③]弄晴,飞梭庭院绣帘闲。梅妆[④]欲试情懒,翠颦愁入眉弯。雾蝉[⑤]香冷,霞绡泪揾,恨袭湘兰。　　悄悄池台步晚。任红熏杏靥,碧沁苔痕。燕子未来,东风无语又黄昏。琴心不度香云远,断肠难托啼鹃。夜深犹倚,垂杨二十四栏。

【注释】
①此词《日湖渔唱》本有自注:"旧上声韵,今改平声。"
②坼:开裂。此指海棠绽苞。
③殢:有纠缠、恋昵、滞留等意,为唐宋人方言。

④梅妆:即梅花妆,六朝以来贵族女子流行眉心间妆饰梅花图案或饰物。

⑤雾蝉:即云鬓。古代女子鬓发梳成薄翼状,形似蝉翅,故称。

【赏析】

陈允平的词接近于北宋词的格局,喜欢提空虚拟闺情,借女子之口吻道出,很少将自己的心迹写进词中。这种闺情又常常不带个性化的色彩,而是一种带有普遍意义的"类型化"情绪,如伤春、离愁、怀旧、无名惆怅等等。

这里就是这样的一幅佳人伤春图。

前阕写她倦倚秋千。春分前后的时节,细雨绵绵忽来忽去,满院海棠半开,莺飞燕舞。这些都徒然给她带来烦恼。她,懒试梅妆,弯眉紧蹙,鬓发香消,罗帕泪积……

后阕写她漫步池台:杏花红、苔痕绿引不起她一点点兴致。一切在她眼中都那样惹人气恼,与她作对:燕子不来、东风无语、琴心不度、断肠难托,因而无处捎信、无人可语、芳心难传、心事难托!如此辗转徘徊直至深夜。

词以佳人倚秋千始,而以倚二十四栏终。前阕春景交织着肖像描写,后阕春景交织着心理描写,各臻其妙。读此词,有一份幽幽寂寂的特殊感觉。

瑞 鹤 仙

燕归帘半卷,正漏约琼签①,笙调玉琯②。蛾眉画来浅。甚春衫懒试,夜灯慵剪。香温梦暖。诉芳心、芭蕉未展。渺双波③、望极江空,二十四桥④凭遍。　　葱茜⑤,银屏彩凤,雾帐金蝉,旧家坊院。烟花弄晚。芳草恨,断魂远。对东风无语,绿阴深处,时见飞红数片。算多情、尚有黄鹂,向人睍睆⑥。

【注释】

①琼签:漏壶中白色的计时刻度尺。

②玉琯：一种六孔的古乐器。
③双波：形容女子的含情双目。
④二十四桥：扬州旧有二十四桥。一说扬州有红叶桥，又名二十四桥。古有二十四美人吹箫于此，故得名。
⑤葱茜：山树之色，形容青绿屏风的色彩。
⑥睍睆：娇好容貌。《诗经·邶风·凯风》："睍睆黄鸟，载好其音。"

【赏析】

这位美人在等待着旷日未归的情侣，心头交杂着希望和失望。前遍：黄昏后燕子回到房中，但主人仍然一任门帘高挂。漏滴夜深，她却独自抚弄笙管。潜意识中她觉得心上人会什么时候突然归来，因此不下门帘虚室以待。可是呢，理智告诉她那是不可能的。看她衣衫不整晚妆无心的懒散样子，就知道她并没有抱什么希望。"诉芳心、芭蕉未展"，是说自己凄苦的芳心，如同紧紧包裹的芭蕉芯。后遍，女主人公面对室内的陈设，面对室外的飞花，默默无语，难以为怀。觉得只有那黄鹂鸟能够理解自己的心情，婉转轻唱为人解愁。

此词有两个特点：一是不依时间顺序和空间顺序来叙述。如上片写夜晚情景，而歇拍"渺双波"二句却是倒述白天之事。过片四句承上片夜晚的时空场景，"烟花弄晚"以下所出现的芳草、东风、飞红、黄鹂，又都是黄昏中所见。第二个特点是善于运用反面的衬托。如上片寂寞之夜的"香温梦暖"，下片徘徊于旧家坊院的"银屏彩凤，雾帐金蝉"之前，都强烈地表现了女主人公的惨怛情怀。

思 佳 客

锦幄沉沉宝篆①残，惜春无语倚栏杆。庭前芳草空惆怅，帘外飞花自在还。　　金屋②静，玉箫闲。一尊芳酒驻红颜。东风落尽酴醾雪，满地清香夜不寒。

【注释】

①宝篆:指刻有篆文印记的香。一说是指焚香所腾起的袅袅香烟,弯弯曲曲似篆文。

②金屋:汉武帝幼时恋阿娇,欲得金屋而藏之。此处借指深闺。

【赏析】

词描写了两个伤春片断:上片是丽人无语倚栏杆,下片是饮酒观落花。上下片都是先写室内环境和陈设,后二句写室外所见残春景象。"锦幄沉沉",地点;"宝篆残",时间,芳草无情,徒然使人惆怅;飞花无意,自由自在往还飘落。过片二句应作借物写人看:"金屋"实是夸赞此屋中之人有倾国倾城之貌,不在陈皇后阿娇之下;"玉箫"又暗示此丽人不仅貌美,且又多才多艺,色艺双绝。可惜空在深闺红颜欲老,惟有借助饮酒给双颊添一点红晕。最后词人写庭院中满地如同雪片般的荼蘼花瓣,实有多重之含义。此花开于春末,花落而春去。就像金屋中的这位丽人,青春就要消失,红颜正在憔悴。不过这些雪白的花瓣虽然风吹满地,仍散发着迷人的清香,魅力犹存。而这恰恰是女主人公的生动写照。像这样美丽娇艳又香气夺人的花儿,却偏偏生不逢时,开于晚春,好景不能长久,这不是她自己的处境遭遇的象征么?

这首伤春词朦胧而雅淡,结构非常精巧,表达比较含蓄。尤其末二句写得如此凄迷美丽,令人久久难以忘怀。

恋 绣 衾

多情无语敛黛眉,寄相思、偏仗柳枝①。待折向、樽前唱,奈东风、吹作絮飞。 归来醉抱琵琶睡,正酒醒、香尽漏移②。无赖③是、梨花梦④,被月明、偏照翠帏!

【注释】

①柳枝:柳谐音"留",古人有折柳枝赠别表示挽留之意的习俗。

②香、漏：焚香和滴漏为古时两种计时方式。
③无赖：无奈、无可奈何。一解作无心、无意。
④梨花梦：谓朦胧不清之梦。见前吴文英《西江月》注③。

【赏析】

　　这位多情的歌妓，席间看中了一位风流俊逸的小伙子，却苦于无法将心中之事告诉他。灵机一动，想出个折柳枝表达眷恋和挽留对方的主意。不料刚要折来为他唱上一曲，一阵东风却将它吹得絮花乱飞！眼看鸳鸯缘分成了泡影。

　　席散人去，她伤心地回到自己住处，喝醉了抱着琵琶睡去。可连个好梦也未做完整。半夜里月光照在脸上，酒醒梦醒，此时真是欲哭无声！

　　此词虽然短小，却写得极有灵气。一波三折，变化多端，富有戏剧小品的情趣。

唐 多 令①

　　休去采芙蓉，秋江烟水空。带斜阳、一片征鸿。欲顿②闲愁无顿处，都著在两眉峰。　　心事寄题红③，画桥流水东。断肠人、无奈秋浓。回首层楼归去懒，早新月、挂梧桐。

【注释】

①陈允平《日湖渔唱》题作"秋暮有感"。
②顿：放置。
③题红：题诗于红叶之上。唐僖宗时宫女韩氏题诗红叶置御沟中，为士子于祐所得。后僖宗放宫女，祐适娶韩氏。见《太平广记》。又唐宣宗时卢渥亦有得题诗红叶而娶宫女之事，见《云溪友议》。

【赏析】

　　此词是一首托悲秋怀人来写胸中勃郁不平之感慨的作品。词人究竟有何难言之隐？这我们今天已经无法知道了。他的诗集《西麓诗摘》中,有《己酉秋留鹤江有感》诗云;"客里不堪千里远,故园篱菊正荒芜。"与词的下片写怀人相吻合。又《留鹤江有感》诗说:"抱玉归来泪满襟,世间何许觅知音?此生虽有噬脐悔,到死终无尝胆心!伏枥马思云路远,避钩鱼隐石潭深。故人若问淞江客,自采芙蓉学楚吟。"诗以自采芙蓉结尾,词却以休采芙蓉开篇,其中蹊跷令人深思。不管词人遭遇了何事,渴望早日归隐乡里这一点是可以确信无疑的,这也是所谓"秋暮有感"的主要内容。

  词前片写伤秋。"休去采芙蓉"二句,从字面上看是说秋水空濛,荷叶枯败,荷花难觅,因此告诫自己不要去采摘,免得为此而伤感。深一层来看,这番自我告诫反映了词人畏讥忧谗的心理。面对西沉的斜阳,飞过的大雁,一腔愁绪无处诉说,无处寄托,更无处可以排遣,惟有堆聚心头眉头。

  后片诉怀人。怀人在这里实际上是怀归。词人欲将满腹心事写在红叶上随水流寄到远方,可试想一下,小小红叶如何写得下许多愁绪?即使写得下谁又能保证一定能漂流到她手里?何况内心深处一片难言之隐如何能够道出?"回首层楼归去懒",是说登临凭栏久久不肯回到室内,以至新月初上挂在梧桐树梢,并不是懒得归隐的意思。

满 江 红

和清真[①]韵

  目断烟江,相思字、难凭雁足。从别后、翠眉慵妩,素腰如束。困倚牙床春绣懒,钏金斜隐[②]香腮肉。昼渐长、谁与对文枰[③],翻新局? 枝上鹊,心期卜。芳草暗,西厢曲。谢多情海燕,伴愁华屋。明月空圆双蝶梦,彩云难驻孤鸾宿。任画帘、不卷玉钩闲,杨花扑[④]。

【注释】

①清真:北宋词人周邦彦字美成,自号清真居士。
②钏金:臂环之类的饰物。隐:唐宋人俗语,犹今人所谓硌着。
③文枰:围棋棋盘。
④《绝妙好词》所录此词,与陈允平《西麓继周集》中的此词文字差异很大,当是一为初稿,一为修改稿。

【赏析】

词描写女子与爱侣分别之后的日常生活和精神状况,表现了她对对方刻骨铭心难以磨灭的相思。

前片写上午发生的几件事:晨起眺望、晨妆梳洗、绣花欲眠、对棋伤心。"目断烟江"四句,既是总写别后,也是实写每日清晨之事。"翠眉慵妩,素腰如束"谓晨妆画眉时心情懒散,整衣时发现腰瘦仅剩一束。"困倚牙床"以下意思是:她懒洋洋地绣着花,一会儿便伏在绣架上睡着了,臂环在她脸蛋上压出睡痕。白天变得如此漫长,没有人来与她对弈消磨时光。也难怪,夜来相思难眠,晨来又早起眺望,加上春日易困,昼长夜短,闺中寂寂,百事无心,自然要瞌睡不已。

后片写黄昏以后女主人公的所为、所见和所感:枝头喜鹊的叫声引起她的胡思乱想,古时有"灵鹊报喜"的说法,因此她觉得可能是他要归来的征兆呢。西厢那边的芳草已经很茂盛了,春已深,天已暮,又是一个寂寞的夜晚!闺阁中帘幕低垂,燕子相伴,孤独之中她甚至觉得要感谢燕子陪伴了她!从篇首的怨大雁,到篇中的疑喜鹊、谢海燕,词人极其生动地刻画了女主人公的心理活动。

秋 蕊 香

晚酌宜城酒①暖,玉②软嫩红潮面。醉中窈窕度③娇眼,不识愁深愁浅。 绣窗一缕香绒线④,系双燕。海棠满地夕阳远,明月笙歌别院。

【注释】

①宜城酒：古代一种名酒。
②玉：喻指女子的肌体。
③度：同渡，传递眼神、暗送秋波的意思。
④香绒线：指刚抽芽返青的柳条。

【赏析】

这首小令是和周邦彦词韵而作的。写一个情窦未开的天真少女，黄昏之时一下子傻乎乎喝了许多酒，弄得自己双颊绯红，肢体绵软。乘着醉意她竟然还秋波顾盼，双目非但没有发直，反而流光溢彩。下片写窗外的春天景色，为上片"美人醉酒图"作环境背景的陪衬，充满了暗示。绣窗垂柳飞双燕，是转弯抹角说她不知闺中寂寞；海棠满地乃春暮景象，间接地写出她年龄尚小，不懂得惜春和伤春，夜来他人欢歌，同样也不能引起她的伤感。好个可爱的醉美人儿！

这首词上片叙事，下片写景，借景叙事。形象塑造得非常鲜明，章法也颇为奇特。

一 落 索

欲寄相思愁苦，倩流红①去。泪花写不断离怀，都化作、无情雨！　　渺渺暮云江树②，淡烟横素。六桥③飞絮，夕阳西尽，总是春归处。

【注释】

①倩：请。流红：水上红叶。
②暮云江树：杜甫《春日忆李白》诗："渭北春天树，江东日暮云。"
③六桥：西湖之外湖有六桥，名映波、锁澜、望山、压堤、东浦、跨虹。为苏轼所建。

【赏析】

前一首中的女主人公天真可爱，无忧无虑；这一首中的女主人公正好相反：她思念远方的男子，焦灼激动，想借红叶寄去相思，可是红叶如何写得下、载得动、流得去？相思如此之多，和泪为墨写相思，泪却比相思更多！不断地流，不断地涌，最终化作漫天飞雨！她登楼远望：一边是钱塘江，他与她分袂而去的地方，江上云和树沉沉笼罩在暮霭之中；一边是西子湖，他与她尽情欢游的地方，柳絮漫天飞舞，春天和夕阳一起悄然而去……此时此景，真让人欲哭无声！

垂　杨

银屏梦觉，渐浅黄嫩绿，一声莺小。细雨轻尘，建章①初闭东风悄。依然千树长安②道，翠云锁、玉窗深窈。断肠人、空倚斜阳，带旧愁多少。　　还是清明过了，任烟缕露条，碧纤青袅。恨隔天涯，几回惆怅苏堤③晓。飞花满地谁为扫？甚薄幸、随波缥缈。纵啼鹃、不唤春归，人自老。

【注释】

①建章：汉代宫殿名，汉武帝造。借指临安宫阙。
②长安：唐代都城，此处代指南宋都城临安。
③苏堤：西湖苏堤，为苏轼所造。

【赏析】

此词大约是陈允平久客临安时的作品。词中女主人公年年岁岁空对着临安的宫阙御苑、西湖斜阳、苏堤翠柳……多少回黯然垂泪，伤心与薄情人仍然相见无期，伤心自己的青春随着一番番春天悄然而去。我们觉得，词中女主人公其实就是词人自己的化身，女子伤春伤别象征着他在临安的不遇处境。

张　枢

张枢字斗南，一字窗云（或别作云窗），号寄闲。祖籍西秦（今陕西省），居临安。为词人张炎之父。张枢精通音律，张炎《词源》卷下载："先人晓畅音律，有《寄闲集》，旁缀音谱，刊行于世。每作一词，必使歌者按之，稍有不协，随即改正。"词友周密也说他"笔墨萧爽，人物蕴藉，善音律。尝度《依声集》百阕，音韵谐美，真承平佳公子也。"（《浩然斋雅谈》卷下）与音律专家杨瓒、毛敏仲、徐理诸人商榷音律、删润琴谱，为当时词坛所瞩目。又辟家园湖山绘幅楼为吟台，与杨缵、周密等发起西湖吟社，是宋末的主要词人之一。他的词，流传至今的只有九首，偏于委婉精雅一途。

瑞　鹤　仙

卷帘人睡起。放燕子归来，商量春事。风光又能几？减芳菲、都在卖花声里。吟边眼底，披嫩绿、移红换紫。甚等闲、半委东风，半委小溪流水。　　还是，苔痕湔雨①，竹影留云，待晴犹未。兰舟静舣②，西湖上、多少歌吹。粉蝶儿、守定落花不去，湿重寻香两翅。怎知人、一点新愁，寸心万里。

【注释】

①湔：洗涤。湔雨：被雨洗刷。
②舣：泊舟靠岸。

【赏析】

与其说这是一首以人为中心的伤春词，不如说它是一首非常动人的"西湖之春"风景词。

上阕分写春声和春景。"卷帘"句在章法上有总领和唤起全篇的作用，是交代"视点"，以下风景皆从此写出。词人听到了两种春声：一种来自窗外，一种来自室内。一是低低呢喃的燕语，好像它们刚从外面回来，正在商量春天的什么事情。来自窗外的春声则是卖花人的叫唤声，它让人觉得花的世界正在被渐渐吞噬，春天最终将消失在这些叫卖声中。两种春声，唤起我们一喜一忧两种情绪。"吟边眼底"句以下转述所见西湖四周的远近景致：繁花——红红紫紫先后零落，半被东风吹走，半落于流水之中。西湖——水面上泊着兰舟，丝竹歌舞之声远远传来。蝴蝶——春雨之后落花满地，它们却仍停在落花上不肯离去，不知是眷恋花香还是翅湿难以飞去，歇拍"怎知人"三句回应篇首。从远近景致回到伤春之人，虚虚淡淡写出此时此刻的内心感受。

词着意淡化伤春的凄恻愁苦况味，而突出客观景物的诗情画意。这一幅幅清雅的残春景象，不仅我们，也许词中的伤春人也并不那么十分讨厌呢。

风 入 松

春寒懒下碧云楼，花事等闲休。红绵湿透秋千索，记伴仙、曾倚娇柔。重迭黄金约臂①，玲珑翠玉搔头②。　熏炉谁熨暖衣簏，消遣酒醒愁。旧巢未著新来燕，任珠帘、不上琼钩。何处东风院宇，数声揭调《甘州》③。

【注释】

①约臂：臂环饰物。
②搔头：发簪。
③揭调：演奏某调。《甘州》：唐代著名的大曲。

【赏析】

词中的男主人公曾经与一个貌若天仙的女子在这座碧云楼中度过一段难忘的时光。当这一切终于成为了过去，他却无力从旧情中自拔出来——他将自己深锁在这座旧巢之中，懒得下楼，甚至懒得将垂帘挂起，只求不受任何惊扰，细细回味往事；他眼前总是反复浮现臂上戴着一圈圈金黄色臂环、头上插着碧玉簪的形象，那正是他铭心刻骨思念的神仙伴侣;他感觉到一份漫漫无边的寂寞:衣裳无人熏香,酒愁无人消遣,甚至梁间也没有燕子陪伴自己(旧巢无燕正是男主人公碧云楼香巢无人的象征)!他听见附近传来歌舞丝竹之声。他人的今天正是自己的昨天!自己的今天会是他人的明天吗?

南 歌 子

柳户朝云①湿,花窗午篆②清。东风未放十分晴,留恋海棠颜色、过清明。　　垒润栖新燕,笼深锁旧莺。琵琶可是③不堪听,无奈愁人把做④、断肠声!

【注释】

①朝云:双关语,暗示巫山之云。
②午篆:焚香所腾起的香烟。
③可是:岂是、难道是。
④把作:当做、作为。

【赏析】

这首《南歌子》,写青楼歌妓执着于爱情,不能忘怀从前的一位相好。看上去情节非常简单,语言也极其浅显易懂。但沉吟数过,你会发现它的语言极富有表现力和暗示性。比如起二句,一写室外景,一写室内景。"柳户"谓绿柳掩映之人家,"花窗"谓繁花簇拥之窗牖,既点出女主人公所在之地点,又点出其时的季节。"午篆清",看似写景,实是渲染悄无人声的寂寞氛围。"朝云"是清晨之云,与"午篆"相对,但读者很容易联想到游荡于巫山之阳、高丘之阻的那个"朝云"。在古典诗词中"朝云",常常是歌妓(妓女)的代名词,朝云暮雨、巫山云雨是男女欢爱的特定说法。因此这里的"朝云"实际上暗示了女主人公的歌妓身份,花窗柳户不也就是"花柳"去处么?两句十字,竟然包涵了描写景物、渲染气氛、点明地点和季节、暗示女主人公身份四重意思！过片的"垒润栖新燕"两句也颇值得咀嚼。梁间新燕是她这个旧居旧人的反衬物，而笼中的旧莺则是她的处境的象征物。它们说明了什么呢？柳户花窗中的美人是不能离开这里的，她是没有自由的黄莺；那个风流飘逸的男子能够飘然而至，又能够随随便便飘然而去，他是自由自在的燕子啊！

谒 金 门

春梦怯，人静玉闺平帖①。睡起眉心端正贴，绰枝双杏叶②。重整金泥蹀躞③，红皱石榴裙褶。款步花阴寻蛱蝶，玉纤④和粉捻。

【注释】

①平帖：平静、平复。

②绰：手执、抓起。杏叶：草名，别称金盏草。蔓延生于篱下，叶叶相对，秋后结籽。

③金泥：用金屑涂料在衣物上描绘图案，也称泥金。蹀躞，古时候腰带上饰物。

④玉纤：女子手指。

【赏析】

全词由一个悬念和三个细节组成。悬念是：美人刚刚在春梦中梦见了什么？细节之一：她紧皱的眉心舒展开来，正拿着一枝叶叶相对的金盏草，默默地摆弄着；细节之二：她在整理久已搁置的衣饰，描金熨褶不亦乐乎；细节之三：她漫步于庭园之中，捕捉飞舞的蝴蝶。

从睡起发愣，到忙忙匆匆，再到无事可为漫步户外，三个细节非常巧妙地暗示了悬念的谜底。她一定是梦见了朝思暮想的白马王子，对方应允将很快归来，重新回到她的怀抱。

庆 宫 春

斜日明霞，残虹分雨，软风浅掠蘋波。声冷瑶笙，情疏宝扇，酒醒无奈秋何。彩云轻散，漫敲缺、铜壶浩歌①。眉痕留怨，依约远峰，学敛双蛾。　　银床②露洗凉柯，屏掩香销，忍扫茵罗。楚驿梅边，吴江枫畔，庾郎③从此愁多。草虫喧砌，料催织、回文④凤梭。相思遥夜，帘卷翠楼，月冷星河。

【注释】

①漫敲缺句：谓击节而歌敲缺壶口。见前陈策《摸鱼儿》注⑧。
②银床：即井床、井栏。
③庾郎：庾信，曾作有《愁赋》。
④催织回文：苏蕙织锦回文，见前施岳《兰陵王》注⑥。

【赏析】

词中的离愁别恨多是在烂漫的春天中展开的，这里的一首，却是描写秋天的美人和秋天的相思。

上片，"斜日"三句写窗外景象：晚霞中的夕阳、秋雨后的残虹以及远处水面吹来的轻风。"声冷"三句写室内景象：笙无人弹，扇弃置一边，悲秋之人酒后初醒。"情疏宝扇"是用班婕妤的典故。班氏失宠于皇上，作《怨歌行》，借秋凉扇子被弃形容自己的处境。"彩云"句以下，描写女主人公酒醒之后，而对残阳、残虹、瑶笙、宝扇无如之何，不知怎样发泄心中烦恼的情状。彩云散，潜含有歌舞散、鸳鸯散的意思。此情此景，她惟有敲壶而歌，双眉紧蹙而已！

下片，"银床"三句继续刻画她空房独守无事可为的凄惶处境。"茵罗"指秋衣，整理秋衣实是百无聊赖之中勉强为之的举动。接着，女主人公的心飞到了千里之外，系念着飘游于楚中、吴中的情郎，想象他一定也在苦苦思念着自己。石阶下的秋虫不住地低吟着，是在催促自己快快织成回文锦书信寄去呢！"楚驿梅边"五句，纯系女主人公自作多情之幻觉。又一个漫漫长夜在等待着她，末三句写她遥望星空，默默无语。全词至此完成了从黄昏到夜半的整个过程。

壶 中 天

月夕登绘幅堂①，与笤房②各赋一解。

雁横迥碧，渐烟收极浦，渔唱催晚。临水楼台乘醉倚，云引吟情闲远。露脚飞凉，山眉锁暝，玉宇冰奁满③。平波不动，桂华④低印清浅。　　应是琼斧修成⑤，铅霜捣就，舞《霓裳》⑥曲遍。窈窕西窗谁弄影，红冷芙蓉深苑。赋雪词工，留云歌断，偏惹文箫怨。人归鹤唳，翠帘十二⑦空卷。

【注释】

①绘幅堂：张枢家园的楼台之一。在群仙绘幅楼上。
②笤房：李彭老字商隐号笤房。
③冰奁：喻皎洁的月亮。满：指月圆。
④桂华：一指月光，一指桂花。
⑤琼斧修成：传说月宫中有三千修月户，以斧修月。
⑥《霓裳》：唐代著名法曲，传说系唐玄宗得自月宫。
⑦翠帘十二：指堂中的重重帘幕。十二喻多。

【赏析】

此词咏月夜登临。上片写西湖夜景。"雁横"句是仰见，"渔唱"句是俯听。"渐"在这里是"正当"的意思。"临水楼台"二句交代视点，写自己身在何处（临水楼台）、正在如何（凭栏醉赏）以及心境如何（情致闲远）。"露脚"与"山眉"为巧对，几句描写夜露沾衣，山峰静立在茫茫夜色之中，一轮秋月挂在天上。"桂华"有两种不同的理解：月光，是说月照湖水清澈见底；指桂花，则是实写绘幅楼前的临水丹桂。

下片写明月及月下之人。过片三句连用三个有关月亮的传说。词人凝视月亮,想象在那个世界里玉斧修琢、玉兔捣药、众仙女正翩翩起舞。此时西窗外影影绰绰也有谁在翩翩起舞,原来是一片荷花被秋风吹得摇曳不止。"赋雪"三句谓自己与词友彼此赋词逞才,才胜咏雪的谢道韫;歌妓在一旁红唇皓齿发为清唱,响遏行云。歌停箫起。呜咽低回……令人有飘然欲登仙而去的感觉。

词突出表现了一种极其静谧清雅的气氛,一轮皎月、一湖秋水、一片荷花,诗客、美人、箫声、歌声,试想这是何等超凡脱俗的自然境界和心灵境界!

李 演

李演字广翁,号秋堂,南宋理宗时代之江湖词客,有《盟鸥集》。据周密《浩然斋雅谈》卷下:"淳祐间(1241—1252),丹阳太守重修多景楼。高宴落成,一时席上皆湖海名流。酒余,主人命妓持红笺,征诸客词。秋田李演广翁词先成,众人惊赏,为之搁笔。"其词今存七首,时见奇气。

摸 鱼 儿

太 湖

又西风、四桥①疏柳,惊蝉相对秋语。琼荷万笠花云重,袅袅红衣如舞。鸿北去,渺岸芷汀芳,几点斜阳字。吴亭旧树,又系我扁舟,渔乡钓里,秋色淡归路。　　长干路②,草莽疏烟断墅。商歌③如写羁旅。丹溪翠岫登临事,苔屐④尚粘苍土。鸥且住,怕月冷吟魂,婉冉⑤空江暮。明灯暗浦,更短笛衔风,长云弄晚,天际画秋句。

【注释】

①四桥:指吴中的甘泉桥。

②长干路:泛指吴中古道。

③商歌：秋歌。
④苔屐：沾有苍苔的登山木鞋。
⑤婉冉：草木萧疏的样子。

【赏析】

　　一幅画面开阔的巨型卷轴在我们眼前展开，它浓淡干湿兼备，勾勒点染俱全，将太湖秋色历历写出：湖岸——甘泉桥边柳稀疏，残蝉抱柳而吟。西风过处一片萧瑟秋意；湖中——荷叶如万顶斗笠高擎水面，荷花如云，开得重重叠叠；天空——大雁从湖上飞过，在斜阳余晖里列成三两雁阵，渐渐消逝在远处水天相连的"岸芷汀芳"之中；湖边——词人的一叶扁舟也成了这幅秋色图中的一景，他系舟在吴中的一处故地，踏上了湖边的乡间小路。

　　词人是酷爱江湖的隐逸高士，曾与湖上之鸥结有旧盟（著有《盟鸥集》）。但他面对如此烟波浩渺的景象，面对黄昏和秋色，却不能不百感交集！"丹溪翠岫"令他心驰神醉，而"草莽疏烟"却唤起他的伤感。江湖之兴时时掺杂着羁旅之怀、吊古之痛，孤高独立的飘逸感也每每化为一缕生命的惶惑和寂寞。"月冷吟魂"四字，生动地表现了词人的内心世界。末四句悠荡开去，仍以眼前远近之景作结，给人以余韵无穷的感觉。

　　细心的读者也许已经发现，词咏太湖，却没有一处去正面写它，甚至也没有一处使用有关太湖的典故。词人只是左右烘托、前后包抄、上下打点，将太湖的人、鸟、荷、柳、山、月、桥、村等一一写出，太湖之形象自然而然也就凸现在读者眼前。

声　声　慢

问梅孤山

　　轻鞯①绣谷，柔展烟堤，六年遗赏新续。小舫重来，惟有寒沙鸥熟。徘徊旧情易冷，但溶溶、翠波如縠。愁望远，甚云销月老，暮山自绿。　　鼙笑人生悲乐，且听我尊前，渔歌樵曲。

旧阁尘封,长得树阴如屋。凄凉五桥②归路,载寒秀、一枝疏玉。翠袖薄,晚无言、空倚修竹③。

【注释】

①鞴:马鞍具。轻鞴:指骑马游赏之人。
②五桥:当是指西湖苏堤的六桥。
③翠袖二句:唐杜甫《佳人》诗:"天寒翠袖薄,日暮倚修竹。"此处是以佳人喻梅花。

【赏析】

孤山梅花,是西湖的著名景观。词人久别重来,感到既熟悉又陌生,既宽慰又黯然,徘徊低吟,作成此词。在这里,问梅退居次要,而重游怀旧构成全词的主要内容。

"轻鞴绣谷"五句写词人离开西湖六载之后,重新回到这里,周围的一切都已认不出他这位旧客,只有湖鸥曾与他有盟在先,还像从前那样翻飞相狎。"绣谷"指孤山锦绣般的山谷,"烟堤"谓西湖上万柳如云的苏堤和白堤。起二句词义飘忽不易骤解:是说孤山宜于走马、湖堤宜于漫步?是说过去自己常常骑马赏绣谷、漫步赏烟堤?是说绣谷到处是骑马的游人,烟堤上点缀着无数漫步的士女?还是说词人重来西湖,先骑马,次漫步,最后又泛一叶扁舟?似乎都成立。"徘徊旧情易冷"句以下写其内心感受。那是一份如烟如雾的陌生感,他已不能像六年前那样全身心沉浸在湖山风月之中,他只能旁观,只能站在湖山风月的"外边",凝视着溶溶湖波,凝视着自管老去的月亮和苍翠的君山,心中百感交集。

后片,词人怀着这番沉甸甸的心情,弃舟登岸,徘徊在孤山之中。他饮酒放歌,欲借渔樵隐居的幻想淹没此次故地重游所唤起的种种人生悲哀。可越是想忘却、掩盖、排遣、剪断,它们越是无处不起,无时不在。"旧阁尘封"表现他浓重的怀旧心绪,"凄凉五桥归路"描写他踽踽独行的形象。"疏玉",指枝头的几朵梅花。词人终于采得一枝梅花,凄凉地踏着暮色默默归去,末二句化用杜甫《佳人》诗意,是写梅花也是写词人自己。

醉桃源

题小扇

双鸳①初放步云轻,香帘蒸未晴。杏熔暗泪结红冰,留春蝴蝶情。　寒薄薄,日阴阴,锦鸠花底鸣。春怀一似草无凭②,东风吹又生③。

【注释】

①双鸳:绣有鸳鸯图案的女鞋。
②无凭:无凭准、无缘由根据。
③唐白居易《赋得古原草送别》:"离离原上草,一岁一枯荣。野火烧不尽,春风吹又生。"

【赏析】

这首题扇词,意境恰如一幅扇面小景。写的是一位女子漫步于花园之中,欣赏着早春的杏花、蝴蝶和花丛中的锦鸠叫声,已经沉埋了很久的少女春情忽然被唤醒。春怀似春草,东风吹又生。多么聪明的形容!多么贴切的比喻!

南乡子

夜宴燕子楼①

芳水戏桃英,小滴燕支浸绿云②。待觅琼觚③藏彩信,流春,不似题红④易得沉。　天上许飞琼⑤,吹下蓉笙染玉尘。可惜素鸾⑥留不得,更深,误剪灯花断了心!

【注释】

①燕子楼:故址在今徐州。

②燕支：即胭脂，喻桃花。绿云：女子蓬松如云的乌发。
③琼觚：古代饮酒之玉爵，此处指席上酒盏。
④题红：题诗于红叶之上。
⑤许飞琼：传说中西王母的侍女。
⑥素鸾：指月亮，或说指席上的那位美人。

【赏析】

词人在燕子楼设筵聚饮，乘醉挑逗一旁的歌妓，未得结果。于是将这件风流雅事写进词中。起二句，写他席间看中了一位美丽的歌妓，于是频频眼神传情，目不转睛地盯着对方。"燕支浸绿云"是形容她乌黑的头发衬着绯红的双颊。丽人的情影让他春心大动，不能自已。百忙中忽发灵感，想出一条妙计：他将写好的情书藏进一只空酒盏中，乘别人不注意传递了过去，不知这位丽人是没有理睬他呢，还是已经名花有主，或飘然而去，总之让词人失望了。刚才还眉飞色舞暗暗得意的词人，突然之间变得万分沮丧，懊恼透顶。仿佛心被人一刀剪断（末句为歇后语："误剪灯花——断了芯"）！

词虽短小，却极有情趣。一个自作多情的男子形象跃然纸上，令人忍俊不禁。

八 六 子

次筼房①韵

乍鸥边、一番腴绿，流红又怨蘋花。看晚吹、约晴归路，夕阳分落渔家。轻云半遮。　　萦情芳草无涯。还报舞香一曲，玉瓢几许春华。正细柳青烟，旧时芳陌，小桃朱户，去年人面②，谁知此日重来系马，东风淡墨欹鸦③。黯窗纱，人归绿阴自斜。

【注释】

①筼房：李彭老的号。

②去年人面：唐崔护《题都城南庄》："去年今日此门中，人面桃花相映红。人面不知何处去？桃花依旧笑春风。"
③攲：倾侧。攲鸦：斜飞之鸦。

【赏析】

此词咏西湖黄昏。上阕写远处的湖鸥、夕阳、轻云，远处的暗绿树丛、水边蘋花和渔家屋舍，将此时此刻之季节、时间、处所、心境等一一借景物托出。

下阕，芳草满地，落英缤纷。词人沿着熟悉的小路寻找他失落的记忆。最后，词人还是抱着寻寻觅觅的惆怅，踏着苍茫暮色黯然归去。

像这样一类应景逞才的和韵之作，词人主要追求音律谐畅，至于意境创新恐怕还是第二位的事情。

祝英台近

次筼房韵

采芳蘋，萦去橹，归步翠微①雨。柳色如波，萦恨满烟浦。东君②若是多情，未应花老，心已在、绿成阴处。　　困无语，柔被褰损梨云③，闲修牡丹谱。妒粉争香，双燕为谁舞。年年红紫如尘，五桥流水，知送了，几番愁去。

【注释】

①翠微：山色葱郁。
②东君：司春之神。
③褰：揭起、撩起。梨云：指梦。

【赏析】

这位词人是个多情的伤春者。他泛舟采蘋，归途中又遇到一番山中之雨，心中充满了人生的悲哀。

上片写出游。起三句简略概括出词人春游的全过程：从去到归，从水到山，从泛舟采蘋到冒雨步行。"柳色如波"二句为雨中所见水面景象，这里的"烟浦"当是指西湖。此五句生动地"画"出了烟雨朦胧的西湖雨景，令人难忘。惟一不足之处是两用"萦"字，显得重复。"东君"以下三句抒发惜春感慨，意谓春天的脚步太过匆匆，春神如果多情，也不会让百花这样快地零落，转眼化作一片绿阴！正是词人如此多情，才觉得满烟浦都是恨，才觉得春神特别无情。

下片写归后厌厌无绪，整日系心在窗外的红紫百花。睡则梦见梨花如云，醒则漫为牡丹修谱。燕子在花丛中翩翩起舞，词人却觉得它们在"妒粉争香"，因而大为不满。末三句总束全篇，谓年年如此春去花谢，总要唤起自己无数哀怨！

莫 崙

莫崙字子山，号两山，江都（今扬州）人，寓家丹徒（今镇江）。度宗咸淳四年（1268）登进士第。曾因诗祸入狱，久之始得脱而归。莫崙与周密为词友，作品仅存五首。

水 龙 吟

镜寒香歇江城路，今度见春全懒。断云过雨，花前歌扇，梅边酒琖①。离思相欺，万丝萦绕，一襟销黯。但年光暗换，人生易感，西归水，南飞雁。　　也拟与②愁排遣，奈江山、遮拦不断。娇讹梦语，湿荧啼袖，迷心醉眼。绣毂华茵，锦屏罗荐，何时拘管？但良宵空有，亭亭霜月，作相思伴。

【注释】

①琖：同盏字。
②与：把、将。

【赏析】

男子的伤春怀人与女子的伤春怀人有什么不同？从这首词来看，至少男子的伤春怀人更加凄凉掩抑低回不尽，而且常常交织着生命的忧患情绪，显得比一般的艳情词格外凝重和深沉。词人寄身江城，春天到来，再也唤不起以往的那种兴奋心情。镜何以寒？没有美人使用它；香何以歇？女子已经不在身边。她不在，他还有什么雅兴享受春天呢？"断云过雨"三句是一种"不动声色的比喻"：他们往年在一起的时候，总是在花丛中歌舞、饮酒，而今这些都成了天空中的片云阵雨，过眼而去。只剩下无穷无尽的愁思包围着他、缠绕着他。接踵而来，更深层的人生喟叹也被唤出：人生短暂，岁月匆匆，青春难再。河水会向西流去吗？春天的大雁会往南飞？不能。

后阕，词人想排遣这沉重的愁绪。登楼，却被重重高山遮住了远眺的视线；睡觉，又被梦中她的哭诉的模样弄得"迷心醉眼"。华丽的车马、居室被冷落在那里，惟有月亮伴随他度过漫漫长夜。白天他追忆当年"花前歌扇，梅边酒琖"的幸福生活，神情黯然；夜晚他面对"绿毂华茵，锦屏罗荐"的豪华陈设，同样泪溅心惊！这两重强烈的对比和反衬，让他永远也挣扎不出感情的深渊。

玉 楼 春

绿杨芳径莺声小，帘幕烘香桃杏晓。余寒犹峭雨疏疏，好梦自惊人悄悄。　　凭①君莫问情多少，门外江流罗带绕。直饶②明日便相逢，已是一春闲过了。

【注释】

①凭：请、烦。
②直饶：宋人方言，即使、就算的意思。

【赏析】

这位少女苦苦等待着与心上人重逢。一天，突然被莺声和雨声惊醒了好梦，坐在那里闷闷生气。词下片是她的心灵独白——请不要问她此刻爱有多深、恨有多深、相思有多少，她自己也无法回答。你真的要问，她便会指指门外曲折奔流的江水。那便是答案。末二句是全词最精彩之处。她在心里对自己说：就算明天能与他相逢，也已经浪费了整整一个美好的春天！焦急、怨恨、坐卧不安的神情跃然纸上。请注意，桃花和杏花开于雨水、惊蛰前后，此时还只是"余寒犹峭"的仲春天气呢，她已觉得"已是一春闲过了"！

词写少女心理活动很有情趣，既生动又含蓄，富有个性。全词篇幅不长，语言也较浅俗，却能给人玩味不尽的感觉。

生 查 子

三两信①凉风，七八分②圆月。愁绪到今年，又与前年别。衾单容易寒，烛暗相将③灭。欲识此时情，听取鸣蛩④说。

【注释】

①三两信：三阵两阵。
②七八分：犹言七八成，形容月亮将圆而未圆。
③相将：行将、就要。
④蛩：蟋蟀。

【赏析】

词贵含蓄。我们经常见到词人欲吐不吐，乍言又止，顾左右而言他，绕来绕去总不肯正面说破、正面展开，就是个道理。这首秋夜怀人词正是如此。它的上片和下片都是前二句叙景，后二句叙情。叙景无非室外的秋月、秋风和室内的孤影、残烛，叙情却极其巧妙——问：今年秋来愁绪如何？答：与前一年有所不同。问：天寒烛尽，此时此刻在想些什么？答：听一听蟋蟀的凄吟就知道了。

读者想象得出,那离愁一年比一年瘀积得更浓、更重、更深,那离愁竟让(他)不忍说来、不敢直面它!

卜 算 子

红底①过丝明,绿外②飞绵小。不道③东风上海棠,白地④春归了。　月笛曲栏留,露舄⑤芳池绕。争得⑥闲情似旧时,遍索檐花⑦笑。

【注释】

①红底:花丛中。

②绿外:绿丛旁或绿丛中。外:方位词,可随文释作旁、下、中、上诸解。

③不道:不知不觉。

④白地:空阔荒芜之地。

⑤舄:鞋子。

⑥争得:怎得、如何能够。

⑦檐花:此处指屋檐下的细雨滴。

【赏析】

这宛似一首春天的小夜曲。春天悄悄出现在人们的面前:红密绿深,游丝飘荡,柳絮漫天,仲春前后开放的海棠也被东风吹绽花容。词中的这位少女却再也不能像从前那样心无挂碍、无忧无虑地嬉笑玩耍,她月夜倚栏吹笛,踏露在水边漫步……随着春天到来,她的胸中弥漫着一片青春烦恼。

词的末二句是一种非常委婉含蓄的表达方法,不说眼前,只说不能如过去那样。既表现了词中女主人公的不忍直说,也反映了词人自己的不愿直说。

丁宥

丁宥字基仲（又作基重），号宏庵，钱塘（今杭州）人。与江湖词人吴文英、施枢、黄中等交游唱和，尤与吴文英为挚友。

水龙吟

雁风吹裂云痕，小楼一线斜阳影。残蝉抱柳，寒蛩入户，凄音忍听。愁不禁秋，梦还惊客，青灯孤枕。未更深，早是梧桐泫露，那更①度、兰宵永。　　空叹银屏金井②，醉乡醒、温柔乡③冷。征尘倦扑，闲花漫舞，何心管领。葱指冰弦，蕙怀春锦，楚梅风韵。怅芙蓉城④杳，蓝云⑤依黯，锁巫峰暝。

【注释】

①那更：况更、又兼之、何况又的意思。
②金井：此处指藻井。古代官室建筑内梁栋交叉搭架成井字形状，并涂饰有各种颜色的图案。
③温柔乡：谓美人闺房与女色。
④芙蓉城：仙人所居之地。事见苏轼《芙蓉城诗序》载。
⑤蓝云：蓝桥仙云，指女仙云英。

【赏析】

词人丁宥曾娶过一位小妾周氏，号得趣居士。其人色艺冠绝一时，不仅能歌善舞，而且琴棋书画填词作赋无所不能，特为词人所爱重。后不幸早逝。此阕即是为伤悼周氏而作。词人徘徊楼上，沉浸于漫漫无边的怀念之中。上片前五句写黄昏："雁风吹裂"二句为楼中所见，"残蝉抱柳"三句为楼中所闻。残阳如血，秋风吹云，蝉、蛩凄唱，造成一种异样的凄厉气氛。"愁不禁秋"以下六句写秋夜独卧。读者或许记得，苏轼悼亡妻王氏，曾"夜来幽梦忽还乡"，见到了亡妻，"相顾无言，惟有泪千行"（《江城子》）。而贺铸悼亡妻赵氏则是彻夜难眠："空床卧听南窗雨，谁复挑灯夜补衣！"（《半死桐》）丁宥悼亡妾则兼有苏之梦、贺之醒：初因极思而梦见，后又被梦所惊醒，彻夜守着"青灯孤枕"难以入眠。

下片抒发对亡妾的怀念之情，似乎全从不眠的眼神中化出。"银屏金井"为室内之景：屏风在床侧，为侧卧所见；藻井在上方，为仰卧所见。辗转反侧之情状不言而自明。"征尘倦扑"三句，是说在外倦游、秋花零落本来都极令他伤感，而今怀此巨痛，相比之下它们都变得微不足道，再也无心理睬。他"有心管领"的是什么呢？是她的一切：她那善于弄琴的细手指、那满藏锦绣心肠的芳怀、那楚楚动人的高雅风韵。这些都悠悠忽忽消失了，她好像是芙蓉城的仙子，蓝桥驿的云英，巫峰的神女朝云！可惜此城杳渺、此云依暗，巫峰也深锁在暮雨云雾之中！

此词非常注意借环境景物来烘托气氛，传达词中人的主观心绪。情与景互相配合映衬，很好地表现了悼亡主题。其次，词人刻骨难忘的除了他们彼此之间的感情之外，主要还是她的才华、美貌和风韵气质。这是悼妾而不是悼妻，试读苏轼和贺铸的词，悼妻是不会这样写的。

储　泳

储泳字文卿，号华谷，华亭（今江苏松江）人。生平事迹不详。陶梁《词综补遗》卷十一载："（泳）侨寓华亭，著有《诗家鼎脔》、《祛疑说》。"

齐　天　乐

东风一夜吹寒食，红片枝头[①]犹恋。宿酒初醒，新吟未稳，凭久栏干留暖。将春买断。恨苔径榆阶，翠钱难贯。陌上秋千，相逢难认旧时伴。　　轻衫粉痕褪了，丝缘余梦在，良宵偏短。柳线穿烟，莺梭织雾，一片旧愁新怨。慵拈象管[②]。待寄与深情，怎凭双燕。不似杨花，解③随人去远。

【注释】

①红片枝头：赵闻礼《阳春白雪》作"枝头片红"。
②象管：指笔。
③解：能够、懂得。

【赏析】

  这是一阕春天的怨歌，全词有两个较为突出的特点：一是想象大胆而新奇。词中女主人公伤心春天不属于自己，而春天又匆匆欲去，于是见满地零落的榆钱，陡起奇想，欲以此钱将春天买下。当然这是不可能的，可词中人偏偏不说事不可能，却归因于满地榆钱无法贯穿成串。下片又因自己满襟"旧愁新怨"，而"发现"柳条如线，黄莺如梭，如同正在编织烟雾，织成自己的又一片愁思。第二个特点是词以逻辑顺序发展情节，层层推进，层层起浪。上片晨起吟诗，久而未能成吟，满脑海只有一个买春的念头。春买不来，原因是"翠钱难贯"，结果是春不认我，被排斥在春天之外。下片层进关系更明显：旧事难忘，故细抚轻衫旧痕，而得残存其间之旧梦；得旧梦而倍感旧日美好的良宵太过短暂，抚轻衫又幻生于莺柳织愁的想象，既有如此之多的"旧愁新怨"，遂欲诉之远方的心上人，欲诉而无心情执笔，执笔写成书信又信不过捎信的双燕。双燕不如杨花能够随人飞得很远很远，可杨花是无法捎寄书信的啊！如此缠绕而下的种种念头、种种烦恼，把一个思妇的内心世界表现得淋漓之至！

赵汝迕

  赵汝迕字叔午（一作叔鲁），号寒泉，乐清（今属浙江）人。为宋宗室之后，商王赵元份七世孙。嘉定七年（1214）登进士第，佥判雷州，谪官而卒。

清 平 乐

初莺细雨,杨柳低愁缕。烟浦花桥如梦里,犹记倚楼别语。小屏依旧围香,恨抛薄醉残妆。判却①寸心双泪,为他花月凄凉。

【注释】

①判却:宋人方言,甘愿、割舍的意思。

【赏析】

不妨将此词视作伤心人的哽咽之语来读。上阕分写她的眼前之景和心中之景,景中含情。早莺飞、杨柳低垂,点出相思的季节(春天)。雨中之莺也是一种象征,阴晦天气如同她的阴晦心情,濛濛细雨如同她心中绵绵不断的相思和烦恼。"烟浦花桥"指当年与情人分袂时的水边景象:南浦烟霭笼罩,桥边鲜花盛开。词中女主人公因见窗外之景而追忆当年之景。当年之景虽难以忘怀,却又因岁月流去而变得朦胧如在梦中,只有他临别时所说的话语,仍然铭记心头。

下阕,爱巢依旧如故,而随着他的离去,自己再也无心梳妆打扮,整日酒醉醺醺,鬓发凌乱,明知如此消沉无济于事,徒然折磨自己,也宁愿为他双泪长流,寸心成灰!"判却",即"拼却",宋词中每以之作女子决绝之语。周邦彦《解连环》词:"拼今生对花对酒,为伊泪落。"可与这首词中的"判却寸心双泪"参读。

楼 扶

楼扶字叔茂,号梅麓,鄞(今浙江宁波)人。与乡贤陈允平为诗友。端平年间(1234—1236)为沿江制置司干官。淳祐年间(1241—1252)知泰州军事。约卒于宋理宗宝祐以前。

水 龙 吟

次清真①梨花韵

素娥②洗尽繁妆，夜深步月秋千地。轻腮晕玉，柔肌笼粉，缁尘敛避。霁雪留香，晓云同梦，昭阳③宫闭。怅仙园路杳，曲栏人寂，疏雨湿、盈盈泪。　未放游蜂叶底，怕春归、不禁狂吹。象床困倚，冰魂微醒，莺声唤起。愁对黄昏，恨催寒食，满襟离思。想千红过尽，一枝独冷，把梅花比。

【注释】

①清真：周邦彦号清真居士。
②素娥：月中嫦娥。
③昭阳：汉成帝所筑宫殿，以居昭仪赵合德。

【赏析】

在这首梨花词中，词人将梨花想象为有生命、有感情的美女，千娇百媚，缠绵多姿。上片"素娥"五句，形容梨花如下凡之仙娥，洁白的花瓣如同其玉颊粉肌一尘不染，悄然漫步于月光之下。"霁雪"六句，仙娥又幻化作深宫美女，含泪却立。前人每以梨花带雨形容美人垂泪，这里词人将比喻反过来用，非常贴切自然。上片的拟人描写，突出了梨花孤高幽洁的花品特征。

下片抒发词人惜花、颂花之意。红颜命薄，梨花仙子既已夜深步月、深宫垂泪，至此又像床小睡，被莺声唤醒，更抱无限忧伤。"想千红"三句谓百花凋零之后，此花一枝独存，其幽洁、其清雅、其仙风道骨之姿质，可与梅花媲美。

菩 萨 蛮

丝丝杨柳莺声近，晚风吹过秋千影。寒色一帘轻，灯残梦不成。　耳边消息在，笑指花梢待。又是不归来，满庭花自开。

【赏析】

这首女子怀人词写得非常生动：上片写一天的等待和失望，白天等到夜晚，连梦中一见也不可得。下片写一春的盼望和失望，随着春天一步步走来，又一步步走去，女主人公耳边总是萦绕着他归来的消息，只要枝头花开，他就会回来。"笑指"二字生动刻画了这位女子初开始那种兴奋痴迷的情状。可是直到满庭繁花开遍，薄情人仍然杳无音信！她又一次、又一年的希望破灭了。这首小令明白如话，写得有声有色，如此一波三折摇曳生姿，实属难能可贵。

史介翁

史介翁字吉父，号梅屋。生平事迹不详。存词仅《菩萨蛮》一首。

菩 萨 蛮

柳丝轻飏黄金缕，织成一片纱窗雨。斗合①做春愁，困慵熏玉篝。　暮寒罗袖薄，社雨②催花落。先自③为诗忙，蔷薇一阵香。

【注释】

①斗合：相合、凑合。
②社雨：即春雨，谓春日社祭之雨。
③先自：本已。

【赏析】

这首词宛如一幅精美的扇面小景。上、下片都是前二句写景，后二句及人。起二句特别富有诗情画意，"纱窗雨"喻柳丝密垂，拂在窗上沙沙有声，如同春雨。这番视觉和听觉的错误，令闺中之人生出无限愁绪。柳丝"织成"的雨，和下片所写的"社雨"，一虚一实相映成趣,并不嫌重复。在写人方面,此词也很巧妙。闺中之人的形象朦朦胧胧忽隐忽现,如同云中之龙,东一鳞西一爪,但整体又让人能够感觉得到。词人没有正面描写其人的衣饰、容貌、心事等内容,只是简洁地点到她困懒熏衣,点到她为落花赋诗,蔷薇花香倍增其诗兴。此外的一切,都留给了读者去想象。

周端臣

周端臣字彦良,号葵窗,建业(今南京市)人。为南宋中期之江湖诗客,漂泊不遇。晚年入临安为御前应制。约卒于宋理宗淳祐、宝祐年间。今存词九首,风格轻俊,尤以吟咏西湖风光者较为出色。

木兰花慢

送人之官九华①

霭芳阴未解,乍②天气、过元宵。讶客袖犹寒,吟窗易晓,春色无聊。梅梢,尚留顾藉,滞东风、未肯雪轻飘。知道诗翁欲去,递香要送兰桡。　　清标,会③上丛霄。千里阻、九华遥。料今朝别后,他时有梦,应梦今朝。河桥,柳愁未醒,赠行人、又恐越魂销。留取归来系马,翠长千缕柔条。

【注释】

①九华:九华山,在今安徽省青阳县南。《方舆胜览》:"九华山在池州青阳县界,旧名九子山,李白以峰如莲花,改名九华。"

②乍:有二解,一为刚刚、方才;二为恰恰、正当。此处两义皆可通。

③会:定当、定要。

【赏析】

诗友赴九华山走马上任,词人作此阕赠别。全词突出两层意思:

一是颂扬对方人品高尚不俗,二是表达自己对友人的依依难舍之情。

前阕从送别之天气、时节写起,借早春水边的残梅加以发挥,谓梅花不肯轻落,是有意要等待这位品格清逸的诗翁,为他送行。

后阕由颂人之"高"转入送人之"远",抒发自己对对方的挽留惜别之情。河桥的杨柳还没有绽芽吐绿,柳眼未开,故云"柳愁未醒"。以此赠别,自己先已不堪伤心。"越魂",指越中送行的词人自己。末二句想象此柳只有待到将来对方归来之时,长条千缕,方能挽留得住他。

在中国古典诗歌传统中,梅花是品格的象征,柳条是感情的象征。词人以梅花颂人,写残梅有心;以柳条送客,写早柳初发未成千丝万缕,故无法留住远行之人。既切合刚过元宵的早春时节,为送别实见之景,又巧妙地托物为喻,传达出自己的思想感情。

玉 楼 春

华堂帘幕飘香雾,一搦楚腰①轻束素。翩跹舞态燕还惊,绰约②妆容花尽妒。　樽前漫咏《高唐赋》③,巫峡云深留不住。重来花畔倚栏杆,愁满栏杆无倚处。

【注释】

①一搦:犹言一把。搦,持。楚腰:美人之细腰。《韩非子·二柄》:"楚灵王好细腰,而国中多饿人。"

②绰约:婉约美好之貌。

③《高唐赋》:宋玉所作,描写巫山朝云神女之事。

【赏析】

这首《玉楼春》表现的是一种忽然袭来的单相思爱情。词大约是某次宴席上赠给舞妓的。在那次宴席中,随着香雾袅袅,走出一位美若天仙的女子,她腰肢细软,翩跹的舞姿让燕子也觉得吃惊。美丽的容貌,花朵都感到妒忌。真所谓沉鱼落雁、闭月羞花了!这里的"燕",兼暗指汉代的赵飞燕。汉宫美人赵飞燕纤腰一把,舞姿妙绝,传说她身轻如燕,能立于掌中。在词人眼里,这位舞姬仿佛就是赵飞燕了,于是情不自禁而生爱慕之意。

但这位美丽的女子词人却无法得到。她太美了,像巫山神女一样飘然而来又飘然而去,词人惆怅之余,惟有低吟宋玉的《高唐赋》,想象自己与那位不幸的楚怀王一样,望美人而兴叹。末二句词人在失望之中离开宴席,来到庭院前,愁云惨雾遍布庭中,积满栏杆,无处无愁,以至于他觉得栏杆无处可凭,此地也如华堂筵间一样令人不堪!

杨子咸

杨子咸号学舟,宋末词人,生平事迹无考。传世之作仅《木兰花慢》一阕。

木兰花慢

雨中荼蘼

紫凋红落后,忽十丈,玉虬横。望众绿帏中,蓝田①璞碎,鲛室珠②倾。柔条系风无力,更不禁、连日峭寒清。空与蝶圆香梦,枉教莺诉春情。　　深深,苔径悄无人。栏槛湿香尘。叹宝髻蓬松,粉铅狼藉,谁管飘零。不愁素云易散,恨此花、开后更无春。安得胡床③月夜,玉醅满蘸瑶英。

【注释】
①蓝田:陕西蓝田县有蓝田山,以产玉而闻名。
②鲛室珠:南海鲛人所居之处谓鲛室。《述异记》载:"南海中有鲛人室,水居如鱼,不废机织。其眼能泣,泣则出珠。"
③胡床:又名绳床,即折叠坐椅。

【赏析】

荼蘼花开于春末,常被诗人们视为"殿春"之花,所谓"此花开后更无春"。这首词咏雨中满地飘零的荼蘼,于赏花惜花之中交织着词人伤春、惜春和送春的情思。

上阕形容荼蘼的雨中芳姿。远处乍看,满地盛开的荼蘼犹如一条白色巨龙横卧在那里;细看之下,又似是翠幕中泼洒了蓝田美玉、倾翻了南海玉珠,零玑碎璧繁密如星。"系风无力"谓花枝娇嫩,在风雨中前仰后合无力自持。"空与"二句是说花欲谢、春欲去,一切即将结束,花丛之中的蝴蝶徒然栖香,黄莺徒然鸣啭。在词人眼中此时此刻的这些春天伴侣变得毫无意义了。

下阕写荼蘼满地狼藉的景象以及观花之人(词人自己)的心情。过遍"深深"三句,点出观雨中荼蘼的地点是在词人自己的庭园深处。面对雨中落花,他觉得风鬟雾鬓的花仙子"宝髻蓬松,粉铅狼藉"地站在那里,无人过问,令人凄然怅叹。"不愁"二句更翻进一层,托出心迹:惜花实是惜春,惜春之意又实在于爱惜生命、爱惜青春年华,故末二句申之以潇洒畅想,渴望月夜伴花饮酒,花落酒中,美美地享受这一点点残春好景!

汤 恢

宋人记载又别作杨恢。字充之,号西村,眉山(今属四川)人。与宋末柴望为诗友,理宗宝祐年间(1253—1258)在世。其词兼得柔媚与劲峭之致,惜流传至今者甚少,仅数阕而已。

二 郎 神

用徐干臣[①]韵

琐窗睡起,闲伫立、海棠花影。记翠楫银塘,红牙《金缕》,杯泛梨花冷,燕子衔来相思字,道玉瘦、不禁春病。应蝶粉半销，鸦云②斜坠，暗尘侵镜。　　还省③，香痕碧唾，春衫都凝。悄一似荼蘼，玉肌翠皴，消得东风唤醒。青杏单衣，杨花小扇，闲却晚春风景。最苦是、蝴蝶盈盈弄晚，一帘风静。

【注释】

①徐干臣：北宋词人徐伸字干臣。政和年间以知音律，为太常典乐，出知常州。有《青山乐府》。

②鸦云：女子乌发。

③省：审视、察看。

【赏析】

徐干臣作《二郎神》词，传说有一段故事。据王明清《挥麈余语》记载，徐氏有一爱妾色艺冠绝，因故流落他人之手。徐氏为追回此妾，作《二郎神》词令家妓在筵席上反复演唱，终于打动地方太守，为他追夺回美人。汤恢这首和韵之作，也是抒写对一位女子刻骨铭心的思念，或许也有一段与徐干臣相似的遭遇。

词中之人伫立于海棠花下，眼前的海棠渐渐幻化作昔日的梨花，当年与美人携手荡桨、轻吟低唱的情景一幕幕浮现出来。燕子捎来她近来的消息，又使他浮想联翩，悬测伊人一定脂粉半残，发髻散乱，镜子因久不使用而积满尘埃。

后片皆为思念悬想之辞：想象她抚弄审视着衣衫上旧日的花之残香、叶之芳汁，想象她如自己一样伫立花丛之中，着单衣、执小扇，晚风吹愁，心绪凄苦……综观全篇，主要笔墨都落在对方身上，既刻画了词人心中伤春美人的形象，也突出了词人自己思绪萦绕永难忘怀的特殊心境。

倦　寻　芳

饧箫①吹暖，蜡烛分烟②，春思无限。风到楝花，二十四番吹遍③。烟湿浓堆杨柳色，昼长闲坠梨花片。悄帘栊，听幽禽对语，分明如剪。　　记旧日、西湖行乐，载酒寻春，十里尘软。背后腰肢，仿佛画图曾见。宿粉残香随梦冷，落花流水和天远。但如今，病厌厌、海棠池馆。

【注释】

①饧箫：卖饧者所吹之箫。宋祁《寒食》诗："箫声吹暖卖饧天。"
②蜡烛分烟：寒食节后，以烛取新火炊食。
③二十四番吹遍：古人将春天前后八个节气分属二十四种花，称"二十四番花信风"。它们是：小寒梅花、山茶、水仙，大寒瑞香、兰花、山矾，立春迎春、樱桃、望春，雨水菜花、杏花、李花，惊蛰桃花、棣棠、蔷薇，春分海棠、梨花、木兰，清明桐花、麦花、柳花，谷雨牡丹、荼蘼、楝花。

【赏析】

二十四番花信风的最后一阵风已经吹过，开满海棠花的小院池馆中徘徊着寻寻觅觅形影相吊的词人。他听着外面的吹箫卖饧之声，看着新烟四处升起，幽幽寂寂追抚着从前西湖畔那略有诗情画意的往事前缘。

词上片描写目前环境景物，梨花闲坠、帘栊悄悄、幽禽啼叫，都是极力渲染词中之人的孤独寂寞之心绪。下片叙述旧日自己春游西湖，于游人士女中发现了一个柔软窈窕的美人背影，因此留下了很深的印象。这个充满浪漫情调的风流细节，在词人心底代表了青春，代表了热情，代表了生命的活力。它与"但如今，病厌厌、海棠池馆"，万事无心，百无聊赖，懒得出门的情形存在多么巨大的差异啊！

词人确实已经老了。

满　江　红

小院无人，正梅粉、一阶狼藉。疏雨过，溶溶天气，早如寒食。啼鸟惊回芳草梦，峭风吹浅桃花色。漫玉炉、沉水爇春衫，花痕碧。　　绿縠①水，红香陌。紫桂棹，黄金勒。怅前欢如梦，后游何日？酒醒香消人自瘦，天空海阔春无极。又一林、新月照黄昏，梨花白。

【注释】

①绿縠：水面细波。

【赏析】

一场春雨之后，梅花凋尽，桃花、梨花却深深浅浅相继开放。词中这位女性梦也醒了，酒也醒了，往事色彩缤纷地显现在眼前：携手欢游的当初，水面绿波，路旁红花，船举紫桨，马戴金勒。四种物、景概括了"前欢"的内容，四种颜色渲染了他们爱情生活的无比幸福。这些如今都已成为遥远的梦，她惟有日复一日地空对落花，仰望明月。

这是一首常见的女子怀人之词，从早到晚、对花对雨、酒醉梦醒、过去现在……基本是模式化的意境和表现手法，没有太多的个性特色。宋人的应歌之作，大抵如此。

祝英台近

宿醒苏，春梦醒，沉水冷金鸭①。落尽桃花，无人扫红雪。渐②催煮酒园林，单衣庭院，春又到、断肠时节。　　恨离别。长忆人立荼䕷，珠帘卷香月。几度黄昏，琼枝为谁折？都将千里芳心，十年幽梦，分付与，一声啼鴂。

【注释】

①沉水：沉水香，俗名沉香。金鸭：指鸭形香炉。
②渐：这里作"正当"解。

【赏析】

此词写怀念远人。上片从酒醒梦醒的清晨写起。室内无人为铜炉添香，室外无人清扫满地的花瓣，此女子独立于花前，又一度迎来了"断肠时节"。下片，"恨离别"三字道破年年此刻令人断肠的原因，章法上则是上片人物环境、举止描写与下片人物心理描写的过渡。"长忆"二句追想那年的这个时节，她与他在一起，人立花下、月悬中天的美好情景。难怪，每到荼蘼花开的晚春，女主人公就"单衣庭院"，悄悄来到花下断肠落泪！末三句，"十年幽梦"呼应起处的"春梦"，让人意识到：这里所写的，只是年年重复和循环的漫长悲剧的一个片断而已。同时，"千里芳心"、"十年幽梦"，都是极为漫长、极为沉重、极难放下者，而"一声啼鸠"却又是那样轻易、短暂。刻骨相思如此随便地被打发了事，千载之下令人为之洒泪！

祝英台近

仲　秋

　　月如冰，天似水，冷浸画栏湿。桂树风前，酽香①半狼藉。此翁对此良宵，别无可恨，恨只恨、古人头白。　　洞庭窄。谁道临水楼台，清光最先得？万里乾坤，原无片云隔。不妨彩笔云笺，翠尊冰酝②，自管领③、一庭秋色。

【注释】

①酽香：指桂花。

②冰酝：喻指美酒。

③管领：领略、占有。

【赏析】

　　词人被博大的宇宙空间和清丽无比的夜景所激动和陶醉，吟成这首秋夜抒怀之作。一种欢快和满足的情调弥漫于字里行间。从下片中"谁道临水楼台，清光最先得"，以及"万里乾坤，原无片云隔"的语气来推测，词人可能刚刚接受了朝廷的什么任职，或冤狱被澄清和平反。因为在我们的传统文化中,临水楼台先得月与阴云蔽日月,都是有其特定意味的。

词人有此欢欣情绪,才能睹满地桂花而不觉伤感;才能对此良宵别无可恨,只遗憾古人不能同赏,才能自负地纠正"临水楼台清光最先得"的古语。

该词清丽的景致、轻快的心绪,共同构成清逸高远的意境风格,弦外之音耐人寻味。

八声甘州

摘青梅荐酒①,甚残寒、犹怯苎萝衣②。正柳腴花瘦,绿云冉冉,红雪霏霏。隔屋秦筝依约,谁品春词?回首繁华梦,流水斜晖。　　寄隐孤山山下,但一瓢饮水③,深掩苔扉。羡青山有思,白鹤忘机。怅年华、不禁搔首,又天涯、弹泪送春归。销魂远,千山啼鴂,十里荼蘼。

【注释】

①荐酒:佐酒、下酒。
②苎萝衣:山野隐士所着之衣。
③一瓢饮水:喻俭朴生活。《论语·雍也》:"子曰:贤哉回也!一箪食,一瓢饮,在陋巷,人不堪其忧,回也不改其乐。"

【赏析】

隐士伤春,这是一个非常新奇的题材,宋词中较为稀见。

词人客游临安,隐居在西湖孤山之中。简陋的生活方式(着山野之衣、住柴草之屋、箪食瓢饮),平淡的生活内容(饮酒、观花、听琴、搔首送春),日复一日,使他觉得自己在虚耗青春,人生愿望得不到实现——是爱情的寂寞?还是功名的焦虑?抑或二者兼而有之?答案隐藏在这些轻叹低语之中。

词前片写隐居者的举止行为,后片写隐居者的心灵世界。前片逐层衔接而下：因摘青梅佐酒而赏花，却见绿叶如云冉冉飘动，红花如同飞雪纷纷凋谢，沉思静想中又隐约听到邻里歌妓唱词弹筝，唤醒了他记忆深处的繁华旧梦。后片的抒情全从上片饮酒、观花、听琴中来。他羡慕青山白鹤，惆怅年华消逝，弹泪送春，销魂伫立……末三句中，啼鸠是送春之鸟，荼蘼是殿春之花，词人送春，象征着送走了自己的一切青春和追求。

这首词典型地表现了南宋江湖词人的矛盾心态。他们是一些什么样的人呢？他们是一群不得志的时代小人物，一群草野文人，流浪吟客和食客，一群处于才与不才、仕与不仕之间的所谓名流。他们对功名富贵和世俗生活抱有浓厚的兴趣，却偏偏要借隐逸江湖的方式来实现之。这首词中，哪里找得到一点恬淡、悠闲的影子呢？

何光大

何光大字谦履（一作谦斋），号半湖。事迹不详。

谒 金 门

天似水，池上藕花风起。隔岸垂杨青到地，乱萤飞又止。露湿玉栏闲倚，人静自生凉意。泛碧沉朱[①]供晚醉，月斜才去睡。

【注释】

①泛碧沉朱：指斟饮绿酒和红酒。一说指眼前风摇水映的绿柳红花。

【赏析】

这幅夏夜小景，简洁之至，只有素描式的写景写人，不交代主人公是男是女，不作正面抒情，不用典故，也没有形容夸张。这些并不影响读者从中获得审美感受，或捕捉其弦外之音、言外之意，以想象补充之。

赵 溍

赵溍字元晋,号冰壶,潭州(今湖南长沙)人。为南宋名臣忠靖公赵葵之子。咸淳年间(1265—1274)为沿江制置使、知建康府。据《宋季三朝政要》记载,宋都城临安破后,广王登极于福州,以赵溍为江西制置使,进兵邵武。元蒋子正《山房随笔》则云:南宋亡,赵溍自京口迁往金陵。元兵南下,弃家而遁,南徙不返,死葬海旁山上。

临 江 仙

西湖春泛

堤曲朱墙近远,山明碧瓦高低。好风二十四花期①,骄骢穿柳去,文艗②挟春飞。　　箫鼓晴雷殷殷,笑歌香雾霏霏。闲情不受酒禁持③,断肠无立处,斜日欲归时。

【注释】

①二十四花期:即二十四番花信风,见前汤恢《倦寻芳》注③。
②艗:刻有鹢首的船。文艗:即画舫。
③禁持:宋元方言,摆布、纠缠的意思。

【赏析】

词分作两个部分:上片与过遍二句为前半部分,咏西湖春泛之"全景",气氛欢快;末三句为后半部分,写自己泛舟欲归,情调黯然。

前半部分的上片是所见:两堤群山、朱墙碧瓦,掩映在百花翠丛之中。岸上,骑马游客在柳树间穿行;湖中,画船满载春色荡漾往来。"箫鼓"二句更写所闻(听觉与嗅觉方面):箫鼓如雷,笑声歌声随着花香弥漫于湖上。

后半部分写词人自己悄然置身其外,心中的闲愁酒醉难掩,没有地方可以小驻,惟有在斜阳之下凄凉地归去。真是一幅"那人却在灯火阑珊处"的景象!从写作技巧上说,这是一种对比的章法,临终一转，给人以无穷的回味余地。

吴山青

水　仙

金璞明，玉璞明，小小杯柈①翠袖擎。满将春色盛。仙佩鸣，玉佩鸣，雪月花中过洞庭。此时人独清。

【注释】

①柈，同"盘"字。

【赏析】

词将水仙花想象为水中仙女，细长的翠袖（花茎）高擎着金盏玉盏（黄蕊与白瓣），满盛着洞庭春色。宽而长的翡翠一样的绿叶，如同美人行走时飘动的衣袂和佩饰。末句将水仙的形体之美升华为品格的超凡脱俗、甘愿寂寞。注入了词人自己的人格理想。"人独清"更是一种屈原式的人格境界。

赵　淇

赵淇字元建，号平远，又号太初道人、静华翁，潭州（今湖南长沙）人。宋末官直龙图阁、广南东路发运使，加右文殿修撰，尚书刑部侍郎。宋亡后降元，至元中署广东宣抚使。入大都谒见元世祖，拜湖南道宣慰使。有文集20卷，今已失传。赵淇又能绘画，词传世者仅一首。

谒　金　门

吟望直，春在栏杆咫尺。山插玉壶①花倒立，雪明天混碧。

晓露丝丝琼滴,虚揭一帘云湿。犹有残梅黄半壁,香随流水急。

【注释】

①玉壶:指碧空。一说指水中。

【赏析】

这首词写春景,饶有山野云烟之情趣。繁花如雪,远与濛濛青空相连,近抵栏杆咫尺。山势峭拔直指湛蓝的天空,野花丛枝倒映在水里。回看自己的山房,一帘湿云,半壁梅花,栏杆外落花随山涧流水而去。其次,全词虽只是写景,却能让人感觉到景中有人,有一个凭栏吟望、揭帘看山的山野高士存在。"山插玉壶花倒立,雪明天混碧"二句,透露出他热爱山川自然的隐士志趣;下片"虚揭一帘云湿"、"犹有残梅黄半壁"二句,又突出了他闲雅散淡,日与花朵、云朵为伴的高人性格。

毛 珝

毛珝字元白,号吾竹,柯山(一作桐山)人。宋末诗人,与周密为友。著有《吾竹小稿》一卷。李弇《吾竹小稿序》云:"柯山毛元白,诗人之秀者也。惜其少文自晦,不求闻于时,吟稿一帙,清深雅正,迹前事而写芳襟,有沈千运独挺一世之作。"词仅传二首。

浣 溪 沙

桂

绿玉枝头一粟黄,碧纱帐里梦魂香,晓风和月步新凉。吟倚画栏怀李贺①,笑持玉斧恨吴刚②,素娥③不嫁为谁妆?

【注释】

①李贺：唐代诗人，善作桂花诗。
②吴刚：据《酉阳杂俎》，吴刚学仙有过，被谪月中伐桂。桂高五百尺，斧痕随斫随合。
③素娥：月中嫦娥。

【赏析】

词咏桂花，上阕就其形状略加夸张、想象和形容，"绿玉"句为正面赋形，"碧纱"句为引申奇想，"晓风"句是四周环境之衬托。下阕，就有关桂花的传说和人事继续铺写：怀李贺，因为他是桂花诗仙；恨吴刚，因为他是月宫中的桂花奴仆；问嫦娥：因为她是月亮的化身、桂花的精魄。

此词虽简单，却是南宋人咏物词的典型写法：上阕写花貌，赋形；下阕写花心、花情、花史、花事，传神。从而形神兼备，物人相合。

潘希白

潘希白字怀古，号渔庄，永嘉（今浙江温州）人。宝祐元年（1253）登进士第。干办临安府节制司公事。德祐年间（1275—1276），起为史馆检校，不赴。

大 有

九 日

戏马台前，采花篱下，问岁华，还是重九。恰归来、南山翠色依旧。帘栊昨夜听风雨，都不似、登临时候。一片宋玉情怀①，十分卫郎清瘦②。　　红萸佩、空对酒。砧杵动微寒，暗欺罗袖。秋已无多，早是败荷衰柳。强整帽檐欹侧，曾经向、天涯搔首。几回忆、故国莼鲈③，霜前雁后。

【注释】

①宋玉情怀：战国时期楚人宋玉作有《九辨》，为著名的悲秋之作。

②卫郎清瘦：晋人卫玠字叔宝，自幼风神清秀，有玉人之目。后避乱移家建业（今南京），京师人士闻其姿容，观者如堵。不久卒，时谓被人看杀。

③莼鲈：吴中的莼菜和鲈鱼。专用来指归隐之事。典出《世说新语》。

【赏析】

词写归隐后重阳节登高的黯淡情怀。前片，"戏马台前"四句，写自己归隐乡里，采花东篱下，戏马高台前，重阳登高，见南山苍翠如昔。以纪实的笔法交代过时间、地点和事由。"帘栊昨夜"四句抒写内心感受。消瘦如卫玠，悲秋如宋玉，以至于昨夜的秋风秋雨也没有让他如此凄怨和伤感。

隐居乡里之后的轻松自由和解脱感，"采菊东篱下，悠然见南山"的恬静悠闲的心境，如何变得这样沉重，这样充满忧患之感了呢？概括之，乃是生命意识被眼前的残秋景象所唤醒、所强化。后片，词人登高独饮，村中捣衣声随风传来，平添几分惆怅。"欺"此处是逼近的意思。"罗袖"代指词人自己。"秋已无多"二句，写景之中兼亦指人，指衰老的自己已如同"败荷衰柳"。末四句追忆过去寄迹天涯，曾多少次梦想故乡莼菜鲈鱼，梦想隐居生活。言外之意，如今回到乡里，梦想成为现实，而人已衰老。另一种悲哀代替了从前的不幸。

李　珏

李珏（1219—1307）字元晖，号鹤田，又号庐陵民，吉水（今属江西）人。12岁时已通《书经》。后召试馆职，授秘书省正字，批差充干办御前翰林司，主管御览书籍，除阁门宣赞舍人。与宫廷琴师汪元量为诗友。宋亡后隐居不出，享年89岁。所著有《杂著四集》、《钱塘百咏》。词仅存二首。

击 梧 桐

别西湖社友

枫叶浓于染，秋正老、江上征衫寒浅。又是秦鸿过，霁烟外，写出离愁几点。年来岁去，朝生暮落，人似吴潮展转。怕听《阳关曲》①，奈短笛唤起，天涯情远。　　双屐行春，扁舟啸晚，忆着鸥湖莺苑。鹤帐梅花屋，霜月后、记把山扉牢掩。惆怅明朝何处，故人相望，但碧云半敛。定苏堤②、重来时候，芳草如剪。

【注释】

①《阳关曲》：指送别之曲。唐王维有送别诗《送元二使安西》，又名《阳关三迭》、《渭城曲》。

②苏堤：西湖两堤之一，苏轼所建。

【赏析】

李珏是宋末临安词坛上的前辈。交游很广，曾与唱和诸友结为西湖诗社。这首词是他离开临安前赠给友人之作，词中既有平常的离愁别绪，又有江湖雅人所特有的湖山风月之叮嘱，以及明春归来相聚的誓约。

上阕，"枫叶"二句就眼前景物写起，带出离别的季节（秋天）和地点（江边）。"秋老"，谓秋天已深。"征衫寒浅"，为远行人的特殊感受：别社友心理上的清冷寂寞，唤起了生理上江上寒浅的感受。"又是"三句将视野由平视江边转为仰视长空。"秦鸿"，指北地南飞的大雁。它们在空中排成雁字队形，可词人的无限离愁，它们又能写出几点来呢？"年来岁去"以下，写自己像江上的潮水一样，不得不年年来去奔波，身不由己。怕听送别之曲，偏偏此刻笛奏《阳关》，将他的思绪带向遥远的地方。

下阕从眼前的情景推开。"双屐行春"三句想象今后自己身在他乡，将回忆与西湖社友在一起的种种湖山雅事。"鸥湖莺苑"，谓西湖及其四周的园林。"鸥湖"对应"扁舟啸晚"，是说在黄昏下泛舟吟啸，"莺苑"对应"双屐行春"，是说着木屐漫步赏春。"鹤帐梅花屋"指孤山中的隐居庐舍，或西湖社友聚集的吟楼。此二句叮嘱社友牢掩柴门，实意在期望对方一如既往抱节不仕，不染世俗尘埃。"惆怅"三句又设想自己走后，诸友将怀念自己。这也是对社友的一种期望暗示。末二句谓明年自己将回到临安，与社友一起往苏堤重新"双屐行春"。

木兰花慢

寄豫章①故人

故人知健否？又过了、一番秋。记十载心期，苍苔茅屋，杜若芳洲②。天遥梦飞不到，但滔滔、岁月水东流。南浦春波③旧别，西山暮雨④新愁。　　吴钩⑤，光透黑貂裘⑥。客思晚悠悠。更何处相逢，残更听雁，落日呼鸥。沧江白云无数，约他年、携手上扁舟。鸦阵不知人意，黄昏飞向城头。

【注释】

①豫章：今江西的南昌。
②杜若：水边香草。
③南浦春波：江淹《别赋》："春草碧色，春水绿波。送君南浦，伤如之何。"
④西山暮雨：王勃《滕王阁诗》："画栋朝飞南浦云，珠帘暮卷西山雨。"
⑤吴钩：古刀名，刀头弯曲。
⑥黑貂裘，《战国策·赵策》："李兑送苏秦明月之珠，和氏之璧，黑貂之裘，黄金百镒，苏秦得以为用，西入于秦。"此处指游宦者衣装。

【赏析】

这是一首书信式的寄赠之作。词人宦游在外，以词代书向友人倾诉对过去的记忆，对眼前的怅惘和对将来的期望。

起句问候，作书信语，暗用唐人秋诗"明年此会知谁健，醉把茱萸仔细看"之意。"记十载"三句，谓记得当年与故人在一起隐居深山茅舍，像屈原一样采撷芳草，自高其品、自爱其人。"天遥"二句抒发对故人的思念之情。空间遥远，时间匆匆，彼此千里阻隔，以至于梦魂都飞不到对方那里。醒亦隔绝，梦亦隔绝，当年在水边分手的情景仍然记忆犹新，而故人现在面对豫章的西山暮雨，一定又平添无限愁绪。

下片，词人挑灯看剑，寒光照衣。"客思"二字点出他宦游异乡的身份，吴钩、貂裘二物又提示此客非俗客，乃剑客侠客，负王佐之才者。"更何处"句以下，写渴望见到故人，渴望将来携手共同隐居。末二句写景作结，将全篇结束在一片淡淡的忧伤之中。

作书信语是此词的一个特点。清初著名词人顾贞观"以词代书"寄吴兆骞《金缕曲》二首，起句问："季子平安否？"结句说："言不尽，观顿首。"就是从宋词中学来的。

利　登

利登字履道，号碧涧，金川（今属江西省）人。曾游临安，名动三学。以《礼记》擢淳祐元年（1241）进士第。仕至宁都尉。宋亡后悴憔以卒。今《江湖后集》有利登诗集《骳稿》一卷。词存十余首，大抵沉郁而峭拔，意蕴悠远。

风　入　松

断芜幽树际①烟平，山外更山青。天南海北知何极，年年是、匹马孤征。看尽好花结子，暗惊新笋成林。　　岁华情事苦相寻，弱雪②鬓毛侵。十千斗酒悠悠醉，斜河界、白月云心。孤鹤尽边③天阔，清猿啼处山深。

【注释】

①际：相接、会合。
②弱雪：疏雪，形容白发稀疏。
③边：此处作"处"解。

【赏析】

利登曾是一位四处漂泊的江湖词客，此词即是其行吟流浪的生活写照和心灵独白。

年年匹马孤征，词人心中交织着失望、焦虑、茫然无措的情绪。"天南"句，既表现了他对漂泊生涯无边无际、无休无止的害怕，同时也衬托出自己的微不足道，在茫茫的空间中如此渺小。词上片以"天南海北"两句为轴心，前二句为匹马孤征途中远处所见，后二句为近处所见、路边所见。前二句所感在空间杳渺，后二句所感在时间匆匆。

后片写自己双鬓渐白，月夜独自醉酒。"孤鹤"二句一为纵目所见，一为倾耳所闻，似是实写，又似是来自心灵深处的幻觉。词人多么想结束眼前的这种流浪生活。回到大自然，避世深山，像孤鹤一样自由自在，与山间野猿为伴侣！

曹 邍

曹邍字择可（一作可择），号松山。早年寄迹江湖上，与诗友辈结社豫章。后为贾似道客。曾供奉内殿，官御前应制。故其词多系奉诏应制而成的咏物篇什。约卒于宋度宗咸淳以前。

玲珑四犯

茶䕷应制①

一架幽芳，自过了梅花，犹占清绝。露叶檀心，香满万条晴雪。肌素静洗铅华，似弄玉②、乍离瑶阙③。看翠箔、白凤飞舞，不管暮鸦啼鸩。　　酒中风格天然别，记唐宫、赐樽芳冽④。玉蕤唤得余春住，犹醉迷飞蝶。天气乍雨乍晴，长是伴、牡丹时节。夜散琼楼宴，金铺⑤深掩，一庭春月。

【注释】

①词题一本别作"被召赋荼蘼"。
②弄玉：古仙女名，见前岳珂《满江红》注④。
③瑶阙：即瑶台，仙人所居之处。
④"酒中"二句：唐代有春饮荼蘼酒之习俗。酒之颜色与荼蘼相似，《辇下岁时记》云："长安每岁清明，赐宰臣以下荼蘼酒，即重酿酒也。"
⑤金铺：门上铜制的铺首，起装衔门环的作用。这里代指门。

【赏析】

曹氏这首咏花词，系受皇帝诏命而作，偏于逞才弄巧，个人情感寄托较少。词上片写荼蘼之形：花姿清雅独占晚春，堪与独占早春的梅花媲美。似积雪遍地，似仙女肌肤；绿龙翻腾，白凤起舞——荼蘼花给人以无数美好的想象。下片，"酒中"三句写此花在唐朝宫廷中备受荣宠的历史，切合御前应制作词。"玉蕤唤得余春住"，以及"长是伴牡丹时节"句，咏荼蘼开于春末，与牡丹花期相同，都是殿春之花。末三句借写景巧妙点出自己奉诏琼楼宴前作词，"金铺深掩，一庭春月"兼含有富贵升平的祝颂。

刘　澜

刘澜（？—1276）字养源，号江村，天台（今属浙江）人。初为道士，还俗，学唐诗有所悟。干谒无成。与周密为词友彼此唱和。诗集四卷，刘克庄评价说："短篇如新戒缚律，大篇如散圣安禅，诗之体制略备。"词今存仅四首，意境苍茫凄清，颇可玩味。

庆宫春

重登蛾眉亭①感旧

春剪绿波,日明金渚,镜光尽浸寒碧。喜溢双蛾,迎风一笑,两情依旧脉脉②。那时同醉,锦袍湿、乌纱攲侧③。英游何在,满目青山④,飞下孤白⑤。　　片帆谁上天门⑥,我亦明朝,是天门客。平生高兴⑦,青莲⑧一叶,从此飘然八极。矶头绿树,见白马、书生破乱⑨。百年前事,欲问东风,酒醒长笛。

【注释】

①蛾眉亭:在安徽当涂牛渚山上。山北突入长江中,即著名的采石矶。
②脉脉:形容两山相望的样子。
③"那时"二句:指诗人李白着锦袍乘醉泛舟游采石之事。
④青山:李白葬所,在当涂县东南。
⑤孤白:明月。
⑥天门:天门山,又名二梁山,夹江对峙如蛾眉。
⑦高兴:高远志趣,指隐居湖山。
⑧青莲:李白自号青莲居士。
⑨"见白马"句:指南宋初年文官虞允文大破金兵于采石矶之事。

【赏析】

据《安徽通志》记载,"蛾眉亭在当涂县北二十里,据牛渚绝壁,前直二梁山,夹江对峙如蛾眉然,故名。"词人重登此亭,举目眺望,追想在这里发生过的历史事件,一怀念唐代大诗人李白,二怀念南宋的抗金英雄虞允文。

怀念李白占据了全词的大半篇幅。结合眼前所见,词人分别咏李白之事、李白之坟、李白之诗三事。《新唐书·李白传》说:"白浮游四方,尝乘舟与崔宗之自采石至金陵,著宫锦袍,坐舟中,旁若无人。"后世因此还传说他醉游采石江上，跳水捉月而仙逝。同书又载，"白晚好黄老，度牛渚矶，至姑熟，悦谢家青山，欲终焉。"死后初葬采石矶，后又改葬于谢家青山。词人望大江、眺青山，追想李白往事，李白那首著名的《望天门山》诗从记忆中跳跃而出："天门中断楚江开，碧水东流至此回。两岸青山相对出，孤帆一片日边来。"词人情不自禁也要乘上李白的小船，飘然而去，做一个"天门客"了！

接着，词人又怀念起百年前本朝白马书生虞允文的采石业绩。南宋绍兴三十一年（1161），完颜亮率领金兵大举南犯，逼近采石江边。文官虞允文奉诏慰劳宋师至此，见兵溃如山倒，军无主帅，士无斗志，于是挺身而出统帅诸军，大破金兵于采石之下。完颜亮奔逃到扬州死在那里。这就是南宋抗金史上著名的"采石大捷"。虞允文为文官，故称其为"白马书生"。

词人生当宋末颓世，作为一介书生，他既想像李白那样遁迹江湖之上，独善其身；也梦想能够如虞允文那样为民族力挽狂澜于既倒，兼济天下，拯救苍生。当然，这只是一种梦想，一种诗人的愿望。此词风格苍劲，硬语盘空，写景、吊古、抒情融铸一体。兼济与独善的执着追求，深沉的忧患意识，使得该词境界明显高于其他题材的作品。

瑞　鹤　仙

海　棠

向阳看未足，更露立栏杆，日高人独。江空佩鸣玉。问烟鬟霞脸，为谁膏沐？情闲景淑，嫁东风、无媒自卜。凤台①高，贪伴吹笙，惊下九天霜鹄。　　红魇，花开不到，杜老②溪庄，巳公③茅屋。山城水国，欢易断、梦难续。记年时马上，人酣花醉，乐奏开元④旧曲。夜归来，驾锦漫天，绛纱万烛。

【注释】

①凤台：传说中萧史、弄玉仙去之处。
②杜老：诗人杜甫。
③巳公：古隐士。
④开元：盛唐时玄宗年号。

【赏析】

这是一阕咏花词。

上片起三句实写栏杆前海棠花盛开，以下分别想象它如伫立水边的仙女，脸似彩霞，发鬟似云雾；又如凤台上陪伴萧史吹笙的弄玉，最终唤来天上仙鹤飘然而去。下片慨叹此花盛开于南宋都城临安，却开不到山野深处，与隐士无缘。"山城水国"二句，既是说此花易谢，青春短暂；也是说自己客居临安青春已逝，前欢不可复得。末六句就眼前海棠追忆昔日盛世太平，都城花繁如海，自己正值青春年少，走马观花，人酣花醉。整个下片将个人的身世感慨、家国盛衰的喟叹寄托于海棠花的今与昔、开与落之中，运意含蓄深沉。这里海棠花内在的象征意味（唤起伤感），与上片海棠花外形的联想类比（唤起美感），形成了鲜明的对照。

齐 天 乐

吴兴郡宴遇旧人

玉钗分向金华①后，回头路迷仙苑。落翠惊风，流红逐水，谁信人间重见。花深半面，尚歌得新词，柳家三变②。绿叶阴阴，可怜不似那时看。　　刘郎③今度更老，雅怀都不到，书带题扇。花信风④高，苕溪月冷，明日云帆天远。尘缘较⑤短，怪一梦轻回，酒阑歌散。别鹤惊心，感时花泪溅⑥。

【注释】

①金华：浙江金华县北有金华山，道家谓金华洞，为三十六洞天之

一。相传汉代赤松子即于此处得道仙去。

②柳家三变：北宋词人柳永原名柳三变。

③刘郎：故地重游之人。此处巧指刘澜自己。

④花信风：指春天二十四番花信风。

⑤较：恨、差、欠的意思。

⑥别鹤二句：杜甫《春望》诗："感时花溅泪，恨别鸟惊心。"

【赏析】

这首词当是宋亡以后所作。词人在吴兴（今湖州）的一次宴席上，见到了一位旧人。这位旧人，根据词中叙述，是兵燹战乱中离散的家中歌妓。当时她已经属于了别人。

起二句从生离死别落笔。"玉钗分"谓离别。唐宋人习俗，离别之际分钗为赠，各执一股，以待来日相合。"回头路迷仙苑"，是说转头之间已彼此散失，误认为对方已经离世仙去。"落翠惊风"三句写意外重逢。绿叶被风吹，红花逐水流既是相逢时节的眼前实景，也构成一种比喻：谁相信叶落花飞之后，能够重新见到它"花深半面"、"绿叶阴阴"呢？"花深半面"是花容玉貌半已衰老的委婉说法。对方姿色远不似从前，而自己观其人、听其唱，心境也与从前迥然相异。上片词意跌宕起伏，变化多端：生离死别之后竟能重见其人，一可惊；见其人而其人姿色已经大异于从前，二可惊；姿色虽衰而仍然能够唱得昔日的太平新词，三可惊；听歌妓唱词，人如旧、词如旧、调亦如旧，而听者经历了国破家亡之巨大不幸，心境已与从前不同，四可惊。

上片侧重于写对方，下片转而侧重写自己，如今更加衰老，再无雅兴去题诗留墨于衣带、团扇之上。往事如梦，今日匆匆相逢也如一梦，酒阑歌散之后梦将消失。自己还将泛舟远行，离开吴兴。"别鹤惊心"二句从杜甫亡国之吟《春望》诗意化出。"国破山河在，城春草木深。感时花溅泪，恨别鸟惊心！"词人惊心溅泪，哪里是仅仅为一老歌妓啊！

张龙荣

张龙荣一名张榘（或作张矩），字成子，号梅深。宋末词人，曾与周密、陈允平共举西湖十景组词吟咏之事。其《应天长·咏西湖十景》十首，见赵闻礼《阳春白雪》卷八，颇为珍贵。与周密、毛珝等有诗词唱和，余事迹不详。

摸 鱼 儿①

又吴尘、暗斑吟袖，西湖深处能浣。晴云片片平波影，飞趁棹歌声远。回首唤，仿佛记、春风共载斜阳岸，轻携分短②。怅柳密藏桥，烟浓断径，隔水语音换。　　思量遍，前度高阳酒伴③，离踪悲事何限！双峰塔露④书空颖⑤，情共暮鸦盘转。归思懒、悄不似、留眠水国⑥莲花畔。灯帘晕满。正蠹帙重缱⑦，沉煤⑧半冷，风雨闭宵馆。

【注释】

①一本此词有题作"重过西湖"。

②分短：缘分浅。

③高阳酒伴：谓狂放不羁之酒友。《史记·郦生陆贾列传》载，郦食其自称"高阳贱民"进谒刘邦，被刘邦拒见，乃嗔目按剑叱使者云："吾高阳酒徒也，非儒人也！"

④双峰：西湖附近南高峰、北高峰，峰顶各有高塔。

⑤空颖：笔尖未蘸墨汁。

⑥水国：指西湖。

⑦缱：同翻字。

⑧沉煤：沉香。

【赏析】

张龙荣酷爱西湖山水。但在很长一段时间里，他却不得已寄迹吴中谋事任职。此番重归临安，再次泛舟西湖深处，内心百感交织。说不清究竟是庆幸、释然、满足，还是错愕、怅惘、悲哀。

  前片起二句，交代自己离开吴中回到西湖。湖水洗俗尘，是词人的自我解嘲，兼也暗示出他湖山隐逸的追求。"晴云片片"，为湖上所见；"棹歌声远"，为湖上所闻。所见所闻如此，初始的激动和快意渐渐平静下去，取而代之的是寻寻觅觅若有所失。"回首唤"，一唤昔日的美人，二唤昔日的酒友。"仿佛记"五句回忆与美人携手同游的情景，感慨彼此缘分短浅。因此一端，眼前的柳桥烟径种种景物也失去了它们昔月的魅力。隔水传来西湖女的娇声细语，亦与自己心中珍藏的记忆迥然相异。后片"思量遍"五句，是"回首唤"的另一层。从前同游西湖的诗友狂客，如今或已下世，或云散外地，再也不能聚首狂饮、联袂吟诗。远处南高峰和北高峰峰顶高塔，如同两支仰天书写的巨笔，在蓝天上空书愁怀，暮鸦盘旋，词人的愁绪也一样在不停地盘旋。"归思懒"二句，写词人于苍茫暮色之中徘徊既久，迟迟不肯归去。结尾四句写结束游湖，夜晚回到自己下榻的馆舍，身与心俱为凄风苦雨所包围。词人泛舟西湖洗去了两袖俗尘，却同时"染"上了一身回忆。其形迹似乎逃脱了世俗社会，而其心灵仍然在世俗的悲欢离合情感中挣扎！

◇ 卷　　六 ◇

李彭老

　　李彭老字商隐，号筼房。与其弟李莱老（字周隐）并称"龟溪二隐"。淳祐年间（1241—1252），曾任沿江制置司属官。李彭老是宋末临安词人群和西湖吟社的主要词人之一，与周密、王沂孙、杨缵等人为挚友。宋亡后曾参与《乐府补题》的咏物聚会。以隐居终老。其词沉郁凄迷，感慨无端，与周密、王沂孙诸家词风格相近。周密评其词谓"词笔妙一世"。张直夫也称李彭老"靡丽不失为国风之正，闲雅不失为骚雅之赋"。（见周密《浩然斋雅谈》卷下）

木兰花慢

　　正千门系柳，赐宫烛、散青烟①。看秀靥芳唇，涂妆晕色，试尽春妍。田田②，满阶榆荚，弄轻阴、浅冷似秋天。随处饧香杏暖，燕飞斜躞③秋千　　朱弦，几换华年④？扶浅醉、落红前。记旧时游冶，灯楼倚扇，水院移船。吟边⑤，梦云⑥飞远，有题红、都在薛涛笺⑦。听绝残箫倦笛，夜堂明月窥帘。

【注释】

　　①正千门二句：宋吴自牧《梦粱录》卷二："清明交三月，节前两日谓之'寒食'，京师人从冬至后数起至一百五日，便是此日。家家以柳条插于门上，名曰'明眼'，凡官民不论小大家，子女未冠笄者，以此日上头。寒食第三日，即清明节，每岁禁中命小内侍于阁门用榆木钻火宣赐臣僚巨烛，正所谓'钻燧改火'者，即此时也。"

　　②田田：鲜碧貌。

③䰉:低垂。
④朱弦二句:李商隐《锦瑟》诗:"锦瑟无端五十弦,一弦一柱思华年。"
⑤吟边:诗中、词中的意思。
⑥梦云:象征男女欢爱的巫山之云。
⑦薛涛笺:唐时名妓薛涛所制松花纸及深红小彩笺,后世八行红笺沿用该名称。

【赏析】

这首清明闲居词,上片咏节序风情,下片抒写自己的内心感受。以他人的欢笑衬托自己的凄苦和孤独,借往事的回忆遮掩和消遣寂寞无聊的现实生活。上片分两层写寒食清明。前五句咏市井风情:家家户户门上插柳,新火炊烟从宫中传出。女性们尽情打扮自己,初试春妆。后五句咏自然景色:春寒、花暖、饧香,满地鲜碧散乱的榆钱,秋千低垂,燕子穿飞往来……

下片写自己无心赏春,一味咀嚼记忆。清明寒食给别人带来了欢乐,却给词人带来了不安,让他想到自己青春已逝,惟剩老病情怀。"扶浅醉",是带着微醉的意思。"记旧时"以下,追怀当年风流之举:或登楼听歌,或携妓泛舟,将男欢女爱之情倾写在薛涛笺上。末二句以凄凉夜景作结,兼写出词人清明怀旧的黯淡心境和夜深难眠的情状。

壶 中 天

登寄闲吟台①

青飙②荡碧,喜云飞寥廓,清透凉宇。倦鹊惊翻台榭迥,叶叶秋声归树。珠斗斜河③,冰轮④辗雾,万里青冥路。香深屏翠,桂边满袖风露。　　烟外冷逼玻璃,渔郎歌杳,击空明⑤归去。怨鹤知更莲漏悄,竹里筛金帘户。短发吹寒,闲情吟远,弄影花前舞。明年今夜,玉樽知醉何处⑥?

【注释】

①寄闲：张枢字斗南，号寄闲。张枢吟台，参见本书卷五。
②青飙：蘋风，水面上吹来的风。
③珠斗斜河：七星北斗斜挂银河。
④冰轮：指秋月。
⑤玻璃、空明：皆形容清澈如镜的西湖水。苏轼《前赤壁赋》："桂棹兮兰桨，击空明兮溯流光。"
⑥明年二句：苏轼《阳关曲·中秋作》："暮云收尽溢清寒，银汉无声转玉盘。此生此夜不长好，明月明年何处看？"

【赏析】

词人登上张枢家园的湖山绘幅楼吟台，仰观秋空星辰，俯察西湖烟水，不禁感到清透心肺，"妙处难与君说"，作此词纪游抒情。

秋风扫荡了大地的绿装，云飞叶落，乌鹊盘旋，可这些并未唤起词人的悲秋情绪。相反，他却从中体察到了某种寥阔深沉的美。他喜爱开阔的秋空，喜爱清凉世界，喜爱仰见的北斗、银河、明月，喜爱绘幅楼四周盛开的桂花。过遍三句描写西湖夜景。"烟外"，雾霭之中。"玻璃"，喻水面平滑如镜。"空明"，形容湖水清澈见底似有似无。"怨鹤知更"以下将自己与词友登高台夜吟，"把酒问青天"、"起舞弄清影"的情景写进词中。"明年今夜"二句，表达了对今夜良辰美景的眷恋和赞叹，谓明年今夜恐怕难有如此美景、佳会、雅兴和高人。

这是一篇秋色赋，写景占据了主要篇幅，但词人又着意渲染和传达其主观心绪，表现一种与大自然融为一体的精神境界。词风格骚雅清空，语言明快简洁，综合了"北苏（轼）南姜（夔）"的词风特点。

高 阳 台

落 梅

飘粉杯宽，盛香袖小，青青半掩苔痕。竹里遮寒，谁念减尽芳云？么凤①叫晚吹晴雪，料水空、烟冷西泠。感凋零，残缕遗钿，迤逦成尘。　　东园②曾趁花前约，记按筝筹酒，戏挽飞琼③。环佩无声，草暗台榭春深。欲倩怨笛④传清谱⑤，怕断霞、难返吟魂。转销凝，点点随波，望极江亭。

【注释】

①么凤：鹦鹉的一种。
②东园：杨缵家园，为西湖吟社经常聚首的地方。
③飞琼：仙女许飞琼，喻美貌歌妓。
④怨笛：笛曲中有《梅花落》，与词题相合。
⑤清谱：指杨缵《紫霞洞谱》。

【赏析】

　　此词作于宋度宗咸淳初年词人杨缵去世之后。杨缵是宋末词坛上的音律大师，也是执西湖吟社之牛耳者，许多词人都出于他的门下。词借落梅象征杨缵谢世，在咏落梅的过程中抒发了对这位词坛领袖的深切思念。

　　梅花是西湖的一大景观。词上阕咏梅花凋零之后湖空烟冷的自然景象，分三层写来。起三句为身边"近景"：花瓣飞舞既急且密，故特别觉得酒杯宽大，落花香气浓烈。故又觉得衣袖窄小。地上青苔已经半被遮盖。"竹里"二句为"中景"，写不远处竹下成片的梅花尽皆消失。"么凤"二句为"远景"，孤山西泠"千树压西湖寒碧"（姜夔《暗香》）的奇观，只剩下"水空烟冷"、么凤哀鸣！

　　下阕追写花下往事，似是悼花而实是悼人。东园是杨缵家园，是临安词人群结社歃盟、商榷音律，订正琴谱、分题唱和的场所。其事屡见宋末诸家记载，如"东园桃李记春时，杖屦相从日日嬉。乌帽插花筹艳酒，碧莲探韵赋新诗"（周密挽杨缵诗《重过东园兴怀知己》），就可与词中花前相约、按筝筹酒、戏携美人的描写相互映证。"环佩无声"二句描写花魂去后东园草密春深的景象，暗示杨缵下世之后人去园空，再无人来往。"欲倩"二句亦是吊花吊人兼而写之，"清谱""断霞"所指甚明。其时词人毛敏仲、徐天民、徐理、张炎、周密等皆出杨缵门下,"朝夕损益琴理,删润别为一谱"(袁桷《琴述赠黄依然》),名《紫霞洞谱》。李彭老、张枢都是杨氏的同辈密友,故感情笃厚,所知甚深。末三句放下千愁万恨,只说眼前之景,"以淡语收浓词"非常含蓄。全词感情沉挚,运意苍茫,令人反复咀嚼而意味不尽,是咏物词中不多见的佳作。

法曲献仙音

官圃赋梅继草窗韵①

云木槎枒,水蓀②摇落,瘦影半临清浅③。翠羽④迷空,粉容羞晓,年华柱弦频换⑤。甚何逊⑥、风流在,相逢共寒晚。　　总依黯!念当时、看花游冶,曾锦缆移舟,宝筝随辇。池苑锁荒凉,嗟事逐、鸿飞天远。香径无人,甚苍藓、黄尘自满。听鸦啼春寂,暗雨潇潇吹怨。

【注释】

①官圃:指西湖附近的聚景园。周密原作见本书卷七,题作:"吊雪香亭梅"。

②蓀:同荭,水草。

③瘦影句:林逋《山园小梅》诗:"疏影横斜水清浅,暗香浮动月黄昏。"

④翠羽:指翠禽幺凤。

⑤年华句:李商隐《锦瑟》诗:"锦瑟无端五十弦,一弦一柱思华年。"

⑥何逊:南朝梁诗人,以爱梅著称。此处借指爱梅之人。

【赏析】

宋亡以后,西湖吟社的三友李彭老、周密和王沂孙,共游故宋废苑聚景园,借凭吊废园梅花怀念故国,怀念宋帝。

聚景园荒废于宋末,但在南宋前期却极盛一时,园中绿萼梅花尤为人所爱重,皇帝后妃经常驾临赏花。孝宗、宁宗之时仍然一片"云绿娥娥玉万枝"的繁荣景象,此词下片所写当时"看花游冶,曾锦缆移舟,宝筝随辇",即是对宋室帝、后时时光顾此园的纪实性描写。如今展现在词人眼前的却是这样一幅图景:古木横空,水落草枯,池苑荒凉,香径无人,苍藓遍地,黄尘厚积……词人伫立在稀疏清瘦的梅花面前,追抚着此花、此园、此江山繁华的昨天,听着乌鸦哀号,任凭暗雨飘洒。无限幽恨不言而自充溢于字里行间。上片之"年华柱弦暗换",下片之"嗟事逐鸿飞天远",都流露出强烈的亡国之痛、身世之感。

此词题作"官圃赋梅",而所写则主要是满园荒败景象,不仅仅限于赋梅。其特点,一是题材的象征性,以御花园象征宋皇室,象征故国江山,抒写兴亡之感慨;二是强烈对比的写法,于昔日繁盛和今日衰败的巨大反差之中,让读者感受到词人内心情绪的剧烈振荡。

一萼红

寄弁阳翁①

过蔷薇,正风喧云淡,春去未多时,古岸停桡,单衣试酒,满眼芳草斜晖。故人老、经年②赋别,灯晕里、相对夜何其。泛刬清愁,买花芳事,一卷新诗③。　　流水孤帆渐远,想家山猿鹤,喜见重归。北阜寻幽,青津问钓,多情杨柳依依。最难忘、吟边旧雨,数菖蒲④、花老是来期。几夕相思梦蝶⑤,飞绕蘋溪⑥。

【注释】

①弁阳翁:周密自号弁阳老人、弁阳翁。
②经年:整年,年复一年。
③一卷新诗:周密有诗集《蜡屐集》、《弁阳诗集》、《草窗韵语》等。
④菖蒲:草名,古人有端午节悬此草门上之习俗,亦用来占卜。

⑤梦蝶：梦为蝴蝶。
⑥蘋溪：长满蘋草的溪流。周密词集名《蘋洲渔笛谱》。

【赏析】

　　周密的故里在湖州苍弁山下。宋亡家破之后移居杭州。他自己曾说："自予失仕居钱塘，非有醖豢之乐而忘其归，不幸而不得归者，势也。"（袁桷《复庵铭》引）到了晚年周密压抑不住对家乡的思念，曾几次泛舟回去探望故山、故水和故人。李彭老也是湖州人，宋亡后隐居乡里。这首词是弁阳翁回乡探望之后词人的寄赠之作。

　　上片写自己对词友的思念之情。"过蔷薇"三句写景，点出寄赠与思念的季节；"古岸"三句写事，塑造了一个泊舟水边单衣试酒、举目眺望千里芳草的自我形象。萋萋芳草使人联想到招隐，残阳斜晖又使人联想到诗翁彼此都已衰老不堪。"故人老"以下，感慨词友间长年千里阻隔，并想象对方或往越中（剡溪）、或居杭州、或来吴兴，南北往还，一定又吟就了许多新诗篇。

　　下片具体想象弁阳翁孤帆回到家乡故里的情景：一边是猿鹤惊喜、杨柳依依，一边是登山寻访幽胜、临水垂钓的悠闲生活，很有些陶渊明《归去来辞》中所描写的那种隐居生活的情调。这里有两种不同的理解：一种认为弁阳翁已归故里，词人得悉而作如此想象，另一种则认为词人有意作归隐情景的想象，催促弁阳翁回归湖州。两种说法都能成立。"最难忘"四句，追忆昔日旧情，渴盼对方能够来此相聚，并告诉对方：自己的梦魂曾多次飞绕在弁阳山下、蘋溪水边！

高　阳　台

寄题荪壁山房①

　　石笋埋云，凤篁②啸晚，翠微高处幽居。缥缈云签③，人间一点尘无。绿深门户啼鹃外，看堆床、宝晋④图书。尽萧闲，浴研临池,滴露研朱。　　旧时曾写桃花扇,弄霏香秀笔,春满西湖。松菊依然⑤,柴桑自爱吾庐⑥。冰弦玉麈风流在,更秋兰、香染衣裾。照窗明,小字珠玑,重见欧虞⑦。

【注释】

①荪壁山房:金应桂字一之,号荪壁。其荪壁山房在西湖南山中。
②篁:竹子。
③云签:形容荪壁山房为云中之物。
④宝晋:宋书法家米芾书斋名宝晋斋,壁间刻有晋人法帖。
⑤松菊依然:指隐居之所草木如故。陶渊明《归去来辞》:"三径就荒,松菊犹存。"
⑥柴桑句:陶渊明为浔阳柴桑人。其《读山海经》诗:"众鸟欣有托,吾亦爱吾庐。"
⑦欧虞:唐代书法家欧阳询和虞世南。

【赏析】

金应桂是宋末临安的江湖高士。戚辅之《佩楚轩客谈》记载说:"金应桂字一之,雅标度,能欧书,受知贾似道。晚居西湖南山中,筑荪壁山房,左弦右壶,中设图史古奇器,客至,抚摩谛玩,清谈缅缅不得休。每肩舆入城府,幅巾氅衣,望之若神仙然。"李彭老这首词,用极其清逸的笔墨描绘了荪壁山房这个至洁至高去处的环境景物,赞美了山房主人金应桂的山野襟抱和艺术才华。"石笋埋云"五句为远处所见,写山房云遮雾掩翠竹环抱,远离世俗尘嚣。"绿深门户"五句由远推近,由室外而进入室内,由山房而及主人。整个上片"视点"移动犹如镜头的变化,从远景鸟瞰到"绿深门户",从满床图书到池边背影,一个潇洒的隐士形象终于出现在读者眼前。下片撇开山房泼墨写人:写他风流多才,吐属香艳奇丽;写他胸襟高远,有陶渊明遗风;写他神采飘逸,姿质不俗。末三句谓其书法追逼欧阳询和虞世南,字如珠玑。

探 芳 讯

湖上春游继草窗韵①

对芳昼,甚怕冷添衣,伤春疏酒。正绯桃如火,相看自依旧。闲帘深掩梨花雨,谁问东阳瘦②!几多时,涨绿莺枝,堕红鸳甃。　　堤上宝鞍骤,记草色熏晴,波光摇岫。苏小③门前,题字尚存否?繁华短梦随流水,空有诗千首。更休言,张绪风流似柳④。

【注释】

①周密原唱见本书卷七,题作"西泠春感"。
②东阳瘦:南朝诗人沈约曾官东阳太守。《南史·沈约传》:"(约上书)言己老病。'百日数旬,革带常应移孔,以手握臂,率计月小半分'。"
③苏小:南朝钱塘名妓苏小小,容貌绝世,才空士类,葬于西湖旁。
④张绪:南朝齐时吴郡人,善谈玄理,风姿清雅。武帝种蜀柳于灵和殿前,云:"此柳风流可爱,似张绪当年。"

【赏析】

宋亡后,词人作为故国遗老,曾写下许多凭吊、怀念祖国的作品。此词即是与周密、张炎、仇远等人同游西湖所吟成的一曲故国哀歌。

词人笔触分别指向两个方向:一面是妩媚依旧的"销金锅儿"(南宋人对西湖的称呼,意为扔钱的地方),一面是经历了世事沧桑巨变、心境和身体状况都大异于从前的游客词人。上阕,两方面逐层对照盘旋而下,景——绯桃如火,梨花带雨,黄莺栖息的枝头又添绿色,鸳鸯游弋的湖堤积满落花;人——怕冷(因心寒而倍觉身寒),伤春,形体消瘦。其中"甚"、"谁问"、"几多时",以及下阕的"尚存否"等字眼，表现了词人犹疑徘徊，凄凄惶惶的心理状态，下阕前三句追忆昔日游湖景象，乃是将心中所珍藏与眼前所实见共同写出。"苏小门前"以下歔欷喟叹，突出身世之感与家国之恨。荡然无存的是故国繁华，存亡不得而知的是西湖旧迹，徒存世间的则是昔日自己与词友所作的千百首升平雅唱！"繁华短梦"两句，令读者为之鼻酸。

祝英台近①

杏花初，梅花过，时节又春半。帘影飞梭，轻阴小庭院。旧时月底秋千，吟香醉玉，曾细听、歌珠一串，　忍重见，描金小字题情，生绡合欢扇②。老了刘郎③，天远玉箫伴④。几番莺外斜阳，栏干倚遍，恨杨柳，遮愁不断。

【注释】

①此词一本有题作："后溪次周草窗韵"。周密有同韵之作《祝英台近·后溪次韵日熙堂主人》。

②合欢扇：团扇。

③刘郎：东汉刘晨、阮肇入天台山采药，遇二仙女，见《幽明录》。此处借指冶游之人或访道寻仙之人。

④玉箫伴：吹箫伴侣弄玉，见前岳珂《满江红》注④。此喻指美貌歌妓。

【赏析】

带着淡淡的伤感情调，词人在杏花盛开的庭院中忆及风流往事。他曾与一位美丽的歌妓月下共荡秋千、吟诗醉酒，曾聆听她的动人歌声，曾在她的绡纱团扇上题写爱的小诗……而今他颓颜皤须青春已老，她也不知流落到了什么地方。每到春天，词人惟有日复一日凭栏眺望，在斜阳下翻阅他的幸福记忆而已。

踏 莎 行

题草窗十拟①后

　　紫曲②迷香,绿窗梦月,芳心如对春风说。蛮笺象管③写新声,几番曾试琼壶觖④。　　庾信书愁⑤,江淹赋别⑥,桃花红雨梨花雪。周郎⑦先自足风流,何须更拟秦筝咽。

【注释】

①草窗十拟:周密组词《效颦十解》,见本书卷七。
②紫曲:长满紫色丁香花的曲径。
③蛮笺:蜀地出产的诗笺。象管:笔。
④觖:与"缺"义通。壶缺:谓敲唾壶为节拍,因情绪激动而敲破。典出《世说新语》。
⑤庾信书愁:北周文学家庾信,曾作《愁赋》。
⑥江淹赋别:南朝诗人江淹作有《别赋》。
⑦周郎:原指三国时精晓音律的周瑜,此处巧妙称呼周密。

【赏析】

　　周密是一位很善于博采众长的词家,曾作《效颦十解》组词,分别模仿《花间集》和十位南宋词人的填词格调。其中就有拟"二隐"(李彭老和李莱老)的《醉落魄》一首。李彭老读后题此词于其后,既赞美了词人锦心绣口吐属华丽,又委婉地表达了自己不以为然的看法。
　　词上下片都是前三句介绍十拟的内容,意境和风格,后两句评点议论。这种介绍不是抽象的、概括的提要,而是通过写景再现意境,通过写景指示内容,通过写景让读者捕捉到某种风格的印象。"蛮笺象管"二句是说对方才华横溢,为填写这些小词,曾几度忘情地敲打唾壶,以至壶口尽缺。"周郎先自"二句,则是谓周密本来就精通音律,且风流多姿,创作也自成一家,有什么必要再去模仿别人呢?

浪 淘 沙

泼火雨①初晴,草色青青。傍檐垂柳卖春饧。画舫栽花花解语②,绾燕③吟莺。　　箫鼓入西泠,一片轻阴,钿车罗盖竞归城。别有水窗人唤酒,弦月初生。

【注释】

①泼火雨:《遁斋闲览》载:"河朔谓清明桃花雨曰泼火雨。"
②花解语:指美貌歌妓。
③绾:牵系、贯穿。绾燕:穿梭往还的燕子。

【赏析】

这是一幅西湖春游图。篇幅不长,写景却历历如画。雨初晴写天气,草色青青写季节,"傍檐"句是岸上之景,"画舫"二句是湖中之景("绾燕吟莺"形容轻歌曼舞的歌女)。下片"箫鼓"二句写午后,"钿车"句写黄昏,末二句则结束全词,写入夜。全词层次清晰,上片依空间顺序展开,下片依时间顺序发展。

其次,该词写游湖风俗,纪实性较强。上片为晨游之景,"箫鼓"句描写午后游船尽入里湖,乃是当时特有的习尚。周密《武林旧事》卷三记载说:"若游之次第,则先南而后北,至午则尽入西泠桥里湖,其外几无一舸矣。弁阳老人有词云:'看画船尽入西泠,闲却半湖春色',盖纪实也。"可以为证。"钿车罗盖竞归城"也是实写。上书又载:"至花影暗而月华生始渐散去。绛纱笼烛,车马争门,日以为常……'都城半掩人争路,犹有胡琴落后船,'最能状此景。"

其三,全词末二句收束得韵味悠长。它以入夜的宁静烘托了白天的喧闹,以人去湖空的夜景陪衬了百舸争泛,莺歌燕舞的昼景。同时,既写出了从晨至夜一个完整的春游日子,也是继续将游湖活动发展下去——临水饮酒静观夜景,同样是一种妙不可言的游赏!

四 字 令

兰汤晚凉，鸾钗半妆，红巾腻雪吹香，擘^①莲房赌双。
罗纨素珰，冰壶露床^②，月移花影西厢，数流萤过墙。

【注释】
①擘：掰，用手掰开。
②冰壶露床：碧空与井栏。

【赏析】
　　词写夏夜闺中生活的两个片断——室内擘莲房和室外数流萤，非常富有暗示力。莲子谐音怜子（爱你的意思）。擘莲房数莲子，是在占卜心上之人的归期或者自己爱情的命运。词人既没有说明这位女主人公的内心活动，也没有交代占卜的结果如何。却见她又静立在庭院之中默默地数着飞去飞来的萤火虫。像是寂寞无聊之举，又好像是占卜令人失望，偏要换一种方式重新赌个成双。词的上下片都是前三句展现场景，描述衣饰形象，末句写其人举止活动，戛然而止，令读者浮想联翩。

生 查 子

罗襦隐绣茸，玉合销红豆。深院落梅钿，寒峭收灯^①后。
心事卜金钱，月上鹅黄柳。拜了夜香休，翠被听春漏。

【注释】
①收灯：元宵灯节之后。

【赏析】
　　此词咏早春相思，上片写人写景，交代出人物、地点和季节时间。下片写这位女子用钱占卜心事，之后又焚香祝祷，最后卧床听壶漏，彻夜难眠——显而易见，这是一位正在被爱情折磨着的痴情女性。

李莱老

李莱老字周隐，号秋崖。与其兄并称"龟溪二隐"。宋度宗咸淳六年（1270），任严州知州。与周密为词友，词名稍逊于李彭老。作品今存十余阕。后人辑为《龟溪二隐词》。

惜 红 衣

寄弁阳翁[1]

笛送西泠，帆过杜曲[2]，昼阴芳绿。门巷清风，还寻故人书屋[3]。苍华发冷，笑瘦影、相看如竹。幽谷，烟树晓莺，诉经年愁独。　　残阳古木，书画归船，匆匆又南北。蘋洲[4]鸥鹭素熟，旧盟续。甚日浩歌《招隐》[5]，听雨弁阳[6]同宿。料重来时候，香荡几湾红玉。

【注释】

①弁阳翁：周密。此词与李彭老《一萼红·寄弁阳翁》为同时之作。
②杜曲：地名，在陕西西安附近，借指杭州附近的风景带。
③故人书屋：周密故里旧有书屋志雅堂、书种堂。后又建造浩然斋、弁阳山房等。
④蘋洲：指周密故里。
⑤《招隐》：指淮南小山《招隐士》。
⑥弁阳：周密的弁阳山房。

【赏析】

宋亡以后，寄居在杭州的周密曾几度往访湖州苍弁山下的故里，还为自己选好了一块墓地，营建起一所"复庵"。但他始终没有移家来此隐居。李莱老这首寄赠词，即作于周密的一次回乡之行之后，意在"浩歌招隐"。

上片起三句描写弁阳翁春天乘舟离开杭州。孤山西泠的笛声为他送行，两岸风景如画。杜曲是唐代都城郊外的一个风景区，词人借以指南宋都城临安（宋亡之后改称杭州）郊外的风景区，暗藏一缕故国之思。"门巷清风"以下七句写弁阳翁的故里行：前二句访旧，次二句自吊，后三句借山川草木鸟兽诉说孤寂，挽留词人归来定居。下片弁阳翁终于还是离开了湖州，乘船匆匆南去。"残阳古木"，象征着遗民词人彼此都已衰老，齿发萧疏。"书画归船"兼写出周密多才多艺的特征。"蘋洲"二句谓对方志在湖山自然，原非尘世俗客。既是恭维和赞美，也是提醒和暗示。"甚日浩歌"以下，写自己期待着对方重来湖州，期待着与弁阳翁听雨话旧，同宿旧居，明年此时再见。全词语气委婉恳切，充满故人深情。写景也富有诗情画意。

青 玉 案

题草窗词卷①

吟情老尽江南句，几千万、垂丝缕。花冷絮飞寒食路。渔烟鸥雨，燕昏莺晓，总入昭华谱②。　　红衣妆靓凉生渚，环碧③斜阳旧时树。拈叶分题觞咏处。荀香④犹在，庾愁⑤何许，云冷西湖赋。

【注释】

①草窗词卷：指周密生前手定的二卷词集《蘋洲渔笛谱》。
②昭华：传说为西王母所献乐器。昭华谱，指《蘋洲渔笛谱》。
③环碧：环碧园，词人杨缵家园。据周密《武林旧事》卷五载，环碧园在北山路，为杨郡王府，堂匾皆御书。
④荀香：东汉末年人荀彧体能生香。《襄阳记》："荀令君至人家，坐幕，三日香气不歇。"

⑤庾愁：北周庾信曾作《愁赋》。

【赏析】

周密是宋末元初词坛的领袖人物。他的词集编定之后，曾有许多词友为之题词，这首词是其中之一。

在这部名叫《蘋洲渔笛谱》的集子中，词人看到了什么呢？杨柳千丝万缕随风轻飏，絮花漫天飞舞，烟波中的渔船，雨雾中的湖鸥，黄昏之下的燕子，清晨里的黄莺……——被写进词中。起句中的"江南句"，暗指这些作品都是宋亡以前的湖山之吟。

前阕概括了周密词集的主要内容，后阕更进一步追忆周密这些作品的创作往事：在西湖荷花深处，在杨瓒家园（东园、环碧园）之中，"周草窗（密）、施梅川（岳）、徐雪江（宇）、奚秋崖（㵆）、李商隐（彭老），每一聚首，必分题赋曲。"（张炎《词源》）李莱老是周密的词友，此处所写句句纪实，高度浓缩了宋亡之前周密所走过的创作道路。"荀香犹在"三句，谓如今周密才华依旧如前，而怀抱沉重的国破家亡之愁，很少再去写那些湖山之赋了。此词语言生动形象，概括力强，不谀不媚，恰到好处地评议了草窗词卷。

扬 州 慢

琼花次韵

玉倚风轻，粉凝冰薄，土花祠①冷无人。听吹箫月底，传暮草金城②。笑红紫、纷纷成雨，溯空如蝶，肯堕珠尘？叹而今、杜郎还见③，应赋悲春。　　佩环何许，纵无情、莺燕犹惊，怅朱槛香消，绿屏梦杳，肠断瑶琼。九曲迷楼④依旧，沉沉夜、想觅行云⑤。但荒烟幽翠，东风吹作秋声。

【注释】

①土花：藓苔。土花祠：指扬州后土祠。天下琼花，仅扬州后土祠旁一株而已。

②金城:此处指扬州城。
③杜郎:唐代诗人杜牧。还:倘若、如果。
④九曲迷楼:隋炀帝所造扬州宫殿。《迷楼记》"项升能构宫室,经岁而成,千门万牖,工巧之极,自古无有。人误入者,虽终日不能出,炀帝幸之,大喜。顾左右曰:'使真仙游此,亦当自迷,可目之曰迷楼。'"
⑤行云:巫山神女所变化的云彩。

【赏析】

这首咏花词,上片描写琼花盛开,下片描写琼花零落。上片仅起三句正面刻画琼花洁白如玉,粉容冰骨,独自开在土花祠旁。以下三层分别以"听"(听觉)、"笑"(视觉)、"叹"(内心感受)三字领起,渲染琼花四周环境景象,月下吹箫原是梅花所特有的"衬景",移写琼花,同样非常适宜。"笑红紫"以下是说别的花纷纷凋谢,花瓣漫天飞舞不肯堕入尘土之中,如此景象,想诗人杜牧也会为之浩叹悲吟。

下片是凄怨的落花、忆花图景。"佩环",喻指琼花花魂乃美人之化身,如今悄然而去。"瑶琼",指白色的花瓣。前七句写花落香消,遍地似玉,令莺燕惊心,令诗人肠断,九曲迷楼静立在茫茫夜色之中,好像也在怀念着已经化作行云而去的花魂(琼花化作美人,美人又化作巫山行云)。鸟兽悲伤、诗人哀怨、遗迹怀想,是极度夸张的移情写法,表现了词人强烈的惜花之情。末二句形容此花一去,天荒地老,春天匆匆变作了秋天。

谒 金 门

春意态,闲却远山横黛。香径莓苔嗟粉坏,凤靴双斗彩。
折得花枝懒戴,犹恋鸳鸯飞盖。旧恨新愁都只在,东风吹柳带。

【赏析】

这首小词,写佳人小园香径独徘徊的情景:踏着小路上的落花莓苔，令她嗟叹；折花不插发，只因为心上人不在身边；她味着当初与他车盖相并的往事。结尾二句含蓄地写她面对春风杨柳，触景生情，想起柳下分别，折柳为赠的往事，旧愁新恨一齐凝聚在这些柳条之上。

浪 淘 沙

榆火换新烟①，翠柳朱檐。东风吹得落花颠。帘影翠梭悬绣带，人倚秋千。　犹忆十年前，西子湖边，斜阳催入画楼船。归醉夜堂歌舞月，拚却②春眠。

【注释】

①榆火句：旧俗于寒食清明之后更换新火。
②拚却：不惜去做、甘愿如此。

【赏析】

这是寒食清明的今与昔两个片断。没有抒情语言，没有感慨字句，一切言外之意都潜藏在两个客观镜头的对比和组接之中：上片以景为主，人仅仅是其中的小小点缀；下片以人为主，景物仅仅是背景和陪衬。上片中的词人是静止的，让读者联想到衰老、寂寞、诸事无心；下片中的词人是活动着的（泛舟、登楼、醉酒、听歌、酣睡等），精力充沛，青春年少，可以为所欲为，黄昏泛舟归来还要歌舞丛中博得一醉。上片地点是门前庭院，词人足不出户；下片地点是西子湖边，词人至夜方归。如此等等，十年的变化多么巨大！

生 查 子

妾情歌《柳枝》①，郎意怜桃叶②。罗带绾③同心，谁信愁千结。　楼上数残更，马上看新月，绣被怨春寒，怕学鸳鸯迭。

【注释】

①《柳枝》：隋唐乐府曲辞中有《折杨柳》，民间《柳枝》词多言男女爱情。
②桃叶：晋王献之妾名，此处代指美女。
③绾：盘绕打结。

【赏析】

此词写女子思念远行之人，前阕回味往日相处的美好时光。"歌《柳枝》"是唱爱情词的意思，"桃叶"为女主人公自指。两人相亲相爱。曾共同挽系同心结，可如今想来，这个结也可以象征日后的愁肠千结、难以解开的啊！后阕，自己夜深难寐，他一定也在马背上遥看弦月，辗转反侧之下，怪天寒难以入睡，又害怕被子成双地叠成鸳鸯形状。全词皆是从"楼上数残更"一句铺衍出来，前思后想、千思万虑，彻夜难以放下。

高 阳 台

落 梅

门掩香残，屏摇梦冷，珠钿糁缀①芳尘。临水搴②花，流来疑是行云。藓梢空挂凄凉月，想鹤归、犹怨黄昏。黯销凝，人老天涯，雁影沉沉。　　断肠不在听横笛，在江皋解佩③，翳玉飞琼④。烟湿荒村，背春无限愁深。迎风点点飘寒粉，怅秋娘⑤，满袖啼痕。更关情，青子悬枝，绿树成阴。

【注释】

①糁缀：混杂散落。
②搴：摘取。
③江皋解佩：用郑交甫遇仙女事，注见前。
④翳：遮蔽。玉、琼：皆比喻落梅花瓣。
⑤秋娘：美人的代称。

【赏析】

这是一阕梅花的挽歌。当爱梅之人还在睡梦之中，梅花已经零落成泥；当爱梅之人来到水边攀摘梅花，看到水面已经漂浮着无数花瓣，缓缓流去如同行云。"藓梢"，指苔梅的枝头。梅花最宜月夜、诗人、仙鹤和玉笛，如今花去枝空，徒令明月凄凉、仙鹤怨恨、诗人肠断！

前片写实，后片发挥想象，谓梅落如同郑交甫怀中突然消失的仙女玉佩，谓漫天花瓣如同美人襟袖上斑驳的泪痕。恍惚之间词人又系念于明朝梅花落尽，青梅悬枝，梅树长成一片浓荫。

该词题为"落梅"，实是写观落梅，有一个爱梅人的形象陪衬于梅花之畔，其忧伤哀怨之情也低回笼罩着全词。

木 兰 花

寄题荪壁山房①

向烟霞堆里，著吟屋、最高层。望海日翻红，林霏散白，猿鸟幽深。又岑②，倚天翠湿，看浮云、收尽雨还晴。晓色千松逗③冷，照人眼底长青。　　闲情，玉尘风生。摹茧字，校鹅经④。爱静翻缃帙⑤，芸台棐几⑥，荷制兰缨⑦。分明，晋人旧隐，掩岩扉、月午籁沉沉。三十六梯⑧树杪，溯空遥想登临。

【注释】

①李彭老亦有《高阳台·寄题节荪壁山房》，系同时所赋，可互参。

②双岑：指南高峰和北高峰。

③逗：张相《诗词曲语辞汇释》："逗，犹透也，露也。"

④茧字、鹅经：指王羲之的书法。

⑤缃帙：古代线装书的书衣。

⑥芸台：古人以芸香草置书间以避蠹虫，故称藏书台为芸台。也称芸阁、芸署。棐几：以榧木制成的案几。

⑦荷制兰缨：屈原《离骚》："制芰荷以为衣兮，集芙蓉以为裳。"
⑧三十六梯：虚数，极言石阶之多。

【赏析】

此词题写荪壁山房，礼赞了山房主人、江湖高士金应桂的才华和人品。

上阕描写山房的形势和四望风景，勾画出一个迥出凡尘、掩藏在云雾深处、俯瞰着芸芸众生的复绝境界。这是一种"以景写心"的方法，自然境界象征和容纳着一个相应的心灵境界。写景在这里实是写人，写山房主人隐居山林的品格襟抱。下阕直接赞美这位高士的艺术才华。他手执玉麈，临摹古帖，闲来读书，像屈原一样披挂着香草荷花……仿佛是魏晋时代的高人隐士！最后，词人凝视着这样一个至高至洁超凡脱俗的地方，油然而生羽化登仙之想。

清 平 乐

绿窗初晓，枕上闻啼鸟。不恨王孙①归不早，只恨天涯芳草。锦书红泪千行，一春无限思量。折得垂杨寄与，丝丝都是愁肠。

【注释】

①王孙：远游之人的代称。

【赏析】

"春眠不觉晓，处处闻啼鸟"。可词中这位女子天刚破晓就早早醒来。为何如此？下片"一春无限思量"句便是答案。明明恨心上人远游不归，却说"不恨王孙归不早，只恨天涯芳草"！天涯芳草有什么可恨的呢？消磨尽了她的红颜？牵系住了她的情郎？看她又是寄回文锦书，又是折柳寄赠，就可以知道那不过是思妇的一种巧妙表达而已。

台 城 路

寄弁阳翁①

半空河影流云碎，亭皋嫩凉收雨。井叶还惊，江莲乱落，弦月初生商素②。堂深几许？渐爽入云帱，翠绡千缕。纨扇恩疏③，晚萤光冷照窗户。　　文园④憔悴顿老，又西风暗换，丝鬓无数。灯外残砧，琴边瘦枕，一一情伤迟暮。故人倦旅，料渭水长安⑤，感时吟苦。政⑥自多愁，蛩终夜语。

【注释】

①本书卷七周密《扫花游·九日怀归》与该词甚为相似，约是同时赠答之作。

②商素：秋天。

③纨扇恩疏：因天转凉而不再用扇。班婕妤《怨歌行》："新裂齐纨素，皎洁如霜雪。裁成合欢扇，团团似明月。出入君怀袖，动摇微风发。常恐秋节至，凉飙夺炎热。弃捐箧笥中，恩情中道绝。"

④文园：汉司马相如，曾官孝文园令。

⑤渭水长安：唐贾岛《忆江上吴处士》："秋风吹渭水，落叶满长安。"长安，此处借指临安。

⑥政：与"正"字通。

【赏析】

这是一首秋思词，上片纯写秋景。下片前六句诉说自己的近况：齿发萧疏，衰老憔悴（李莱老约长周密十余至二十余岁），夜来听残砧抚瘦枕情怀忧伤。"故人倦旅"三句系念弁阳翁，想象对方寄居都城，面对"秋风吹渭水，落叶满长安"的景象，也正在凄凉沉吟。末二句写景作结回到上片，以蟋蟀之吟唱陪衬词人之吟唱，倍增愁情。

浪 淘 沙

宝押①绣帘斜,莺燕谁家?银筝初试合琵琶。柳色春罗裁袖小,双戴桃花。　芳草满天涯,流水韶华②。晚风杨柳绿交加。闲倚栏杆无藉在③,数尽归鸦。

【注释】

①押:用玉钩将垂帘斜挂起。
②韶华:美好的青春。
③无藉在:没有什么牵挂顾虑。

【赏析】

这首小词宛如一幅精美的仕女图。上阕明写女子的形象,下阕暗写女子的内心。"莺燕谁家"是双关,既是说莺燕飞舞于谁家,也是说谁家在娇声曼唱。"流水韶华"也含有双重意思:明显是说大好春天如流水而去,暗里却指少女独居深闺。美好的青春徒然浪费。芳草、杨柳等景物同样含蓄地象征着思春和春思——这是伤春词中很少见的写法,女主人公没有可挂心之人、可怀念之事,却有一种说不出的不安和空虚,若有所失,若有所思,少女的内心萌动着一份春情。

杏 花 天

年时中酒①风流病,正雨暗、蘼芜深径。人家寒食烟初禁,狼藉梨花雪影。　西湖梦、红沉翠冷。记舞板、歌裙厮趁②。斜阳苦③与黄昏近,生怕画船归尽。

【注释】

①中酒:醉酒。

②厮趁：宋人方言，相伴的意思。
③苦：甚、极、非常。

【赏析】

此阕上片写寒食清明雨景，下片写词人自己醉中观雨，因忆及泛舟西湖的风流往事。无休无止的绵绵春雨折射了他寂寞嫌日长情绪；而末二句又是当年欢乐嫌昼短的生动写照。简洁鲜明的今昔对比，十分含蓄地流露出词人对生命黄昏的浩叹。

小 重 山

画檐簪柳碧如城①，一帘风雨里，过清明。吹箫门巷冷无声，梨花月，今夜负②中庭。　　远岫敛修颦③，春愁吟入谱，付莺莺。红尘没马翠埋轮，西泠曲，欢梦絮飘零。

【注释】

①画檐句：写寒食清明门上插柳。
②负：照。一说当释作辜负，谓庭院无月。
③修颦：女子细长的弯眉。

【赏析】

此词咏清明情怀。上片四景：白天坊陌街里之景（家家户户门楣插柳），白天自然之景（风雨不止），夜晚坊陌街里之景（歌舞人家归于沉寂）以及夜晚自然之景（月照梨花）。下片两曲：今日之春愁曲与昔日之西泠（西湖）曲。词中主人公遥望远山，想象它们如同女子紧锁的愁眉。一怀愁绪倾吐为词，却无人来唱，惟有付与黄莺。而昔日西湖冶游的旧梦旧曲，已如柳絮一样飘零散落无处可寻了。

应法孙

应法孙字尧成，号芝室。事迹无考。

霓裳中序第一

　　愁云翠万叠,露柳残蝉空抱叶。帘卷流苏宝结,乍庭户嫩凉,栏干微月。玉纤胜雪,委素纨、尘锁香箧①。思前事、莺期燕约,寂寞向谁说?　　悲切,漏签声咽,渐寒灺、兰釭未灭。良宵长是闲别。恨酒凝红绡,粉涴②瑶瑛。镜盟鸾影③缺,吹笛西风数阕。无言久,和衣成梦,睡损缕金蝶④。

【注释】

①委素纨句:素纨指团扇。用班婕妤《怨歌行》典故,注见前。
②涴:弄脏、玷污。
③鸾影:谓孤鸾照影,注见前。
④缕金蝶:女子头饰。

【赏析】

　　词采用赋体写法,主题是女子秋思秋愁,若为之拟题,可题作"秋天美人赋"。

　　前片咏黄昏情景,笔触所至由远及近、由景而人、由外写至内心,层层深入。"愁云"二句为早秋远处景致。翠叶未凋,层层叠叠如同压在远望之人心头的愁云;残蝉抱柳而吟,也象征着女主人公自己的境遇。"帘卷"三句是近处庭院之景,暗写美人卷帘而出,凭栏伫立。"玉纤"二句,描写她玉指纤纤(凭栏手),已将随身携带的团扇锁进了竹箧中。"思前事"二句写其心理活动。"莺期燕约"比喻男女约会相聚之事。后片咏入夜室内情景。过片"悲切"三句渲染闺房孤寂凄凉的特殊氛围。"良宵"以下五句写女主人公灯下把玩旧物、对镜照影、吹笛抒怨,表达她对过去爱情生活的怀念和眼下遭遇的忧伤。末三句写她再也无事可为,静思既久,惟有昏昏沉沉和衣而卧,进入梦乡,连头饰也未卸下而被压坏,一个完整的伤秋之日就这样结束了。

贺 新 郎

宿雾楼台湿,晓晴初、花明柳润,燕飞莺集。旧约重来歌舞地,留得艳香娇色。又梦草①、东风吹碧。午困腾腾春欲醉,对文楸、玉子②无心拾。看蝶舞,傍花立。　　酒痕未醒愁先入,记年时、翠楼寒浅,宝笙慵吸。想驻马河桥分别,恨轻竹风帆烟笠。早尘暗、华堂帘隙。倚尽黄昏人独自,望江南回雁归云急。凭付与,锦笺墨。

【注释】

①梦草:池塘之草。见前楼采《瑞鹤仙》词注①。
②文楸玉子:围棋棋盘与棋子。

【赏析】

这是一篇"春思赋",分四层铺叙一天的活动。"宿雾"以下六句为第一层。咏远近之景,兼交代时间、地点和季节。暗写主人公清晨上楼眺望;"午困腾腾"四句为第二层,叙述主人公午后诸事无心,来到庭院中对花沉思;"酒痕未醒"六句为第三层,写下午至黄昏这段时间里,主人公追忆与情侣相处、相别的情景;"倚尽黄昏"四句为最后一层,描写其人黄昏伫立欲寄相思,呼应篇首处的清晨伫立。词叙事平缓,背景情事淡化,立意和遣词也较少奇特之处。

王亿之

王亿之字景阳,号松间。生平事迹不详。存词仅《高阳台》一阕。

高 阳 台

双桨敲冰,低篷护冷,扁舟晓渡西泠。回首吴山①,微茫遥带重城②。堤边几树垂杨柳,早嫩黄、摇动春情。问孤鸿,何处飞来，共唤飘零。　　轻帆初落沙洲暝，渐潮痕雨渍，面色风皴。旅思羁愁，偏能老大行人。姐娥不管征途苦，甚夜深、尽照孤衾？想玉楼，犹凭栏干，为我销凝。

【注释】

①吴山：在杭州城南。
②重城：指都城临安。

【赏析】

　　一个隆冬的凌晨，词人登上一叶扁舟离开临安，继续他的漂泊生涯。回首眺望，一见吴山和高城离他远去；二见堤岸上杳无人影，惟有杨柳空垂而已；三见天空孤鸿飞过，使他起同病相怜之想，地上的"孤衾"与空中的"孤鸿"仿佛在共同飘零！
　　天渐渐黑下来，月上中天，词人泊舟钱塘江畔。仰望明月，他感慨自己已然渐入老境，却仍无休无止漂泊漫游；他思念着空守闺房的心上人，想象她一定正在凭栏盼望，不禁感到悲凉和内疚！
　　此词塑造了一位孤独者的形象，是一阕很有特点的"江湖吟"。其意境空阔、寂静、荒远、清幽。语言洗练工稳，有独创性，上片的"敲冰"、"护冷"，下片的"潮痕雨渍"、"面色风皴"，都铸语新奇，敢道他人所未道。王亿之生平事迹今已无从得知。就此词来分析，他似是一位落魄无所依倚、四方流浪行吟的江湖词客。

佘桂英

　　周密《浩然斋雅谈》卷中又称此人名俞桂英。字子发，号野云。苦吟一生，后为宰相贾似道所赏识。

小　桃　红

　　芳草连天暮，斜日明汀渚。懊恨东风，恍如春梦，匆匆又去。早知人、酒病更诗愁，镇①轻随飞絮。　　宝镜空留恨，筝雁浑无据②。门外当时，薄情流水，如今何处？正相思、望断碧山云，又莺啼晚雨。

【注释】

①镇：常、长。
②浑：全然、完全。无据：无聊赖、没情绪。

【赏析】

这是一首哀怨低回的相思之吟。以景起，以景结，中间情与景、物与人、恨语悔语和疑惑语交织写出，最后芳草斜日之景致不足言其愁，乃又益之以"莺啼晚雨"，令人想见其心乱如麻夜不能寐的伤心情状。

胡仲弓

胡仲弓字希圣，号苇航，清源（今福建仙源）人，流寓杭州。与仇远为诗友，多湖山酬和之作。

谒 金 门

蛾黛浅，只为晚寒妆懒。润逼镜鸾①红雾满，额花留半面。　　渐次梅花开遍，花外②行人已远。欲寄一枝③嫌梦短，湿云和恨剪。

【注释】

①镜鸾：即鸾镜，镜子的美称。旧时铜镜背面多饰以鸾鸟图案，故云。
②花外：花丛中、花丛旁、花丛下。"外"是不确定的方位词。
③寄一枝：《太平御览》引盛弘之《荆州记》云："陆凯与范晔相善，自江南寄梅花一枝，诣长安与晔，并赠花诗曰：折梅逢驿使，寄与

陇头人。江南无所有,聊赠一枝春。"

【赏析】

词写思妇晚妆照镜和折梅欲寄两件小事。她淡眉不扫,懒施晚妆,说是因天气太冷,实际上却是心上人远去,致使她再无盛妆的雅兴。对镜细看红颜,不觉呼吸的水汽雾濛濛布满镜面,只剩下额部贴花处尚清晰可见。这一细节,活画出思妇凝神痴想对镜发愣的样子,同时也表现了她自男子走后内心空虚,生活百无聊赖,惟有借助这些琐事打发时光。后片写她来到庭院中剪梅花一枝,欲寄远人表达相思,又顾忌他刚走不久,如此迫不及待折梅相寄未免不妥。多少犹豫矛盾,折磨着这位多情少妇。

尚希尹

赵闻礼《阳春白雪》卷六作向希尹。字莘老,号畏斋,事迹无考,词今存二首。

浪 淘 沙

结客去登楼,谁系兰舟?半篙清涨雨初收。把酒留春春不住,柳暗江头。 老去怕闲愁,莫莫休休①。晚来风恶下帘钩。试问落花随水去,还解②西流?

【注释】

①莫莫休休:无事可为、若有所失的样子。
②解:能、会。

【赏析】

苏轼曾经潇洒自信地吟咏:"谁道人生无再少?门前流水尚能西,休将白发唱黄鸡!"《浣溪沙》)而我们这位老词人却忧郁茫然地低吟:"试问落花随流水,还解西流?"他想挽留住自己的青春,勉力像当年那样结客登楼，把酒买春，却留不住春天，也留不住自己昨天的潇洒豪迈和自信。他怕闲愁和孤独，偏遇上黄昏风急，不得不闭门独坐。末二语自我叩问，反映了他既有苏轼那样的人生再少、流水能西的奢想，又已失去了一切人生自信——一个失去了自信的老人，除了不存在的自然奇迹，他还能幻想什么呢？

柴　望

柴望（1212—1280）字仲山，号秋堂，又号归田，衢州江山（今属浙江）人。嘉熙年间（1237—1240）为太学上舍，除中书省奏名。淳祐六年（1246），上书《丙丁龟鉴》忤宰相贾似道，诏下府狱。后放归。宋亡之后，自称宋逋臣，与其从兄弟柴随亨、柴元亨、柴元彪隐居樨林九磜间，号"柴氏四隐"。有《道州台衣集》、《凉州鼓吹》。柴望词凡十余首，大多苍劲高远，颇饶勃郁不平之气，蕴含着深沉的历史感慨，少数则闲雅秀美，宛若莺语燕吟。

念 奴 娇

　　春来多困，正晷①移帘影，银屏深闭。唤梦幽禽烟柳外，惊断巫山十二②。宿酒初醒，新愁半解，恼得成憔悴。蓬松云鬓，不忺鸾镜③梳洗。　　门外满地香风，残梅零落，玉糁苍苔碎。乍暖乍寒浑莫拟，欲试罗衣犹未。斗草④雕栏，买花深院，做踏青天气。晴鸠鸣处，一池昨夜春水。

【注释】

①晷：日影。
②巫山十二：巫山十二高峰，这里喻指男女欢会的梦境。
③忺：欲、愿。鸾镜：镜子的美称。
④斗草：古代妇孺的一种游戏，见前陈亮《水龙吟》注。

【赏析】

这是一幅生动的"美人睡起图"。上片"春来"三句咏沉睡,"唤梦"二句咏惊醒,"宿酒"三句咏懒起,"蓬松"二句咏初起。下片描写门外景物,全从美人眼中写出。"巫山十二",喻指男女欢爱之梦,暗示了女主人公醉酒、酣卧、伤春的原因。另外,起处的"春来多困",结处的"昨夜春水",以及中间的"宿酒初醒"等描写,说明这幅"美人睡起图"在日复一日地重复出现,这里所述仅仅是其中一天而已!

朱 藻

朱藻号野逸,淳熙十五年(1188)曾官仙居知县,绍熙元年(1190)罢去。嘉定十六年(1223)官大理司直。

采 桑 子

障泥油壁[①]人归后,满院花阴,楼影沉沉,中有伤春一片心。　　闲穿绿树寻梅子,斜日笼明,团扇风轻,一径杨花不避人[②]。

【注释】

① 障泥:马鞯,垫于鞍下,垂在马腹两侧遮挡尘土。油壁:古代女子所乘坐的小车。

② 一径句,晏殊《踏莎行》:"春风不解禁杨花,濛濛乱扑行人面。"

【赏析】

这位伤春女子有心回避白天,回避骑马乘车的士女游人,怕听到他人的欢笑而触及自己伤心之事,因此只有等到黄昏降临,嬉笑游冶的人们散去之后,她才悄悄走出"满院花阴",走出"楼影沉沉",迎着漫天飞舞的杨花寻找她失落的旧梦……"杨花不避人"应作人不避杨花来看,她害怕一切、躲避一切,惟独此时不害怕杨花"蒙蒙乱扑行人面"。上、下片结句都堪称为词中警句,耐人寻味。

黄 铸

黄铸字晞颜(一作字亦颜),号乙山,邵武(今属福建)人。曾官柳州守。

秋蕊香令

花外①数声风定,烟际一痕月净。水晶屏小敧翠枕,院静鸣蛩相应。　香销斜掩青铜镜,背灯影,空砧夜半和雁阵。秋在刘郎绿鬓②。

【注释】

①花外:花丛之中、花丛之下。
②刘郎:这里指自己所倾慕的男子。绿鬓:黑色鬓发。

【赏析】

词上片为秋夜之景:地上风停花静,天空秋月一痕,室内屏风(指枕畔小屏风)翠枕,窗外蟋蟀吟唱。此种氛围,很好地衬托了女主人公的怀人心绪,下片写她无心焚香,无心揽镜,听着窗外传来的砧杵之声和大雁之声,忽发奇想:大概远方的心上人两鬓乌发也染上了秋色吧?斑白,稀疏,如同秋天的落叶?

王同祖

王同祖字与之,号花洲,金华(今属浙江)人。弱冠入金陵幕府。嘉熙元年(1237),官朝散郎、大理寺主簿。淳祐年间(1241—1252)官建康府通判,次改添差沿江制置司机宜文字。王同祖是南宋后期的江湖诗人,《南宋群贤小集》中有其《学诗初稿》一卷,词仅存三首。

阮 郎 归

　　一帘疏雨细于尘,春寒愁杀人。桐花庭院近清明,新烟①浮旧城。　寻蝶梦②,怯莺声,柳丝如妾情。丙丁帖子③画教成,妆台求晚晴。

【注释】

①新烟:清明寒食之后所钻取的新火。
②蝶梦:身化为蝴蝶的梦。
③丙丁帖子:五行之中丙丁属火,故以丙丁代指火或火口。丙丁帖子:指乞求出太阳天气暖热的帖子。

【赏析】

　　这是一首略有民歌风味的闺情小唱。全词采用女主人公的口吻来诉说:清明寒食之际阴雨连绵,春寒逼人。自己希望做得佳梦,又担忧被黄莺啼声惊起,希望天晴寒轻,减少自己的烦恼,于是虔诚地画帖祈祷。"柳丝如妾情"句,实是她正话反说的巧妙表达,意思是自己的愁思纷繁如同这柳条千丝万缕。"丙丁帖子"二句,刻画出这位女性天真、痴情而又有几分可笑可爱的性格特征。

王茂孙

王茂孙字景周,号梅山。生平事迹不详。

高 阳 台

春 梦

　　迟日烘晴,轻烟缕昼,琐窗雕户慵开。人独春闲,金猊暖透兰煤①。山屏缓倚珊瑚畔,任翠阴、移过瑶阶。悄无声,彩翅②翩翩，何处飞来，　　片时千里江南路，被东风误引，还近阳台③。腻雨娇云，多情恰喜徘徊。无端枝上啼鸠唤，便等闲④、孤枕惊回。恶情怀，一院杨花，一径苍苔。

【注释】

①金猊：做成狻猊形状的铜香炉。兰煤：金猊中所焚的香料。
②彩翅：指蝴蝶。蝴蝶飞来，喻进入梦境。
③阳台：楚怀王梦中与巫山神女相遇的地方。典出宋玉《高唐赋》。
④等闲：无端、随便。

【赏析】

这是一阕咏物（抽象之物）词，题材与词牌的本意吻合。"春梦"在此包含了两种意思：一是春天所作之梦，二是与爱情有关的梦。

全词分别描写美人入睡、进入梦境和美人惊醒，构成一个完整的春梦过程。上片为第一层，描述闺房门窗紧闭，外间艳阳高照，室内香烟袅袅（暗合《高唐赋》中楚怀王"怠而昼寝"一幕）。"人独春闲"，补述"琐窗"句；"金猊暖透兰煤"，补述"轻烟"句。"山屏"二句谓美人正抱着珊瑚枕沉沉酣睡，画有远山的屏风遮护着枕上之人，任凭日影在地上缓缓移动。歇拍"悄无声"三句，写梦境终于悄然降临。

下片前五句为第二层，咏梦境。枕上片刻而梦魂已飞越千里，终于来到阳台之下，在这里，楚怀王曾经与巫山神女梦中相遇，发生爱情。"腻雨"二句谓美人与心上人梦中相遇，云雨交欢缠绵不已，久久不肯分开。上片是写春天梦，这里是写春情梦，略觉淫亵。"无端枝上"五句咏美人春梦被啼鸟惊破，醒来后面对漫天杨花、满地苍苔，心中说不出的懊恼、伤心和失望！

点 绛 唇

莲 房

折断烟痕,翠蓬初离鸳鸯浦。玉纤相妒,翻①被专房误。乍脱青衣,犹著轻罗护,多情处,芳心一缕,都为相思苦。

【注释】

①翻:反而。

【赏析】

这首词,借拟人的手法,处处将莲房(俗称莲蓬)巧妙地想象为美女,似是咏物,似是咏人。起二句写莲房被折,"烟痕"使人想到莲茎间千丝万缕断而犹相连的样子,也使人想到那水面烟波迷离万荷如云的环境。次二句写纤指剥开莲房。莲籽一籽一孔,宛如后宫佳丽各专一房。故词人将女子剥食莲房想象成因妒而然。过片二句,写莲籽被除去外边的一层绿色厚皮,里面还有一层薄薄的白嫩细皮,好像美人脱了外衣犹有内衣。末三句写莲芯味苦,如同美人因爱情相思而芳心凄苦。词语言浅显流畅,想象生动,虽无高意远指却不乏小巧,颇清丽可喜。

王易简

王易简字理得,号可竹,山阴(今浙江绍兴)人。宋末登进士第,除瑞安主簿,不赴。隐居城南。王易简为周密的主要词友之一。曾长客临安。宋亡之后又参与遗民咏物聚会。其词风大抵凄凉幽怨,感慨苍茫,充满时代悲剧色彩。格调在王沂孙与周密之间。此外,他还有诗集《山中观史吟》一种。

齐 天 乐

客长安①赋

宫烟晓散春如雾,参差护晴窗户。柳色初分,饧香未冷,正是清明百五②。临流笑语,映十二栏杆,翠鬟红妒。短帽轻鞍,倦游曾遍断桥路。　　东风为谁媚妩?岁华频感慨,双鬓何许!前度刘郎③,三生杜牧④,赢得征衫尘土!心期暗数,总寂寞当年,酒筹花谱。付与春愁,小楼今夜雨。

【注释】

①长安:此外借指临安(今杭州)。
②清明百五:洪迈《容斋四笔》:"今人谓寒食为一百五者,以其自冬至之后至清明,历节气六,凡一百七日,而先两日为寒食,故云。"
③前度刘郎:喻故地重游之人。刘禹锡《再游玄都观绝句》:"种桃道士归何处?前度刘郎今又来。"
④三生杜牧:喻漫游江南之人。

【赏析】

这是一首苍凉的倦游之吟,词人中年曾长客临安,是因为天下将乱令人寒心,还是因为蹭蹬不遇功名无望,因为年龄老大体力日衰,他终于厌倦了这份寄身异乡的漫游生涯,渴望宁静,渴望回到故里。上片描写清明寒食景象,为词人小楼所见。"临流笑话"三句,为他人今日之欢笑;"短帽轻鞍"二句,为自己昔日之冶游,同是此地此景此季节,它们都与词人眼下的境遇形成鲜明的对比。下片,是心灵的独白和浩叹。他感慨春风美景已不属于自己,感慨已经两鬓斑斑,感慨到如今仍然像刘禹锡、杜牧一样满身征尘,感慨久已疏远了吟诗作赋,再也激不起当年的风流雅兴。末二句谓自己惟有独居小楼之中,怀抱如此深重之愁,彻夜听雨不眠。结尾意味隽永,似虚淡实含蓄。写出了地点和时间,也写出了一种说不清的伤感情调。

酹 江 月

暗帘吹雨，怪西风梧井，凄凉何早。一寸柔情千万缕，临境霜痕惊老。雁影关山，蛩声院宇，做就新怀抱。湘皋遗佩[①]，故人空寄瑶草。　已是摇落堪悲[②]，飘零多感，那更长安道[③]！衰草寒芜吟未尽，无那[④]平烟残照。千古闲愁，百年往事，不了黄花笑。渔樵深处，满庭红叶休扫。

【注释】

①湘皋遗佩：用郑交甫遇仙女事，注见前。

②摇落堪悲：宋玉《九辩》："悲哉！秋之为气也。萧瑟兮，草木摇落而变衰。"

③那更：况更、况又。长安道：指临安。

④无那：无奈。

【赏析】

前一阕是清明倦游吟，这一首是秋风倦游吟，都是词人客居临安时所作，前片，深秋阴雨的黄昏，词人照镜心惊：自己竟然有如此多的星星白发！凭栏心惊：北方大雁又一度匆匆南下；侧耳细听也心惊：风声雨声之中，满院蟋蟀如泣如诉——这一切，混合成自己的忧伤情绪。后片，词人反复抒发不堪于寄居客游、渴想回到山阴故里隐居的心情。树叶飘零，身世飘零，更何况是在都城临安！"平烟残照"，和"千古闲愁"、"百年往事"，似都隐含象征意味：南宋亡国之日已经不远，都城不可以久居矣。庭院黄花深山落叶的恬静景象，渐渐清晰地叠印在词人的脑海之中。

庆 宫 春

谢草窗惠词卷①

庭草春迟，汀蘋香老，数声佩悄苍玉。年晚江空，天寒日暮②，壮杯聊寄幽独。倦游多感，更西北、高楼③送目。佳人不见，慷慨悲歌，夕阳乔木。　　紫霞④洞杳云深，袅袅余音，凤箫谁续？桃花赋在，《竹枝》词⑤远，此恨年年相触。翠榆⑥芳字，漫重省、当时顾曲⑦。因君凝伫，依约吴山⑧，半痕蛾绿。

【注释】

①词卷：指周密的《蘋洲渔笛谱》。
②天寒日暮：杜甫《佳人》诗："天寒翠袖薄，日暮倚修竹。"
③西北高楼：泛指高楼。《古诗十九首》："西北有高楼，上与浮云齐。"
④紫霞：杨缵号紫霞，又称霞翁。
⑤《竹枝》词：泛指吟咏风土人情的作品。
⑥榆：笺的古字。
⑦顾曲：三国周瑜精通音律，时人称："曲有误，周郎顾"。此处谓周密精通音律，能按谱填词。
⑧吴山：在临安城南。

【赏析】

周密词集《蘋洲渔笛谱》刻成后，曾分赠词友。除此阕之外，王沂孙、李彭老、李莱老、毛玥等，都有题词。此词上片介绍该词集的内容概况，下片介绍和追忆周密的师法渊源、创作往事。既是新书简介，也是读后感和回忆录。

起二句分别嵌合"草窗"、（周密号）"蘋洲"字面，第三句以环佩之声喻吟咏之声。"年晚江空"二句，借大自然季候暗示词人生逢末世，独立苍茫，惟有将一腔壮怀化作凄苦的蝉吟蛩唱。前六句分写春天和秋天,概括了《蘋洲渔笛谱》中的伤春吟、悲秋吟、隐居吟、忧世吟。"倦游多感"以下五句,又归纳了他的思归吟、怀人吟,以及身世吟和家国吟。该词集中的作品时代截止于宋亡,其中没有收录入元以后词。但许多作品都流露出末世气氛,潜藏着很深的家国衰微的悲哀。故词人总结以"慷慨悲歌,夕阳乔木"。

过片三句,是说宋末词坛盟主杨缵去世之后,其填词按谱之事业、其执词坛牛耳之地位,渐渐由其弟子周密取代。"桃花赋在"以下,谓词存人亡,览词而往事历历在目(《蘋洲渔笛谱》中,有大量杨缵的记载)。末三句,词人读罢掩卷,纵目远眺,无眼感慨尽在不言之中。词作于宋亡之初,读故人前朝旧作,恍如隔世,因此全词怀旧的味道特别浓重,读后感中交织着故国之思和身世之感。

张　桂

张桂字惟月,号竹山。祖籍西秦(今陕西省)。与词人张枢为从兄弟(名字俱从木旁)。曾官大理司直。有文集《惭稿》。词惟存二首。

菩　萨　蛮

东风忽骤无人见,玉塘烟浪浮花片。步湿下香阶,苔粘金凤鞋。　翠鬟愁不整,临水闲窥影。摘得野蔷薇,游蜂相趁[①]归。

【注释】

①相趁:相随、追逐。

【赏析】

一陈猛风乍起,池塘中顿时漂满了落花。这位玉人翠鬟不整来到水边,水中倒映出的倩影与落花合在一起,令她生出人如落花的联想。末二句写她采花归去,仿佛是说已无花可采,只好摘此野花;无人欣赏,徒有游蜂在追香逐艳。字里行间潜藏着一颗哭泣的心灵。

浣 溪 沙

雨压杨花路半干,蜂遗花粉在栏杆,牡丹开尽正春寒。懒品么弦金雁①并,瘦惊双钏玉鱼②宽,新愁不放翠眉间。

【注释】

①么弦:指琵琶。金雁:琵琶面板上排列的弦柱。
②双钏:臂环之类饰物。玉鱼:鱼形玉佩饰物。

【赏析】

词咏女子伤春。"蜂遗花粉在栏杆",是极其细微的现象,若非久久凭栏、百无聊赖,决不会注意到。牡丹花开尽已是初夏季节,天气转暖,而她却偏偏觉得"正春寒",若非觉得孤独心寒,也决不会有此感觉。下片写三种心理状态:一是懒散诸事无心,二是惊惶自己变得消瘦,饰物变得宽大起来,三是重归于平静,多少新愁旧恨的折磨已经使她习惯于忍受,不表现在眉间脸上。

张 磐

张磐字叔安,号梅崖,宋末为嵊县(今属浙江)令。有《梅崖集》,今已失传。

绮 罗 香

渔浦①有感

浦月窥檐,松泉漱枕,屏里吴山②何处?暗粉疏红,依旧为谁匀注③?都负了、燕约莺期,更闲却、柳烟花雨。纵十分、春到邮亭,赋怀应是断肠句。　　青青原上荞麦,还被东风无赖④,翻成离绪。望极天西,惟有陇云江树。斜照⑤带、一缕新愁,尽分付、暮潮归去。步闲阶、待卜心期,落花空细数。

【注释】

①渔浦:地名,在会稽萧山县西三十里,传说为舜帝捕鱼之处。
②吴山:在今杭州城南。
③匀注:施抹、搽用。
④无赖:无意、无心。
⑤斜照:指夕阳。

【赏析】

词人客游渔浦,深夜怀念临安恋人,作此词。上片写自己深夜难眠,思绪纷繁。"浦月窥檐"是所见,"松泉漱枕"是所闻,"屏里"句是所思。问吴山何处,即是问临安何处、临安的爱侣何处。故以下一疑美人是否依旧日日严妆;二悔自己抛却西湖和美人,辜负了"燕约莺期",闲置了"柳烟花雨";三叹纵然春色十分,风光旖旎,自己仍然是满怀忧伤和悲凉。

下片诗从对面飞来,词人从恋人的角度想象描写她对自己的思念。过片三句暗用《招隐士》中"王孙游兮不归,春草生兮萋萋"语典,"望极"二句又化用谢朓"天际识归舟,云中辨江树"(《之宣城出新林浦向板桥》)诗意,谓恋人日日登楼眺望:望平原,不见征人鞍马,惟见芳草萋萋;望江面,不见归舟,惟见江云江树!"斜照带"二句也是化用前人相思名句:"今夜山深处,断魂分付潮回去!"(毛滂《惜分飞》)愁随潮去、魂随潮去,都是情人心逐潮去的痴语。末二句,美人也像自己一样夜深难眠,惟有漫步闲阶,细数落花来占卜爱情命运。该词刻画心理较为细腻动人,遣辞运意中化用前人语典较多,能够做到妥帖巧妙,不见雕琢痕迹。

浣 溪 沙

习习轻风破海棠,秋千移影上回廊,昼长蝴蝶为谁忙?

度①柳早莺分暖绿,过花小燕带春香,满庭芳草又斜阳。

【注释】

①度:穿越。

【赏析】

宋人唱词,专有"春景"类题目。这首《浣溪沙》就是这样一种春景词。它纯咏景物,而字里行间又似有一份淡淡的伤感情调。

张 林

张林字去非,号樗岩。宋末官池州知州。元兵南下灭宋,叛降。唐圭璋《全宋词》称宋末名张林者甚多,未知是否即是此人。

唐 多 令

金勒鞚①花骢,故山云雾中。翠蘋洲、先有西风。可惜嫩凉时枕簟,都付与、旧山翁。　　双翠合眉峰,泪华②分脸红。向樽前、何太匆匆!才是别离情便苦,都莫问,淡和浓!

【注释】

①鞚:马的笼头。
②泪华:泪花、泪水。

【赏析】

此词上阕写自己早秋远行,因孤独而倍觉凉意四起。下阕追想当初女子为自己送别而泪流满面的情景,写她因意笃情深感情脆弱而怕人问及。两种不同的心理,生动表现了男女双方彼此执着于爱情的特点。

柳梢青

灯　花

白玉枝头，忽看蓓蕾，金粟珠垂。半颗安榴，一枝浓杏，五色蔷薇。　　何须羯鼓①声催。银釭里、春工②四时。却笑灯蛾，学他蜂蝶，照影频飞。

【注释】

①羯鼓：古代西部少数民族的一种乐器。据南卓《羯鼓录》记载，唐玄宗酷爱羯鼓，曾对柳杏击鼓制曲，唱《春光好》。回顾柳杏，皆已吐芽绽蕾。

②春工：春天造化之工。

【赏析】

词咏蜡烛灯花。上片以博喻手法形容之，"白玉"指烛身。以下谓灯花如蓓蕾初绽，如金珠悬垂，如半颗石榴，如一枝杏花，如颜色纷繁的蔷薇。下片写灯花四季都能开放，不需要像唐玄宗那样去击羯鼓催促。飞蛾逐光也像蜂蝶追逐花香一样，围绕灯花频频起舞。

朱晞孙

朱晞孙字令则，号万山，生平事迹无考。词亦仅存《真珠帘》一阕。

真 珠 帘

春云做冷春知未？春愁在、碎雨敲花声里。海燕已寻踪，到画溪沙际。院落秋千杨柳外，待天气、十分晴霁。春市，又青帘苍陌，红芳歌吹。　　须信处处东风，又何妨对此，笼香觅醉。曲尽索余情，奈夜航催离。梦满冰衾身似寄，算几度、吴乡烟水。无寐，试明朝说与，西园④桃李。

【注释】

①西园：林苑的泛称。

【赏析】

该词以铺叙的笔法，上片写春景，下片抒离情。表达了游子对春光的依恋和对漂泊羁旅生涯的无可奈何。其风格微近北宋的柳永。

吴大有

吴大有字有大，号松壑，嵊县（今属浙江）人。宝祐年间（1253—1258）游太学，率诸生上书言贾似道奸状，不报。乃退处林泉，与林昉、仇远、白珽等七人以诗酒相娱。宋亡之后，元朝辟为国子检阅，不赴。著有《松下偶抄》、《雪后清音》、《归来幽庄》等集。词仅存《点绛唇》一首。

点 绛 唇

送李琴泉

江上旗亭①，送君还是逢君处。酒阑呼渡，云压沙鸥暮。漠漠萧萧②，香冻梨花雨。添愁绪，断肠柔橹，相逐寒潮去。

【注释】

①江上：江边。旗亭：商业楼亭，多系酒楼。
②漠漠萧萧：形容空寂冷落、万物萧疏的早春环境。

【赏析】

词依送别的自然顺序，分别描写了旗亭饯别、酒阑呼渡和橹声远去三个场面。以加倍写法渲染词人执手握别之际的三重不堪：其一,送别之处正是当年与友人相逢之处,故地重来勾起无数回忆;其二,送别之时正值早春,天气阴冷,寒云低垂。词人的心境也如同天气一样晦暗;其三,送别之际恰逢黄昏雨后,苍茫之中使人倍生伤感。词上、下片两处写景,"云压沙鸥暮"是江上之景,"香冻梨花雨",是江畔之景,看似闲笔,却暗写出李琴泉扁舟远去的情景,以及词人孤寂伤心的情态。

吴大有为宋末江湖高人,以气节称。他的这首小词能够不作媚语,不下俗字,极有清逸雅健之致。真挚的情、如画的景从他笔下汩汩流出,给人以美的享受。难得!

张 炎

张炎(1248—?)字叔夏,号玉田,晚又号乐笑翁,祖籍西秦(今陕西省),居临安。为词人张枢之子。早年诗酒啸傲,流连于湖山风月间。曾与周密等人在杨缵门下叩学音律。宋亡家破,流落江湖上,曾一度北上大都(今北京)写《金刚经》,未受官而返。晚年穷困潦倒,至卖卜为生。有词学理论专著《词源》二卷,词集《山中白云》八卷,存词三百首。

张炎与周密、王沂孙等词人共同宗法周邦彦和姜夔,尤其瓣香在白石词,变峭拔为圆润,磨去白石词风棱角,清空高远,苍莽无际,格局颇为广大。词友仇远评论说:"《山中白云词》意度超玄,律吕协洽,方之古人,当与白石老仙相鼓吹。"(《山中白云序》)后人把他与周密、王沂孙、蒋捷并称为宋末四大家。

壶 中 天

养拙夜饮,客有弹箜篌者,即事以赋[①]。

瘦筇[②]访隐,正繁阴闲锁,一壶幽绿[③]。乔木苍寒图画古,窈窕人行韦曲[④]。鹤响天高,水流花净,笑语通华屋。虚堂松外,夜深凉气吹烛。　　乐事杨柳楼心[⑤],瑶台月下,有生香堪掬。谁理商声⑥帘户悄，萧飒悬珰鸣玉。一笑难逢，四愁休赋⑦，任我云边宿。倚栏歌罢，露萤飞下秋竹。

【注释】

①张炎《山中白云》此词别题作："养拙园夜饮"。
②瘦筇：细竹手杖。
③一壶幽绿：一片壶中仙境。典故出《汉书·费长房传》。
④韦曲：在陕西西安城南，唐时韦氏世居于此，为樊川第一名胜。
⑤杨柳楼心：谓听歌妓弹唱。晏几道《鹧鸪天》："舞低杨柳楼心月，歌尽桃花扇底风。"
⑥商声：秋声。
⑦四愁：汉代诗人张衡作有《四愁诗》四首。

【赏析】

从"养拙园"的名称来看，这位园主人一定是个隐居避世的高士。此词上片写深山访隐，下片写听客弹琴。上片叙事兼而写景，下片叙事兼而抒情。

上片首六句，"瘦筇访隐"写事，点出养拙园深藏于山野之中；"正繁阴"以下写景，前二句为远处所见葱茏景象，后二句为登山时所见路旁景象。"鹤响天高"五句写登堂入室来到养拙园。"鹤响"句为园中所闻，"水流"句为园中所见，"笑语通华屋"叙事，写主宾欢洽，共聚一堂。"虚堂"二句，点出夜深开宴，落实词序中"养拙夜饮"四字。

下片，"乐事"三句描写席间观玩妓乐歌舞。月光下恍然如同瑶台仙女上凡，自己身在仙境。"生香堪掬"是说歌女们像一朵朵盛开的鲜花，近在咫尺垂手可以采摘。"谁理"二句正面写"客有弹箜篌者"，以及听箜篌演奏的音乐效果。"一笑难逢"以下，写词人于听罢、饮罢之余的逸兴远致。"云边"，是云雾之中的意思。"露萤飞下秋竹"，为庭园中细微景象，写词人酒后凭栏而望，于静默之中走向沉思、溶进山间的秋夜。

张炎论词主张"清空骚雅"，称姜夔词如"野云孤飞，去留无迹"(《词源》),拿这些话来概括这首词,似乎也非常恰当。

渡 江 云

次赵元父①韵

　　锦香缭绕地,凉灯挂壁,帘影浪花斜。酒船归去后,转首河桥,那处认纹纱②。重盟镜约,还记得、前度秦嘉③。唯只有、叶题缄付④,流不到天涯。　　惊嗟,十年心事,几曲栏干,想萧郎⑤声价。闲过了、黄昏时候,疏柳啼鸦。浦潮夜涌平沙白,溯断鸿、知落谁家?书又远,空江片月芦花。

【注释】

①赵元父:赵与仁字元父,周密、张炎等人的词友。
②纹纱:行船激起的水面波纹。
③秦嘉:据《琅琊代醉编》,后汉人秦嘉为郡上掾,其妻徐淑以重病还娘家,未得面别,乃赠以诗。秦嘉以诗答之。后秦嘉寄书,兼赠明镜、宝钗、妙香、素琴。徐淑复作书报之,词意凄丽,为后人所艳称。
④叶题:叶上题诗。
⑤萧郎:男子的美称。一本又作"萧娘"。

【赏析】

　　赵与仁这位皇室后裔,似乎是个秦嘉式的多情男子。此词借一女子之口,述其对赵君刻骨铭心的相思,略含调侃意味。

　　前片,女子居处既因"锦香缭绕"而显得华贵无比,又因"凉灯挂壁"而显得凄清荒冷。风吹垂帘,波动如浪,使她想起赵君离去时酒船激起的斜浪,船去浪静,踪迹再也无处可寻。"重盟"以下一正一反写女子心理活动:前二句谓赵君像多情秦嘉一样时时寄书盟誓,后二句又强为对方开脱,谓因天涯遥远,红叶漂流不到,故而才杳无音信!另一种理解以为前二句谓女子痴心地时时寄书盟誓,后二句谓赵君却因路途遥远不寄一书。不管哪一种理解,这几句似都含有一点对赵与仁薄情的调侃。后片，女子追忆从前与赵君的爱情往事，在寂寞苦闷之中度过一个又一个无聊的黄昏。"溯断鸿、知落谁家?"写女子推测大雁会给谁家带去书信，兼暗示赵君不知又移情于何人。浮想之余，惟有凝视远处的空江、孤月和芦花而已！

甘 州

饯草窗西归

　　记天风、飞佩紫霞①边，顾曲②万花深。怪相如③游倦，杜陵④愁老，还叹飘零。短梦恍然今昔，故国十年心。回首三三径⑤，松竹成阴。　　不恨片帆南浦⑥，只恨剪灯听雨⑦，谁伴孤吟？料瘦筇归后，闲锁北山云。是几番、柳边行色，是几番、同醉古园林。烟波远，笔床茶灶，何处逢君？

【注释】

①紫霞：杨瓒号紫霞。此句谓周密登杨瓒之门叩学音律。
②顾曲：三国时周瑜精于音律，时称"曲有误，周郎顾"。
③相如：汉辞赋家司马相如。
④杜陵：唐代诗人杜甫。
⑤三三径：隐士门前的小路。
⑥南浦：离别之处的代称。
⑦剪灯听雨：李商隐《夜雨寄北》："何当共剪西窗烛，却话巴山夜雨时。"

【赏析】

　　这首送别词，约作于张炎至元二十八年（1219）从大都（今北京）归来以后。"草窗西归"指周密离开杭州回到故里湖州的苍弁山下。前阕起二句是说还记得当年与周密先后投于音律大师杨瓒的门下，在西湖的荷花深处审音协律，删润琴谱，移商换羽，极尽风雅之事。次三句谓周密如今似司马相如倦于客游,似诗人杜甫感叹衰老,不愿再在古杭飘零寄居,欲回到自己的故乡去。"短梦",指彼此早年所经历的南宋繁华生活。张炎早年为贵族子弟,宋亡之际家被元兵抄毁,只身落魄纵游。周密也出身名门,兵燹毁家来客杭州。"故国"明指故乡,暗指亡宋,此二句写身世之感与家国之恨,沉痛之至。歇拍二句,谓周密欲回山林隐居,从陶渊明《归去来辞》中"三径就荒,松菊犹存"二句化来。后阕想象周密归隐后的闲雅生活。过片之句是说,彼此水边分手倒没有什么可恨,只是遗憾夜来窗前听雨,再没有知心词友一起吟咏、一起唱和了。"料瘦筇"以下,推测对方一定深居弁阳,泛舟雪溪,诗酒风雅与世无争,令人羡慕。

周密 60 岁(1291)时,曾离开杭州回故乡选卜终老之丘,营建"复庵",并自撰《弁阳老人自铭》。张炎此词当即作于该年,可视为一篇微型的《哀江南赋》,一篇微型的《归去来辞》。

赵崇霄

赵崇霄又作赵崇霄,字有得,号莲岙。为赵宋宗室之后代,商王赵元份的八世孙(一说九世孙)。剑浦(今福建南平)人。宝庆二年(1226)进士。其词传世者仅《东风第一枝》一阕。

东风第一枝

妒雪梅苏,迷烟柳醒,游丝轻飏新霁。卷帘看燕初归,步屟为花早起。春来犹浅,便做出、十分春意。喜凤钗、才卸珠幡,早换巧梳描翠。　　著数点、催花雨腻,更一阵、递香风细。小莺忺暖①调声,嫩蝶试晴舞翅。清欢易失,怕轻负、年芳流水。好趁闲、共整吟鞯②,日日访桃寻李。

【注释】
①忺:惬、喜。忺暖:春暖。
②吟鞯:指诗人的马鞍。

【赏析】

这是一首以早春为题材（与词牌本意吻合）的节序词。它以写景为主，其中闺秀、诗人都只是风景中的点缀，犹如古代的山水画卷中，必点缀一二舟楫渔翁、草庐隐士、驿馆旅人一样。上阕写梅花在积雪中苏醒，杨柳在烟雾中摇曳，空中始有春虫的游丝飘浮——大自然终于出现了它的"东风第一枝"。女子们卷帘迎燕、散步观花，早早换上了春天的装束。下阕写这早春时节一会儿落下几点细雨，一会儿吹来一阵东风，莺啼蝶舞，诗人郊游……呈现出一派万物争发的勃勃生机。

该词字面刻画极工细凝练，如"炉雪梅苏，迷烟柳醒"，如"催花雨腻"，"递香风细"，"忺暖调声"、"试晴舞翅"等等，无不对仗整齐，辞藻华美，富于表现力。

范晞文

范晞文字景文，号药庄，钱塘（今浙江杭州）人。为太学生，宋理宗时与叶李上书弹劾奸臣贾似道，被流琼州。宋亡以后，以程钜夫荐，仕元，擢江浙儒学提举，转长兴丞。著有《药庄废稿》，又有《对床夜话》五卷，词人冯深居为序。

意 难 忘

清泪如铅，叹咸阳送远，露冷铜仙①。岩花纷堕雪，津柳暗生烟。寒食后，暮江边，草色更芊芊②。四十年，留春意绪，不似今年。　　山阴欲棹归船，暂③停杯雨外，舞剑灯前。重逢应未卜，此别转④堪怜。凭急管，倩⑤繁弦，思苦调难传。望故乡，都将往事，付与啼鹃。

【注释】

①清泪三句：唐李贺《金铜仙人辞汉歌》："空将汉月出宫门，忆君清泪如铅水。衰兰送客咸阳道，天若有情天亦老。"

②芊芊:草盛貌。
③暂:且。
④转:有二义,一为更、愈,一为反而。
⑤倩:请。

【赏析】

公元 1276 年春,元兵大举围攻南宋都城临安,宋幼帝、太后率三宫百官出降,宋朝灭亡。这年春天,成了南士心中最寒冷的一个春天。范晞文此词,是他客居越中时惊闻临安失陷、三宫播迁所作。

词一起即借用铜仙人被拆毁,泪倾如雨的典故,写宋室三宫播迁、幼帝北狩的惨烈现实。"咸阳"本秦朝都城,此处暗指临安。"岩花纷堕雪"以下,写词人怀着亡国巨痛,面对江边的岩花、津柳、春草,感觉到 40 年来从未有过这样一个令他心冷如灰、泪飞如雨的春天!下阕写他急切盼望回到故乡临安,却又困于种种原因一时难以成行。他雨天醉酒,灯下舞剑,一片有心报国无力回天的激愤之情,尽在不言中。"重逢"二句将故乡比做亲人,谓何时能够与它重逢难以预料,如今的离别更加令人不堪。词人此时的心情难以表达,无处倾泻。惟有将它们权且付给急管繁弦,付给暮春悲鸣的杜鹃(传说杜鹃为亡国之君杜宇精魂所化,故此处所云,亦暗含吊宋帝之意)。

这首词以亡国之恨为主题,风格苍凉凄楚,沉郁顿挫,感情极其真挚强烈,是《绝妙好词》中最优秀的作品之一。

郑斗焕

郑斗焕字丙文,号松窗。生平事迹不详。词仅存一首。

新 荷 叶

乳鸭池塘,晴波漾绿鳞鳞。宿藕根香,夏来生意还新。蚨钱①小、钿花贴翠②,相间萍星。一番雨过,一番暗展圆青。

鱼戏龟游，看来犹未胜情。因忆年时，垂钓曾约轻盈。玉人何处？关情是、半卷芳心。帘风一棹，鸳鸯催起歌声。

【注释】

①蚨钱：传说以水中青蚨之血涂于钱上，钱使用后还会回到原处。此处以蚨钱比喻圆形荷叶。

②钿花贴翠：古代女子额饰，亦喻荷叶。

【赏析】

此词咏词牌本题"新荷叶"。池塘中荷叶摇曳的景象，被词人的生花妙笔渲染得有声有色，情趣盎然：荷叶的衬景有乳鸭戏水、萍星点缀、鱼戏龟游、鸳鸯相伴、美人泛舟、词客垂钓、水上歌声……新荷叶自身的形象，亦有晴天新荷、雨中新荷、风里新荷、圆展的新荷、半卷的新荷……真是一个妙不可言的荷叶世界！

曹良史

曹良史字之才，号梅南，钱塘（今杭州）人。为宋末诗人，与周密交游。著有《咸淳诗摘》、《梅南诗摘》和《镂冰词摘》，合称《诗词三摘》。元方回跋云："曹君良史，钱塘人。衣冠佳盛，湖傲山酣，则有《咸淳诗摘》；兵火变迁，江淮奔走，则有《梅南诗摘》……至如《镂冰词摘》，则以诗之余，演为雕刻流丽之作，以至宝丹之宇，料生姜白之文，法寄于少游、美成之声调。"

江 城 子

夜香烧了夜寒生。掩银屏，理银筝，一曲春风，都是断肠声。杜宇[①]欲啼杨柳外，愁似海，思如云。　　背灯暗卸乳鹅裙。酒初醒[②]，梦初醒，兰炷香篝，谁为暖罗衾？二十四帘[③]人悄悄，花影碎，月痕深。

【注释】

①杜宇：杜鹃，传说为蜀帝杜宇精魂所化。
②酲：醉酒后神志不清。
③二十四帘：极言重重帘幕。

【赏析】

此词写一位伤心女性夜深不眠。上阕写她弹筝诉说幽怨，听杜鹃悲鸣而更添愁肠。下阕写她难眠，如醉如痴，凝望着窗外的残月花影。词塑造形象鲜明生动，女主人公的举止行为、四周的氛围环境都很好地表现和陪衬了她的内心世界。惟一不足之处是略嫌直露，缺乏含蓄。

董嗣杲

董嗣杲字明德，号静传，杭州人。景定年间（1260—1264）榷茶富池。咸淳末年（1274）为武康令。宋亡后入道，改名思学，字无益，号老君山人，隐西湖上。有诗集《西湖百咏》和《百花诗集》。词今仅传二首。

湘　月

莲幽竹邃，旧池亭几处，多爱君子①。醉玉吹香还认取，忙里得闲标致。心逐云帆，情随烟笛，高会知谁继？宵筵会启，蓦然身外浮世。　　因见杜牧②疏狂，前缘梦里，谩慼双眉翠。香满屏山春满几，炉拥麝焦禽睡③。月落梅空，霜浓窗掩，两耳风声起。艳歌终散，输他鹤帐清寐。

【注释】

①君子：指竹。
②杜牧：晚唐诗人，举止狂放。

③麝焦禽睡：用来爇燃的麝香和卧禽形香炉。

【赏析】

董嗣杲是位酷爱西湖山水、品性甚高的雅士，宋亡之后，遁迹为道士隐居终身。这首《湘月》词，大约即是他入道以后所作。词上阕写自己白天湖山啸傲，赏竹、醉酒，以一种超然世俗之外的冷峻眼光旁观浮世，俯瞰人生。下阕写他傍晚归来，拥炉而卧，静听窗外秋风。旧事新愁弥漫开来，使他重新走进人生的悲凉之中，无法超脱。"前缘梦里"、"月落梅空"、"艳歌终散"诸句，共同写出了一份复杂的人生况味——既能超脱又不能超脱，这正是元代初年许多南宋遗民的共同心态。

◇ 卷 七 ◇

周 密

周密（1232—1298）字公谨，号草窗，又号四水潜夫、弁阳老人、华不注山人。生平事迹参见本书前言。周密词远祖周邦彦，近法姜夔，风格清雅秀润，间亦有苍莽高远之致，精刻细琢之巧。宋亡以后风格有所变化，作品感情奔涌，极为幽怨低回，不再着意于一字一词的修饰推敲，体现为一种浑融苍凉之美。周密酷好大自然，除诗词和音乐之外，还精通野史笔记的撰述，兼工绘画和书法。在宋末元初的诗坛、词坛上占有重要地位。

国 香 慢

赋子固《凌波图》①

玉润金明，记曲屏小几，剪叶移根。经年氾人②重见，瘦影娉婷。雨带风襟零落，步云冷、鹅管吹春。相逢旧京洛，素靥尘缁，仙掌霜凝。　　国香流落恨，正冰销翠薄，谁念遗簪。水空天远，应念矾弟梅兄③。渺渺鱼波望极，五十弦、愁满湘云④。凄凉耿无语，梦入东风，雪尽江清。

【注释】

① 子固：赵孟坚字子固，宋皇室后裔。善画梅兰竹石，尤其擅长画水仙。《凌波图》：指赵孟坚所画的《水墨双钩水仙长卷》。

② 氾人：水中洛神，比喻水仙。

③ 矾弟梅兄：山矾花和梅花。按古人二十四番花信风的排列顺序，

水仙开在小寒前面，梅花在其前，故称梅兄；山矾在其后，故称矾弟。

④五十弦：指瑟。李商隐《锦瑟》诗："锦瑟无端五十弦，一弦一柱思华年。"

【赏析】

这是一首题画词，题写在赵孟坚的《水墨双钩水仙长卷》上。词采用形象再现和意境渲染的手法，将咏物与咏画合而为一。上片起三句，因观画而忆起曾将此水仙花移来屏风案几之间。"玉润金明"，谓水仙白色的花瓣、黄色的花蕊，鲜亮动人。"经年"句以下，是说如今又重新见到这位水中仙子，身影细长，宽叶飘逸，如同在云中水上娉婷袅袅而行。"雨带风襟"形容水仙宽而长的翠叶，"鹅管"形容水仙细长的花茎，"素靥"指花容，"仙掌"则是以汉宫仙人承露盘比喻花茎、花瓣和花蕊。下片为水仙抒发内心感情，写它如同流落在水畔的湘灵，孤独、冷落、凄凉无语，怀念着它的兄弟山矾和梅花。含愁鼓瑟，梦想着冬去春来雪尽江清的明天。词人体味到这份水仙神韵，也正是赵孟坚画中所要传达的特殊的意境氛围。

《画禅室随笔》说："子固水仙，欲与杨无咎梅花作敌，周草窗极重其品。"看来周密是既爱此花又爱此画，花品、画品皆令他爱不释手。

一萼红

登蓬莱阁①有感

步深幽，正云黄天淡，雪意未全休。鉴曲②寒沙，茂林烟草，俯仰今古悠悠。岁华晚，飘零渐远，谁念我、同载五湖舟③。磴④古松斜，崖阴苔老，一片清愁。

回首天涯归梦，几魂飞西浦，泪洒东州⑤。故国山川，故园心眼，还似王粲登楼⑥。最负他、秦鬟妆镜，好江山、何事此时游！为唤狂吟老监⑦，共赋销忧⑧。

【注释】

①蓬莱阁:在会稽卧龙山下。元稹《以州宅夸于乐天》诗:"我是玉皇香案吏,谪居犹得近蓬莱。"即指此。

②鉴曲:鉴湖水曲。

③五湖:指太湖。

④磴:山径石阶。

⑤"几魂飞"二句:作者于词末自注云:"阁在绍兴,西浦、东州皆其地。"

⑥王粲登楼:王粲是汉末建安诗人,曾避乱荆州,作《登楼赋》,抒发故乡之思。

⑦狂吟老监:唐代诗人贺知章晚年自号"四明狂客"。又因曾官秘书监,故称"狂吟老监"。

⑧赋销忧:王粲《登楼赋》:"登兹楼以四望兮,聊假日以销忧。"

【赏析】

此词作于南宋灭亡之初。词人从浙江义乌县逃难到会稽,登蓬莱阁作此词。词从登阁落笔。"步深幽",是说向山环树拥的幽邃高阁走去。登临之际,可见"云黄天淡,雪意未全休"的气候。暗示作者心情也与天气一样阴惨沉重。"鉴曲"三句,写登上蓬莱阁后的所见所感。词人俯视四野,惟见鉴湖水拍打寒冷沙滩,山间烟霭笼罩着茂林枯草,展现出一幅阴惨肃杀的寒林图。"俯仰",极言时间短暂。"俯仰"句乃全词之转折,由写景转而抒情,起承上启下作用。"岁华晚"四句,写身世之感,有几层意思:岁云暮矣,一年将尽,可悲者一。不仅飘零他乡,而且愈走愈远,可悲者二。国家沦亡,想效法范蠡泛舟五湖隐逸以终,又没有像西施那样的知音相随相伴,可悲者三。集此三悲,其悲可知。因而所见景物无一不呈现凄凉色彩。"古"、"斜"、"阴"、"老"四字,既是写实,又染有作者主观感受,物我交感,酿就"一片清愁"。

下片由身世之感进而抒发家国之痛。换头三句由上片"飘零渐远"生发开去。多年来词人怀念绍兴,魂牵梦萦,而今来到绍兴,登上蓬莱阁,却又不禁发出"故国山川,故园心眼,还似王粲登楼"的浩叹！从前把绍兴当做家乡朝思暮想，今天回到绍兴，江山易主，自己反而产生一种身处他乡的孤独悲凉之感！秦望山依旧形似发髻，鉴湖还是好像一面妆镜，在这国破家亡的时刻登临游览，心中是什么滋味！最后词人推开一层，强自解脱，幻想能够将大诗人贺知章从鉴湖地下唤来，共同举酒痛饮，浇尽胸中块垒；吟诗作赋，吐尽满腔忧愁。

此词凄凉掩抑，沉郁悲壮，是词人的代表作。前人对它的评价很高，陈廷焯就说：此词"苍茫感慨，情见乎词，当为草窗集中压卷，虽美成、白石为之，亦无以过。"（《白雨斋词话》）全词感情浓烈，章法谨严。词中或明或暗化用了许多与会稽有关的事典，但丝毫不觉堆砌、晦涩。

扫 花 游

九日[①]怀归

江蓠怨碧，早过了霜花，锦空洲渚。孤蛩自语，正长安[②]乱叶，万家砧杵。尘染秋衣，谁念西风倦旅？恨无据！怅望极归舟，天际烟树[③]。　　心事曾细数，怕水叶[④]沉红，梦云[⑤]离去。情丝恨缕，倩回文[⑥]为织，那时愁句。雁字无多，写得相思几许？暗凝伫，近重阳、满城风雨。

【注释】

①九日：指九月九日重阳节。

②长安：借指临安（今杭州）。

③"怅望极"二句：南朝齐谢朓《之宣城出新林浦向板桥》诗："天际识归舟，云中辨江树。"

④水叶：水上漂浮的题诗红叶。见前孙惟信《烛影摇红》注②。

⑤梦云：指与意中人相会的梦境。

⑥回文：见《晋书·窦滔妻苏氏传》。即回文璇玑图诗。

【赏析】

全词约作于宋末咸淳年间(1265—1274)。时词人客居临安已久,沉浮于僚吏间。秋风起,重阳近,不免感到格外孤寂萧索,遂起命驾而归之念。

词上下片写法各有侧重,彼此成呼应之势:上片重点落在"九日",以写景为主;下片重点落在"怀归",以抒怀为主。上片是一片登高的浩叹,下片又是缕缕内心沉吟。上片,"江蓠"三句写城郊钱塘江秋景。"孤蛩"三句为临安城内秋景,蟋蟀低吟是所听,满城落叶是所见,而万家捣衣浆洗则兼为所听和所见。家家户户洗衣过节,自然而然勾起了词人思家的辛酸。思绪千回万转,惟有注目寒江,随着远去的归船而神游天际。古人有重阳节登高的风俗,此词上片未明言登高,而所展示的实皆为登高所见。

下片细数三重心事:一是担忧,二是希望,三是疑虑。担忧的是题有相思诗句的红叶沉在水中,不能随波漂流到家山故里,为伊人所得;而与她相聚的好梦又是来去无踪,不能夜夜降临。希望的是能够有一双苏蕙那样的巧手,将自己的情丝(谐音"情思")恨缕织成回文诗锦,寄到远方。疑虑的则是秋天已深,南飞的大雁已经很少,疏疏落落的雁阵能够在天上写(排)出几个相思字呢?红叶会沉,大雁太少,苏蕙难觅,愁上加愁,无可为之,故惟以写景作结,"淡语收浓词"。所谓"自首至终,皆诉凄怨,其结句独不言情,而反述眼前所见者,皆自状无可奈何之情。"(李渔《窥词管见》)

三 姝 媚

送圣与①还越

浅寒梅未绽,正潮过西陵②,短亭③逢雁。秉烛相看④,叹俊游零落,满襟依黯。露草霜花,愁正在、废宫芜苑。明月河桥,笛外樽前,旧情消减。 莫诉离觞深浅,恨聚散匆匆,梦随帆远。玉镜尘昏,怕赋情人老,后逢凄婉。一样归心,又唤起、故园愁眼。立尽斜阳无语，空江岁晚。

【注释】

①圣与：王沂孙字圣与，号碧山。王沂孙有和韵词《三姝媚·次周公谨故京送别韵》。

②西陵：浙江省萧山县有西陵湖。又萧山县之西兴镇，古称西陵。隔钱塘江与杭州相望。

③短亭：路旁供行人休息的驿亭。

④秉烛相看：杜甫《羌村三首》："夜阑更秉烛，相对如梦寐。"

【赏析】

南宋被灭之后，隐居在会稽的王沂孙曾数次来游故都，与周密、李彭老等词友共同寻访前朝遗迹，凭吊故国江山。寒冬某日，王沂孙乘舟返会稽，周密作此词送行。上片，起三句写环境：梅花未放点出季节；钱塘江大潮初过，点出时间；驿亭分袂逢大雁飞过，点出地点。潮过是俯视所见，雁过是仰视所见。次三句写话别：互相打量，互相哀叹，以至于老泪纵横。"秉烛相看"原是形容久别重逢之后彼此惊喜交加互相打量的情景，移来写临别，更突出了遭遇亡国的老词人又遭遇知己分离的悲凉心情，特别具有悲剧色彩。"露草"五句直抒亡国之痛：面对故都的"废宫芜苑"，词人更觉伤心。昔日湖山清游的雅兴，消失得无影无踪。离别吟与亡国吟交织一起，如哀乐低回。

下片诉说对王沂孙的眷恋之情。"莫诉"三句化用前人"劝君更进一杯酒，西出阳关无故人"（王维《送元二使安西》）诗意，劝王沂孙临行多饮，说自己的梦魂将追随对方行船而远去。"玉镜"三句，担忧自己很快老去，不知何时能重新见到对方。"一样"二句又说王沂孙返归故里，引逗出自己对弁阳故乡的思念。宋亡后，词人不得已移寓杭州。诗友戴表元说他"虽其弁阳，且不得居，颒颜皤须，而歌欹歔如此！"难怪王沂孙之行，要唤起词人内心共鸣。末二句写景作结，于不言之中，透露出一份难以言传的复杂情绪！

法曲献仙音

吊雪香亭梅①

松雪飘寒，岭云吹冻，红破数椒春浅。衬舞台荒，浣妆池冷②，凄凉市朝轻换。叹花与人凋谢，依依岁华晚。　　共凄黯！问东风、几番吹梦，应惯识当年，翠屏金辇。一片古今愁，但废绿、平烟空远③。无语销魂，对斜阳、衰草泪满④。又西泠残笛，低送数声春怨。

【注释】

①雪香亭：在杭州清波门外故宋皇苑聚景园内。李彭老有同游和词《法曲献仙音·官圃赋梅继草窗韵》，王沂孙亦有同游和词《法曲献仙音·聚景亭梅次草窗韵》。

②衬舞台、浣妆池：皆旧苑中景物。

③但废绿句：吴文英《西平乐慢》："叹废绿平烟带苑。"

④对斜阳句：吴文英《三姝媚》："贮久河桥欲去，斜阳泪满。"

【赏析】

雪香亭，在杭州的故宋废苑聚景园中。《咸淳临安志》卷十三载："孝宗皇帝至养北宫，拓圃西湖之东，又斥浮屠之庐九以附益之。亭宇皆孝宗皇帝御匾。尝恭请两宫临幸，光宗皇帝奉三宫，宁宗皇帝奉成肃皇太后，亦皆同幸。岁久芜圮，今老屋仅存者，堂曰'槛远'，亭曰'花光'，又有亭植红梅……"宋理宗前后，言官进谏劝皇帝罢绝临幸，结果致使此园荒废。词人们以它作为凭吊对象，是借以寄托对故国前朝的怀念之情。

起三句，就园中实景落笔，古松飞雪，阴云低压，寒意凛冽，滴水成冰。雪香亭畔几点梅花初绽花蕾。次三句写园中建筑的荒败景象，借以引出世事沧桑巨变。"衬舞台"、"浣妆池"这些本该充溢着歌舞欢笑的地方，如今徒剩悲凉冷寂气氛。民族战乱，宗庙毁坏，三皇五帝以来汉族人民的家园第一次沦入北方胡虏之手，这样的惊人巨变，词人竟着以"轻换"二字！其胸中的悲痛和感慨，实在是非常人可以想见。"叹花与人凋谢"二句总括前二层。花凋谢应前三句，谓"云绿峨峨玉万枝"变成残梅数枝，人凋谢应次三句，指朝代更替，兼指词友的凋零衰老。

下片，"共凄黯"三字唤醒全篇，含自惊自叹意。既是梅花与词人彼此相对凄黯，也是词人们彼此相对无语神色黯然。"问东风"三句写此园昔日之盛，说梅花曾经无数次见识过宋帝、后的车驾仪仗。"一片"句以下，将凭吊者自己的形象与内心感触，与园中之景糅合写出，面对废绿、荒烟、斜阳、衰草、残笛，词人们惟有满腔的亡国之痛，惟有沉默无语黯然销魂，惟有欷歔大恸热泪纵横！国亡园荒梅落人老，至此，吊故国、吊梅花和吊自己已浑然不可分辨。

清代词论家陈廷焯对此词评价甚高，说此词"即杜诗'回首可怜歌舞地'之意，以词发之，更觉凄婉。"（《白雨斋词话》）

高 阳 台

送陈君衡①被召

照野旌旗，朝天②车马，平沙万里天低。宝带金章，樽前茸帽风敧。秦关汴水经行地，想登临、都付新诗。纵英游，迭鼓清笳，骏马名姬。　　酒酣应对燕山③雪，正冰河月冻，晓陇云飞。投老④残年，江南谁念方回⑤？东风渐绿西湖柳，雁已还、人未南归。最关情，折尽梅花，难寄相思⑥。

【注释】

①陈君衡：陈允平字君衡，一字衡仲，见本书卷五。
②朝天：朝见天子。
③燕山：泛指元朝都城大都（今北京）一带。
④投老：到老。
⑤方回：贺铸字方回，喻指词人自己。黄庭坚《寄方回》诗："解

道江南肠断句,世间惟有贺方回。"

⑥"折尽"二句:用陆凯寄范晔梅花典故。

【赏析】

宋亡之后,除允平被元朝当做"人才"征召往大都。北上前夕,词人为陈允平送行,作此词。

起五句写临行场面:道旁饯别,举目望去,万里原野上尽是旗帜和准备入朝的车马。陈允平身系绶带徽章,寒风之中,皮帽被风吹得微微倾斜。词人用悬测的口吻,想象对方踏上北行之途后的情景:携妓纵游,击鼓吹笛,马上吟诗,大有"春风得意马蹄疾"的气概。

下片继续展开想象。"酒酣"三句,意谓陈允平到达大都后,朝廷必然设宴款待,在燕山飘雪、冰河凝冻、陇上云飞之际,与元朝统治者相对酣饱,谈笑应答。悬想之辞至此戛然而止。"投老残年"以下,词意陡转,由陈允平写到自己,以陈允平的"春风得意"反衬自己孤独凄凉。委婉哀怨之中,隐含着希望对方不要在大都恋栈下去的意思。末三句即从此意出发,并以之结束全篇。"折尽梅花"谓相思之深,"难寄相思"谓相隔万里音讯不通,虽有思念之情也难以传递。词人无可奈何之情状,读之令人恻然。

此词用意比较隐晦。乍看似乎是为陈允平赋词以壮行色,甚至还流露出一丝企羡的意味。其实不然,词人意在通过一系列场景渲染,反衬出自己处境的孤独凄凉,以及对对方的相思之苦。委婉规劝对方不要久留此地,企盼他早日还家以重叙旧游之情。这种含蓄的表达正是本词的一个突出特点。

庆 宫 春

送赵元父过吴①

重叠云衣,微茫鸿影,短篷稳载吴雪。霜叶敲寒,风灯摇晕,棹歌人语呜咽。拥衾呼酒,正百里、冰河乍合。千山换色,一镜无尘,玉龙吹裂②。　　夜深醉踏长虹③,表里空明,古今清绝。高堂④在否?登临休赋,忍见旧时明月。翠消香冷,怕空负、年芳轻别。孤山春早,一树⑤梅花,待君同折。

【注释】

①赵元父:赵与仁字元父,见本书卷七。过:去、往。
②玉龙:指笛子。玉龙吹裂:唐独孤生善笛,吹奏声发入云,曲至入破而笛败裂。事见《太平广记》引《逸史》。
③长虹:指吴中著名的长桥,桥有垂虹亭。《吴郡图经续志》:"(桥)东西千余尺,用木万计,萦以修栏,甃以净甓。前临具区(太湖),横截松陵。河光海气,荡漾一色。乃三吴之绝景也。"
④高堂:一本作高台。这里指对方的故居屋宇。
⑤一树:满树。

【赏析】

　　读此词,使我们想起宋末临安词人所共同遵奉的"清空"二字。
　　这首送别词写法非常特别,它不像许多送别词那样一味描写难舍难分的场面,而是用大量的篇幅想象描写对方雪中泛舟、冰上行船、夜吹玉笛、醉踏长桥等充满诗情画意的湖山雅事。只有结尾"孤山春早"三句,委婉表达了希望对方能够早日回到临安西湖,相聚于孤山梅花之下。整章写法与前一阕送陈允平的《高阳台》词大体相似。这种以写景代写情、以想象代眼前的写法,一是因为这些江湖雅人襟抱甚高,不愿学世间儿女临歧洒泪;二是词人借助这种诗情画意的氛围渲染,来达到宽慰对方、为对方临行释忧的目的;三是南宋词人习惯于用自然意境来象征和比喻人品境界,象征比喻人的胸襟和心境。词人在这里刻意表现云衣鸿影、一镜(水面)无尘、表里空明、古今清绝等等意项,都可以看做是一种对赵与仁人格的赞美,是对赵与仁厌恶官场尘世,醉心于自然山水的隐士情操的巧妙歌颂。

高 阳 台

寄越中诸友①

小雨分江,残寒迷浦,春容浅入蒹葭。雪霁空城②,燕归何处人家?梦魂欲渡苍茫去,怕梦轻、还被愁遮③。感流年、夜汐东还,冷照④西斜。　　凄凄望极王孙草⑤,认云中烟树⑥,鸥外春沙。白发青山,可怜相对苍华。归鸿自趁潮回去,笑倦游、犹是天涯。问东风,先到垂杨,后到梅花⑦?

【注释】

①越中诸友:指词友王沂孙等人。王沂孙有《高阳台·和周草窗寄越中诸友韵》。

②空城:指杭州。

③遮:遮道,拦阻、挡住的意思。

④冷照:指月亮。

⑤"凄凄"句:淮南小山《招隐士》:"王孙游兮不归,春草生兮萋萋。"凄凄,一本作萋萋。

⑥云中烟树:南朝齐谢朓《之宣城出新林浦向板桥》诗:"天际识归舟,云中辨江树。"

⑦先到二句:古人风俗,折柳枝以赠别,既分别之后则折梅花寄赠。

【赏析】

本篇作于宋亡以后。上片,"小雨分江"三句,点出地点、季节、气候。词人放眼江边,由远眺而近看。之后词人又转身遥望故都,"雪霁"二句,谓归来的燕子不仅看不到当年的帝苑宫殿,就连百姓房舍也遭兵燹平毁,难以寻找营巢之处。"梦魂"二句,元人陆辅之誉之为"警句"(见《词旨》),清人也说它"语意精警,未经人道(《冰簃词话》)。面对荆棘铜驼的故都,词人有多少感慨想要倾诉!他盼望梦魂能够跨越山水飞到越中,与故友一晤。又担心梦轻愁重,不能如愿。"感流年"三句,再由回望空城时引发的遐想牵引出光阴如水的浩叹。"夜汐",指钱塘江的落潮。词人感慨随着时间的推移,自己已经老去,而故人仍然难以见面。这种弦外之音,到了下片,乃愈显明朗。

下片是上片的叠现和深化。"凄凄"三句,呼应发端三句,再次由遐想感叹落笔眼前,写自己站在水边辨认行舟,期待故人到来。"认云中"二句,为词人纵目所见,极写盼望故人翩然重来的深情。"白发青山"两句,是上片"感流年"的进一步描写。群山仍青,而人发已白。"归鸿"三句,是说鸿雁尚且能够随潮水归去,而自己虽已倦游,但杭州毕竟不是故乡,仍然不免有天涯飘零之感。最后,作者巧妙询问东风:是先到垂杨,还是先到梅花。大自然的顺序,当然是梅花先开杨柳后绿,但词人却希望能先绿垂柳,后开梅花。言外之意,希望春来之际,越中诸友能够来杭畅叙情怀,不要总是如此各在一方互寄相思。

探 芳 信

西泠春感[①]

步晴昼,向水院维舟,津亭唤酒。叹刘郎[②]重到,依依漫怀旧。东风空结丁香怨[③],花与人俱瘦,甚凄凉,暗草沿池,冷苔侵甃[④]。桥外晚风骤。正香雪随波,浅烟迷岫。废苑尘梁,如今燕来否?翠云零落空堤冷,往事休回首!最消魂,一片斜阳恋柳[⑤]。

【注释】

①西泠:代指西湖。此词为宋亡后词人重访故都所作,同时词友唱和者有:李彭老《探芳讯·湖上春游继草窗韵》、仇远《探芳信·和草窗西湖春感词》、张炎《探芳信·西湖春感寄草窗》。

②刘郎:喻指故地重游之人。

③东风句:吴文英《踏莎行·敬赋草窗绝妙词》:"西湖同结杏花

盟，东风休赋丁香恨。"

④甓：砖砌之物，指墙壁、井壁、石阶、砖路等。

⑤最消魂二句：吴文英《西子妆慢》："最伤心，一片孤山细雨。"

【赏析】

这首词，也是周密凭吊故国的名篇，它与《一萼红》（步深幽）、《法曲献仙音》（松雪飘寒），堪称《草窗词》中三大故国吟。

词以纪游为线索，将西湖历劫之后的凄迷景象与自己遭遇更替的沉痛心情一并写来，夹景夹情随处而发，显得感情之潮难以控制而横流四溢。词中使用了大量表现感情的词汇，如"叹"、"怨"、"凄凉"、"依依"、"消魂"等。同时伤心人眼里的一切景物，也无不染上了这种悲凉的色彩："废苑尘梁"是故都残破所特有的景象，固不待说。西湖这个昔日"浓妆淡抹总相宜"的地方，花是瘦的，草是暗的，苔是冷的，堤是空的，丁香结怨，晚风紧吹，绿色稀疏，夕阳惨淡……给人以天地同悲、人神共哭的感觉。这就是老词人的游湖感受，也是他失去了祖国和家园、失去了湖山主权的最真实的感情体验！

在这里看不见一点雕琢刻痕，没有任何矫揉造作，句句是满心而发，脱口吟就。沉郁顿挫的风格，苍莽深厚的内蕴，代表了周密词的最高成就。与王沂孙、张炎等人的故国吟相比，它似乎表达得更为大胆和直率。

水　龙　吟

白　荷

素鸾①飞下青冥，舞衣②半惹凉去碎。蓝田种玉③，绿房迎晓，一夜秋意。擎露盘深，忆君清夜，暗倾铅水④。想鸳鸯、正结梨去好梦⑤，西风冷、还惊起。　　应是飞琼⑥仙会，倚凉飙、碧簪斜坠。轻妆斗白，明珰照影，红衣羞避。霁月三更，粉云千点，静香十里。听湘弦奏彻⑦，冰绡偷剪⑧，聚相思泪。

【注释】

①素鸾：青鸟，神话传说中的仙鸟。
②舞衣：指风中摇摆的荷花。
③蓝田种玉：见前赵闻礼《水龙吟》注①。此处喻藕深埋泥中。
④擎露三句：用李贺《金铜仙人辞汉歌》诗意。
⑤梨云好梦：梦的雅称，见前吴文英《西江月》注③。
⑥飞琼：传说中的仙女，西王母女侍。
⑦湘弦奏彻：将荷花比做湘水神灵。用湘灵鼓瑟事。
⑧冰绡偷剪：想象荷花为南海鲛人，在偷剪绡纱，垂泪成珠。

【赏析】

　　这首咏物词收在《乐府补题》中，全题是"浮翠山房拟赋白莲"，相聚吟唱的词人除周密之外，还有王易简、陈恕可、唐珏、吕同老、赵汝钠、王沂孙、李居仁和张炎。

　　此处所咏白荷，是秋荷残荷。它既是含悲茹苦的水中仙子，也是抱一怀亡国巨痛的词人自己。荷、仙、我三者，在词中被刻画得浑然不可互分。上片描写荷叶、荷花、藕、莲房具体形象（写形）。起二句谓仙鸟从天而降，化作荷花在风中摇曳。次三句写玉藕深里，莲房在如镜的秋水上迎来黎明。"擎露"三句，将荷叶上滚动的水珠，想象为铜仙擎露盘，想象为遭迁徙而流涕。这个夜半忆君而热泪纵横的形象，正是词人自己的生动写照。"想鸳鸯"二句始作衬景描写，转入下片。被西风惊破好梦的鸳鸯，也使人自然而然联想起宋亡前逍遥于湖山诗酒、宋亡后又流离失所掩泪空山的那些遗民词客。

　　下片描与荷花的世界（写境）。换头二句写水面荷花无数，如同仙女自九天飞来在此聚集。"碧簪斜坠"是将荷花之绿茎比喻为仙女头上的玉簪。"轻妆"以下六句，谓一片白色荷花中，极少见到红色的荷花。月光之下如同千点朦胧的小小云朵，弥漫着十里花香。末三句，是说白荷之精魂是湘水之灵，此刻正在鼓瑟剪绡，暗垂相思之泪。不用说，这也是在写词人自己夜半不寐，为思念故国而欷歔泪落！

《乐府补题》中所咏五物：白莲、龙涎香、蝉、莼、蟹都寄寓了词人们的自我形象和思想感情。所谓咏物"隐然只是咏怀，盖其中有我在也。"（清谢章铤《赌横山庄词话续编》卷三）

四 字 令①

拟《花间》②

眉消睡黄③，春凝泪妆。玉屏水暖微香，听蜂儿打窗。
筝尘半床，绡痕半方④。愁心欲诉垂杨，奈飞红正忙。

【注释】

①原本中此词前冠以"效颦十解"，效颦：指模仿他人他作品的格调，庄子《天运》："故西施病心而颦其里。其里之丑人见而美之，归亦捧心而矉其里。其里之富人见之，坚闭门而不出，贫人见之，挈妻子而去之走。"解：词曲一阕称一解。
②《花间》：五代后蜀赵崇祚所编的一部词选，风格香艳清丽。
③黄：指古代女子所施的一种黄色香料，涂抹于额角，以增美观。
④半方：手帕的一半。

西 江 月

延祥观拒霜拟稼轩①

绿绮紫丝步障②，红鸾彩凤仙城。谁将三十六陂③春，换得两堤秋锦？　眼缬④醉迷失碧，笔花俊赏丹青。斜阳展尽赵昌屏⑤，羞死舞鸾妆镜⑥。

【注释】

①延祥观：周密《武林旧事》卷五："孤山路，四圣延祥观：有韦太后沉香四圣像、小蓬莱阁、瀛屿堂、金沙井、六一泉。"拒霜：木芙

蓉的别名。稼轩：辛弃疾字幼安，自号稼轩，见本书卷一。
②步障：古代贵族出行，立竹张幕作为屏障，以障蔽尘土。
③三十六陂：形容宽阔的水域。此处谓西湖。
④缬：有彩色图纹的丝织品。
⑤赵昌屏：赵昌，宋剑南人，字昌之。工画花果，尤以画生菜草虫折枝果为妙。赵昌屏：赵昌所绘制的屏风。
⑥舞鸾妆镜：用罽宾王孤鸾照镜的典故。注见前。

江 城 子

拟 蒲 江①

罗窗晓色透花明，靓②瑶笙，按瑶筝，试讯东风，能有几分春？二十四栏凭玉暖，杨柳月，海棠阴。　依依愁翠沁双颦，爱莺声，怕鹃声③，人自多情，春去自无情。把酒问花花不语，花外梦，梦中云。

【注释】

①蒲江：卢祖皋字申之，号蒲江。有《蒲江词》。见本书卷一。
②靓：与"靓"字通，招、呼的意思。
③"爱莺声"二句：莺鸣啭于早春，有召唤春天的意味；杜鹃暮春而啼，且鸣声凄厉，能动旅客之思。

少 年 游

宫词拟梅溪①

帘销宝篆②卷宫罗，蜂蝶扑飞梭③。一样东风，燕梁莺院，那处春多？　晓妆日日随香辇，多在牡丹坡。花深深处，柳阴阴处，一片笙歌。

【注释】

①梅溪：史达祖字邦卿，号梅溪。有《梅溪词》。见本书卷二。
②宝篆：指袅袅升腾如篆文形状的香烟。
③扑飞梭：像飞梭一样穿来穿去。

好 事 近

拟 东 泽①

新雨洗花尘，扑扑小庭香湿。早是垂杨烟老，渐嫩黄成碧。晚帘都卷看青山，山外更山色。一色梨花新月，伴夜窗吹笛。

【注释】

①东泽：张辑字宗瑞，号东泽。词集名《东泽绮语债》。见本书卷二。

西 江 月

拟 花 翁①

情缕红丝冉冉②，啼花碧袖荧荧③。迷香双蝶下庭心，一行悟悟④帘影。　　北里⑤红红短梦，东风燕燕前尘。称销⑥不过牡丹情，中半伤春酒病。

【注释】

①花翁：孙惟信字季蕃，号花翁。见本书卷二。
②冉冉：随风袅袅飘游的样子。
③荧荧：此处形容泪光闪烁的样子。
④悟悟：犹言默默，安和静谧貌。
⑤北里：歌妓聚居之处。《北里志》："平康里入北门，东回三曲，即诸妓所居之处也。以平康里在此，故曰北里。"

⑥称销：宋人方言，义未详。疑当释作"禁受"。

醉落魄

拟参晦①

忆忆忆忆，宫罗褶褶销金色②。吹花有尽情无极。泪滴空帘，香润柳枝湿。　　春愁浩荡湘波窄，红兰③梦绕江南北。燕莺都是东风客。移尽庭阴，风老杏花白。

【注释】
①参晦：赵汝茪字参晦，号霞山。见本书卷三。
②销金色：贵族女子衣服上镶嵌金银丝的闪烁颜色。
③红兰：此处指兰釭，即兰灯。

朝中措

茉莉拟梦窗①

彩绳朱乘驾涛云，亲见许飞琼②。多定③梅魂才返，香瘢半掐秋痕。　　枕函钗缕，熏篝芳焙④，儿女心情。尚有第三花在，不妨留待凉生⑤。

【注释】
①梦窗：吴文英字君特，号梦窗。见本书卷四。
②许飞琼：传说中的仙女。此处比喻茉莉。
③多定：肯定、一定。
④"枕函"二句：谓以茉莉花填枕、插发、薰香和制茶。
⑤"尚有"二句：句式模仿梦窗词。吴文英《朝中措》："尚有落花寒在，绿杨未褪春绵。"第三花：指经过几番采摘之后重又开放的茉莉花朵。

醉落魄

拟二隐①

余寒正怯,金钗影卸东风揭。舞衣丝损愁千褶。一缕杨丝,犹是去年折。　临窗拥髻愁难说,花庭一寸燕支雪②。春花似旧心情别。待摘玫瑰,飞下粉黄蝶。

【注释】

①二隐:"龟溪二隐"李彭老(商隐)和李莱老(周隐),见本书卷六。

②燕支雪:形容满地零落的红色花瓣。

浣溪沙

拟梅川①

蚕已三眠柳二眠,双竿初起画秋千,莺栊风响十三弦②。鱼素③不传新信息,鸾胶④难续旧姻缘,薄情明月几番圆?

【注释】

①梅川:施岳字仲山,号梅川。见本书卷四。

②十三弦:指琴弦。

③鱼素:指书信。

④鸾胶:传说中以麟角、凤喙煎成的胶,可粘接断弦,又称续弦胶。

【赏析】

周密词取法甚广,除了主要继承姜夔"骚雅清空"的格调之外,还兼取周邦彦、苏轼、吴文英、杨缵、史达祖等各家之长,从而形成自己风格多样特以清雅沉挚见长的独特面貌。他的词，我们借用前人词语对他的种种评语来归纳，大抵咏物词"蕴藉雅饬"、"绵丽精巧"，纪游抒情词"疏荡清拔"、"情寄深远"、故国吟"苍莽高远"、"音节凄清"，风俗词和风景词"鲜耀绵整"、"谐婉工致"，其他应社唱和之属、春情秋思之什则"轻柔润赋"、"精妙绝伦"。《效颦十解》就是他博采众人之长、模仿各家笔调、技巧、风格的尝试。所拟的对象，除了被称之为百代艳词鼻祖的《花间集》之外，都是南宋的婉约词人或豪放词人的婉约之作。它们的题材内容，除了第二首和第八首写花之外，全部是所谓的丽情小唱。

  第一首拟《花间》，写一位贵族女子独守空房，伤春之怀无处诉说。室内屏风暖香、筝上积尘，窗外蜂儿扑窗、落花飞舞。她除了沉睡和流泪，不知道如何来打发这样的日子！

  第二首拟稼轩，咏遍地开放的木芙蓉花，词人将它们想象形容成锦绣步障、瑶台仙境、名人画卷，以至于美丽的鸾鸟对之也会觉得羞愧不已。

  第三首拟蒲江，着意运用重词迭词，形成复沓连环的节奏感。"艳瑶笙，按瑶筝"、"爱莺声，怕鹃声"诸句，"人自多情"以下五句，读来叮咚如泉汩汩而出，有"大珠小珠落玉盘"之妙。

  第四首拟梅溪，写西湖畔皇家园苑中宫女赏春。远远听去，荷深柳密处传来一片歌舞丝竹之声。末三句，元人陆辅之《词旨》推为"警句"。

  第五首拟东泽，明写春景，暗抒闺怨。下片写其人观山、观花、观月，夜窗吹笛，渲染出一种极其忧伤凄恻的情味。语言上也使用了复沓连环的手法。

  第六首拟花翁，写佳人病酒伤春之事。多用叠字（冉冉、荧荧、憎憎、红红、燕燕）。周密曾击节叹赏宋人葛立方（卜算子）词连用十八叠字，称其"妙手无痕，堪与李清照《声声慢》（寻寻觅觅）并绝千古。"（见《历代诗余》引《草窗词评》）此词便是他的一次模仿实践。

  第七首拟参晦，也是写女子伤春哭泣，梦中四处寻找远行的心上人。起句用四个叠字，给人以新奇的感觉。可能赵汝茪原词也是如此。

第八首拟梦窗，上片写茉莉花仿佛是乘车驾云而来的仙女，是梅花归来的精魂所化，被人们采摘而去。下片写世人将茉莉采来填枕、插发、薰香、制茶，全然不知爱花赏花。如果它们还能再开花，应该将它们留在枝上，秋后细细观玩。末二句模仿吴文英词的句式，清人说它"庶几得梦窗之神似"（况周颐《蕙风词话》）。

第九首拟二隐，写女子春日怀念从前的恋人，胆怯心惊，怕寒冷、怕睹故物（去年折下的杨柳）、怕见满院落花，摘玫瑰时也受到花中飞起的蝴蝶的惊吓。

第十首拟梅川，写春色已深，佳人焦急地等待着远方男子书信，越来越觉得昔日的爱情姻缘已杳无希望！她对月发问，对月诅咒，一筹莫展。

总起来说，此十词内容比较单薄，多系随手拈来铺衍而成，而特别注意词藻、句法、风格等方面的琢磨，精妙有余，时见人工刻画雕饰的痕迹。

甘　州

灯夕书寄二隐①

渐萋萋、芳草②绿江南，轻晖弄春容。记少年游处，箫声巷陌，灯影帘栊。月暖烘炉戏鼓，十里步香红。欹枕听新雨，往事朦胧。　　还是江南春梦晓，怕等闲愁见，雁影西东。喜故人好在，水驿寄诗筒③。数芳程、渐催花信，送归帆、知第几番风④？空吟想，梅花千树，人在山中。

【注释】

①灯夕：元宵，又名灯节。二隐："龟溪二隐"李彭老（商隐）和李莱老（周隐）。

②萋萋芳草：淮南小山《招隐士》："王孙游兮不归，春草生兮萋萋。"

③水驿：水上驿路，每30里设一驿站，有舟船之属。诗筒：犹言诗简。

④第几番风：谓二十四番花信风。

【赏析】

经历亡国战乱之后，词人移家杭州癸辛街杨氏家园，闭门而居。这期间，故友"龟溪二隐"曾经寄词来召唤他归隐湖州乡里。此词即是他的回赠之作。

上片一起，即以"萋萋芳草"暗示自己远游未归的处境。"记少年"句以下写他闭门卧床，在雨声中追忆青年时代所经历的都城元宵节狂欢景象。《武林旧事》记载："（元宵节）终夕天街鼓吹不绝，都民士女，罗绮如云，盖无夕不然也。……诸舞队次第簇拥前后，连亘十余里，锦绣填委，箫鼓振作，耳目不暇给。"这是"箫声巷陌"、"烘炉戏鼓"、"十里香红"诸句的最好注脚。下片申说一喜一忧及故乡难归的心理活动。忧者，随着灯夕的到来，又一度春天降临，大雁将再次飞过。自己一天天衰老下去；喜者，故人没有忘记自己，时时寄以诗简诉说相思，使他疲惫孤寂的心灵得到莫大宽慰。"数芳程"两句作为对对方的答复，意思是说花一番番开过，自己能在何时回到湖州故乡仍然是个未知数！末三句写自己伫立在西湖孤山的梅花丛中，暗示自己虽然身在杭城，但始终与梅花为友，抱节守志不仕元朝，不会让故人失望。

踏 莎 行

与莫两山谈邗城旧事①

远草情钟，孤花②韵胜，一楼③耸翠生秋暝。十年二十四桥④春，转头明月箫声冷。　　赋药⑤才高，题琼⑥语俊，蒸香压酒⑦芙蓉顶。景留人去怕思量，桂窗风露秋眠醒。

【注释】

①莫两山：莫苍字子山，号两山。周密词友。见本书卷五。邗城：指扬州。莫苍为江都人。

②孤花：指扬州琼花。蒋子正《山房随笔》："扬州琼花天下只一本。士大夫爱重，作亭花侧，匾曰'无双'。"

③楼：指隋炀帝所建造的迷楼。

④二十四桥：唐时扬州有24座桥。一说红叶桥又名二十四桥。

⑤赋药：为芍药花写诗作赋。宋初以来，扬州芍药即闻名天下。

⑥题琼：为琼花题诗作赋。

⑦蒸香压酒：谓酿造新酒。

【赏析】

这是一篇微型的《芜城赋》，也是一篇短小的《扬州慢》。词人因与扬州籍的友人谈论扬州盛衰史，而生沧桑之感、故国之思。上片历数扬州胜迹盛事，而结以转眼之间繁华消逝，"箫声咽"（李白语），"冷月无声"（姜夔语）。换头谈论骚人墨客在扬州的题咏，在酒楼妓馆的风流。末二句与词友莫苍说到伤心处，再也不忍追忆下去，只是默默凝视窗外。"秋眠醒"三字意味深长，给人以咀嚼不尽的感受。

王沂孙

王沂孙字圣与，号碧山，又号中仙，又号玉笥山人，会稽（今浙江绍兴）人。早年频繁往来临安、会稽间。流连诗酒、逍遥湖山，是临安词人群和西湖吟社中的著名词人。宋亡后曾参与《乐府补题》咏物聚会。后被征召为庆元路学正。其词集中《花外集》，一名《碧山乐府》。张炎誉其词"琢语峭拔，有白石意度。"（《琐窗寒》词序）他的词虽源出姜夔，而实自成一种格局。沉郁凄怨，余韵无穷，字面也收拾得极为玲珑精致，最善于以咏物的形式抒情达意，寄托个人襟抱品格和身世遭遇，可以说他代表了南宋咏物词的最高成就和最典型的特征。清人王鹏运说："碧山词颉颃双白《姜夔和张炎》，揖让二窗（吴文英和周密），实为南渡之杰。"（《花外集跋》）

醉蓬莱

归故山①

扫西风门径,黄叶凋零,白云萧散。柳换枯阴,赋归来②何晚!爽气③霏霏,翠蛾④眉妩,聊慰登临眼。故国如尘,故人如梦,登高还懒。　　数点寒英,为谁零落?楚魄难招⑤,暮寒堪揽。步履荒篱,谁念幽芳远?一室秋灯,一庭秋雨,更一声秋雁。试引芳樽,不知消得⑥,几多依黯?!

【注释】

①故山:指王沂孙故里会稽(今绍兴)。
②赋归来:陶渊明《归去来辞》:"归去来兮,田园将芜胡不归。"
③爽气:山林间新鲜空气。《世说新语·简傲》:"王子猷作桓车骑参军,桓谓王曰:'卿在府久,比当相料理。'初不答,直高视,以手版拄颊云:'西山朝来,致有爽气。'"
④翠蛾:指远山。
⑤招楚魄:《楚辞》有《招魂》一篇,屈原为招楚怀王魂魄而作。
⑥消得:消解、释去。

【赏析】

王沂孙晚年,曾因元朝统治者强行征召,当过庆元路(今宁波)的学正(一种学官)。此词作于他解官归来之后,既有一份应幸解脱的欢欣,又有一份沉重的悔恨和悲哀。

词的前片,起三句写故山旧居前秋景,"西风"、"黄叶"、"白云"三种意象是自然环境,兼也暗示了萧杀凄凉的社会环境。一"扫"字点出词中之我及全篇视点,黄叶凋零是其俯见,白云萧散是其仰见。次二句抒愧悔之情,慨叹迟至今日才得以归隐故山。当然,这不是词人的过错,在元初特殊的政治环境中,几乎每个南士都面临着"不可以仕而不可以不仕"(时人戴表元语)的难题。"爽气"三句又抒欣慰之情，归来虽晚毕竟已经归来，有山间爽气，有满目远山，故登临之际心情逐渐转佳。"故国"三句更抒悲哀之情，作顿挫，作陡转。谓登高乍觉欣慰，却又想起南宋的灭亡，友人的生死离散。家国之恨、身世之感在胸中激荡奔突，使他害怕再去登高。

后片进一步抒写那种无时不在、无处不起的悲伤情绪。前片所写为白日登高，"数点寒英"六句写黄昏漫步，"一室秋灯"以下写夜晚归来醉酒。词人既害怕登高，故而惟有漫步于篱前屋旁，惟有自斟自饮于空室之中。漫步却见菊花零落（应"归来何晚"），寒意凛冽，极感孤独，独饮又对秋灯、听秋雨、听秋雁，并且担忧酒不能完全消解他的胸中块垒。

词题作"归故山"，而所写主要是归来之后一天中的种种感情变化、心理状态。词以抒情为主，苍凉凄楚，极沉郁顿挫之至。层次感也很强。

法曲献仙音

聚景亭梅次草窗韵①

层绿②峨峨，纤琼③皎皎，倒压波痕清浅④。过眼年华，动人幽意，相逢几番春换。记唤酒寻芳处，盈盈褪妆晚。　　已销黯，况凄凉、近来离思，应忘却、明月夜深归辇⑤。荏苒一枝春⑥，恨东风、人⑦似天远。纵有残花，洒征衣、铅泪⑧都满。但殷勤摘取，自遣一襟幽怨。

【注释】

①周密原唱题作"吊雪香亭梅"。聚景园雪香亭：详本书卷七周密词注析。

②层绿：指绿萼梅花。姜夔《卜算子》词跋："聚景官梅，皆植之高松之下，芘荫岁久，萼尽绿。"

③纤琼：苔梅枝上的细须。一说指白色的小朵梅花。
④"倒压"句：林逋《山园小梅》："疏影横斜水清浅，暗香浮动月黄昏。"姜夔梅花词《暗香》："千树压、西湖寒碧。"
⑤归辇：指南宋帝、后的车辇。
⑥一枝春：陆凯寄范晔梅花诗："江南无所有，聊赠一枝春。"
⑦人：指被掳北行的幼帝和太后。
⑧铅泪：铜仙人的眼泪。

【赏析】

　　这是一首借吊梅花、吊废园来怀念故园、怀念宋帝的词。聚景园雪香亭的情况，前面已经作过介绍，此不赘述。上阕写亭畔梅花盈盈开放，在水中映出它们的倩影，唤起词人对往事的怀念。下阕，词人思绪千回万转。换头"已销黯"三句兼花与人二者言之。说花，谓梅花曾目睹南宋四朝帝、后临幸，如今园废日久，恐怕已经淡忘了自己的故主；说人，谓自己近来情绪凄黯，久不来此，恐怕已经忘记了夜半魂归的帝、后。这里"应忘却"其实是难以忘却，含自警的意思。"荏苒一枝春"以下，是说欲将这里的绿萼梅花寄给蒙尘北地的宋幼帝和太后，表达遗民的思念之情，只是燕山千里相隔遥远，无法寄达。此时北地严寒，即使有什么残花，也只会令帝、后睹花落泪，倍怀江南故国。因此左思右想，还是自折一枝自己凝视沉吟，自己洒泪而归。

淡　黄　柳

　　甲戌①冬，别周公谨丈②于孤山中。次冬，公谨游会稽，相会一月。又次冬，公谨自剡还，执手聚别，且复别去，怅然于怀，敬赋此解。

　　花边短笛，初结孤山约③。雨悄风轻寒漠漠，翠镜秦鬟④钗别，同折幽芳怨摇落。　　素裳薄，重拈旧红萼⑤。叹携手，转离索。料青禽⑥、一梦春无几,后夜⑦相思,素蟾⑧低照,谁扫花阴共酌?

【注释】

①甲戌:宋度宗咸淳十年(1274),即临安失陷的前二年。
②周公谨:周密字公谨,王沂孙约少于周密十岁左右,故尊称为丈。
③花边:花丛中或花丛旁。王沂孙词集名《花外集》。花外,犹言花边。结孤山约:词人结盟西湖。景定五年(1264),周密曾与王沂孙、杨缵、张枢等人结西湖吟社。
④翠镜:指会稽鉴(镜)湖。秦鬟:指会稽的秦望山。
⑤红萼:指梅花。
⑥青禽:梅花上的翠鸟。
⑦后夜:深夜。
⑧素蟾:月亮。

【赏析】

词小序记述了亡国之际词友的聚散情况。咸淳十年,王沂孙离开临安归故里。次年贾似道所统帅的宋军大败于鲁港(今芜湖附近),元兵进逼临案。此时朝廷百官先后遁逃,各地守将也纷纷望风投降。周密恰在这时被起用为婺州义乌(今属浙江)县令。是年冬,南下赴任路经会稽访王沂孙。第二年,临安破,婺州等地也先后沦陷,降者如云。时婺州七县,只有义乌县令周密和长山县令陈天瑞不肯投降。周密遁归途中再次路经会稽,王沂孙作此词送别。

周密当时的作的《一萼红》,如同失声痛哭;而王沂孙此词却于千回万转之中欲哭无声、欲语无言。上片起二句,写昔日携手欢游的雅事和友谊。次三句写如今在严冬之中,对方告别越中的清山秀水,告别故人北归。"钗别"是分钗而别的意思。风雨交至、寒气漠漠的自然环境,暗指元兵南侵、江南陷于敌手的残酷现实。"幽芳"指梅花,词友同折梅花,共怨摇落,含蓄地表达了他们将彼此抱节守志,隐居终老,决不与蒙古统治者合作。下片诉说对友人的思念。想象对方离开之后,自己夜半徘徊梅花之下,没有知心伴侣携手步月、赏梅和饮酒,无限孤寂和凄凉!

一萼红

石屋①探梅作

思飘摇,拥仙姝独步,明月照苍翘②。花候犹迟,庭阴不扫,门掩山意萧条。抱芳恨、佳人分③薄,似未许、芳魄化春娇。雨涩风悭④,雾轻波细,湘梦迢迢。谁伴碧尊雕俎,唤琼肌⑤皎皎,绿发⑥萧萧?青凤啼空,玉龙⑦舞夜,遥睎⑧河汉光摇。未须赋、疏香淡影,且同倚、枯藓听吹箫。听久余音欲绝,寒透鲛绡⑨。

【注释】

①石屋:石屋洞,在杭城西湖西南。董嗣杲《西湖百咏》注:"石屋在大仁院内,钱氏建。岩石虚广若屋,下有洞路。石上镌五百罗汉,屋上建阁三层。"

②苍翘:指盘虬苍劲的梅枝。

③分:命运、缘分。

④雨涩风悭:风雨妒花而交至。苏轼《约公择饮是日大风》:"晓来风颠尘暗天,我思其由岂坐悭?"注云:"俗谚悭值风,啬值雨。"

⑤琼肌:指梅花花瓣。

⑥绿发:指苔梅枝上的苔须。

⑦玉龙:指枝头积雪。一说指笛子。

⑧睎:看。

⑨鲛绡:传说中南海鲛人所织的薄绡,入水不湿。借指自己衣裳。

【赏析】

此词写探访梅花而梅花尚未开放。上片起三句,词人漫步石屋,月光下惟见梅树枝干。"拥仙姝"形容独自占有石屋及想象中的屋中美女（化用苏轼《留题仙游潭中兴寺》"还访仙姝款石闺"诗意）。次三句写远近的山中景象，把花期未至的梅花精魄与闭门高隐的山中隐者不着痕迹地联系在一起。"抱芳恨"以下五句进一步分析和猜测梅花未开的原因，是造化未许、梅花如美人命薄？还是风雨相妒，致使花魂仍然系梦潇湘？下片，词人徘徊树下等待花开，同时细细品味着这个充满诗意的梅花环境。换头三句是说自己独自一人设案斟酒，呼唤花开。"青凤"三句，词人无花可赏，只听得枝头翠鸟在啼叫，只看见枝头积雪在夜色中盘旋飞舞，银河灿烂光照山野。末四句谓此时此刻不需吟诗作赋，且全身心沉浸在这个美好静谧的氛围之中，直到夜深寒透衣衫。

　　这首词非常注意石屋这个深山环境以及夜半梅花欲开未开这个特殊气氛的描绘和渲染。自然方面：深山、月夜、积雪、枯藓、鸟鸣空山、银河光摇，人事方面：词人夜访、月下浅斟、树下徘徊、静听吹箫……这一切，共同组成一幅朦胧而凄迷的画面。此外，这幅画面以冷色调为主：碧尊、玉瓣、绿发、青凤、白雪、冷月等，它们正是梅花形象和品格不可缺少的陪衬。全词虽未出现梅花，而梅花实在已经突现在词人和读者的眼前。

长　亭　怨

重过中庵①故园

　　泛孤艇、东皋②过遍，尚记当日，绿阴门掩。屐齿莓阶，酒痕罗袖事何限。欲寻前迹，空惆怅、成秋苑③。自约赏花人，别后总、风流云散。　　水远，怎知流水外，却是乱山尤远。天涯梦短，想忘了、绮疏雕槛④。望不尽、苒苒斜阳，抚乔木，年华将晚⑤。但数点红英，犹识西园凄婉。

【注释】

　　①中庵：何人不详。一说为元人刘敏中，敏中号中庵，有《中庵乐

府》。疑非是。

②东皋：泛指乡里隐逸之处。陶渊明《归去来辞》："登东皋以舒啸，临清流而赋诗。"

③成秋苑：李贺《河南府试十二月乐词》："梨花落尽成秋苑。"吴文英《水龙吟》："古阴冷翠成秋苑。"

④天涯二句：用李煜《虞美人》词意："雕栏玉砌应犹在，只是朱颜改。"

⑤抚乔木二句：《世说新语·言语》："桓公北征，经金城，见前为琅琊时种柳已皆十围，慨然曰：'木犹如此，人何以堪！'攀枝折条，泫然流泪。"

【赏析】

从词中的描述来看，这位中庵系王沂孙诗友，其家园曾经是骚人雅客们经常聚会的地方。更替之后，此人离开故园远遁他乡，园遂荒败。词前半写故园忆旧，后半写故园怀人。上阕，词人泛舟东皋来到此园，往事一一浮现眼前。"绿阴门掩"指避世而居，不与凡俗辈往来；"屐齿莓阶"指诸友放骸湖山，在园中纵情游适；"酒痕罗袖"则是指携妓命酒，浅斟低唱。往事历历在目难以尽述，故总谓之"事何限"。"欲寻前迹"句以下，写人去园空，旧友彼此风流云散。由此遂转入下片怀人话题。

下阕，"水远"三句是说水远山更远，山远人更远。暗用欧阳修"平芜尽处是春山，行人更在春山外"（《踏莎行》）词意。"天涯"二句又借李煜词意，猜测中庵远游天涯，至今不归，想来是忘了故园的门窗栏槛。"望不尽"以下五句，折回词人自身，折回眼前，写自己望斜阳、抚乔木，泫然流涕，痛感自己已经衰老，一片愁绪无人理解，无人可以诉说，惟有园中几朵红花在晚风中颤动，想来也只有它们还能理解自己此刻的凄婉之情了。

全词无论用典、写景还是抒怀，都暗藏有故国之痛，充满了对昔日生活的深深怀念，当是宋亡以后的作品。

庆 宫 春

水　仙

　　明玉擎金①,纤罗飘带,为君起舞回雪②。柔影参差,幽香零乱,翠围腰瘦一捻③。岁华相误,记前度、湘皋怨别。哀弦重听,都是凄凉,未须弹彻④。　　国香到此谁怜？烟冷沙昏,顿成愁绝。花恼难禁,酒销欲尽,门外冰澌⑤初结。试招仙魄,怕今夜、瑶簪⑥冻折。携盘独出⑦,空想咸阳,故宫落月。

【注释】

①明玉擎金：形容水仙白色花瓣,黄色盘状花蕊。
②起舞回雪：曹植《洛神赋》："飘飘兮若流风之回雪。"姜夔《琵琶仙》："千万缕、藏鸦细柳,为玉尊起舞回雪。"
③"翠围"句：水仙花茎细长如美人瘦腰。
④"哀弦"三句：古琴曲有《水仙操》,传说为春秋时伯牙在海岛闻水声而作。
⑤澌：流水。
⑥瑶簪：玉制发簪,指花茎。《群芳谱》："水仙花大如簪头。"
⑦携盘独出：李贺《金铜仙人辞汉歌》："携盘独出月荒凉,渭城已远声波小。"

【赏析】

　　此词咏水仙花。前片首六句赋形,次五句写心。"明玉擎金"状花,"纤罗飘带"状叶,"为君"句状其风中摇曳的身姿。"柔影"三句写花影、花香和高耸的花茎。"岁华"句以下,是说水仙前身为湘灵,故在此满怀幽怨之绪,伫立水边弹琴鼓瑟。后片表现花情花心,兼及赏花之人。换头,承上片水畔弹琴鼓瑟话题进一步申说。"花恼难禁"以下,将赏花之人（自己）引入,"花恼"谓赏花唤起的种种愁绪。当此之时自己对花伤心,饮酒欲尽,水上寒凝冰冻。想为花的精魄招魂,又担心如此寒冷会冻折花枝。末三句,水仙在词人眼中幻化为故国宫殿前的铜仙承露盘,被拆移流落至此。全词峰回路转,说来说去,最终还是归结到亡国之痛、故国之思。爱花由此升华为爱国,咏物也扩大为咏怀。

高 阳 台

残萼梅酸,新沟水绿,东风节序暄妍。独立雕栏,谁怜枉度华年?朝朝准拟①清明近,料燕翎、须寄银笺。又争知、一字相思,不到吟边②。 双蛾不拂青鸾冷③,任花阴寂寂,掩户闲眠。屡卜佳期,无凭却怨金钱。何人寄与天涯信,趁东风、急整归船。纵飘零,满院杨花,犹是春前。

【注释】

①准拟:想念、打算、准备。
②吟边:吟中、诗中。
③双蛾:指女子双眉。不拂:犹言不扫、不描画。青鸾:镜子。

【赏析】

词作于王沂孙出任庆元路(今宁波)学官的时候,表达了他不愿身居此职,渴望"急整归船"回到会稽故里的焦灼心情。

上片,春天又到,词人凭栏而立等待家人书信,胸中弥漫着无边无际的孤独之感。"谁怜"句,一是说应征召任此职令人厌倦,如同在枉废生命;二是说自己做这样不得已、不值得的事,有谁能够理解呢?"朝朝"以下,谓久久等待清明节的到来,因为他揣度这一天定会有家人书信寄到。然而他失望了!下片分两层说:前五句想象家人也在焦急地等待自己,她不照镜、不画眉、不出户,只是一次又一次抛钱占卜归期。后五句一气而下,写词人内心的一阵冲动,谓只要有人还理解我,还记得我,寄书招隐,我将不顾一切买舟南归。此时归去虽然已晚,虽然春天已经过半,杨花飘零,但总还能够赶得上一个残春啊!

多么矛盾和软弱的不幸者！王沂孙终于在一个深秋的日子里乘船回到了故山。但正如他自己所说，已经是"赋归来何晚"了。

西江月

为赵元父①赋《雪梅图》

褪粉轻盈琼靥②，护香重叠冰绡③。数枝谁带玉痕描？夜夜东风不扫。　　溪上横斜影淡④，梦中落莫⑤魂销。峭寒未肯放春娇，素被独眠清晓。

【注释】

①赵元父：赵与仁字元父。见本卷。
②琼靥：洁白的梅花容貌。
③冰绡：指梅花枝头的积雪。
④溪上句：林逋《山园小梅》："疏影横斜水清浅。"
⑤梦中落莫：王建《梦看梨花云歌》："落落寞寞路不分，梦中唤作梨花云。"落莫：寂寞冷落。

【赏析】

这首题画词，采用咏物的写法，上片写梅花枝积满白雪，如同造化描白，如同花着绡纱。下片写梅花斜映水中，在冰天雪地中沉沉入睡。

踏莎行

题草窗词卷①

白石飞仙②，紫霞凄调③，断歌人听知音少。几番幽梦欲回时，旧家池馆生青草④。　　风月交游，山川怀抱，凭谁说与春知道？空留离恨满江南，相思一夜蘋花老。

【注释】

①草窗词卷：指周密《蘋洲渔笛谱》。
②白石飞仙：借用白石先生事指白石道人姜夔。据《神仙传》，白石先生为中黄丈人弟子，至彭祖时已两千岁。不肯修升天之道，惟取不死而已。常煮白石为粮。因就白石山而居，时人号曰："白石飞仙"。
③紫霞凄调：杨缵号紫霞，周密出其门下。
④池馆生青草：谢灵运《登池上楼》："池塘生春草，园柳变鸣禽。"

【赏析】

此词主要立意在上、下片前三句。上片前三句概括了周密词的艺术渊源与师法门径，谓其出于杨缵门下，格调与姜夔、杨缵相近。下片前三句概括了草窗词卷的主要内容。说它们抒写了周密的湖山雅志，记录了周密的湖山行踪。不妨说，这是一篇恰当而准确的书评，也是一篇概括扼要的作家作品简介。

醉落魄

小窗银烛，轻鬟半拥钗横玉。数声春调清真曲①。拂拂朱帘，残影乱红扑。　　垂杨学画蛾眉绿②，年年芳草迷金谷③。如今休把佳期卜。一掬春情，斜月杏花屋。

【注释】

①春调：泛指咏春曲调。清真：周邦彦号清真居士。
②垂杨句：谓柳树长出细弯的绿叶。
③金谷：晋人石崇所造花园，在洛阳西北。此处泛指冶游览胜之处。

【赏析】

词以优美的笔调，描写闺中平静生活，含蓄地表现了女主人公内心躁动着一段春情。

赵与仁

赵与仁字元父，号学舟。为赵宋宗室之后代，燕王赵德昭的九世孙。曾为临安判官。是周密词坛唱和的主要文友之一。宋亡以后，为元之辰州教授。词今存五首。

柳梢青

落　桂

露冷仙梯，《霓裳》散舞，记曲人归①。月度层霄，雨连深夜，谁管花飞？　　金铺满地苔衣，似一片、斜阳未移。生怕清香，又随凉信②，吹过东篱。

【注释】

①露冷三句：王灼《碧鸡漫志》引《逸史》："罗公远中秋侍明皇（唐玄宗）宫中玩月，以拄杖向空掷之，化为银桥，与帝升桥，寒气侵入，遂至月宫。女仙数百，素练霓衣，舞于中庭。上问曲名，曰《霓裳羽衣》。上记其音，归作《霓裳羽衣曲》。"

②凉信：即凉风、秋风。

【赏析】

词咏雨后桂花零落。上片，想象月宫中歌舞已散，玄宗已归，仙梯消失，因此月中之桂纷纷扬扬飘落遍地。下片从爱花之人的眼中、心中写出，一是见满地灿灿金色，好像夕阳一抹，久不移去；二是花虽落而香未减，因酷爱落花及其芬芳，而不愿让秋风将馨香吹过邻家去。

琴调相思引

冰箔①纱帘小院清，晴尘不动地花平。昨宵风雨，凉到木樨②屏。　　香月照妆秋粉薄，水云飞佩藕丝轻。好天良夜，闲理玉靴笙③。

【注释】

①冰箔:指琉璃帘。
②木樨:一名岩桂,即桂花。
③玉靴笙:一种古乐器,形制不详。

【赏析】

好像是一幅精美玲珑的扇面小景,词写夏末秋初闺中的一二生活画面,让人感觉到一份宁馨静谧的诗情画意。画中之人内心的悠悠情思,也随着粉薄丝(谐音思)轻、玉笙闲理的描写款款传出。

西 江 月

夜半河痕依约,雨余天气冥濛。起行微月遍池东,水影浮花、花影动帘栊。　　量减难追醉白①,恨长莫尽题红②。雁声能到画楼中,也要玉人、知道有秋风!

【注释】

①白:大酒怀。醉白:即醉酒。
②题红:题诗于红叶之上。

【赏析】

此词上片景,下片情,写一位男性夜深不寐,怀念着远方的美人。因思念过度而身体消瘦,酒量也减少了;绵绵情思红叶上已容纳不下。末二句作怨语和痴语,谓自己如此苦苦相思,她能体会得到吗?也该让她尝尝怀念远人的滋味了。

清 平 乐

柳丝摇露,不绾①兰舟住。人宿溪桥知那处,一夜风声千树。　　晓楼望断天涯,过鸿影落寒沙。可惜些儿秋意,等闲过了黄花。

【注释】

①绾：系住、结绕。

【赏析】

这首词，应该与前一篇《西江月》（夜半河痕依约）视为姊妹篇来读。两首都是写秋天怀人，前一篇出自远行的男性之口。这一篇出自独守空闺、"晓楼望断天涯"的女性之口。他们一个夜半难眠，一个清晨远眺；一个见秋风而叹息，一个对黄花而伤感，共同组成一曲生动的"二人转"。

好事近

春色醉荼䕷，昼永篆烟①初绝。临水杨花千树，尽一时飞雪。　　穿帘度竹弄轻盈，东风老犹劣②。睡起凭栏无绪，听几声啼鴂。

【注释】

①篆烟：焚香时袅袅升腾的烟缕。
②老犹劣：谓春晚东风接近尾声。荼䕷花开在春末夏初，二十四番花信风中倒数第二。

【赏析】

此词写晚春佳人睡起，凭栏小立，见到的是乱扑人面的杨花、殿春而开的荼䕷，听到的是送春使者鹧鸪叫声。此时的情绪不言可知。

仇 远

仇远（1247—1326）字仁近，一字仁父，自号山村民，钱塘（今杭州）人。宋末咸淳年间（1265—1274）即以诗名，与诗人白珽齐名号"仇白"。与周密、赵孟頫等皆为词友。入元后曾应征召为溧阳教授。官满代归，优游湖山以终。仇远的诗和词对元代影响甚大，尤其是诗。张翥、张羽、莫维贤等以诗鸣于元代者，都出其门下。他的词宗法姜夔，擅长写自然景致和江湖胸襟，极空灵清远，与张炎词风最为接近。著有《金渊集》、《稗史》、《兴观集》，以及词集《无弦琴谱》二卷。

生 查 子

钗头缀玉蚕①，耿耿②东窗晓。京洛少年游，犹恨归来早。寒食正梨花，古道多芳草。今夜试青灯，依旧双花小。

【注释】

①玉蚕：一本又作玉虫，指女子头饰上悬垂的小玩意儿。
②耿耿：有二义，一为不寐貌，一为明亮的样子。

【赏析】

这是一首颇见情趣的闺情词，写一位女子"闺中少妇不知愁"，欲品尝一番别离的滋味，希望心上人远行不要太早归来，夜里又借灯花占卜，结果双花闪烁预示着团圆不分，不免使她感到小小的失望。

另一种理解认为，"犹恨归来早"的主语应该是薄情男子。这样，全词的意思就完全不一样了：上片，女主人公彻底不眠，远游的薄情人却迟迟不归。下片，女主人公占卜，仍然得到吉利的卦，但这又有什么用呢？这样理解似乎也说得通。

八犯玉交枝

招宝山①观月上

沧岛云连，绿瀛②秋入，暮景却沉洲屿。无浪无风天地白，听得潮生人语。擎空孤柱,翠倚高阁凭虚,中流苍碧迷烟雾。惟见广寒③门外,青无重数。　　不知是水,不知是山是树,漫漫知是何处④?倩谁问、凌波轻步⑤?漫凝伫、乘鸾秦女⑥。想庭曲、《霓裳》正舞⑦。莫须长笛吹愁去,怕唤起鱼龙⑧,三更喷作前山雨。

【注释】

①招宝山:在今浙江定海县附近。《延龄四明志》云:"招宝山在定海县东北八里,一名候涛山。为海控扼吴莱。"

②绿瀛:瀛洲,传说中海中的三仙山之一。

③广寒:月宫。

④不知三句:仇远《无弦琴谱》别作:"遥想贝阙珠宫,琼林玉树,不知还是何处。"

⑤凌波轻步:指洛神。曹植《洛神赋》:"凌波微步,罗袜生尘。"

⑥乘鸾秦女:弄玉随萧史乘鸾仙去,注见前。

⑦想庭曲句:用唐玄宗登月宫观《霓裳》舞的典故。

⑧鱼龙:传说中水下巨物。《水经注》:"鱼龙以秋日为夜,秋分而降,蛰寝于渊也。"

【赏析】

招宝山,临海危耸,地势奇险,是当地著名的揽胜去处。史籍记载:"庆元东逼海有招宝山……怪石嵌险离立,南曰金鸡,北曰虎蹲。又前为蛟门,峡东浪激或大如五石斗瓮,跃入空中,却堕下碎为雾雨。或远如雪山冰岸,声势崩拥。秋风一作,海水又壮,排空触岸,杳不知舟楫所在。"(《甬东山水古迹记》)此词题作"观月上",而词中所写实际上是秋夜观海、观山、观月,表现月上中天的夜景意境。

上片咏月夜所见。起三句从黄昏写起,为词人远眺海面所见景象。次二句写月出,谓风平浪静,月光照得天地间一片朦胧白色。前句视觉,后句兼写听觉。夜半人语就像空山鸟鸣,更加衬托出寂静的氛围。"擎空孤柱"句以下,由观海陡然转入观山和观月。前三句写招宝山奇崛耸拔的山势和词人所在的临崖高阁，后两句写夜空茫茫幽暗，天青（黑）和地白、海上白形成奇异的对比。

下片咏月夜所想。换头三句极形容自己陶醉于如此夜景之中，如真如幻如醉如痴，不知身在何处。"倩谁问"以下三句，连用三个典故描述自己驰骋于幻想之中：一问水上仙女，此刻置身何处；二凝视山上（凤台）仙女，欲见其乘鸾飞升；三遥想天上（月宫）仙女，此刻正在翩然欢舞《霓裳》。末三句从幻觉中折回现实，谓如此宁静美好的月夜，须静静品玩享受，不必吹笛遣愁，以免惊起水下蛟龙而引至风雨交作。词写景优美，想象奇特。全篇无一字提到月亮，而又始终围绕月亮落笔，渲染了一迷人之至的月夜意境。此词风格空灵悠远，清气四溢，展现了词人远离尘俗热爱自然的湖山襟抱和骚雅人格。同时，它与《绝妙好词》第一卷第一首张孝祥的《念奴娇·过洞庭》词风格意境相似，前后呼应，体现了编选者周密的一种艺术追求。